Uma Tentação Perigosa

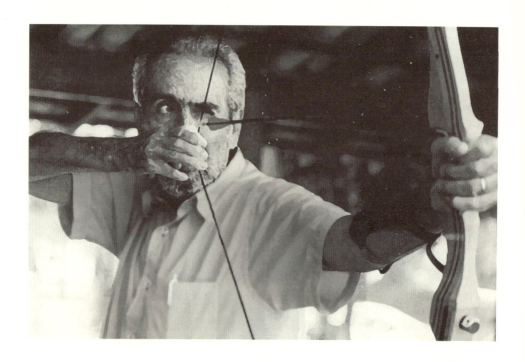

O Arqueiro

GERALDO JORDÃO PEREIRA (1938-2008) começou sua carreira aos 17 anos, quando foi trabalhar com seu pai, o célebre editor José Olympio, publicando obras marcantes como *O menino do dedo verde*, de Maurice Druon, e *Minha vida*, de Charles Chaplin.

Em 1976, fundou a Editora Salamandra com o propósito de formar uma nova geração de leitores e acabou criando um dos catálogos infantis mais premiados do Brasil. Em 1992, fugindo de sua linha editorial, lançou *Muitas vidas, muitos mestres*, de Brian Weiss, livro que deu origem à Editora Sextante.

Fã de histórias de suspense, Geraldo descobriu *O Código Da Vinci* antes mesmo de ele ser lançado nos Estados Unidos. A aposta em ficção, que não era o foco da Sextante, foi certeira: o título se transformou em um dos maiores fenômenos editoriais de todos os tempos.

Mas não foi só aos livros que se dedicou. Com seu desejo de ajudar o próximo, Geraldo desenvolveu diversos projetos sociais que se tornaram sua grande paixão.

Com a missão de publicar histórias empolgantes, tornar os livros cada vez mais acessíveis e despertar o amor pela leitura, a Editora Arqueiro é uma homenagem a esta figura extraordinária, capaz de enxergar mais além, mirar nas coisas verdadeiramente importantes e não perder o idealismo e a esperança diante dos desafios e contratempos da vida.

Uma Tentação Perigosa

OS RAVENELS 7

LISA KLEYPAS

Título original: *Devil in Disguise*

Copyright © 2021 por Lisa Kleypas
Copyright da tradução © 2021 por Editora Arqueiro Ltda.

Todos os direitos reservados.
Nenhuma parte deste livro pode ser utilizada ou reproduzida
sob quaisquer meios existentes sem autorização por escrito dos editores.

tradução: Carolina Rodrigues

preparo de originais: Marina Góes

revisão: Camila Figueiredo e Tereza da Rocha

diagramação: Abreu's System

capa: Renata Vidal

imagem de capa: © Lee Avison / Trevillion Images

impressão e acabamento: Cromosete Gráfica e Editora Ltda.

CIP-BRASIL. CATALOGAÇÃO NA PUBLICAÇÃO
SINDICATO NACIONAL DOS EDITORES DE LIVROS, RJ

K72t

Kleypas, Lisa, 1964-
Uma tentação perigosa / Lisa Kleypas ; [tradução
Carolina Rodrigues]. – 1. ed. – São Paulo : Arqueiro, 2021.
288 p. ; 23 cm.　　　(Os Ravenels ; 7)

Tradução de: Devil in disguise
Sequência de: Pelo amor de Cassandra
ISBN 978-65-5565-228-4

1. Ficção americana. I. Rodrigues, Carolina. II. Título.
III. Série.

21-72983　　　　　　　　　　　CDD: 813
　　　　　　　　　　　　　　　CDU: 82-3(73)

Leandra Felix da Cruz Candido – Bibliotecária – CRB-7/6135

Todos os direitos reservados, no Brasil, por
Editora Arqueiro Ltda.
Rua Funchal, 538 – conjuntos 52 e 54 – Vila Olímpia
04551-060 – São Paulo – SP
Tel.: (11) 3868-4492 – Fax: (11) 3862-5818
E-mail: atendimento@editoraarqueiro.com.br
www.editoraarqueiro.com.br

Para a maravilhosa Eloisa James,
que me ajudou a passar pelo ano de 2020.
Obrigada, minha querida amiga!
Com amor,
L.K.

CAPÍTULO 1

Londres, 1880

— MacRae está mais furioso que um urso em uma rinha – alertou Luke Marsden assim que entrou no escritório. – Se nunca viu de perto um escocês com ódio, é melhor se preparar para o linguajar.

De sua mesa, lady Merritt Sterling olhou para cima com um leve sorriso. Seu irmão era uma bela visão, com o cabelo escuro revolto pelo vento e a pele corada pelo ar fresco do outono. Assim como o restante da linhagem dos Marsdens, Luke herdara a silhueta esguia e elegante da mãe. Já Merritt era a única dos seis irmãos que saíra baixa e robusta.

– Passei quase três anos administrando uma empresa de navegação – ressaltou ela. – Depois de todo esse tempo cercada de estivadores, nada mais me choca.

– Talvez – admitiu Luke. – Mas saiba que os escoceses possuem um dom especial para praguejar. Eu tinha um colega em Cambridge que conhecia mais de dez palavras diferentes para "testículo".

Merritt sorriu. Uma das coisas que mais apreciava em Luke, o mais novo dos irmãos homens, era o fato de ele nunca poupá-la de vulgaridades ou tratá-la como uma flor delicada. Essa era uma das razões pelas quais ela o convidara para assumir a administração da empresa de navegação do falecido marido, mas não sem antes ensinar a ele os meandros do trabalho. Ele aceitara o cargo sem pensar duas vezes. Como terceiro filho de um conde, Luke tinha poucas opções, e, como ele mesmo observara, um homem não pode ganhar a vida simplesmente vagando por aí como um dândi.

– Antes de mandar o Sr. MacRae entrar – falou Merritt –, é melhor você me dizer por que ele está furioso.

– Bem, para começar, o navio que ele fretou deveria entregar o carregamento diretamente no nosso armazém, mas as autoridades portuárias desviaram a rota porque todos os atracadouros estavam lotados. Então o navio foi descarregado a mais de seis quilômetros do porto, em Deptford Buoys.

– Esse é o procedimento padrão.

– Sim, mas a carga não é padrão.

Ela franziu a testa.

– Não é um carregamento de madeira?

Luke balançou a cabeça.

– Não, é de uísque. São 95 mil litros de um puro malte extremamente valioso de Islay, afiançados. Eles começaram o processo de trazê-lo até aqui em barcaças, mas dizem que vai levar três dias para que todo o carregamento chegue ao armazém.

Merritt franziu ainda mais o cenho.

– Deus do céu, essa quantidade toda de uísque afiançado não pode ficar parada em Deptford Buoys por três dias!

– Para piorar – prosseguiu Luke –, houve um incidente.

Ela arregalou os olhos.

– Que tipo de incidente?

– Um barril de uísque escorregou do guincho de içamento, quebrou no telhado de um armazém de trânsito e todo o conteúdo caiu em cima de MacRae. O homem está prestes a matar alguém... e... e foi por isso que eu o trouxe até você.

Apesar da preocupação, Merritt deixou escapar uma risada.

– Luke Marsden, por acaso você está pensando em se esconder embaixo da barra da minha saia enquanto eu enfrento o escocês grande e malvado?

– De forma alguma – respondeu ele sem pensar duas vezes. – Mas você gosta dos grandes e malvados.

Ela ergueu as sobrancelhas.

– Meu Deus, o que está dizendo?

– Que você adora acalmar pessoas difíceis. Quando você fala com elas, sua voz parece mel.

Achando graça, Merritt apoiou o queixo na mão.

– Traga o homem aqui, então. Vou adoçá-lo.

~

Não que Merritt *adorasse* acalmar pessoas difíceis. Mas, sem dúvida, gostava de amenizar as coisas sempre que podia. Como a mais velha de seis irmãos, cabia sempre a ela apaziguar as brigas ou sugerir brincadeiras dentro de casa nos dias chuvosos. Em mais de uma ocasião, arquitetara incursões noturnas à despensa na cozinha ou contara histórias aos irmãos quando entravam, sorrateiros, no quarto dela depois da hora de dormir.

Ela vasculhou a pilha de documentos em cima da mesa e encontrou um em nome da Destilaria MacRae.

Pouco antes de falecer, Joshua, seu marido, assinara um contrato com MacRae para lhe fornecer o armazenamento de suas cargas na Inglaterra. Joshua contara a ela sobre a reunião com o escocês, que na ocasião visitava Londres pela primeira vez.

– Ah, você precisa convidá-lo para jantar! – exclamara Merritt, incapaz de suportar a ideia de um estranho viajando sozinho por um lugar desconhecido.

– Eu convidei – respondera Joshua com seu sotaque americano. – Ele agradeceu, mas recusou.

– Por quê?

– MacRae é um sujeito meio rude. Foi criado em uma ilha distante na costa oeste da Escócia. Provavelmente a perspectiva de conhecer a filha de um conde é assustadora demais para ele.

– Bem, mas ele não deveria se preocupar com isso – protestara Merritt. – Você sabe que minha família não é nem um pouco refinada.

Mas Joshua argumentara que a definição de Merritt de "nem um pouco refinada" era diferente da de um escocês do campo, e MacRae ficaria muito mais confortável se o deixassem em paz.

Merritt jamais poderia imaginar que quando ela e Keir MacRae enfim se conhecessem, Joshua não estaria mais vivo e ela estaria à frente da Sterling Enterprises.

Luke veio pelo corredor e parou na entrada do escritório.

– Por aqui – disse ele a alguém do lado de fora –, deixe-me apresentá-lo a...

Passando direto por Luke, Keir MacRae irrompeu porta adentro como uma força da natureza e parou diante da mesa de Merritt.

Luke simplesmente se recostou no batente da porta e cruzou os braços.

– Por que perder tempo com apresentações, não é mesmo? – disse o visitante com ironia, para ninguém em especial.

Perplexa, Merritt encarou aquele escocês grande e enfurecido. O homem era uma visão estupenda, com mais de 1,80 metro de músculos, usando uma camisa fina úmida e uma calça tão justa que parecia colada à pele. Um tremor de irritação o atingiu, muito provavelmente por conta do frio causado pela evaporação do álcool. Carrancudo, ele retirou a boina, revelando o cabelo desgrenhado e que não via um bom corte havia alguns meses. Os cachos densos eram de um tom de âmbar frio e belo, com mechas douradas.

Era um homem bonito apesar da aparência desgrenhada. *Muito* bonito. Os olhos azuis tinham a vivacidade que se veria nos olhos do próprio diabo, as maçãs do rosto eram salientes, o nariz, reto e distinto. Uma barba castanho-amarelada encobria o contorno do queixo, escondendo, talvez, traços delicados. Era um homem extraordinário.

Merritt não imaginava que houvesse qualquer outro homem vivo que a deixasse desconcertada daquela maneira. Era uma mulher confiante e experiente. Contudo, não podia ignorar o rubor que subiu pela gola alta do vestido. Ou o coração que disparou como um ladrão desajeitado batendo em retirada.

– Quero falar com algum responsável – disse ele bruscamente.

– Sou eu mesma – respondeu Merritt com um breve sorriso, contornando a mesa. – Lady Merritt Sterling, a seu dispor.

Ela estendeu a mão.

MacRae demorou para reagir, mas enfim seus dedos frios e muito ásperos se fecharam sobre os dela.

Merritt sentiu os pelos da nuca se arrepiarem e uma sensação agradável na boca do estômago.

– Meus sentimentos – disse ele secamente, soltando a mão dela. – Seu marido era um bom homem.

– Obrigada.

Ela respirou fundo para se acalmar, e então começou a dizer:

– Sr. MacRae, sinto muitíssimo pela entrega malsucedida. Vou enviar a documentação para garantir que o senhor fique isento dos encargos de atracação e das tarifas de uso do cais, e a Sterling Enterprises também vai arcar com as taxas de baldeação da carga. Além disso, prometo deixar um atracadouro reservado na data do seu próximo carregamento.

– Não vai haver porcaria nenhuma de próximo carregamento se eu for à falência – disse MacRae. – O fiscal disse que todos os barris que não tiverem sido entregues no armazém até meia-noite não estarão mais afiançados e terei que pagar as taxas imediatamente.

– O quê?

Merritt lançou um olhar de fúria para o irmão, que deu de ombros e balançou a cabeça, indicando não saber de nada. Era um assunto de extrema seriedade. O governo executava com rigor a regulamentação dos estoques de uísque afiançado e qualquer violação acarretava penalidades terríveis. Aquilo seria muito ruim para os negócios dela e desastroso para os de MacRae.

– Não – disse ela, com firmeza –, isso não vai acontecer.

Merritt sentou-se em sua cadeira e vasculhou com pressa uma pilha de autorizações, receitas e formulários de impostos.

– Luke – chamou ela –, o uísque precisa ser trazido de Deptford Buoys para cá o mais rápido possível. Vou conversar com o fiscal de tributos e pedir que aguarde pelo menos até o meio-dia de amanhã. Deus sabe quanto ele nos deve depois de todos os favores que já lhe fizemos.

– E isso vai bastar? – perguntou Luke, parecendo cético.

– Terá que bastar. Vamos precisar de cada barcaça e embarcação leve que pudermos contratar e muitos homens fortes pa...

– Não tão rápido – disse MacRae, espalmando as mãos firmemente na mesa e inclinando-se sobre ela.

Merritt se assustou e olhou para cima. O rosto dele estava muito próximo do seu. Os olhos de MacRae eram de um azul gélido e penetrante, com leves ruguinhas nos cantos, causadas por risos e sol e dias de vento intenso.

– Pois não, Sr. MacRae? – perguntou ela, sabe-se lá como.

– Esses palermas que trabalham para você entornaram mais de 400 litros de uísque pelo cais e, ainda por cima, derramaram boa parte em cima de mim. Não vou permitir que estraguem o resto do carregamento.

– Aqueles palermas não eram nossos funcionários– protestou Luke. – Eram condutores da barcaça.

Merritt teve a impressão de que a voz do irmão vinha de outro andar. A única coisa na qual ela conseguia prestar atenção era o homem forte e viril diante dela.

Seja profissional, ordenou a si mesma, desviando o olhar de MacRae com esforço. Então falou com o irmão em um tom que torceu para soar respeitável.

– Luke, de agora em diante, nenhum condutor de barcaça deve chegar perto da plataforma de içamento – disse, e então se voltou para MacRae. – Meus funcionários têm experiência com cargas valiosas – garantiu. – Somente eles terão autorização para içar seu uísque com o guindaste e estocá-lo no armazém. Não haverá mais acidentes... Eu lhe dou a minha palavra.

– Como pode ter certeza? – perguntou MacRae, erguendo a sobrancelha em uma expressão de escárnio. – Você vai coordenar a operação pessoalmente?

O tom da pergunta, levemente sarcástico, provocou uma estranha pontada de familiaridade em Merritt, como se ela já o tivesse ouvido dizer algo naquele mesmo tom antes. O que não fazia o menor sentido, porque estavam se conhecendo naquele momento.

– Não – respondeu ela –, meu irmão vai coordenar a operação do início ao fim.

Luke deixou escapar um suspiro ao perceber que a irmã acabara de obrigá-lo a um trabalho que se estenderia noite adentro.

– Ah, claro – retrucou ele, ácido. – Era exatamente o que eu ia sugerir.

Merritt olhou para MacRae.

– Parece aceitável para o senhor?

– Eu tenho escolha? – rebateu o escocês com mau humor.

Ele ergueu o tronco e puxou com força o tecido úmido e manchado da camisa.

– Vamos logo com isso, então.

MacRae estava com frio e desconfortável, pensou Merritt, e exalava um forte cheiro de puro malte. Antes de voltar ao trabalho, ele precisava de algum tempo para se limpar.

– Sr. MacRae, onde ficará hospedado durante sua passagem por Londres? – perguntou ela.

– Me ofereceram um cômodo no armazém.

– É claro.

No armazém alfandegado fora construído um prático conjunto de aposentos simples para a conveniência dos vinicultores e destiladores que desejassem preparar e engarrafar seus produtos no local.

– Sua bagagem já foi levada para lá?

– Ainda está nas docas – respondeu MacRae, rude, visivelmente não querendo ser importunado com questões triviais quando havia tanto a ser feito.

– Vamos mandar buscá-la agora mesmo, e pedirei que alguém o acompanhe até seus aposentos.

– Depois – disse ele.

– Mas o senhor precisa trocar de roupa – falou Merritt, agitada.

– Minha senhora, eu vou trabalhar noite adentro ao lado de estivadores que não estão nem aí para a minha aparência ou o meu cheiro.

Merritt sabia que deveria deixar o assunto de lado, mas não resistiu:

– À noite faz muito frio nas docas. Vai precisar de um casaco.

MacRae pareceu irritado.

– Tenho só este e está todo empapado.

Merritt deduziu que isso significava que o casaco estava encharcado. Disse a si mesma que o bem-estar de Keir MacRae não lhe dizia respeito e que havia questões mais importantes exigindo sua atenção. Mas... aquele homem bem que precisava de alguns cuidados. Por ter sido criada com três irmãos, ela reconhecia muito bem o olhar encovado e rabugento de um homem faminto.

Luke tinha razão, pensou ela, irônica. *Eu realmente gosto dos grandes e malvados.*

– O senhor não pode simplesmente deixar sua bagagem no meio da rua – disse ela, com sensatez. – Preciso de apenas alguns minutos para buscar a chave e lhe mostrar o aposento.

Ela lançou um olhar para o irmão, que, prestativo, fez coro:

– Além do mais, MacRae, você não poderá fazer nada até que eu reúna os homens e contrate uma tripulação extra para as barcaças.

Irritado, o escocês pressionou com força a ponte do nariz entre os dedos.

– A senhora não pode me levar até lá – disse para Merritt com firmeza. – Não sem um acompanhante.

– Ah, não precisa se preocupar com isso, sou viúva. Sou eu que acompanho as pessoas.

MacRae encarou Luke com expectativa.

Luke não esboçou reação, apenas perguntou:

– O quê? Está esperando que eu diga alguma coisa?

– O senhor não vai proibir sua irmã de sair com um estranho? – perguntou MacRae, incrédulo.

– Ela é minha irmã mais velha – respondeu Luke – e minha chefe, portanto... Não, não vou dizer nada.

– Como sabe que não vou ofender a virtude dela? – perguntou o escocês, ultrajado.

Luke ergueu as sobrancelhas, parecendo ligeiramente interessado.

– O senhor pretende fazer isso?

– *Não.* Mas eu poderia!

Merritt precisou morder os lábios para conter uma gargalhada.

– Sr. MacRae, meu irmão e eu estamos plenamente cientes de que não preciso temer sua companhia de modo algum. Pelo contrário, todos sabem que os escoceses são confiáveis e honestos e... bem, *muito* honrados.

MacRae desfez um pouco a cara feia. Um instante depois, disse:

– É verdade que na Escócia existem mais homens honrados do que em outras terras. Levamos a honra de nosso país aonde quer que vamos.

– Pois bem – concordou Merritt. – Ninguém colocaria em dúvida minha segurança em sua companhia. Na verdade, quem ousaria proferir uma ofensa sequer ou me ameaçar de algum modo se o senhor estiver ao meu lado?

MacRae pareceu gostar da ideia.

– Se alguém fizesse isso – disse ele com veemência –, eu escalpelaria o desgraçado como quem tira a casca de uma uva e jogaria o sujeito em uma pilha de esterco em brasa.

– Viu só? – exclamou Merritt, sorrindo para ele. – O senhor é o acompanhante perfeito.

Ela desviou o olhar para o irmão, que estava bem atrás de MacRae. Luke balançou a cabeça devagar, e um leve sorriso se insinuou nos cantos da boca antes de articular três palavras a ela sem emitir som:

– *Voz de mel.*

Ela o ignorou.

– Por aqui, Sr. MacRae. Vamos resolver este assunto num piscar de olhos.

~

Keir não pôde fazer outra coisa senão seguir lady Merritt. Desde o momento em que tomara um banho de uísque no cais, estava sentindo um frio de congelar os ossos. Mas aquela mulher, com um sorriso vivaz e olhos cor de café, era a coisa mais calorosa do mundo.

Passaram por um conjunto de aposentos elegantes com revestimento de madeira e pinturas de navios, mas Keir mal reparou no entorno. Sua atenção estava focada nas belas formas da mulher à sua frente, nos cachos presos em um penteado intrincado, na voz sedosa e delicada. O perfume que exalava era muito bom, como o daqueles sabonetes caros que vêm embrulhados em papel pomposo. Keir e todas as pessoas que conhecia usavam o mesmo sabonete de resina amarelo que servia para tudo: chão, louça, mãos e corpo. O perfume, no entanto, não era pungente. A cada movimento dela, quando a saia e as mangas esvoaçavam, apenas algumas notas se elevavam, como se ela fosse um buquê de flores sendo delicadamente agitado.

O carpete no chão fora tecido com um padrão tão bonito que poderia ser usado como tapeçaria na parede. Era um crime pisá-lo com suas botas pesadas de trabalho. Keir não se sentia à vontade em lugares elegantes assim. Também não estava feliz por ter deixado seus homens, Owen e Slorach, no cais. Os dois conseguiam se virar sem ele por um tempo, principalmente Slorach, que trabalhava para a destilaria do pai de Keir havia quatro décadas. Mas aquele empreendimento era responsabilidade sua, e a sobrevivência da destilaria dependia daquilo. Garantir que o uísque afiançado fosse colocado em segurança no armazém era uma tarefa importante demais para que ele se deixasse distrair por uma mulher.

Especialmente aquela. A jovem era educada e cortês, filha de um conde. Não um conde qualquer, mas lorde Westcliff, um homem de influência e riqueza amplamente conhecidas. E lady Merritt era uma potência por si só, proprietária de uma empresa de transporte de cargas, dona de uma frota de embarcações de carga a vapor e também de armazéns.

Como filho único de pais idosos, Keir recebeu o melhor que conseguiram lhe prover, mas quase não tivera contato com livros ou outras fontes de cultura. Era um homem que via beleza nas estações, em tempestades e em longas caminhadas pela ilha. Amava pescar e passear com os cães e adorava produzir uísque, o ofício que herdara do pai.

Seus prazeres eram simples e concretos.

Lady Merritt, no entanto, não tinha nada a ver com essas coisas. Ela era um tipo de distração completamente diferente. Um luxo a ser desfrutado, mas não por alguém como ele.

No entanto, isso não impediu Keir de imaginá-la em sua cama, submissa, com a pele corada, o cabelo como uma manta de seda preta espalhada pelo travesseiro. Ele queria ouvir aquela voz bonita, com seu sotaque refinado, implorando que a satisfizesse enquanto ele a deixava louca sem a menor pressa, com toda a calma do mundo. Ainda bem que ela não fazia ideia da indecência que dominava os pensamentos dele, senão teria fugido aos gritos.

Chegaram a uma área aberta. Uma mulher de meia-idade, com cabelos claros e usando óculos, estava sentada na frente de uma máquina em um suporte de ferro.

– Milady – disse ela, levantando-se para recebê-los.

A mulher deu uma olhada geral na aparência desgrenhada de MacRae, notando as roupas úmidas e a ausência de um casaco. Retorceu levemente o nariz, como único sinal de reconhecimento do cheiro forte de uísque.

– Senhor.

– Sr. MacRae – disse lady Merritt –, esta é minha assistente, a Srta. Ewart.

Ela fez um gesto em direção a um par de cadeiras de couro refinadas em frente a uma lareira com cornija de mármore branco.

– Gostaria de se sentar um pouco enquanto converso com ela?

Não, ele não gostaria. Ou melhor, não poderia. Fazia dias que não descansava decentemente. Se sentasse, mesmo que por alguns minutos, seria dominado pela exaustão.

Ele balançou a cabeça.

– Vou esperar em pé.

Lady Merritt o encarou como se ele e os problemas dele fossem a coisa mais interessante do mundo para ela. A ternura íntima em seus olhos poderia ter derretido um depósito de gelo no auge do inverno.

– Aceita um café? – sugeriu ela. – Com creme e açúcar?

Ouvir aquilo era tão bom que as pernas de Keir quase fraquejaram.

– Sim – respondeu, com gratidão.

Sem perder tempo, a assistente trouxe uma pequena bandeja de prata com um jogo de café e uma caneca de porcelana. Colocou a bandeja em cima da mesa, onde lady Merritt serviu o café e adicionou creme e açúcar. Jamais uma mulher fizera aquilo por ele. Keir se aproximou, fascinado pelos movimentos graciosos das mãos de lady Merritt.

Ao receber a caneca que ela lhe oferecia, ele fechou a mão ao seu redor, apreciando o calor que emanava. Mas, antes de beber, examinou com atenção o detalhe em forma de meia-lua na borda.

– É uma caneca bigodeira, feita para cavalheiros – explicou lady Merritt, percebendo a hesitação dele. – A parte de cima protege o lábio superior do vapor e impede que a cera do bigode derreta na bebida.

Keir não pôde evitar um sorriso ao levar a caneca à boca. Sua barba e seu bigode eram bem aparados, não precisavam de cera. Mas ele já tinha visto bigodes elaborados em homens ricos que, toda manhã, tinham tempo para retorcer as pontas para cima e fixá-las com cera. Aparentemente o estilo demandava até a confecção de canecas especiais.

O café estava saboroso e forte, possivelmente o melhor que ele já tomara.

Na verdade, estava tão delicioso que Keir não se conteve e bebeu tudo em poucos goles. Estava com muita fome para bebericar como um cavalheiro. Acanhado, devolveu a caneca à bandeja, imaginando que seria deselegante pedir mais.

Sem perguntar nada, lady Merritt tornou a encher a caneca e acrescentou açúcar e creme.

– Volto em um instante – disse ela antes de se retirar para conversar com a assistente.

Keir bebeu mais devagar dessa vez e pousou a xícara na bandeja. Enquanto as mulheres conversavam, ele perambulou de volta até a mesa para dar uma olhada na geringonça preta e lustrosa. Uma máquina de escrever. Vira anúncios delas nos jornais. Intrigado, inclinou-se para examinar as teclas com as letras encaixadas no topo de pequenas hastes de metal.

Depois que a assistente saiu do aposento, lady Merritt parou ao lado de Keir. Percebendo o interesse dele na máquina, ela inseriu uma pequena folha de papel de carta e girou um cilindro para posicioná-la.

– Aperte uma das letras – sugeriu ela.

Com cautela, Keir obedeceu, e a pequena haste de metal se elevou e tocou em uma fita com tinta posicionada em frente ao papel. Mas, depois que a armação desceu, a folha continuava em branco.

– Com mais força – alertou lady Merritt –, para que a placa da letra acerte o papel.

Keir balançou a cabeça.

– Não quero quebrar...

A máquina de escrever parecia frágil e terrivelmente cara.

– Não vai quebrar. Vamos lá, tente outra vez.

Sorrindo diante de sua contínua recusa, Merritt disse:

– Vou escrever seu nome, então.

Ela buscou as letras corretas, batendo em cada uma com firmeza. Por cima do ombro dela, Keir observou seu nome aparecer em uma fonte pequena e perfeita.

Sr. Keir MacRae

– Por que as letras não estão em ordem alfabética? – perguntou Keir.

– Se estivessem, ao digitarmos letras que são muito próximas, como o S e o T, as armações de metal emperrariam. A disposição do alfabeto dessa forma facilita a operação da máquina. Quer que eu tecle outra coisa?

– Sim, seu nome.

Uma covinha surgiu no rosto delicado de Merritt ao atender o pedido. Toda a atenção de Keir se voltou para aquela cavidade pequena e deliciosa. Ele quis pôr os lábios ali, senti-la com a língua.

Lady Merritt Sterling, digitou ela.

– Merritt – repetiu ele, experimentando as sílabas. – É um nome de família?

– Não exatamente. Eu nasci em uma noite de tempestade. O médico não estava disponível e a parteira estava bêbada. O veterinário local, Dr. Merritt, foi quem se ofereceu para ajudar minha mãe no parto. Decidiram me chamar assim em homenagem a ele.

Keir sentiu os cantos da boca se curvarem num sorriso. Embora estivesse quase morto de fome e tivesse passado boa parte do dia de péssimo humor, ele foi tomado por uma sensação de bem-estar.

Enquanto lady Merritt girava o cilindro para soltar a folha, Keir vislumbrou a parte interna do pulso dela, onde um padrão de veias azuis corria sob a pele fina. Um ponto bem macio e delicado. Seu olhar percorreu as costas da jovem, apreciando as formas curvilíneas e caprichadas, a cintura delgada e os quadris largos. Já o formato do traseiro, escondido por uma saia ardilosamente drapeada, ficou a cargo de sua imaginação. Mas ele podia apostar que era redondo e suave, perfeito para dar umas palmadinhas, apertar, acariciar e...

Ele sentiu uma pontada de desejo no meio das pernas e reprimiu o impulso de praguejar. Estava em um local de trabalho, por Deus. E lady Merritt era uma viúva que devia ser tratada com deferência. Keir tentou se concentrar na elegância e na erudição dela e em quanto a respeitava. Como isso não funcionou, pensou com afinco na honradez escocesa.

Uma mecha se desprendeu do penteado complexo, cheio de espirais e cachos, na nuca de lady Merritt. E ficou suspensa ali, com a ponta cacheada como se fosse um dedo convidando-o a se aproximar. A nuca de Merritt parecia tão delicada e vulnerável... Como seria bom encaixar o rosto ali e morder suavemente, levá-la a estremecer e arquear o corpo ao encontro dele. Ele começaria a...

Que inferno!

Buscando desesperadamente uma distração, Keir deu uma olhada no entorno. Em uma das paredes avistou um quadro pequeno, emoldurado com esmero.

Um retrato de Joshua Sterling.

Foi o bastante para esfriar seu desejo.

A assistente retornara. Merritt descartou a folha datilografada em uma lixeira de metal e foi falar com ela.

O olhar de Keir voltou-se para o conteúdo na lata. Assim que a mulher deu as costas, ele se abaixou e resgatou a folha datilografada, depois a dobrou em um quadradinho e enfiou no bolso da calça.

Então caminhou distraidamente até o quadro para observá-lo mais de perto.

Joshua Sterling era um homem bem-apessoado, com feições marcadas e um olhar calmo. Keir lembrou-se de tê-lo em alta conta, principalmente depois que os dois descobriram que amavam pesca com mosca. Sterling mencionara que aprendera a lançar uma isca nos córregos e lagos ao redor de Boston, onde nascera, e Keir o convidara a visitar Islay para pescarem truta marisca. Sterling garantira a Keir que aceitaria o convite.

Pobre coitado.

Dizia-se que Sterling havia morrido no mar. Era uma pena que um homem perdesse a vida em seu apogeu, e com uma esposa como aquela o aguardando em casa. Até onde Keir sabia, nenhuma criança havia sido gerada dessa união. Nem um filho para dar continuidade a seu nome e seu legado.

Keir se perguntou se lady Merritt se casaria outra vez. Não restava dúvida de que ela poderia ter qualquer homem que desejasse. Seria esse o motivo pelo qual estava planejando passar o comando da Sterling Enterprises para o irmão mais novo? Para que pudesse frequentar as rodas sociais e encontrar um marido?

A voz dela interrompeu os pensamentos dele.

– Sempre achei que meu marido parece sério demais nesse retrato.

Lady Merritt parou ao lado de Keir.

– Mas acho que a ideia dele era inspirar autoridade, já que sabia que o retrato ficaria aqui no escritório.

Ela deu um leve sorriso ao contemplar a imagem.

– Talvez um dia eu contrate um artista para acrescentar um brilho nos olhos, a fim de deixá-lo mais parecido com ele mesmo.

– Por quanto tempo foram casados?

Keir se surpreendeu com a própria pergunta. Ele raramente manifestava interesse na vida pessoal das pessoas, mas não conseguiu evitar a curiosidade em relação àquela mulher, diferente de todas que ele conhecera.

– Um ano e meio. Conheci o Sr. Sterling quando ele veio a Londres para abrir uma filial da empresa.

Ela fez uma pausa.

– Nunca imaginei que um dia eu fosse administrá-la.

– A senhora tem se saído muito bem – comentou Keir antes de lhe ocorrer que poderia soar presunçoso elogiar alguém tão acima dele.

Lady Merritt, contudo, pareceu contente.

– Obrigada. Especialmente por não terminar a frase com "... para uma mulher", como a maioria faz. Sempre me lembra aquela frase de Samuel Johnson sobre o cão que anda nas patas traseiras: "Não anda bem, mas é uma surpresa ver que pelo menos anda."

Keir contraiu os lábios.

– Em Islay temos mais de uma mulher bem-sucedida administrando um negócio. A fabricante de botão e a dona do açougue...

Keir se interrompeu ao se dar conta de que poderia parecer condescendente.

– Embora seus estabelecimentos não se comparem a uma grande empresa de navegação – completou ele.

– Os desafios são os mesmos – disse lady Merritt. – Assumir o peso da responsabilidade, correr riscos, avaliar questões... – disse Merritt com um ar zombeteiro. – Lamento dizer que, sob minha liderança, alguns erros ainda acontecem. Seu carregamento é um exemplo disso.

Keir deu de ombros.

– Ah, sim. Sempre há um nó em algum ponto da corda.

– O senhor é um cavalheiro, Sr. MacRae.

Merritt deu um sorriso que fez com que surgissem ruguinhas no nariz e nos olhos. A visão o deixou um pouco tonto. Foi como se tivesse injetado um raio de sol em suas veias. Keir estava deslumbrado, imaginando que aquela mulher poderia ser uma criatura mítica. Uma fada ou até mesmo uma deusa. Não uma deusa indiferente, perfeita... uma mais acessível e alegre.

CAPÍTULO 2

O céu começou a escurecer enquanto eles voltavam para o cais. Um acendedor percorria uma fileira de lamparinas a gás. Merritt viu que a barcaça já havia partido para Deptford Buoys a fim de buscar mais uma remessa de uísque. A carga fora desembarcada na entrada da doca.

– Aquilo é meu.

MacRae indicou com um aceno de cabeça um solitário baú de viagem de couro, remendado com diversos retalhos do mesmo material, posicionado entre um conjunto de barris de uísque.

Merritt seguiu a direção do olhar dele.

– Há mais alguma coisa? – perguntou ela, imaginando que com certeza deveria haver.

– Não.

Com medo de tê-lo ofendido, Merritt emendou depressa:

– É isso que eu chamo de fazer as malas com eficiência.

Ele contraiu os lábios.

– É isso que eu chamo de não ter muitas coisas para colocar na mala.

Enquanto iam buscar o baú, passaram por um grupo de estivadores e funcionários dos armazéns reunidos ao redor de Luke. A visão fez Merritt se encher de orgulho.

– Meu irmão é um ótimo administrador – disse ela. – Quando começou a trabalhar na Sterling, Luke insistiu em passar o primeiro mês carregando e descarregando as remessas ao lado dos estivadores. Então, além de conquistar o respeito deles, hoje ele entende melhor do que ninguém como esse trabalho é difícil e perigoso. Graças a ele, usamos os equipamentos e procedimentos de segurança mais modernos.

– Isso também é um feito seu – observou MacRae. – É a senhora quem controla as finanças, não? Existem muitos donos de empresa que priorizam o lucro em detrimento das pessoas.

– Eu jamais faria isso. Meus empregados são homens bons, trabalhadores dedicados, e a maioria tem família para sustentar. Se algum deles se machucar, ou coisa pior, porque eu não cuidei da segurança...

Merritt parou e balançou a cabeça.

– Eu entendo – disse ele. – A destilação também é um ramo perigoso.

– É mesmo?

– Sim, há risco de incêndio e explosão em quase todas as etapas do processo.

Eles chegaram ao baú, e MacRae olhou por cima da multidão e para além do cais.

– Parece que meus homens foram buscar mais uma remessa em Deptford Buoys.

– Imagino que gostaria de ter ido com eles – disse Merritt, tentando insinuar um tom de pesar.

MacRae balançou a cabeça, e as rugas ao redor dos olhos tornaram-se mais profundas ao olhar para ela.

– No momento, não.

Algo no tom sugeriu um elogio, e Merritt sentiu um pequeno arrepio de prazer.

Pegando a alça lateral do baú, MacRae o ergueu até o ombro com facilidade.

Foram andando até o armazém número 3, onde os barris de uísque estavam sendo descarregados, e deram a volta até chegarem a uma porta trancada na lateral.

– O acesso ao aposento no andar de cima é por aqui – disse Merritt, inserindo e virando a chave até o ferrolho recuar. – Seu cômodo é totalmente particular, é claro. O senhor poderá entrar e sair quando quiser, mas não existe uma porta de ligação com o depósito do armazém. Só é possível acessá-lo quando nós dois estivermos lá com algum oficial da receita, cada um de nós com a própria chave.

Merritt o guiou na subida de um estreito lance de escada.

– Temo que o cômodo só disponha de água corrente fria. Mas pode aquecê-la na chapa do fogão para tomar banho.

– Tomo banho com água fria ou quente – respondeu ele.

– Ah, mas não nesta época do ano... Pode pegar um resfriado e ficar de cama, com febre.

MacRae pareceu achar graça.

– Nunca fiquei doente um dia sequer em minha vida.

– Nunca teve febre? – perguntou Merritt.

– Nunca.

– Nunca teve dor de garganta ou tosse?

– Nunca.

– Nem mesmo uma dor de dente?

– Nem mesmo uma dor de dente.

– Ora, mas que coisa irritante! – exclamou Merritt, rindo. – Como explica uma saúde tão perfeita?

– Sorte?

Merritt destrancou a porta que havia no fim da escada.

– Ninguém é tão sortudo assim. Deve ser sua alimentação. O que come?

– O que estiver na mesa – respondeu MacRae, seguindo-a quarto adentro e colocando o baú no chão.

Merritt refletiu sobre o pouco que sabia a respeito da culinária escocesa.

– Mingau, suponho.

– Sim, às vezes.

Lentamente, MacRae começou a examinar o quarto enquanto conversavam. A mobília era simples, constituindo-se de uma mesa e duas cadeiras, além de um pequeno fogão-lareira com uma única chapa no canto.

– Espero que seja aceitável – disse Merritt. – É um tanto rústico.

– O chão da minha casa é feito de pedra – respondeu ele, secamente. – Isto aqui é um progresso.

Merritt poderia ter mordido a língua. Não era nem um pouco de seu feitio ser tão indelicada. Ela tentou retomar o rumo da conversa.

– O senhor... estava me contando sobre sua alimentação.

– Bem, fui criado comendo principalmente leite, batatas, *dulse*, peixe...

– Perdão, *dulse*? De que se trata?

– Um tipo de alga – respondeu MacRae. – Quando eu era jovem, na maré baixa era encarregado de sair antes do jantar para cortar *dulse* das pedras no litoral.

MacRae abriu um armário e se deparou com um pequeno estoque de suprimentos e utensílios de cozinha.

– Pode-se colocar na sopa ou comer crua.

Ele a olhou por cima do ombro, e um ar de divertimento surgiu nos lábios ao ver a expressão dela.

– Então comer alga é o segredo para uma boa saúde? – perguntou Merritt, desconfiada.

– Não, milady, é o uísque. Meus homens e eu tomamos um golezinho todo dia – explicou ele e, vendo a expressão de perplexidade dela, acrescentou: – O uísque é a água da vida. Aquece o sangue, mantém os ânimos serenos e o coração forte.

– Queria apreciar uísque, mas o gosto não me agrada.

MacRae pareceu horrorizado.

– A senhora bebeu uísque escocês?

– Não sei ao certo – disse ela. – O que quer que tenha sido, minha língua parecia estar pegando fogo.

– Então a senhora bebeu alguma bebida barata, não foi uísque escocês. O primeiro gole de uísque de Islay é quente como o sussurro do diabo... mas logo os sabores aparecem e se pode sentir canela, turfa ou favo de mel recém-tirado da colmeia. O sabor é como a lembrança de uma caminhada feita há muito tempo em uma noite de inverno... ou de um beijo roubado da pessoa amada, no meio de um celeiro. O uísque é como a chuva de ontem. Destilado com cevada em um vapor que se ergue como fogo-fátuo, é colocado depois em barris feitos de um bom carvalho, onde deverá esperar o momento certo – disse MacRae, com a voz suave como uma espiral de fumaça. – Um dia beberemos uísque juntos, eu e a senhora. Brindaremos à saúde de nossos amigos e à paz de nossos inimigos... e beberemos aos amores perdidos no tempo e também aos que estão por vir.

Merritt o encarou, fascinada. Seu coração começou a bater muito rápido e ela sentiu o rosto ficar quente pela segunda vez naquela noite.

– O senhor pode beber aos amores que estão por vir – disse ela, sabe-se lá como. – Eu não.

MacRae inclinou a cabeça ao olhar para ela, pensativo.

– Não quer mais se apaixonar?

Merritt virou-se e começou a andar pelo aposento.

– Nunca acreditei muito na ideia de paixão como algo que nos acontece à revelia. Creio que se apaixonar também é uma escolha, no fim das contas.

– É?

MacRae também começou a andar. Parou diante do arco aberto do cômodo principal para ver o quarto conjugado, onde havia cama, cômoda e pia. Em um dos cantos, um biombo sanfonado ocultava uma banheira vitoriana de cobre e um vaso sanitário moderno.

– É, sim, uma escolha que deve ser feita com bom senso. Esperei para me casar até encontrar alguém que eu sabia que jamais me magoaria.

Merritt parou e deu um sorriso sombrio antes de acrescentar:

– É claro que acabei de coração partido de qualquer forma, já que o navio dele afundou no meio do Atlântico. Nada no mundo faria com que valesse a pena passar por isso outra vez.

Ao erguer o olhar, Merritt viu que MacRae a encarava, pálido e brilhante como a luz da lua. Ele ficou calado, mas havia algo curiosamente reconfortante na maneira como a observava, como se não houvesse nada que ela dissesse que ele não fosse capaz de entender.

Após um longo instante, ele deu meia-volta e continuou a explorar o aposento. Embora os cômodos fossem bastante simples, Merritt insistira em mobiliá-los com alguns pequenos luxos: um tapete de lã macio e uma poltrona, toalhas turcas grossas e bons sabonetes brancos para a higiene. Havia cobertores de algodão acolchoados para a cama e cortinas de musselina branca nas janelas.

– E não acha que esse coração vai se remendar? – perguntou MacRae.

Merritt percebeu que ele estivera refletindo sobre o coração partido dela.

– Já se remendou. Mas, como a maioria das coisas quebradas e consertadas, nunca mais será o mesmo.

– A senhora é uma mulher jovem – observou ele –, ainda está na idade de procriar. Não quer ter filhos?

Merritt ficou surpresa diante da audácia até lembrar que as pessoas do campo eram objetivas nesse tipo de assunto. Resolveu ser igualmente franca.

– Eu queria, mas, ao que parece, sou estéril.

MacRae assimilou a informação sem transparecer nenhuma emoção. Ele examinou a bomba manual de ferro fundido na pia da cozinha e passou os dedos pela alavanca.

– Há muitos pequenos que precisam de acolhimento.

– Talvez eu considere essa possibilidade algum dia. Mas, por ora, tenho mais do que o suficiente com que me ocupar – explicou ela e, depois de uma pausa, perguntou: – E quanto ao senhor? Alguma pessoa amada à sua espera em Islay?

– Não.

– E por que não? O senhor não tem muito mais do que 30 anos, administra um próspero negócio...

– Eu não diria "próspero". Ainda não.

Diante do olhar questionador, MacRae explicou:

– Depois que meu pai faleceu, cinco anos atrás, em janeiro, eu assumi o comando da destilaria e descobri que ele era tão ruim em administrar o negócio quanto era bom em fazer uísque. Os livros contábeis estavam uma bagunça, tínhamos dívidas até o pescoço. Consegui quitar tudo e modernizar o maquinário, mas, com tanto a fazer, não me sobra tempo para ter uma pessoa amada. Na verdade, ainda não conheci a mulher capaz de me convencer a largar a vida de solteiro.

Merritt ergueu as sobrancelhas.

– E que tipo de mulher seria essa?

– Espero saber quando encontrá-la.

MacRae pegou o baú e o levou para o quarto.

– Posso acender o fogão e pôr uma chaleira de água para ferver, para que possa se lavar? – perguntou ela.

Silêncio.

Um instante depois, viu que ele estava apoiado no arco, de testa franzida.

– Obrigado, milady, mas não será necessário.

– Deus do céu... Bem, creio que um banho com água gelada é melhor do que banho nenhum, não é mesmo?

– Não vou tomar banho – disse ele, ríspido.

– Mas vai levar só alguns minutos e...

– Não há por que eu ir para o cais todo enfeitado.

– Eu não diria que tomar banho é se enfeitar – comentou Merritt. – É só uma higiene básica.

Ao ver a expressão teimosa dele, ela acrescentou:

– E ficar aqui discutindo a respeito vai levar o mesmo tempo que tomar o banho.

– Não posso fazer isso com a senhora aqui. Não há porta no cômodo onde está a banheira.

– Pois bem, vou esperar do lado de fora.

MacRae pareceu ultrajado.

– Sozinha?

– Estarei completamente segura.

– O cais está lotado de estivadores e ladrões!

– Ah, por favor, não exagere. Vou esperar na escada, então.

Determinada, Merritt pegou uma jarra esmaltada grande em uma prateleira e se dirigiu à bomba manual de ferro fundido.

– Mas, primeiro, vou encher isto aqui de água.

– A bomba não vai funcionar se a senhora não puser água nela – informou MacRae, carrancudo.

– Vai, sim – respondeu ela, animada. – Essa instalação é moderna. Tem uma válvula especial que mantém a água aqui.

Merritt segurou a alavanca e a bombeou energicamente. O cilindro estalou e rangeu e começou a vibrar com a pressão que se acumulava. Ela ficou perplexa, no entanto, ao ver a torneira seca.

– Hum. A água já deveria estar saindo.

– Milady, espere...

Ele andou depressa até ela.

– Não há problema algum – disse ela, bombeando a alavanca com ainda mais empenho. – Já vai começar a cair.

Mas em dado momento a alavanca pareceu emperrar na vertical e todo o equipamento começou a ranger e tremer.

Merritt deu um grito e pulou para trás quando a água pressurizada esguichou da tampa do cilindro.

Ágil como um leopardo, MacRae alcançou a bomba e se engalfinhou com ela, desviando o rosto do jato forte. Com um grunhido de esforço, ele atarraxou a tampa do cilindro com mais força e depois golpeou a base do equipamento com a mão. O que restava da água gorgolejou e jorrou da torneira para a pia.

Merritt correu para buscar um pano de prato no armário.

– Sinto muitíssimo! – exclamou ela, voltando até ele. – Eu não fazia ideia de que isso poderia acontecer, caso contrário eu nunca teria...

Ela soltou um gritinho agudo de surpresa quando MacRae balançou a cabeça como um cachorro molhado, respingando por todos os lados.

Então ele olhou para ela. Consternada, Merritt viu que a água o acertara em cheio. A blusa estava colada a seu tronco, o rosto e o cabelo pingavam.

– Ai, céus – disse ela, estendendo o pano de prato seco como quem pede desculpas. – O senhor está todo ensopado outra vez. Pegue isto aqui...

A voz dela foi sumindo ao vê-lo ignorar a oferta e continuar caminhando em sua direção. Ligeiramente nervosa, ela se inclinou para trás a fim de evitar encostar no corpo molhado dele. Merritt parou de respirar quando ele agarrou a borda da pia com as mãos postas uma de cada lado dela.

– A senhora – disse ele, categoricamente – é uma pequena tirana.

Os lábios de Merritt se entreabriram para protestar, mas, ao erguer os olhos, ela viu um brilho divertido no olhar dele.

Em algum ponto entre o caos do coração acelerado e o nervosismo, Merritt sentiu uma gargalhada tentando escapar, e quanto mais tentava segurá-la, pior era.

– Pobre coitado... não fica seco desde que p-pôs os pés na Inglaterra...

Ofegante, ela começou a passar levemente o pano de prato no rosto dele, e MacRae não se mexeu. Algumas gotas pingaram do cabelo dele diretamente sobre ela, que estendeu a mão para prender as mechas úmidas atrás da orelha dele. As pontas se enrolaram levemente nos dedos dela e a sensação foi como tocar um cetim caro.

– Não sou nada tirana – disse ela com uma risadinha sem graça, ainda enxugando o rosto e o pescoço dele. – Eu estava sendo prestativa.

– A senhora gosta de dizer às pessoas o que fazer – acusou ele com delicadeza, examinando as feições dela.

– De forma alguma – negou Merritt. – Nossa, estou sendo muito mal interpretada.

Mas ela ainda ria.

MacRae sorriu e um lampejo de charme se insinuou em meio à barba castanha. Seus dentes eram muito brancos. Era um homem tão bonito que Merritt fraquejou e deixou o pano de prato cair. Sentia uma vertigem de empolgação por dentro.

Ela esperou que ele recuasse, mas isso não aconteceu. Merritt não se lembrava quando fora a última vez que estivera tão próxima de um homem, a ponto de sentir o toque de sua respiração na pele.

Uma pergunta pairou em meio ao silêncio.

A tentação de tocá-lo era forte demais para resistir. Aos poucos, quase timidamente, ela estendeu a mão para o maxilar barbado dele.

Com um frio na barriga, sentiu-se estranhamente leve, como se o chão tivesse desaparecido de repente. A ilusão pareceu tão real que ela se agarrou aos braços dele por reflexo. Os músculos dele estavam tensos como um chicote por baixo da blusa úmida. Ela olhou em seus olhos, de um azul-claro abrasador como uma chama acesa.

Ao toque dela, a respiração de MacRae tornou-se irregular.

– Milady – disse ele, com a voz rouca –, vou me valer do seu bom senso agora. Porque, no momento, eu mesmo não possuo nenhum.

A boca de Merritt ficou seca. A atração pulsava por todo o seu corpo, levando seus dedos a apertar ritmicamente os braços dele, como um gato afofando algo por instinto.

– E... e a honra escocesa? – perguntou ela, nervosa.

MacRae baixou um pouco mais o rosto e Merritt sentiu os lábios e o veludo áspero da barba em sua testa. Uma sensação erótica, bruta e suave ao mesmo tempo. Ela fechou os olhos e seu corpo se desmanchou contra a pia.

– A questão é que... os escoceses têm um ponto fraco.

O murmúrio dele penetrou na pele dela e reverberou por toda a sua carne, e foi como se a coluna de Merritt tivesse sido substituída por uma corda de violino.

– Têm?

– Têm... mulheres bonitas de cabelo escuro que tentam mandar neles.

– Mas eu não fiz isso... – protestou ela, debilmente, e sentiu a curva do sorriso dele.

– Um homem sabe quando alguém está lhe dando ordens.

Os dois ficaram ali juntos, imóveis, enquanto o corpo de MacRae a cercava por todos os lados.

Ele estava tão perto, e era tão grande e poderoso... Merritt queria explorar aquele terreno másculo, mapear cada centímetro com a boca e as mãos. Ficou chocada ao perceber quanto o desejava. Desde que Joshua falecera, essas necessidades tinham sido deixadas de lado.

Mas havia algo em Keir MacRae que tornava impossível continuar a ignorá-las.

Com delicadeza, ele segurou e levantou a ponta do queixo dela, o que fez com que o sangue de Merritt ardesse. Então ele a encarou com intensidade, e seus olhos cintilavam com lampejos de gelo e fogo.

Quando falou, sua voz baixa tinha um toque de sarcasmo.

– Vamos fazer do seu jeito, então. Vou me banhar no outro cômodo, já que a senhora quer tanto. Mas fique aqui e não se mexa. Não toque em nada. Porque eu duvido que uma dama como a senhora queira ver um palerma como eu correndo nu por aí.

O que, Merritt pensou, mostrava quão pouco ele sabia sobre damas como ela.

MacRae bombeou mais água na jarra e a levou para o cômodo onde estava a banheira.

Assim que ele saiu de vista, Merritt se abaixou para pegar o pano de prato e fez o melhor que pôde para secar as poças no chão. Ao ouvir os barulhos que vinham do quarto – o tinido da bacia de porcelana na pia, os ruídos da água, um som de escovação e esfregação –, a imaginação dela disparou. Tentou se distrair arrumando a cozinha.

– Onde seus homens vão ficar? – perguntou, por fim, enquanto torcia o pano de prato encharcado.

– Eles pegaram alguns quartos na hospedaria da taverna do cais.

– Será que devemos pedir que alguém leve os pertences deles até lá?

– Não, eles mesmos já levaram quando a barcaça atracou, e jantaram na taverna mesmo. Estavam morrendo de fome.

Ela abriu as cortinas acima da janela próxima à pia.

– E o senhor? Comeu alguma coisa?

– Isso pode esperar até amanhã.

Merritt estava prestes a responder quando ficou paralisada, com a mão suspensa no ar. A janela estava posicionada de tal forma que espelhava a abertura do quarto contíguo com muita definição.

O corpo nu de Keir MacRae surgiu refletido no vidro quando ele atravessou o quarto.

Merritt sentiu calor e frio ao mesmo tempo, fascinada ao vê-lo se abaixar para pegar uma calça em seu baú de couro. Seus movimentos suaves e graciosos permitiam vislumbrar uma força contida, e aquele corpo...

– O senhor vai trabalhar a noite inteira sem comer nada? – perguntou ela.

... *com esses músculos longos, elegantes, bem delineados...*

– Vou ficar bem – respondeu ele.

... *e magníficos.* Ele era um delírio em forma de homem. Para não dizer bem-dotado.

Céus, isso era muito baixo, espiar um homem nu. Onde estava sua dignidade? Sua decência? Ela precisava parar antes que ele a flagrasse. Desviando o olhar, Merritt se esforçou para manter a conversa.

– O senhor vai trabalhar com mais eficiência se não estiver fraco de fome – falou ela, alto.

A resposta que veio do outro cômodo chegou um pouco abafada.

– Não tenho tempo para ficar à toa em uma taverna.

O olhar de Merritt disparou de volta para o reflexo na janela. Era mais forte do que ela.

MacRae puxava uma camisa pela cabeça e enfiava os braços nas mangas, relaxando e contraindo os músculos do peitoral. Aquele era o corpo de um homem acostumado a exigir muito de si sem qualquer compaixão.

E aquilo era a coisa mais interessante e excitante que acontecia com Merritt em anos. Talvez em toda a sua vida adulta. Antes de se casar, ela era tímida demais para aproveitar algo assim. Mas agora, viúva e ocupando uma cama solitária... a visão do corpo de Keir MacRae a deixava dolorosamente ciente de algo que perdera e do qual sentia falta.

Suspirando, Merritt fechou as cortinas e se afastou da janela. Embora não fosse capaz de simular uma manifestação de seu típico bom humor, tentou parecer animada quando MacRae voltou à sala.

– Bem – disse ela. – Assim está muito melhor.

Ele parecia revigorado e mais confortável, usando um colete de tricô por cima da camisa sem gola. O cabelo estava penteado para trás, mas as mechas cor de âmbar já começavam a cair por cima da testa. O cheiro forte de uísque e suor fora substituído pelo de sabonete branco e pele limpa.

– Preciso admitir que isso é melhor do que cheirar como o chão de uma taverna.

MacRae parou na frente dela, com um lampejo de traquinagem nos olhos.

– Agora que é responsável por mim, milady, qual será sua próxima ordem?

A pergunta foi feita em um tom casual e amistoso, com um quê de brincadeira. Mas Merritt estava atordoada com o jorro de sensações que ele despertara nela, tão intenso que ela estava se afogando. Um sentimento de puro desejo. E, até aquele momento, ela jamais soubera ter isso guardado em si.

Merritt tentou encontrar uma resposta inteligente, mas a única coisa que sua mente conseguia evocar era algo impulsivo e tolo.

Me beije.

Ela jamais diria uma coisa tão despudorada, é claro. Soaria como um ato de desespero ou loucura e constrangeria os dois. E a dona de uma empresa se comportar de maneira tão antiprofissional diante de um cliente... bem, era melhor nem pensar nisso.

Mas, diante da expressão desconcertada no rosto dele, uma terrível constatação quase fez seu coração parar.

– Ah, meu Deus – disse ela, zonza, levando os dedos à boca. – Eu falei isso em voz alta?

CAPÍTULO 3

MacRae engoliu em seco antes de responder com um mero ruído rouco.
– Sim.

Merritt foi dominada pelo rubor mais profundo e violento de sua vida.
– Poderia... acha que... poderia fingir que não ouviu isso?

Ele balançou a cabeça, enrubescendo também. Depois do que pareceu uma eternidade, ele respondeu em uma voz rouca:
– Não se isso é algo que você deseja.

Ele estava pedindo permissão? Parecia que ela não conseguia acompanhar os batimentos do próprio coração. Cada centímetro de sua pele estava em brasa.
– Não creio que seja... É algo que você queira?

Ela sempre mantivera a compostura, era conhecida por isso. Mas naquele momento, parada diante dele, era toda hesitação e alvoroço.

Seus pensamentos dispararam na tentativa de dar fim àquela tensão. Faria pouco caso. Diria a ele que fora um comentário frívolo depois de um dia longo e que não estava falando sério, então começaria a rir e...

MacRae aproximou-se e pegou o rosto dela entre as mãos. Os polegares acariciaram a ponta de seu queixo, e a leve aspereza dos calos enviaram arrepios pelo corpo inteiro. Meu Deus, ele ia mesmo fazer aquilo. Ela estava prestes a ser beijada por um desconhecido.

Tarde demais para fazer pouco caso. *O que foi que eu fiz?* Merritt o encarou com os olhos arregalados, as notas dissonantes do nervosismo e da tensão unidas em um acorde de desejo.

Os cílios encurvados, escuros com pontas douradas, baixaram levemente quando ele a encarou. Não havia como se esconder daquele olhar penetrante. Merritt sentiu-se muito exposta, tão nua quanto ele estivera poucos minutos antes.

Quando Keir baixou a cabeça, seus lábios encontraram os dela com o peso suave da neve caindo.

Merritt esperava que ele fosse bruto ou impaciente, talvez um pouco desajeitado... esperava qualquer coisa, menos aquela carícia delicada e provocante que induziu seus lábios a se abrirem antes mesmo que ela se desse conta. Ele a provou com a ponta da língua, uma sensação que desceu por seu corpo e deixou suas pernas bambas. Ela se sentiu adernar como um navio, incapaz de se manter no prumo, mas Keir a segurou com firmeza, fechando os braços ao redor dela. A ternura com que tocava seus lábios se aprofundou até se tornar o beijo mais longo da vida de Merritt, e ela ainda queria mais.

Ele a beijava não como se fosse a primeira vez, mas a última; como se o mundo fosse acabar, e cada segundo valesse uma vida. Keir se deleitou com seu sabor com um desejo de muitos anos. Sem pensar, ela prendeu os lábios dele e enroscou os dedos em seu cabelo. As texturas daquele homem – veludo macio, pelos ásperos, seda molhada – a estimularam a esquecer o pudor. Ela nunca sentira tamanho desejo, um êxtase que se aprofundava cada vez mais em uma sensação extraordinária.

Quando ele afastou os lábios, pareceu cedo demais para Merritt, e, para seu completo constrangimento, ela choramingou e tentou puxá-lo de volta.

– Não, querida – sussurrou ele. – Você vai me transformar em uma brasa jogada no chão.

A boca de Keir deslizou até o ângulo delicado abaixo do queixo dela e aconchegou-se ali.

Ela tentou se lembrar de respirar. De como ficar em pé sem as pernas fraquejarem.

– Milady – disse ele baixinho. Como ela não foi capaz de responder, ele tentou outra vez: – Merritt.

Ela adorava o som de seu nome nos lábios dele, o leve sotaque na pronúncia do "r". Inclinando a cabeça para trás, ela encarou aqueles olhos frios e brilhantes.

– Por nada neste mundo eu magoaria você – murmurou ele – ou deixaria correr o rumor de que você perdeu a compostura.

Com cuidado, ele a soltou e deu um passo para trás.

– É por esse motivo que isso não tornará a acontecer.

Ele tinha razão. Merritt sabia. Reputações haviam sido destruídas por muito menos. Mesmo sob a proteção de uma família poderosa, ela ainda podia ser prejudicada por um escândalo e afastada da alta sociedade. E não tinha o menor desejo de viver como uma pária. Ela gostava de jantar com os amigos, frequentar bailes e peças de teatro e passear no parque. Gostava de ir à igreja, aos festivais anuais e fazer parte dos clubes de mulheres e organizações de caridade. A compaixão que as pessoas lhe ofereceram desde a morte de Joshua permitira que ela fizesse escolhas incomuns, tais como administrar uma empresa sozinha. Mas é claro que toda essa compaixão poderia ser jogada fora em um momento de descuido.

Ela deixou escapar um suspiro trêmulo, alisou a saia e tratou de se recompor.

– Não temos muito tempo se vamos procurar algo para você comer antes de voltarmos à doca – disse ela, um tanto impressionada com a normalidade que transpareceu.

MacRae olhou para ela, inflexível.

– Já disse que não vou jantar. Assunto encerrado.

~

É claro que a pequena tirana conseguiu o que queria. Ela levou Keir na direção oposta à doca dos armazéns, prometendo que não demorariam, que apenas comprariam algo de um vendedor de rua, que já estivesse pronto e pudesse ser consumido ali mesmo, de pé. Ele se sentiria muito melhor, garantiu ela, e ela ficaria mais tranquila em relação a ele.

Keir não se opôs tão veementemente quanto poderia, em parte porque sentia tanta fome que estava prestes a desmaiar. Mas principalmente porque esse momento seria a última vez que teria aquela mulher só para si e, apesar da preocupação com o carregamento de uísque, ele queria mais um instante com ela.

Ainda estava atordoado com o que acontecera minutos antes.

Ele tinha certeza de que não a beijara como um cavalheiro faria. Felizmente, Merritt não pareceu se importar. Ele tentara evitar, mas fora impossível. Aquela boca... doce como um favo de mel... E a maneira como o corpo dela se encaixara no dele. Keir a sentira tão intensa, tão atraente, tão quente e deliciosa.

Ele reviveria aquele beijo em incontáveis sonhos. Tinha sido diferente de tudo que já acontecera em sua vida e seria diferente de tudo que viria depois.

Enquanto andavam pelos arredores imundos das docas de South London, ele manteve Merritt bem atrás de si. Aquele não era um lugar apropriado para ela. A calçada estava entulhada de lixo, os postigos e muros estavam repletos de propagandas desbotadas e imagens obscenas e todas as janelas de bazares e tavernas tinham uma crosta de sujeira. O barulho ambiente era ouvido em camadas: guindastes a vapor e sons de construção, sinos e estampidos de navios, o tilintar de carroças, cascos e rodas e a algazarra sem fim do vozerio humano.

– Que revigorante – exclamou Merritt, olhando o entorno com satisfação. Ele respondeu com um rosnado evasivo.

– Estar no meio do rebuliço – continuou ela –, com todos esses navios atracando com cargas vindas do mundo todo: abacaxi das Índias Ocidentais, laranjas de Sevilha e chá da China. Ontem, um dos nossos armazéns foi abastecido com dez mil lotes de canela, e o cheiro era *divino* – disse ela, soltando um suspiro de satisfação. – Este lugar é tão agitado e cheio de vida! Olhe só para todas essas pessoas!

– Claro.

Com uma expressão séria, Keir observava o vaivém da multidão ao redor.

– A agitação de Londres sempre faz com que nossa propriedade em Hampshire pareça tediosa e sossegada demais. Não há nada para fazer a não ser pescar, caçar ou andar pelo campo.

Keir quase riu, pensando que ela acabara de descrever um dia ideal para ele.

– Você não vai com muita frequência para lá? – perguntou ele.

– Quase nunca desde que... bem, desde que precisei assumir o comando da Sterling. Felizmente, minha família sempre vem a Londres. Ah, chegamos – disse ela, mudando de assunto.

Estavam diante de uma loja de tortinhas baratas. A fila de clientes se estendia pela calçada. Aromas apetitosos de massa de torta quente e recheio de carne moída ou frutas frescas emanavam pela porta.

– Este é um dos meus lugares preferidos – explicou Merritt. – O dono mantém a loja limpa e sempre usa bons ingredientes – continuou ela e, franzindo a testa, acrescentou: – Droga. A fila está grande demais.

– Tem certeza de que... – Keir começou a falar, com o olhar focado nas tortinhas que os clientes levavam nas mãos.

As tortinhas tinham um furo no topo da massa folheada, para deixar sair o vapor aromático, e eram entregues em caixinhas de papelão parafinado. Keir poderia comer várias, inclusive as caixas.

– Vamos até uma barraquinha de comida que tenha algo mais rápido – disse ela, andando, decidida, pela rua.

Passaram por produtos dispostos em tábuas e mesas... pudins, cortes de carne, ovos cozidos, cones de papel repletos de picles, azeitonas, oleaginosas salgadas ou ervilhas lustrosas pela gordura do bacon. Havia batatas assadas embrulhadas em papel parafinado, postas crocantes de peixe frito, ostras defumadas com crosta de sal e cones de caramelos de amêndoa e bombons de conhaque. Até poucos minutos antes, Keir estivera disposto a negligenciar a fome em prol de preocupações mais importantes. Mas ali, cercado por toda aquela abundância de comida, seu estômago vazio o informou de que nada mais aconteceria até que ele fosse saciado.

Merritt parou diante de uma barraquinha com sanduíches, pão, manteiga e bolo.

– Boa noite, milady – disse o vendedor, dando uma batidinha respeitosa no chapéu.

– Sr. Gamp – respondeu ela, calorosa. – Trouxe este cavalheiro para provar o melhor sanduíche de presunto de Londres.

– Presunto defumado de Hampshire, esse é o segredo – disse o dono da barraquinha, orgulhoso, pegando uma caixa de papelão. – Isso e o fato de a patroa assar o pão ela mesma. É fermentado com levedo, para deixá-lo macio e doce.

Habilidosamente, ele cortou um dos pães em cima da tábua. As fatias triangulares e robustas foram recheadas com uma pilha gorda de fatias finíssimas de presunto e uma camada de agrião.

– Quanto custa? – perguntou Keir, engolindo em seco com dificuldade diante daquela visão.

– Por dois centavos você leva um sanduíche e uma caneca de cerveja – respondeu Gamp.

Era o dobro do valor que a mesma refeição teria custado em Islay. Keir entregou o dinheiro sem discutir.

Depois de colocar cerimoniosamente o sanduíche numa caixa de papelão, Gamp acrescentou um picles e uma fatia de bolo de groselha, dizendo para Merritt:

– Para um amigo seu, vai com cortesia, milady.

– O senhor é muito gentil, Sr. Gamp – disse ela, sorrindo.

Keir parou com Merritt embaixo do beiral de uma construção pesada, onde devorou sua comida. Normalmente, ele teria ficado acanhado ao comer na frente de uma dama bem no meio da rua, mas estava faminto demais para se importar com isso.

Depois de terminar o sanduíche e esvaziar a caneca de cerveja, Keir sentiu sua energia renovada. Era como se pudesse carregar sozinho cada barril do carregamento de uísque.

Ao jogar a caneca vazia em uma lata de lixo embaixo da mesa da barraca de Gamp, ele admitiu para Merritt:

– Pode dizer "Eu avisei". Está no seu direito.

– Eu nunca digo "Eu avisei" – falou ela, rindo. – Não ajuda em nada e todos odeiam ouvir isso.

Flocos de luz dançaram na face dela, refletidos por um braseiro de metal perfurado que estava próximo, na barraca. Merritt brilhava como uma criatura do folclore escocês. Em geral, mulheres bonitas eram perigosas nessas histórias, disfarçadas como um espírito das águas ou uma bruxa para enganar um desafortunado e levá-lo a seu destino. Sem escapatória, sem compaixão. Quando menino, Keir sempre se perguntava por que os homens nunca tentavam resistir.

– Ah, bem – explicara o pai dele –, é porque essas beldades são encantadoras de homens. Quando elas nos chamam com um aceno, não podemos fazer nada senão obedecer.

– Eu não obedeceria! – dissera Keir, indignado. – Eu ficaria em casa e tomaria conta da mamãe.

Uma risadinha viera do fogão, onde a mãe fritava batatas.

– Você é um bom rapaz – gritara ela.

Seu pai sorrira e se esticara diante da lareira, entrelaçando os dedos sobre a barriga.

– Algum dia, garoto, você entenderá por que um homem cai em tentação, mesmo que tenha juízo.

E, como na maioria das coisas, pensou Keir com pesar, seu pai estava certo.

～

A caminhada de volta ao armazém era curta, passando por casas e lojas. Luzes cintilavam nas janelas e nas redomas de vidro dos postes de rua. Merritt começou a recear o momento em que chegariam ao armazém e aquele interlúdio peculiar, porém fascinante, com um estranho acabaria. Quanto tempo fazia desde a última vez que sentira aquela vertigem por estar sendo cortejada? Tinha se esquecido de como era bom. E como era estranho que o homem que a lembrara disso fosse um rude destilador de uísque vindo de uma ilha escocesa remota.

MacRae a acompanhou até a Sterling Enterprises e parou ao lado dela bem na entrada.

– Você irá para casa agora? – perguntou, como se estivesse preocupado em deixá-la ali.

– Depois de falar com o Sr. Gruinard, o coletor de impostos e supervisor – respondeu Merritt. – Ele tem um escritório aqui no prédio. Tenho certeza de que posso convencê-lo a esperar pelo menos até o meio-dia de amanhã antes de interferir nos termos da alfândega.

Um pequeno sorriso se insinuou nos cantos da boca de Keir ao encará-la.

– Como alguém poderia dizer "não" para você?

Aquela mecha encaracolada tentadora pendia outra vez sobre a testa dele. Merritt precisou cerrar o punho para impedir-se de esticar a mão e ajeitá-la.

– Não hesite em me procurar se precisar de algo – disse a ele. – Como indicações de lugares aonde ir, ou se quiser ser apresentado a alguém... ou se houver qualquer problema com suas instalações... Estou aqui quase todos os dias e, é claro, minha assistente ou Luke também irão atendê-lo...

– Não pretendo incomodá-la, milady.

– Não será incômodo algum. Venha sempre que quiser e... podemos ir à loja de tortinhas.

Ele assentiu, mas ela sabia que ele não aceitaria o convite.

Provavelmente era melhor assim.

Mas, assim que se separaram, Merritt experimentou uma sensação de abandono, de ser privada de algo... não muito diferente de um filhotinho cujo dono acabou de partir. Qual era a palavra que descrevia isso? Desamparo, concluiu ela. Sim. Ela estava se sentindo desamparada, e isso não estava certo.

Precisava fazer algo.

Só não sabia ainda o quê.

～

Durante uma hora, Merritt negociou com o Sr. Gruinard e conseguiu obter algumas pequenas mas valiosas concessões. Agora, enfim, podia ir para casa. O dia tinha sido longo, e ela estava ansiosa para se sentar diante da lareira com pantufas macias nos pés. Mas não importava quão cansada estava, as engrenagens em seu cérebro trabalhavam sem parar, e ela já sabia que teria dificuldade para dormir.

A caminho de casa, decidiu fazer uma parada no armazém número 3. Afinal, como a irmã zelosa que era, estava preocupada com o bem-estar de Luke e, como a chefe responsável que era, tinha por obrigação saber como andava o progresso do trabalho.

E se no processo de conversar com Luke ela tivesse um vislumbre de Keir MacRae... bem, seria totalmente por acaso.

O armazém fervilhava de atividade. Um guindaste a vapor rangia, chiava e, de vez em quando, sibilava, como se soltasse um suspiro de alívio depois de erguer uma carga até o último nível do prédio. O ambiente era dominado por xingamentos e grunhidos dos estivadores em ação. Mesmo com o uso de rampas e carrinhos de carga, a tarefa de manobrar e estocar os barris de uísque demandava um tremendo esforço.

Merritt entrou no prédio com o máximo de discrição, tomando cuidado para não bloquear o caminho de ninguém. Ali perto, homens faziam força para empurrar um carrinho de carga bem pesado por uma rampa, enquanto um inspetor do armazém carimbava barril por barril. Pelo menos uma meia dúzia de trabalhadores com canecas de metal estava reunida em um canto, onde jarras de pedra cheias de água tinham sido colocadas em barris com serragem e gelo.

Um dos encarregados logo notou a presença de Merritt e se ofereceu para acompanhá-la até o andar de cima, onde estava Luke. Eles subiram por um elevador manual, operado por uma corda diante da gaiola. Merritt olhou por todo o armazém, mas, mesmo de seu ponto de vista elevado, não viu sinal de Keir MacRae.

Encontrou Luke apoiado sobre as mãos e os joelhos no chão, marcando com giz o local em que a próxima remessa de barris deveria ser estocada.

– Quer uma boa notícia? – perguntou ela ao se aproximar.

Um leve sorriso surgiu no rosto suado do irmão ao vê-la. Ele se levantou e bateu as mãos para espanar o pó, criando pequenas nuvens de giz.

– Me diga.

– Acabei de falar com o Sr. Gruinard e ele disse que, se não tivermos conseguido carimbar e estocar todo o uísque até o meio-dia, contanto que os barris estejam no interior do pátio alfandegário...

– Aquele que temos permissão de usar apenas para madeiras?

– Isso, esse mesmo... O Sr. Gruinard vai abrir uma exceção e nos deixar usá-lo como área de armazenamento temporário para o uísque até que tenhamos encerrado o trabalho.

– Graças a Deus – disse Luke, com fervor. – Bom trabalho, mana.

Então ele lhe lançou um olhar zombeteiro.

– É só isso?

– Como assim "É só isso"? – perguntou Merritt, rindo. – Não é suficiente?

– Bem, sim, mas... não havia necessidade de vir até aqui me contar isso a esta hora. Você poderia ter mandado uma mensagem ou esperado até de manhã.

– Achei que você gostaria de saber quanto antes. E eu também queria ver como você está se saindo.

– Estou comovido com tamanha preocupação – disse Luke. – Especialmente porque você nunca se preocupou tanto comigo.

– Que absurdo! – exclamou Merritt, amavelmente. – Duas semanas atrás, eu lhe trouxe sopa e chá, aqui mesmo, neste armazém, quando você estava resfriado!

Colocando as mãos no quadril em uma pose descontraída, Luke disse em um tom seco e baixo:

– Ora, não vamos fingir que esta visita tem qualquer coisa a ver comigo, mana. Você veio aqui torcendo para dar uma espiada em um certo escocês barbudo.

Ela baixou o tom de voz quando perguntou:

– Ele disse alguma coisa a você?

– Sobre o quê?

– Sobre *mim*.

– Ah, sim, nós paramos no meio do trabalho para fofocar tomando um chá. Então fizemos planos de ir até a chapelaria experimentar boinas e...

– Ah, pare com isso – sussurrou Merritt, rispidamente, meio rindo, meio aborrecida.

Luke balançou levemente a cabeça.

– Cuidado, mana...

O sorriso dela desapareceu.

– Cuidado com o quê? Não entendi...

– Cuidado com o equívoco que aparentemente você já decidiu cometer.

Absorvendo a expressão de ofensa no rosto dela, Luke acrescentou:

– Não me entenda mal... MacRae é um sujeito de boa índole e muito sensato. Uma pessoa formidável. Mas não há qualquer parte do seu futuro que naturalmente possa se alinhar com qualquer parte do futuro dele. Além disso, você desprezou as convenções sociais nos últimos anos e a alta sociedade está louca para pegar você em um escândalo. Não dê esse gostinho a eles.

Já era bem ruim levar um sermão do irmão mais novo – que de santo não tinha nada – sobre comportamento. Mas era pior ainda ver a preocupação no olhar de Luke, como se ele suspeitasse que havia acontecido algo nas instalações do armazém. Era tão óbvio assim? Parecia que estava escrito na cara dela.

Ela manteve o tom de voz leve, ainda que seu peito estivesse apertado pela raiva.

– Meu Deus, por que estou levando um sermão por algo que não fiz?

– Não é um sermão, é só um lembrete. O diabo nunca escolhe o caminho do medo para influenciar pessoas a cometerem erros. Ele opta pelo caminho da tentação.

Merritt forçou uma risada muito hesitante.

– Querido, por acaso você está alegando que o Sr. MacRae é o diabo disfarçado?

– Se ele for – respondeu Luke, calmo –, eu diria que o disfarce está sendo muito bem-sucedido até agora.

Merritt corou profundamente e se esforçou para manter um tom de voz calmo, ainda que estivesse muito agitada.

– Bem, se esse é o agradecimento que eu recebo por meu empenho com o Sr. Gruinard, me despeço por aqui.

Dando as costas ao irmão, ela começou a deixar o local, tomando o rumo da escada em vez de esperar que alguém operasse o elevador. O efeito dramático foi arruinado quando passou perto de uma rampa que levava a uma fileira elevada de suportes para barril e ouviu um grito abafado.

Confusa, Merritt parou, olhou para o lugar de onde viera o barulho e viu um barril pesado rolando bem em sua direção.

CAPÍTULO 4

Nem um segundo se passou antes que Merritt fosse agarrada e colocada fora do caminho do barril. O impulso a levou a dar uma meia-volta até ser abruptamente posicionada contra uma superfície dura e inflexível.

Atordoada, percebeu que alguém a segurava. Seus sentidos reuniram impressões prazerosas... o calor intenso de um corpo masculino... um braço robusto ao redor de suas costas... uma voz baixa próxima a seu ouvido.

– Tudo bem, moça. Peguei você.

Uma mecha de cabelo se desprendeu do grampo e o chapeuzinho que fora preso com um pente estava torto. Um pouco desorientada, Merritt olhou para cima, direto para os olhos azuis e sorridentes de Keir MacRae.

– Obrigada – disse ela, sem fôlego. – Eu deveria ter prestado mais atenção no caminho. Como... como você...

– Acabei de abastecer um suporte e estava vindo dizer boa-noite.

Com delicadeza, MacRae ajeitou a mecha solta e segurou o chapéu dela, que escorregava para o lado. Olhou para o objeto com zombaria.

– O que é isso?

– Meu chapéu.

O objeto não passava de um conjunto de penas e um pufe de organza presos a uma base aveludada. Merritt o pegou da mão dele e custou a prendê--lo no mesmo lugar.

MacRae queria rir.

– Um chapéu serve para proteger do sol ou da chuva. Essa coisinha não é um chapéu.

Os dedos do pé dela se retorceram deliciosamente com a leve provocação.

– Pois saiba que é a última moda.

– Parece um abibe.

– O quê?

– Um passarinho bonito com um penacho na parte de trás da cabeça.

Os braços de MacRae ainda a envolviam, mantendo-a em segurança. Era tão bom estar perto dele dessa forma... E então Merritt percebeu que o motivo pelo qual ficara tão brava com Luke era que ele tinha razão: ela estava se metendo em um problema. Na verdade, estava imprudentemente correndo na direção desse problema.

Luke tinha capturado o barril errante e estava no processo de rolá-lo rampa acima enquanto um encarregado do armazém dava uma bronca em um dos estivadores. Com o rosto vermelho, o jovem lançou um olhar aflito para Merritt.

– Eu sinto muito, milady, eu... eu imploro seu perdão...

– Não se preocupe, meu jovem – disse MacRae, com tranquilidade, garantindo que Merritt tinha se equilibrado antes de soltá-la. – Sua senhoria não se machucou.

– Foi culpa minha – disse Merritt. – Eu deveria estar mais atenta.

– Ninguém está atento a esta hora – disse Luke.

Ele rolou o barril rampa acima e o ajeitou com um grunhido de esforço.

– Tente rolar o barril pela beirada, não pela lateral – disse ele ao estivador. – O processo é mais lento, mas fica mais fácil de controlar. Vou mostrar como se faz, mas antes...

Ele olhou para Merritt por cima do ombro, e um vinco surgiu entre as sobrancelhas escuras. Relutante, perguntou:

– MacRae, poderia acompanhar minha irmã até a carruagem?

– Sim, é claro – respondeu MacRae de imediato.

Merritt sorriu e esticou a mão para pegar o braço de MacRae.

– Prefiro ir pela escada a usar o elevador.

Enquanto desciam a longa escada anexa, Merritt contou a ele sobre a reunião com o fiscal de tributos. MacRae ficou agradavelmente impressionado com as habilidades de negociação dela e agradeceu pelo tempo extra conquistado. Seria de bom uso, contou ele. Porque, embora avançassem em um ritmo constante, o progresso era mais lento do que ele gostaria.

– Você deve estar exausto – disse Merritt, preocupada.

– É um trabalho cansativo – admitiu ele –, mas terminaremos amanhã e então vou poder dormir bem.

– E depois?

– Reuniões comerciais pelo resto da semana com interessados em comprar uísque e engarrafá-lo autonomamente.

– Eles vão colocar rótulos próprios na sua bebida?

MacRae assentiu, parecendo triste.

– Não gosto muito da ideia – admitiu –, mas é um acordo lucrativo, e a destilaria precisa de muitas melhorias.

Eles pararam ao fim da escada, e Merritt virou-se para olhar o rosto dele, escondido pelas sombras.

Hora da despedida, pensou ela, e mais uma vez foi tomada por um sentimento de desamparo.

– Parece que seus dias estão cheios – disse ela, tentando parecer casual. – E quanto às noites? Tem algo planejado? Eu poderia oferecer um pequeno jantar informal na minha casa e apresentá-lo a algumas pessoas adoráveis. Prometo que irá se divertir e...

– Não – respondeu MacRae depressa. – Agradeço, mas farei companhia aos novos rapazes o dia todo.

– Entendo – disse ela, hesitante. – E se jantássemos apenas nós dois? Tenho uma excelente cozinheira. Ela pode preparar algo simples. Não amanhã à noite, é claro, presumo que queira descansar. Mas depois de amanhã, vá jantar na minha casa. Será uma noite calma e relaxante.

MacRae permaneceu em um silêncio irritante. Encarou-a fixamente, e seus olhos cintilavam como estrelas em meio às sombras.

Ele ia recusar. Como ela poderia persuadi-lo?

– Você disse que tomaríamos uísque um dia – lembrou a ele. – Será a oportunidade perfeita.

– Merritt...

– Aliás, isso me lembra... Eu queria perguntar sobre o nome estampado em seus barris de uísque. Aquele nome longo que começa com P.

– Priobairneach.

– Sim, o que quer dizer?

Depois de um momento, MacRae respondeu:

– Quer dizer algo como "empolgação repentina".

Ela sorriu ao ouvir isso.

– Vai levar um pouco para mim?

Mas a resposta não foi sorridente.

– Merritt – disse ele, com calma –, você sabe por que não posso ir.

Enquanto ponderava o que responder, ela se lembrou de uma conversa que tivera com o pai, o homem mais sensível que já existira. Falavam sobre os vários problemas que ela enfrentara depois de assumir as rédeas da empresa, e ela perguntou como ele sabia quais riscos valiam a pena.

"Antes de assumir um risco, primeiro se pergunte o que é importante para você", respondera ele.

Tempo, pensou Merritt. *A vida é cheia de tempo perdido.*

Ela não tinha percebido até aquele momento, mas sua consciência a respeito do tempo perdido vinha aumentando durante o último ano, corroendo sua habitual paciência. Tantas regras criadas para manter as pessoas afastadas, para bloquear qualquer instinto natural. Ela estava cansada disso. Merritt começara a se ressentir de todas as barreiras invisíveis entre ela e o que desejava.

E lhe ocorreu que era assim que sua mãe deveria se sentir na maior parte do tempo. Jovem herdeira decidida, a mãe viera para a Inglaterra com a irmã mais nova, tia Daisy, quando nenhum cavalheiro em Nova York se dispôs a pedi-las em casamento. Irritadas com as limitações do comportamento socialmente aceito, as duas as desafiaram. Mesmo agora, às vezes a mãe falava e agia com demasiada liberdade, mas o pai parecia gostar.

– Sr. MacRae – disse Merritt. – Pelos últimos três anos, venho administrando uma empresa de navegação, compareci a centenas de reuniões de negócio e preenchi papeladas por dias a fio. Além de meu irmão mais novo, minha companhia mais próxima tem sido nosso contador. Esta noite, me reuni com o fiscal de impostos do governo por quase duas horas. Como pode imaginar, nada disso fazia parte dos meus sonhos de infância. Não estou reclamando, é claro. Só quero demonstrar que a maior parte de nossas vidas é preenchida com responsabilidades que não necessariamente pedimos. E é por isso que considero plenamente justificável jantar com um amigo.

– Amigo – repetiu MacRae, parecendo sarcástico. – É isso que eu sou?

– Sim, por que não?

Ele se aproximou dela na escada e sua sombra a encobriu. O brilho de uma lamparina a gás projetou a silhueta de sua cabeça.

– Você não me chamaria desse modo se entendesse a tentação que representa para mim – disse ele, com suavidade.

Ali estava a verdade escrachada diante deles.

Merritt decidiu ignorá-la.

– É possível resistir à tentação – disse ela, sensata. – A pessoa toma uma decisão e se mantém firme nela. Tenho certeza de que posso me fiar em sua honra, assim como na minha. Vamos aproveitar a companhia um do outro, com prudência, é claro, sem complicações. O jantar será às oito horas. Minha casa não é longe daqui. Fica na Carnation Lane, número 3. Tijolo vermelho com acabamento branco, e hera na...

Ela parou quando as instruções se perderam no choque quente e doce dos lábios dele nos dela.

Não era o tipo de beijo que um amigo daria. Era quente e possessivo, cheio de uma sensualidade crua que acabou com o equilíbrio dela. As mãos enluvadas deslizaram para agarrar os ombros largos dele. O beijo continuou, deliciosamente exploratório, arrancando sensações. Ele deslizou uma das mãos pelas costas dela e a carícia criou um jorro de prazer. Os seios de Merritt estavam rijos e sensíveis, e ela desejou que ele os tocasse... os beijasse... Deus do céu, ela perdera o juízo.

Sentiu a rigidez do corpo dele, a tensão em todos os músculos, a respiração entrecortada saindo poderosamente do peito. Keir segurou os quadris dela e os puxou diretamente de encontro ao membro inquestionavelmente rígido e inchado. Ela pensou em como seria a sensação de ter aquele homem em cima dela, a rigidez daquele membro dentro de si, e deixou escapar um lânguido gemido.

Keir lambeu Merritt como se pudesse saborear aquele som e interrompeu o beijo para repousar a testa contra a dela. As respirações ofegantes se mesclaram.

Era difícil dizer qualquer coisa com ele pressionando o corpo dela contra o dele. Cada pedacinho de Merritt pulsava.

– Suponho que você ache que isso prova alguma coisa – conseguiu dizer.

– Exato – respondeu ele, rude. – Não me obrigue a ter que provar outra vez.

Mas Keir baixou a cabeça para roubar mais um beijo... e mais outro... lambendo e mordendo com delicadeza os lábios dela, como se não conseguisse parar. Ele deixou escapar um suspiro trêmulo e abraçou-a com força, dizendo algo em gaélico que parecia uma imprecação.

Lenta e quase dolorosamente, ele se afastou com cuidado e espalmou as mãos contra a parede da escada. Então baixou a cabeça e respirou fundo e devagar algumas vezes.

Percebendo que o objetivo dele era diminuir sua excitação – e vendo que não estava sendo fácil para ele fazer isso –, Merritt sentiu seu ventre pulsar intensamente.

Até que em dado momento Keir se afastou da parede, foi até a porta e a segurou aberta, para que Merritt passasse.

Ela estremeceu com o ar frio da noite enquanto ele a acompanhava até a carruagem.

Ao vê-los se aproximar, o criado correu para abrir a porta do veículo e puxar os degraus retráteis.

Antes de entrar, Merritt parou para dizer uma última coisa. Ficou feliz por ter conseguido soar casual mesmo que seus pensamentos estivessem a mil.

– Aguardo sua presença depois de amanhã, às oito horas em ponto.

Ele estreitou os olhos.

– Eu não disse que irei, sua pequena tirana.

– Não esqueça o uísque – disse ela, apressando-se a entrar na carruagem antes que ele pudesse responder.

CAPÍTULO 5

Depois que uma pequena fortuna em uísque fora carimbada e entregue com segurança no armazém alfandegado, subir a escada que levava aos seus aposentos custou cada gota do que restava da energia de Keir. Ele dormiu durante a tarde e a noite e acordou revigorado e pronto para encarar o mundo.

As reuniões do dia tinham exigido a compra de um casaco novo, porque o único que ele trouxera precisava ser lavado e era tão antigo que provavelmente não sobreviveria à lavagem. Primeiro, foi até a loja de tortinhas, onde comeu sua cota de café da manhã e perguntou onde poderia encontrar uma loja de roupas prontas.

Pela primeira vez na vida, Keir comprou uma peça de roupa feita por uma máquina de costura. O casaco de lã preta, seguindo o estilo usado por marinheiros e estivadores, era transpassado e cortado em uma altura que deixava as pernas livres. Vestia bem, embora as mangas fossem muito curtas, e o corpo, muito folgado. Ele seguiu para uma taverna a fim de se reunir com o gerente do estabelecimento. O homem pretendia fazer um pedido considerável depois que seu advogado revisasse os detalhes do contrato de engarrafamento autônomo.

A reunião seguinte seria em West Side, na área de St. James. Seguindo a sugestão de um dos moradores ricos de Islay, um advogado maduro chamado

Gordan Catach, Keir decidiu abordar um proeminente clube de cavalheiros para tentar vender um lote especial de puro malte 40 anos.

– Os clubes mais famosos são o White, o Brook e o Boodle – contara Catach. – Qualquer um desses teria como pagar um preço bem alto. Mas se eu fosse você, jovem, tentaria primeiro o Jenner. Não tem a alta estirpe dos outros, mas todos querem fazer parte dele. Alguns cavalheiros... superiores, perceba... ficam até dez anos na lista de espera.

– E por quê?

– O Jenner oferece a comida e a bebida mais refinadas e luxuosas... Existe até uma sala de fumantes onde preparam charutos frescos de acordo com o gosto do cavalheiro. O clube foi fundado há muito tempo por um boxeador profissional. A filha dele casou-se com o duque de Kingston, que agora é o proprietário do local.

Keir, que não poderia se importar menos com um aristocrata velho e caduco, respondeu com indiferença:

– Não é incomum que um duque possua um imóvel de primeira linha em Londres.

– Sim, mas o mais interessante é que Kingston em pessoa administrou o clube por um tempo.

Para garantir que Keir compreendesse a importância disso, Catach acrescentara:

– Nobres *nunca* trabalham. Na cabeça deles, isso os inferioriza, sabe? E custa o respeito das pessoas comuns, assim como a de seus semelhantes.

– Suponho que ele não deve ter tido escolha – ponderara Keir.

– Sem dúvida. Mas o duque transformou o Jenner no que ele é e enriqueceu com isso.

Catach balançara a cabeça em um misto de admiração e inveja.

– Que vida encantadora esse sujeito teve. Dizem que, quando jovem, Kingston era terrível como o próprio diabo. É a sina de todo homem que tem uma linda esposa. Então ele se casou com uma mulher rica e sossegou em uma meia-idade respeitável. Para Kingston, a recompensa do pecado nada mais era do que ouro e fortuna.

– Ele parece um idiota egoísta – dissera Keir, secamente. – Não vou vender meu uísque para um homem desses.

– Não seja estúpido, jovem. Você não vai negociar com o duque. Ele passou o comando para outra pessoa há muito tempo. Escreva para o gerente do clube. Ele é o encarregado de fazer os pedidos aos fornecedores e de supervisionar a adega.

Diante da insistência de Catach, Keir iniciou uma troca de correspondências com Horace Hoagland, o gerente do Jenner, e combinaram de se encontrar quando Keir fosse a Londres.

Keir fez o melhor que pôde para parecer descontraído ao entrar no Jenner com uma caixa de madeira cheia de amostras de uísque. Ele poderia parecer um homem rústico e primitivo para aquelas pessoas, mas estaria fadado ao fracasso se agisse como um. Ainda assim, era difícil não ficar boquiaberto diante do ambiente. O Jenner era mais opulento do que qualquer lugar que Keir conhecera, com hectares de mármore branco, estuque folheado a ouro, um carpete suntuoso que abafava qualquer som e uma abóbada de candelabros de cristal. O núcleo do clube era um salão cavernoso com uma grande escada e sacadas com parapeitos de mármore que se estendiam pelos andares de cima.

Por sorte, não havia nenhum aristocrata esnobe à vista, apenas os criados que limpavam e poliam objetos que já pareciam limpos e polidos.

Um homem de meia-idade atarracado, vestindo um terno escuro com botões brilhantes, aproximou-se dele de imediato.

– Sr. MacRae! Sou Horace Hoagland, gerente do clube – disse, estendendo a mão. – É um prazer finalmente conhecê-lo.

A atitude amistosa do gerente deixou Keir mais à vontade, e eles trocaram um aperto de mãos.

– Bem-vindo ao Jenner – disse Hoagland. – O que achou do lugar?

– É muito grande.

O gerente sorriu.

– Eu me considero o sujeito mais sortudo do mundo por poder trabalhar aqui.

Horace conduziu Keir por uma série de salas com tetos de painéis quadrados, sofás Chesterfield de couro e cadeiras baixas arrumadas em torno de mesinhas. Jornais recém-passados e reluzentes cinzeiros de cristal haviam sido dispostos nas mesas.

– Tenho um carinho especial pelo puro malte de Islay – comentou Hoagland. – Anos atrás, um primo meu, escocês, me presenteou com uma garrafa da destilaria MacRae – disse ele, suspirando com a recordação. – Suave como creme, com um leve gosto de maçãs tostadas no final. Extraordinário.

– Meu pai adorava o que fazia.

– Ele ensinou os métodos dele a você?

– Desde que eu era bem pequeno – garantiu Keir. – Comecei carregando sacolas de malte para a fornalha e continuei até aprender cada função na destilaria.

Os dois se sentaram à mesa, onde havia uma bandeja redonda com copos limpos. Keir desamarrou a caixa de madeira com as amostras, revelando uma fileira de garrafas em miniatura, cada uma com uma dose de uísque.

– Esse é o lote sobre o qual você escreveu? – perguntou Hoagland, olhando para as amostras com franca expectativa.

– Exato. Depois que meu pai faleceu, meus homens e eu fizemos o inventário da destilaria e encontramos uma adega oculta onde ele havia escondido uma barrica de puro malte. Ficou intacta ali por quarenta anos.

Keir desenroscou a tampa de uma das garrafinhas e despejou o líquido âmbar em um copo.

– Nós o finalizamos em barris menores usados para xerez durante um ano, engarrafamos e demos o nome de *Ulaidh Lachlan*, "Tesouro de Lachlan", em homenagem a meu pai.

– Quantas garrafas ao todo?

– Duzentas e noventa e nove – respondeu Keir.

Hoagland girou o uísque no copo, levou-o até o nariz e inalou profundamente. E então bebeu um gole, atento à sensação suave e fluida na boca. As sutis variações em seu semblante revelaram o progresso dos sabores... Primeiro madeira seca e empoeirada e salmoura, como se a tampa da arca de um pirata tivesse sido aberta... Depois a abundância do pudim de pão... E, por fim, um merengue suave e surpreendente e um toque defumado.

O gerente do clube ficou em silêncio por um instante, olhando para o conteúdo que ainda restava no copo.

– Que coisa extraordinária temos aqui – murmurou ele. – Um belo uísque raro. Acho que nunca experimentei algo parecido.

Ele provou outra vez, saboreando.

– O malte está bastante preservado.

– Nós o engarrafamos sem diluir com água.

Hoagland tomou mais um gole, fechando os olhos para apreciar melhor e soltando um longo suspiro.

– Quanto quer pelo lote? – perguntou.

– O lote inteiro?

– Todas as 299 garrafas.

– Três mil libras – respondeu Keir de pronto.

Hoagland pareceu mais resignado do que surpreso. Era uma fortuna – ao menos dez vezes mais do que custaria um uísque comum. Mas os dois sabiam que aquele não era um uísque comum. Também sabiam que Keir encontraria outro comprador com facilidade.

– Por esse preço – falou Hoagland –, espero que inclua o restante dessas amostras.

Keir sorriu e empurrou a caixa de madeira na direção dele.

Os lábios de Hoagland se abriram para dizer algo, mas ele se interrompeu e olhou por cima do ombro de Keir, e seu rosto se iluminou.

– Pois está com sorte, MacRae – disse ele. – Porque o duque de Kingston em pessoa acaba de entrar nas dependências do clube. É possível que tenha a honra de conhecer Sua Graça se ele vier nesta direção.

Sem nunca ter visto um duque antes, Keir resistiu à forte tentação de se virar na cadeira e dar uma olhada.

– Fui informado de que Kingston não administrava mais o clube – comentou ele.

– De fato, não. Mas Sua Graça ainda considera o Jenner a joia da coroa de seu império e nunca deixa passar muito tempo sem fazer uma visita.

Ainda olhando para Kingston, Hoagland ruborizou como se estivesse na presença de um ser celestial.

– Sua Graça está conversando com o maître. Nenhum cavalheiro de seu status daria tanta atenção a um inferior, mas o duque é uma pessoa muito nobre.

Keir ficou vagamente aborrecido com a reverência do homem, que, por um triz, não poderia ser chamada de adulação.

– Ah... sim... ele está vindo em nossa direção – exclamou o gerente, e empurrou a cadeira para trás a fim de se levantar.

Keir ponderou se deveria fazer o mesmo. Aquilo era algo que só criados faziam ou pessoas comuns também eram obrigadas a ficar de pé? Não – ele não ficaria de pé para conhecer o duque como um garoto de vilarejo respondendo ao diretor da escola. Mas então lembrou que seu pai sempre o alertara: "A urtiga mais orgulhosa cresce em um monte de esterco."

Relutante, ele começou a perguntar ao gerente:

– Devo me...

– Sim – respondeu Hoagland, com uma urgência silenciosa e o olhar focado no duque, que se aproximava.

Keir empurrou a cadeira e levantou-se para cumprimentar Kingston.

Pelo que lhe contaram anteriormente sobre o duque, Keir esperava ver um velho almofadinha rebuscado, ou um devasso remelento. Qualquer coisa, menos o homem magro e elegante que se movia com a flexibilidade serena de um gato. Seu rosto sem barba exibia uma estrutura óssea formidável: a dádiva da beleza masculina que jamais seria superada. O cabelo dourado--escuro tinha manchas prateadas nas têmporas, e o tempo marcara suas feições aqui e ali com rugas finas, mas os sinais de maturidade só faziam com que parecesse ainda mais poderoso. A mera presença do homem deixou os pelos do braço de Keir eriçados por baixo das mangas muito curtas do casaco barato.

– Hoagland – cumprimentou Kingston, em uma voz que parecia um licor caro –, é bom revê-lo. Seu filho está melhor?

– É muito gentil de sua parte perguntar, Vossa Graça. Sim, ele está se recuperando plenamente da queda. O pobre garoto cresceu tão rápido, ainda não aprendeu a usar aqueles braços e pernas longos. Um magrelo, minha esposa diz.

– Meu menino Ivo é a mesma coisa. Está crescendo como uma erva daninha recentemente.

– Espera que ele fique alto como seus outros dois filhos?

– Nem que seja pela força da própria vontade – respondeu o duque, secamente. – Ivo me informou que não tem a intenção de ser o mais novo *e* o mais baixo.

Hoagland deu uma risadinha e seguiu com a apresentação.

– Vossa Graça, este senhor, Keir MacRae, trouxe amostras de uísque de sua destilaria em Islay. Gostaria de experimentar uma pequena dose? Recomendo fortemente.

– Não, ainda está um pouco cedo para...

O duque parou quando seu olhar vagou até Keir.

Keir se viu diante de olhos azuis, claros e penetrantes como a geada no inverno. A quietude do homem o lembrou uma águia dourada sobrevoando a presa no chão da ilha.

O silêncio carregado e incômodo foi deixando Keir cada vez mais desconfortável. Por fim, o duque desviou o olhar e voltou sua atenção para o gerente, que, perplexo, olhava de um para o outro.

– Pensando melhor – disse Kingston, em um tom cauteloso e monótono –, por que não? Sirva-me uma dose, Hoagland.

– É claro, Vossa Graça.

Eficiente, o gerente destampou uma garrafinha de amostra e a esvaziou em um copo limpo.

O duque pegou o copo sem cerimônia e sem se dar o trabalho de girá-lo ou cheirar seu conteúdo. Virou o uísque refinado com um movimento rígido do pulso, como se fosse uma dose de medicamento patenteado.

Keir observou com um ultraje mudo, se perguntando se aquilo tinha a intenção de insultá-lo.

Olhando para baixo, para o copo vazio em sua mão, o duque parecia organizar os pensamentos.

Hoagland ainda olhava de um para o outro, parecendo ainda mais desnorteado com a situação.

O que estava acontecendo ali?

Kingston finalmente ergueu a cabeça, com um semblante inescrutável e um tom de voz amistoso:

– Você nasceu e foi criado em Islay?

– Criado – respondeu Keir, cauteloso.

Com cuidado excessivo, o duque baixou o copo.

– Um puro malte excelente – comentou ele. – Menos turfado e muito mais complexo do que eu esperaria de um uísque de Islay.

Levemente apaziguado pelo elogio, Keir falou:

– Meu pai nunca apreciou uísques muito turfados.

– Ele não está mais com você?

– Ele se foi quatro anos atrás.

– Lamento ouvir isso. E sua mãe?

– Também se foi.

Após mais um longo silêncio sem justificativa, o duque pegou a garrafinha vazia e olhou para o rótulo.

– MacRae – disse. – Um sobrenome escocês antigo e excelente. Você tem família na Inglaterra?

– Não que eu saiba.

– Já esteve aqui antes?

– Não.

– Espero que tenha encontrado acomodações satisfatórias.

– Sim, um aposento em um dos armazéns Sterling.

– E conheceu lady Merritt?

A mera menção ao nome dela abrandou quase milagrosamente a atmosfera carregada. Keir sentiu a própria expressão relaxar.

– Sim, já tive a honra. Uma mulher gentil e bonita.

O sorriso súbito e sereno do duque foi como o brilho do sol.

– Eu a conheço desde o dia em que nasceu.

As sobrancelhas de Keir se ergueram.

– Esteve lá durante a tempestade?

– Ah, ela lhe contou a história? Sim, fui um dos voluntários a sair em busca de uma parteira ou um médico. Não pareceu promissor quando um de nós trouxe um veterinário, mas, para o mérito dele, tudo correu bem.

– Eu diria que o mérito deve ser dado à mãe de lady Merritt.

Kingston sorriu.

– Tem razão.

Hoagland exibia um semblante distraído enquanto observava os dois homens.

– Sr. MacRae – arriscou-se ele –, devemos prosseguir com um acordo de pagamento parcial e entrega?

– Um acordo verbal é o bastante por ora – respondeu Keir. – Tenho outra reunião em breve e não gostaria de me atrasar.

Keir parou, repassando sua agenda.

– Devo voltar na sexta?

Hoagland assentiu.

– A qualquer hora antes do meio-dia.

Keir anuiu metodicamente.

– Então vou partir.

Ao se virar, viu o olhar atento do duque ainda o observando.

– Foi um prazer, Vossa Graça.

– Estou contente...

O duque começou a falar, mas subitamente ficou em silêncio. Olhou ao longe e pigarreou, como se só naquele momento sentisse a ardência do uísque.

Keir inclinou a cabeça levemente, olhando para Kingston com a testa franzida. O homem estava passando mal? Tinha recebido más notícias?

Hoagland interveio depressa.

– Assim como Sua Graça, também estou contente por termos nos conhecido, Sr. MacRae. Aguardo nosso próximo encontro na sexta.

CAPÍTULO 6

O restante do dia correu bem. Keir se reuniu com um gerente de hotel e depois com um taberneiro em Farrington e fechou dois contratos de engarrafamento particular. Depois foi buscar seus homens, Owen e Slorach, e os acompanhou até a Estação Vitória, onde eles tomariam um trem para Glasgow e de lá seguiriam para Islay.

Slorach, um velho rígido e calvinista de 65 anos, estava mais do que ansioso para ir embora de Londres, que ele considerava um antro doentio de pecado e pobreza.

Em contrapartida, Owen, por ser um rapaz animado recém-saído da adolescência, relutava em voltar para Islay.

– Há tantas coisas que ainda não fiz em Londres... – protestou ele.

– Sim – retrucou Slorach com rispidez –, e é melhor que volte para Islay antes que possa fazê-las.

– Ele vai reclamar durante toda a viagem de volta. Mas dei minha palavra à mãe dele de que o manteria longe de problemas – disse o velho a Keir e, em seguida, com um ar cruel, acrescentou: – Eu preferiria que você voltasse conosco.

Keir sorriu para ele com afeto.

– Não se preocupe, vou me manter longe de problemas.

– Londres não é um lugar para sujeitos como você, jovem MacRae. Não demore um dia a mais do que o necessário.

– Não demorarei.

Depois de se despedir dos dois, Keir partiu em busca de um coche de aluguel. Ao passar por andaimes de construção, uma escavadeira a vapor, uma fábrica e um prédio residencial, refletiu que a reação de Slorach à cidade de cinco milhões de habitantes era totalmente compreensível. Para um homem habituado à calmaria verde e fria da ilha escocesa, em Londres havia atividades e barulhos em demasia, muito de tudo.

Mas, ao pensar em ver Merritt naquela noite, Keir foi tomado de expectativa. Ele ansiava por sua companhia como se ela fosse uma droga. Não, não uma droga... um toque de mágica em uma vida, no mais, ordinária. Uma boa vida, contudo. Uma vida que, por acaso, ele amava.

No fundo, ele sabia o perigo que Merritt representava. Quanto mais a conhecesse, mais forte o desejo ficaria, e assim seria até que qualquer chance de felicidade tivesse escapado como areia por entre seus dedos. Ele passaria o resto de seus dias consumido pelo desejo por uma mulher que sempre estaria fora de seu alcance como a estrela mais distante.

Ainda assim... Keir precisava vê-la uma última vez. Decidiu que se permitiria isso. Depois concluiria seus negócios em Londres e voltaria para Islay.

Porém 800 quilômetros ainda não bastariam...

Oito em ponto, dissera ela.

Ao passar por uma barbearia com uma placa que anunciava "Corte por um centavo, barba por meio", Keir deteve-se para olhar pela janela. A barbearia era bem-arrumada e parecia um lugar próspero, com espelhos na parede, prateleiras repletas de frascos de tônico e uma cadeira de couro com apoio para a cabeça regulável e suporte para os pés.

Ele passou a mão pelo cabelo comprido. Talvez devesse se arrumar para o jantar naquela noite. Sim... não faria mal algum domar um pouco os cachos selvagens.

Cauteloso, Keir entrou na barbearia.

– Bem-vindo, senhor – saudou o barbeiro, um homem jovial com um bigode enrolado com muito cuidado. – Cabelo e barba?

– Cabelo – respondeu Keir.

O barbeiro fez um gesto indicando a cadeira.

– Por gentileza, senhor.

Uma vez que Keir estava acomodado, o barbeiro ajustou o apoio para a cabeça e o suporte para os pés e entregou-lhe um cartão impresso com o desenho de várias cabeças masculinas.

– Para que serve isso? – perguntou Keir, olhando mais de perto.

– Para escolher um estilo.

O barbeiro apontou para alguns desenhos com legenda.

– Este corte chama-se Favorito... e este aqui é o Francês... este é o Ilustre...

Keir, que não tinha a menor ideia de que havia uma escolha além de "curto" ou "não curto", examinou as figuras. Apontou para uma em que o cabelo tinha um corte rente e aprumado.

– Este.

– Boa escolha.

O barbeiro, então, deu a volta na cadeira para ter acesso à cabeça de Keir de diferentes ângulos. Ele tentou pentear o cabelo grosso e ligeiramente ondulado com um pente fino e parou.

– Hum... Vão ser dois cortes em uma cabeça só...

Depois de lavar e enxaguar o cabelo de Keir em uma pia de porcelana com uma torneira conectada a um tubo de borracha, o barbeiro o levou de volta à cadeira e prendeu uma toalha em torno de seu pescoço. A isso seguiu-se uma longa sessão de cortes e repiques, primeiro com tesoura, depois com um cortador com alavanca de mola que criava camadas entre as mechas. Por fim, o barbeiro usou uma navalha para alinhar a nuca com precisão.

– Devo aparar a barba, senhor? – perguntou o barbeiro.

– Sim.

O homem parou, observando Keir com um ar especulativo.

– Não desejaria raspar a barba toda? – sugeriu o homem. – Sem dúvida, o senhor tem o queixo ideal para isso.

Keir balançou a cabeça.

– Quero mantê-la.

Com um ar de compaixão, o barbeiro perguntou:

– Marcas na pele? Cicatrizes?

– Não exatamente.

Como o homem parecia aguardar uma explicação, Keir prosseguiu, desconfortável:

– É que... bem... Meus amigos e eu somos um grupo de bagunceiros, sabe? Zombamos e trocamos insultos, e sempre que tiro a barba eles começam a caçoar e debochar. Jogam beijos, me chamam de rapaz elegante e coisas assim. Sem piedade. E também as moças da vila começam a flertar e vagar perto da minha destilaria, atrapalhando o meu trabalho. É irritante.

O barbeiro o encarou com perplexidade.

– Então a falha que está tentando ocultar é... ser bonito demais?

Um careca de meia-idade que estava sentado à espera de sua vez reagiu com uma risada desdenhósa.

– Quanta besteira! – exclamou. – Aproveite enquanto pode, meu jovem. Escute meu conselho. Todo sapato bonito um dia se tornará uma pantufa feia.

– O que foi que ele disse, sobrinho? – perguntou o homem mais velho ao lado dele, erguendo um corne até o ouvido.

O homem de meia-idade falou no corne:

– Esse jovem aqui está dizendo que é bonito demais.

– Bonito demais? – repetiu o velho rabugento, ajustando os óculos e estreitando os olhos para Keir. – Quem o camarada insolente pensa que é? O duque de Kingston?

Achando aquilo divertido, o barbeiro explicou a Keir a referência.

– Sua Graça, o duque de Kingston, é considerado um dos homens mais belos que já existiu.

– Eu sei... – começou Keir.

– Ele foi o pivô de muitos escândalos em sua época – continuou o barbeiro. – A *Punch* ainda faz piada a respeito. Publicam charges com mulheres desmaiando e coisas assim.

– Belo como Otelo, dizem por aí – comentou um homem que varria o cabelo cortado.

– Apolo – corrigiu o barbeiro, secamente, espanando o cabelo da nuca de Keir com uma escova. – Suspeito que a esta altura Kingston provavelmente já não tenha mais os famosos cachos dourados.

Keir ficou tentado a contradizê-lo, já que conhecera o duque mais cedo naquele dia e vira por conta própria que o homem ainda possuía uma vasta cabeleira. No entanto, pensou melhor e não disse nada.

Ao retornar para seus aposentos, Keir aqueceu água para se lavar por completo, usando bastante sabonete. Vestiu-se com roupas limpas, engraxou os sapatos e arrumou-se da melhor maneira possível. Uma rápida consulta ao mapa de Londres revelou que a Carnation Lane ficava apenas a alguns minutos a pé. Antes de sair, ele colocou uma garrafa de meio *pint* de Priobairneach no bolso do casaco novo.

A noite estava fria e úmida, e a lua emitia um brilho pálido e opaco por trás de uma névoa escura. O cais estava silencioso, com embarcações leves, veleiros e paquetes agora ancorados, e os mastros de um navio grande apontados para cima, como as costelas de uma carcaça limpa.

Keir afastou-se das docas, rumando em direção à via principal, passando por pequenos becos e atalhos profundamente mergulhados nas sombras de beirais salientes. Trabalhadores e comerciantes já tinham encerrado as atividades e ido para casa, e agora um tipo diferente de gente começava a aparecer: prostitutas, vigaristas, mendigos, músicos de rua, marinheiros e peões. Desocupados com garrafas de gim escoravam-se em portais e amontoavam-se em escadarias. Um grupo acendera uma pequena fogueira de lixo sob o arco de pedra de uma ponte do canal.

Os postes de rua eram poucos e espaçados, e, até então, não havia sinal de guarda ou qualquer coisa que lembrasse uma autoridade policial. Keir se manteve na calçada do velho quarteirão de casas de madeira quando um bando de farristas bêbados passou, cambaleante, uivando uma canção. Um leve sorriso surgiu em seus lábios ao lembrar-se do que o pai sempre dizia quando alguém passava da conta: "O jovem está com um tijolo no chapéu esta noite."

Quando Keir pôs-se a descer a rua outra vez, sentiu um formigamento e um arrepio, uma premonição de que havia algo de errado. Uma sombra deslizou pela calçada, rápido demais, e se projetou atrás dele. Antes que ele pudesse se virar para ver, levou um empurrão pelas costas. A força do movimento o jogou para dentro de um beco escuro, e ele bateu contra a lateral de um prédio de tijolo.

Keir não tivera a chance de respirar fundo quando uma mão forte o agarrou pela nuca para prensá-lo contra a parede. Enfurecido, ele começou a se contorcer e sentiu um golpe do lado direito das costas.

Então se virou para ver seu agressor usando o antebraço erguido para estreitar o aperto firme. Tarde demais, viu o cintilar de uma faca na mão livre do homem. A arma desceu para atingir diretamente o peito de Keir, mas a lâmina foi desviada pela garrafa de vidro no bolso de seu casaco.

Agarrando o pulso e o braço do agressor, Keir forçou o cotovelo dele a vergar e virou de um lado para o outro para ganhar impulso. Depois torceu o braço do homem, como se estivesse arrancando a asa de um frango assado. Ao estalo do ombro deslocado seguiram-se um uivo de agonia e o som da faca retinindo no chão.

Keir pisou na faca de propósito e lançou um olhar maléfico para o bandido. *Agora* a luta estava equilibrada.

– Venha – grunhiu ele –, sua fuinha sorrateira desgraçada.

Mas, em vez disso, o homem fugiu.

Ofegante, Keir se abaixou para pegar a faca. Soltou uma imprecação ao ver o rastro de sangue na lâmina e tateou o corpo até sentir o ferimento nas costas.

O desgraçado conseguira acertá-lo covardemente.

E, pior ainda, fizera com que Keir se atrasasse para o jantar.

CAPÍTULO 7

Embora Merritt soubesse que talvez Keir MacRae não tivesse aceitado o convite para jantar, resolveu ser otimista. Ela e a cozinheira, a Sra. Chalker, criaram um menu simples: guisado de carne, pão caseiro e, para sobremesa, bolo de geleia com cobertura de glacê e pedacinhos macios de frutas cristalizadas.

Às oito e meia ainda não havia sinal de MacRae, e a decepção começou a tomar conta dela. Agitada, Merritt andava de um lado para outro na pequena casa que ela e Joshua haviam comprado de um capitão aposentado. A casa, com seus domos encantadores, empenas e um telescópio no andar de cima, ficava situada em uma colina de inclinação suave, de onde era possível ver o mar. Merritt amava a liberdade e a privacidade de ter o próprio lar, mas era dominada pela solidão em alguns momentos. Como aquele.

Sentou-se perto da lareira da sala e olhou para o relógio na cornija. Oito e quarenta e cinco.

– Droga – disse, melancólica. – Eu não deveria ter tentado coagir o coitado a vir.

Ela franziu a testa e suspirou.

– Bem, sobra mais bolo para mim.

O ressoar vibrante da campainha de corda mecânica reverberou no silêncio.

Merritt vibrou de alívio e excitação, mal conseguindo se impedir de saltitar como uma menininha de escola. Ela respirou fundo, alisou a saia e dirigiu-se para o hall de entrada. Jeffrey, seu criado, atendera à porta e falava com alguém à soleira.

– Pode deixar meu convidado entrar – disse Merritt, com gentileza.

Jeffrey voltou-se para ela com uma expressão de inquietude.

– Ele não vai entrar, milady.

Confusa, Merritt foi até a porta e fez um sinal para que o criado recuasse.

E ali estava MacRae, desgrenhado, sem chapéu, mas deslumbrantemente lindo. Para a agradável surpresa de Merritt, ele cortara o cabelo, deixando a mechas de âmbar e dourado bem rentes. Ele tinha o encanto sensual e impassível de um anjo caído de Cabanel.

Seria imaginação dela ou ele parecia um pouco pálido? Estava nervoso? Doente?

– Venha comigo – pediu ela.

Mas MacRae balançou a cabeça, parecendo desconfortável e pesaroso.

– Não posso ficar. Mas eu não queria que você ficasse esperando... se estava esperando por mim...

– Sem a menor dúvida, eu estava esperando por você.

Merritt o olhou com preocupação. Ele estava pálido, com os olhos dilatados como poças sombrias.

– Venha se sentar um pouco – pediu ela –, mesmo que apenas por alguns minutos.

– Peço que me perdoe, milady, mas... preciso voltar ao meu aposento.

Percebendo que havia algo errado, Merritt manteve um tom de voz gentil.

– Posso perguntar por quê?

– Houve uma pequena contenda a caminho daqui, e eu... preciso descansar um pouco.

– Contenda – repetiu ela, olhando-o com mais atenção. – Você entrou em uma briga?

A boca de MacRae se retorceu de humilhação.

– Eu estava saindo do cais quando um ladrão me empurrou para um beco. Eu o afugentei.

O olhar cheio de preocupação de Merritt o esquadrinhou da cabeça aos pés. Ela notou uma gota vermelha na pedra desbotada no patamar externo, bem ao lado do sapato dele. Aquilo era... sangue? Outra gota aterrissou ao lado da primeira com um ínfimo ruído.

Impelida pelo súbito pânico, ela se adiantou para segurá-lo.

– Você vai entrar. Vai, sim! Nem pense em discutir.

Temendo que ele pudesse estar um pouco zonzo, ela começou a passar um braço em volta dele e a mão logo encontrou um ponto úmido nas costas de seu casaco. Ela nem precisou olhar para saber o que era.

– Jeffrey – chamou ela por cima do ombro, tentando aparentar calma, apesar da apreensão.

– Pois não, milady?

– Precisamos da Dra. Gibson. Não envie mensagem. Vá procurá-la pessoalmente e diga a ela que venha sem demora.

Jeffrey respondeu com um meneio de cabeça e saiu de imediato.

MacRae olhou para ela, exasperado.

– Meu Deus, não preciso de um médico...

– Você está sangrando.

– Foi só um arranhão.

– Ah, é? E você foi arranhado pelo quê? – quis saber ela.

– Por uma faca.

– Em outras palavras, você levou uma *facada*?

Ela o puxou na direção da sala, e a preocupação culminou em medo.

– Já tive ferimentos piores durante a ceifa da turfa e continuei trabalhando pelo resto do dia. Só preciso jogar um pouco de uísque no corte e pronto.

– Você precisa é de um médico.

Merritt parou na entrada da sala, segurou a campainha de sino e a tocou vigorosamente chamando a criada. Quando ela e MacRae chegaram ao sofá, a jovem apareceu na porta.

– Milady? – disse a criada, absorvendo a cena de olhos arregalados.

– Jenny, traga toalhas limpas e mantos de algodão o mais rápido possível.

– Sim, senhora.

A criada saiu em disparada.

MacRae olhou para Merritt de cara feia.

– Você está fazendo tempestade em copo de água.

– Quem decide isso sou eu – respondeu ela, esticando a mão para retirar o casaco dele.

– Espere.

MacRae enfiou a mão no bolso do casaco e puxou uma garrafinha de vidro larga com as laterais achatadas.

– Para você. O Priobairneach. E ainda bem que você me pediu que trouxesse um pouco, senão...

A voz de Keir falhou, evidentemente pensando melhor no que estava prestes a dizer.

– Senão o quê? – perguntou Merritt, desconfiada, colocando a garrafa de lado.

Então viu a extensão do corte no tecido do casaco, algo que só poderia ter sido feito por uma lâmina bem afiada.

– Meu Deus – exclamou ela, alarmada –, você quase foi assassinado!

– A lâmina acertou a garrafa – disse MacRae, se contraindo enquanto Merritt puxava as mangas do casaco pelo braço dele.

Depois de jogar o casaco em uma mesa, ela desamarrou depressa o colete dele e começou a desabotoar sua camisa.

Desconcertado ao se ver sendo despido no meio da sala, MacRae começou a erguer as mãos, embora Merritt não pudesse dizer se era para ajudá-la ou detê-la.

– Por favor, Keir – disse Merritt, tensa.

Ele ficou imóvel ao ouvi-la usar seu primeiro nome. Baixou as mãos, deixando-as cair junto ao corpo.

Ela retirou o colete dele e mordeu o lábio ao ver a camisa ensopada de sangue.

– A Inglaterra maltrata as roupas de um homem – arriscou-se Keir.

– Sem dúvida, maltratou as suas.

Distraída, ela o conduziu até o sofá, uma peça comprida e baixa com a cabeceira inclinada e meio apoio para as costas.

– Sente-se aí.

– Se meus amigos de Islay vissem toda essa comoção por causa de um pequeno arranhão, certamente me lançariam na baía de Machir como isca de pesca.

– Sente-se – disse Merritt, apontando para o sofá.

Parecendo conformado, Keir sentou-se com cautela na beirada do sofá.

Com cuidado, Merritt afrouxou as mangas da camisa dele e retirou-a, expondo uma musculatura atraente. Do pescoço pendia uma correntinha delicada de aço que ia até o centro do peito, onde um pequeno pingente dourado brilhava em meio à lã reluzente.

Ela se virou para remexer em uma cesta. Procurava pelos guardanapos de linho que nunca chegara a monogramar. Ao se ajoelhar para aplicar uma compressa no ferimento, viu, para seu alívio, que o sangue não esguichava, apenas escorria lentamente.

– Garanto que não seria isso que você estaria fazendo se um cavalheiro inglês refinado viesse para o jantar – murmurou ele.

– Sem dúvida, eu estaria, se o cavalheiro inglês tivesse sido atacado com uma faca.

A criada entrou correndo na sala e quase deixou cair o grande embrulho de suprimentos ao se deparar com o homem semidespido no sofá. Merritt pegou um cobertor das mãos dela, estendeu sobre o estofado e ajudou Keir a se recostar na cabeceira. Depois de colocar mais um cobertor por cima dele, posicionou uma pequena almofada atrás de suas costas para manter a compressa no lugar. Keir se submeteu a tudo com um trejeito irônico nos lábios, como se Merritt estivesse exagerando um pouco naquela situação. Contudo, em poucos segundos o peso do cobertor e o calor da lareira o relaxaram, e ele suspirou e fechou os olhos.

– Jenny – disse Merritt, virando-se para a criada –, vamos precisar de uma vasilha de água quente e...

Sua voz foi sumindo ao ver que a garota estava hipnotizada por Keir MacRae. Nada mais existia. Ninguém poderia culpá-la.

Keir parecia um leão sonolento à luz da lareira, todo fulvo e dourado. Sua postura relaxada era inconscientemente graciosa; o cobertor estava baixo o bastante para revelar a clavícula larga e proeminente, além da musculatura bem talhada do peitoral e dos ombros. Lampejos do fogo brincavam por entre o cabelo recém-cortado, ressaltando as mechas em tons de champanhe e topázio. Ele poderia muito bem ter sido o jovem Arthur, o rei-guerreiro que acabara de retornar da batalha.

– Jenny – repetiu Merritt, com paciência.

A criada voltou a si com um susto e desviou o olhar da figura no sofá.

– Senhora?

– Vamos precisar de uma vasilha com água quente, um pouco de sabonete carbólico do armário de remédios e uma bacia.

Jenny lançou um olhar tímido à patroa, fez uma breve mesura e saiu depressa.

O olhar de Merritt recaiu sobre a pequena garrafa de uísque que Keir trouxera. Ela a levou até o aparador da sala e serviu duas doses pequenas.

Sem dizer nada, voltou ao sofá. Ao ouvi-la se aproximar, Keir abriu os olhos e aceitou com gratidão o copo que Merritt lhe oferecia. Ele o virou de um só gole e soltou um suspiro controlado.

Merritt sentou-se ao lado dele e bebericou com cautela. O uísque desceu pela garganta como um fogo suave, deixando uma sensação leve e defumada.

– É muito bom – disse ela. – Bem mais suave do que o uísque que provei.

– Foi feito em um alambique longo de cobre – falou ele. – À medida que o vapor do uísque começa a flutuar, o cobre vai eliminando os componentes pesados. Quanto mais tempo o vapor ficar em contato com o cobre, mais leve ele fica. Como uma boa conversa.

Merritt sorriu e tomou mais um golinho. Era leve, intenso, agradável. Não era de admirar que as pessoas gostassem tanto.

– Conte como o seu uísque é produzido – pediu ela. – Por onde você começa?

– Transportamos a cevada e a mergulhamos na água de uma nascente local...

Keir começou a explicar como ele e seus homens a espalhavam em um solo de malte para que germinasse, então secavam em uma fornalha gigante, de 25 metros, alimentando o fogo com turfa. Quando Keir chegou à parte em que o malte era esmagado por rolos de metal e despejado em um tonel de metal gigante chamado cuba de mosto, a criada já trouxera o restante dos suprimentos.

Merritt o persuadiu a se recostar na parte mais inclinada do sofá para que ela pudesse limpar as manchas de sangue em suas costas.

Embora tenso a princípio, Keir foi relaxando ao sentir o pano quente deslizando pela pele. Uma aura de intimidade instalou-se ali enquanto ele continuava a falar sobre a destilaria e Merritt higienizava a área ao redor do ferimento. Em silêncio, ela admirava os ombros fortes e a abundância de músculos que se intercalavam ao longo das costas em declives oblíquos e profundos. A pele de Keir era rígida, porém suave como cetim, reluzindo à luz da lareira.

Ela não sabia muito bem como tinha chegado até ali. De alguma forma, o desenrolar dos acontecimentos fez com que tivesse em sua sala um esco-cês grande e semidespido. Ficou nervosa ao pensar em como já tinha visto mais – e ficado mais íntima – do corpo de Keir do que vira do de Joshua antes do casamento. Mais surpreendente ainda era a naturalidade daquilo. Merritt ainda não tinha percebido como sentia falta de cuidar de alguém. Bem, é claro que precisava tomar conta da família, dos amigos e de centenas de empregados, mas não era o mesmo que ter uma pessoa para si.

Não que aquele homem fosse dela, é claro.

Mas a sensação era de que ele era.

– Está ouvindo? – perguntou ele.

Rapidamente, Merritt voltou a si e consultou a pequena parte do cérebro que prestava atenção no que ele dizia.

– Você estava descrevendo como passa a bebida destilada pelo alambique.

– Isso. Depois aquecemos a base do alambique para que o vapor comece a subir...

O cabelo fora aparado à perfeição na nuca, uma linha precisa que ela desejava traçar com as pontas dos dedos. Um arrepio percorreu a pele de Keir no rastro do pano úmido, e Merritt puxou o manto para cobrir de uma vez por todas aquelas belas costas.

E então olhou para cima ao ouvir a porta da frente ser aberta e o som abafado de vozes vindo do hall de entrada.

O criado veio até a porta da sala e anunciou:

– A Dra. Gibson, milady.

Merritt levantou-se depressa. Vendo que Keir se preparava para se levantar também, ela disse:

– Não, fique deitado.

Garrett Gibson entrou na sala carregando com facilidade sua maleta volumosa, como se seus braços, finos como gravetos, fossem reforçados com fibras de aço. A Dra. Gibson tinha a jovialidade asseada e bem-apessoada de uma estudante escolar, e uma vasta cabeleira castanha presa em tranças das quais nenhuma mecha conseguiria escapar. Os olhos verdes incisivos suavizaram-se com afeto quando ela pousou a maleta e deu um breve abraço em Merritt.

Somente uma mulher com muita confiança e muita determinação poderia vir a se tornar a primeira – e, até então, a única – médica licenciada da Inglaterra. Garrett possuía ambas as qualidades em abundância. Nenhuma faculdade de medicina na Inglaterra aceitava mulheres, então ela estudou francês para conquistar seu diploma na Sorbonne, em Paris. Após retornar para a Inglaterra, obteve sua licença ao encontrar uma brecha na legislação. A Associação Britânica de Medicina tratou de eliminá-la tão logo percebeu que Garrett conseguira passar por ela.

Merritt ficara amiga de Garrett ao longo de muitos eventos sociais, mas aquela era a primeira vez que requisitava seus serviços. Normalmente, teria mandado buscar o velho médico de confiança da família, mas Garrett era versada nas técnicas cirúrgicas mais modernas e avançadas.

– Obrigada por vir – exclamou Merritt. – Me perdoe por interromper sua noite... Espero não ter deixado seu marido zangado.

– De forma alguma – garantiu a Dra. Gibson. – Ethan teve que embarcar em um trem para a Escócia para cuidar de negócios que surgiram de repente. Nosso pequeno Cormac já estava na cama, sob os cuidados da babá.

Merritt virou-se para apresentá-la a Keir e franziu a testa ao ver que ele estava de pé. Ele devolveu um olhar cheio de obstinação, apertando ainda mais o cobertor sobre os ombros.

– Dra. Garrett Gibson, este é o Sr. MacRae, que não deveria estar de pé, já que acabou de levar uma facada em um beco.

A Dra. Gibson apressou-se na direção de Keir.

– Sente-se, meu amigo. Na verdade, por que não se deita de bruços e me deixa dar uma olhada no ferimento?

– É mais um arranhão do que uma facada – murmurou Keir, deitando-se no sofá. – Só preciso de um pouco de uísque e de um curativo.

Havia um indício de sorriso na voz da Dra. Gibson ao responder:

– De fato, o uísque pode ser usado como antisséptico, mas eu o recomendo apenas como último recurso, já que jogá-lo em cima de uma ferida aberta pode lesionar o tecido exposto. Acho que ele funciona melhor dentro do copo, com gelo.

– Gosta de uísque? – perguntou Keir.

– Adoro.

A resposta foi imediata, e Merritt viu que ele a apreciara instantaneamente.

– O Sr. MacRae é destilador, de Islay – contou ela a Garrett. – Está em Londres a negócios.

– Pode me contar exatamente o que aconteceu?

Garrett ouviu o relato dele sobre o ataque enquanto lavava as mãos na bacia.

– Estou surpresa por esse ladrão ter tentado roubar um homem do seu tamanho – comentou ela, estendendo as mãos ensaboadas enquanto Merritt despejava água limpa nelas. – Você não é o que se poderia considerar um alvo fácil.

– E o diabo sabe que não pareço ser do tipo que anda por aí com itens valiosos – respondeu ele, seco.

Garrett ajoelhou-se ao lado do sofá para examinar o ferimento, mexendo com delicadeza na pele ao redor.

– Uma lâmina de gume único – comentou ela. – Bem afiada. Fez uma marca em formato de "v" e abriu um pequeno talho abaixo da pele... como se você tivesse começado a se virar quando a faca o atingiu.

– Sim – foi a resposta abafada de Keir.

– Muito bem – disse a médica, ainda inspecionando o ferimento. – Se não tivesse reagido tão rápido, muito provavelmente a lâmina teria atingido uma artéria próxima ao rim.

Merritt sentiu um calafrio ao perceber quão próximo ele passara da morte.

– Durante a briga, ele deixou a faca cair – disse Keir. – Está no bolso do meu casaco.

Os olhos de Garrett brilharam com interesse.

– Posso ver?

Keir assentiu. Merritt pegou o casaco dele e, com cuidado, puxou a faca de dentro do bolso. Então a entregou a Garrett, que a abriu com habilidade.

– Punho de chifre de cervo com uma junta de encaixe deslizante... – observou a médica em voz alta – e uma lâmina de aço pontiaguda, reforçada com suportes de níquel.

– Você é especialista em facas? – perguntou Merritt.

Garrett deu-lhe um rápido sorriso.

– Especialista não, mas me interesso por elas. Meu marido, por outro lado, é um profundo conhecedor e tem uma vasta coleção.

Sua atenção voltou-se novamente para a faca, e ela apertou os olhos para ver melhor o botão de metal na base do punho.

– Curioso... Tem um número de série aqui... junto ao que parece um número de identificação gravado à mão. Pode ser do Exército Britânico. Ou da Marinha, se isto for uma espicha...

Ela puxou um gancho fino de aço.

– Um limpa-casco – disse enfim, triunfante. – Definitivamente é do Exército. Cavalaria ou infantaria montada.

Keir a olhou com um ar de dúvida.

– O sujeito não estava de uniforme.

– Ele pode ser um ex-soldado ou a faca pode ter sido roubada de um – disse Garrett, fechando o instrumento. – Agora, quanto ao ferimento... Receio que precise de pontos.

Keir assentiu, conformado.

– Já tomei uma pequena dose de uísque – disse ele. – Se não se opuser, gostaria de outra.

Merritt pegou o copo vazio e o levou até o aparador. Ao retornar com a bebida, Garrett já havia retirado vários itens de sua maleta e os dispusera sobre um pano limpo. Após embeber um chumaço de algodão em antisséptico, a médica higienizou a pele ao redor do ferimento.

Até então, Keir havia tolerado o procedimento sem fazer nenhum comentário. Mas quando a médica pegou uma pequena seringa de vidro, desenroscou uma tampinha de metal em uma extremidade e em seguida fixou uma agulha longa e fina, ficou bem claro que ele não estava gostando *nem um pouco* daquilo.

– O que quer que seja isso – falou ele –, não é necessário.

– É uma agulha subcutânea – explicou Garrett, com tranquilidade. – Vou injetar uma solução na ferida para deixar a área insensível.

Keir reagiu com surpresa.

– Não, não vai – disse, resoluto.

Por um momento, Garrett pareceu desorientada e, então, abriu um sorriso tranquilizador.

– Sei que a ideia de uma injeção pode parecer intimidante. Mas vai ser só uma picada rápida e pronto.

Vendo a obstinação no rosto dele, ela continuou, com delicadeza:

– Sr. MacRae, vou precisar limpar o ferimento antes de suturar, e o procedimento será mais desagradável para nós dois se não me deixar aplicar uma injeção para aliviar a dor.

– Faça o que precisa fazer – respondeu ele –, mas sem injeção.

Garrett franziu a testa.

– As alternativas são uma picadinha rápida ou vários minutos de dor excruciante. Qual lhe parece melhor?

– Dor excruciante – disse ele, teimoso.

O olhar de Garrett encontrou o de Merritt em um silencioso pedido de ajuda.

– Keir – disse Merritt, com gentileza. – Pode confiar na Dra. Gibson. Vai facilitar muito o trabalho dela se você puder ficar imóvel.

– Pode deixar, eu vou ficar imóvel como uma arma sem munição – prometeu ele.

– Você será cutucado por uma agulha de qualquer maneira – observou Merritt.

– Não uma subcutânea.

Ele lançou um olhar hostil para a seringa, e Merritt teve que admitir em seu íntimo que parecia bem ameaçador.

– Tenho muita experiência na aplicação de injeções – garantiu Garrett. – Se me deixar...

– Não.

– Você nem precisa olhar. Pode virar a cabeça e cantarolar uma canção enquanto eu...

– Não.

– A injeção subcutânea é usada há mais de vinte anos, Sr. MacRae – protestou a Dra. Gibson. – É segura e altamente eficaz. Foi criada por um médico brilhante que usou o ferrão de uma abelha em seu modelo.

Tentando pensar em uma forma de convencê-lo, ela acrescentou:

– Um médico escocês.

Isso chamou a atenção de Keir.

– Qual o nome dele?

– Dr. Alexander Wood.

– De que parte da Escócia? – perguntou Keir, desconfiado.

– Edimburgo.

Depois de praguejar baixinho, ele soltou um longo suspiro e disse de forma rude:

– Vá em frente, então.

Merritt mordeu o lábio para não sorrir, sabendo exatamente o que se passava na cabeça de Keir: ele não podia recusar uma injeção subcutânea se ela tinha sido inventada por um conterrâneo; soaria mal para a honra da Escócia.

As duas trocaram um rápido olhar de alívio por cima da cabeça dele. Merritt entregou a Keir um copo de uísque, que ele virou de um gole só enquanto Garrett enchia a seringa. A pedido da médica, Keir foi deslizando até estar totalmente deitado de bruços no sofá.

Merritt ajoelhou-se ao lado do sofá enquanto Keir apoiava o queixo nos braços cruzados à frente. Ela sorriu de leve diante da estoica aceitação do paciente naquela situação. E se lembrou do pai, que sempre considerou a reclamação o ápice da falta de masculinidade.

A atenção dela foi capturada pelo brilho da correntinha fina de aço no pescoço de Keir. Havia aquele pequeno objeto dourado que era... não um pingente, como ela havia pensado, mas uma chave. Ela a tocou com a ponta do dedo e dirigiu a ele um olhar inquisidor.

– Presente da minha mãe – explicou ele.

– E o que abre? – perguntou Merritt, com delicadeza.

Houve uma hesitação inexplicavelmente longa antes de ele responder:

– Não sei.

– Relaxe – disse Garrett. – Vai arder um pouco, mas vai passar assim que a área perder a sensibilidade.

Keir se retraiu ao sentir a agulha entrando. Seus olhos estavam semicerrados e ele ficou imóvel.

– Respire – sussurrou Merritt.

Ele soltou o ar devagar, os cílios se ergueram e seu olhar prendeu-se no de Merritt.

Com muita delicadeza, ela esticou a mão para afastar um cacho que caíra sobre a testa dele. Então deixou sua mão se demorar ternamente naquelas mechas douradas, sabendo que, se Garrett visse, não contaria nada a ninguém.

– Pronto – disse Garrett, por fim. – Isso deve bastar. Agora vou lavar o ferimento. Se sentir algum desconforto, me avise.

Enquanto Garrett higienizava a ferida, Keir virou a cabeça para dizer por cima do ombro:

– Estava certa sobre a injeção, doutora. Não estou sentindo nada.

– Excelente. Tente não se mexer.

Garrett pegou um par de fórceps e um porta-agulhas.

– Na minha opinião – ponderou ela ao começar a sutura –, o homem que o atacou não era um ladrão de rua comum.

Keir franziu a testa.

– Por que diz isso?

– Em geral, bandidos de rua usam um porrete, ou um taco pesado, não facas. E raramente trabalham sozinhos... Eles preferem roubar em bando. E ainda há a questão da arma em si: não é uma lâmina barata engastada por máquina, mas um aço de alta qualidade.

Com movimentos experientes, a médica desenrolou o fio, cortou o excesso e começou a sutura seguinte.

– É arriscado usar uma faca contra um homem grande: se o agressor não debilitar ou matar no primeiro golpe, ele vai reagir. Além disso, as costas são uma área difícil de atacar com eficiência: os órgãos vitais estão muito bem protegidos. Por exemplo, se você mira no coração por trás, primeiro precisa passar a faca por entre as costelas. Se tentar romper a medula, a lâmina terá que passar por entre as vértebras e entrar no ângulo certo.

– Ele poderia estender o braço e cortar minha garganta – disse Keir.

– Não é uma manobra fácil com um oponente do seu tamanho. A escolha mais lógica seria o rim, que o mataria depressa, com o bônus de reter a maior parte do sangue dentro do seu corpo. Pouquíssimo tumulto ou bagunça. Parece que foi essa a intenção, mas, felizmente, você dificultou as coisas para o sujeito. O que nos leva a outra questão: um ladrão comum teria fugido imediatamente e procurado uma presa mais fácil. O que nos leva a perguntar por que seu agressor insistiu – disse Garrett, e fez uma pausa. – Conhece alguém que queira matá-lo?

– Ninguém faria tanto esforço assim por mim – disse Keir, seco.

– Com sua permissão, Sr. MacRae, eu gostaria de levar a faca para meu marido, que é comissário assistente da Polícia Metropolitana. Como ex-detetive, ele saberá o que fazer.

– Claro – concordou Keir. – Pode levar. Não tem utilidade para mim.

– Quando Ethan volta da Escócia? – perguntou Merritt.

– Amanhã, espero. É uma investigação de menor importância.

Garrett revirou os olhos brevemente antes de prosseguir:

– Ethan poderia facilmente ter enviado um de seus agentes especiais para cuidar do assunto, mas pediram que ele mesmo fosse, e ninguém diz não a um duque.

– Duque?

Merritt olhou para ela, alarmada.

Percebendo a gafe cometida, Garrett murmurou:

– Droga. Você não ouviu isso. Nem você.

– Ouvi, sim – disse Merritt –, ouvi e insisto em saber quem enviou Ethan para a Escócia. Até onde sei, o único duque que ele conhece pessoalmente é Kingston.

Embora Garrett se recusasse a responder, Merritt percebeu um toque sutil de decepção no rosto dela.

– E foi ele! – exclamou ela. – Você precisa me dizer o que ele está investigando, Garrett. Sabe que não direi uma palavra sobre isso... o duque é como se fosse da família.

Merritt teria insistido, mas notou que Keir ficara tenso e pálido, como um lençol recém-passado a ferro.

– Está sentindo os pontos? – perguntou com delicadeza. – Está sentindo dor?

Ele balançou a cabeça e pousou o queixo no antebraço, olhando para o nada.

Depois de terminar a sutura e fazer um curativo com esparadrapo, Garrett começou a guardar seus pertences na maleta de couro.

– Aceita uma dose de uísque antes de ir? – perguntou Merritt.

A médica pareceu saudosa, mas balançou a cabeça com um sorriso.

– Obrigada, mas não posso. Estou em "estado de graça", como diz Ethan.

– Está? Que maravilha – exclamou Merritt. – Felicidades, minha querida!

Em algum lugar em seu íntimo, Merritt ficou aliviada ao perceber que a dor no coração que sentia no passado, sempre que ficava sabendo dessa novidade entre amigos e conhecidos, agora era apenas uma leve fisgada. Parecendo genuinamente encantada, perguntou para quando esperavam o bebê e como Garrett se sentia.

Keir sentou-se e enrolou-se no cobertor de forma relaxada, ouvindo a conversa sem fazer comentário algum. Olhando brevemente para ele, Merritt viu que Keir a observava com atenção, absorvendo cada nuance de sua reação. Foi dominada por uma onda de calor ao se dar conta de que ele estava preocupado com a possibilidade de aquilo ser difícil para ela.

Quando Garrett se foi, Merritt voltou à sala e começou a juntar as roupas largadas de Keir.

– Pedirei a Jenny que ponha estas roupas de molho e remende o rasgo em seu casaco. Ela é muito jeitosa com a agulha.

– Não posso ir para casa sem camisa – observou ele.

– Nem pense em vestir essas roupas sujas por cima do seu curativo limpo – disse Merritt, assustada. – Encontraremos alguma coisa para você usar.

Ela pegou o casaco dele.

– Vou esvaziar os bolsos e entregar a Jenny.

– Merritt – disse Keir, inquieto, agitado e mexendo-se no sofá. – Eu prefiro...

– Não há problema algum.

Merritt começou a esvaziar os bolsos internos do casaco e a dispor os itens na mesa: um canivete, algumas moedas, a chave do aposento, um mapa, um lenço e uma velha carteira de couro dobrável com um compartimento externo para tíquetes e bilhetes. Um pedaço de papel dobrado caiu da carteira, e ela o pegou para colocá-lo de volta no lugar.

– Vamos deixar todas as suas coisas aqui e...

A voz dela foi sumindo ao ver a marca das letras datilografas no pergaminho.

Sr. Keir MacRae   *Lady Merritt Sterling*

– Ah...

Os batimentos do coração eram como pérolas se desprendendo de um colar quebrado. Era apenas um pedaço de papel... mas Merritt entendeu o que significava.

Keir havia virado o rosto para o lado, mas ela viu que estava vermelho. O silêncio se prolongou, e quando ele tornou a olhar para ela mostrou um sorriso abatido e sem graça.

– Eu não deveria ter vindo – disse ele.

Merritt sabia que ele tinha razão.

O bom senso lhe dizia que aquilo não podia ser real, que não era algo confiável. Estava acontecendo rápido demais. Não levaria a nada que pudesse ser bom para nenhum dos dois.

Não pense, não toque, fale, cheire ou prove. Vá para um quarto escuro, tranque a porta, feche as cortinas para impedir o sol de entrar.

Mas era tarde demais para isso.

Quanto tempo levaria, quantos anos, para que ela sentisse algo assim outra vez por alguém? Talvez cinco... talvez vinte.

Talvez nunca mais.

Felizmente, uma mulher com bom senso sempre sabia quando lançar a prudência pelos ares.

Merritt foi até Keir com passos largos, jogou os braços ao redor de seu pescoço e colou seus lábios nos dele.

CAPÍTULO 8

No momento em que Merritt descobriu o pedacinho de papel em sua carteira, Keir pensou que ela fosse tomar como uma ofensa ou, pior ainda, que fosse sentir pena. Qualquer coisa, menos isso. Pasmo, ele absorveu a sensação do beijo, a boca macia, o calor feminino. As curvas cheias e deliciosas do corpo dela estavam cobertas por um veludo azul adornado com uma renda sedosa que fazia cócegas em sua pele.

Keir estava tomado por sensações. Precisava sentir mais o peso dela, precisava senti-la mais perto. Ignorando o repuxão do corte nas costas, ele levou uma das pernas ao sofá e posicionou a jovem entre suas coxas. A sensação era muito boa em seu membro quente e rígido, e ele não conseguiu evitar um gemido.

Tomando o som por dor, Merritt interrompeu o beijo e tentou se afastar, mas ele a segurou pelo traseiro para mantê-la no lugar.

– Espere – disse ela, sem fôlego –, cuidado... suas costas... você vai se machucar...

Ela esticou a mão para ajustar a compressa de gaze e sua preocupação com o curativo, seu interesse atencioso, o provocaram ainda mais. Keir a puxou mais para cima, ao encontro de seu corpo, e colou os lábios nos dela outra vez. Merritt começou a soltar arquejos cadenciados, da mesma maneira que faria se ele estivesse dentro dela. A ponta de sua língua se aventurava dentro da boca de Keir, lançando um lampejo de sensação que foi direto para sua virilha. Ele nunca estivera tão rígido na vida.

Em algum lugar do caldeirão fumegante que antes fora seu cérebro, Keir percebeu que um deles teria que pôr um ponto final naquilo, *imediatamente*. Como Merritt não parecia propensa a fazer isso em um momento próximo, teria que ser ele o responsável. Foi preciso um esforço hercúleo para afastar os lábios dos dela, mas Merritt tentou segui-lo para sustentar o beijo. Excitado e achando graça da situação, Keir enfiou o rosto no nicho entre o maxilar e o pescoço dela e inspirou a fragrância do perfume quente. Sentiu Merritt estremecer ao toque áspero da barba na pele macia. *Deus*. Ele queria passar horas beijando cada pedacinho dela. Porém ficou imóvel sob o peso delicioso daquele corpo feminino, lutando para se controlar.

Quando Merritt ergueu a cabeça, Keir viu que suas pálpebras estavam pesadas, as cerdas escuras dos cílios abrigavam uma escuridão sonolenta. Ela umedeceu os lábios e falou como se tivesse acabado de acordar de um sono profundo.

– Ouvi dizer que os escoceses são os mais apaixonados dos homens.

Um sorriso indolente surgiu nos lábios dele. Keir deixou a ponta de um dos dedos brincar com mechas do cabelo dela ao redor da orelha, maravilhando-se ao vê-la se contorcer em resposta.

– Sim... é verdade que os escoceses são mais apaixonados do que os homens de outras terras. Mas não serei eu a demonstrar isso a você.

– E se... – Merritt parou para respirar mais fundo, e seu olhar desfocou-se levemente. – E se eu quiser que você faça isso?

Ele balançou a cabeça, sabendo que ela não estava pensando direito.

– Seria um erro.

– As pessoas deveriam cometer erros. Erros ajudam a formar o caráter.

Ela tentou beijá-lo outra vez, mas ele recuou a cabeça.

– Você não quer cometer esse erro em particular comigo, moça.

Keir acariciou o lóbulo da orelha dela com delicadeza.

– Não vou mais levar esse pedaço de papel comigo se você não quiser.

Ele não precisava: o nome dela estava permanentemente gravado em seu coração.

O comentário pareceu deixá-la sem jeito.

– Eu não me importo se ficar com ele. Mas... por que ficaria?

Keir deu de ombros.

– Não é do meu feitio pegar um sentimento e analisar como ele funciona.

Merritt inclinou a cabeça, olhando-o com atenção.

– Você pegou isso como um troféu, talvez? Para algum dia se lembrar de uma conquista?

O sorriso de Keir desapareceu. Ele não achava que ela acreditava mesmo no que dizia, mas a mera sugestão – a mera ideia – o encheu de indignação.

– *Não*. Não sou um selvagem que pensaria em você como um prêmio a ser conquistado.

Parecendo perceber que ele havia ficado genuinamente ofendido, Merritt apressou-se a dizer:

– Ah, eu não estava insinuando que...

– Posso ter modos rudes, mas sei ser gentil com uma mulher...

– Eu sei, é claro. Eu não deveria ter falado desse jeito...

– ... e quanto a precisar de um *lembrete*...

A indignação de Keir se intensificou até virar ultraje.

– Você me acha tão superficial a ponto de precisar de um lembrete da mulher que tive em meus braços? Como eu poderia esquecer você? A mais...

Merritt segurou o rosto dele e o beijou de novo. Keir tinha outras coisas a dizer, mas a boca de Merritt era voluptuosa demais para resistir. Ele então se deixou levar, faminto pela boca macia, doce e úmida, incapaz de se impedir de consumir tudo o que desejava. A ereção despertou com vigor renovado. Atordoado de desejo, ele cerrou a mão no veludo da saia dela e começou a puxá-la para cima, até perceber o que estava fazendo.

Keir interrompeu o beijo, ofegante.

– Chega – disse em uma voz rouca –, senão vou devorar você agora mesmo.

Merritt assentiu e baixou a face corada para o torso dele, aconchegando os lábios e a face na penugem macia. As pontas dos dedos dela percorreram a correntinha fina em torno do pescoço, descendo até a chavezinha dourada, e Merritt brincou com ela distraidamente. Seu hálito quente atravessou a camada de pelos e atingiu o mamilo dele quando ela perguntou:

– Está com fome?

– Acabei de dizer que estou.

– Estou falando de jantar.

Apesar das pontadas de desejo, o estômago vazio de Keir o lembrou de que ele não comia desde o café da manhã.

– Vou pedir à cozinheira que esquente o jantar – disse Merritt, e antes que ele pudesse responder, prosseguiu: – E vou providenciar uma camisa limpa para você. Sem querer, meu criado encostou a manga da camisa em tinta fresca na semana passada e, por mais que tenhamos lavado duas vezes, não conseguimos remover por completo a mancha. Acho que ainda está na cesta de coisas que juntamos para dar aos necessitados.

Keir soltou um suspiro de divertimento.

– Creio que estou qualificado para isso.

Merritt começou a se levantar e, hesitando levemente, passou a mão pelo peitoral dele e ficou vermelha.

– Você é um homem bonito – disse ela, um pouco acanhada.

O toque dela enviou um arrepio de prazer por todo o corpo de Keir. Ele teve que retesar cada músculo para não se arquear contra a mão dela. Era indecente quanto a desejava.

Em uma voz sussurrada, Keir respondeu:

– Fico feliz por você pensar isso de mim, querida. Mas não há nada mais esplêndido e adorável no mundo do que você.

– Esplêndido?

– Sim. Você é esplêndida como a luz do sol sobre o mar ou um poema transformado em música.

Merritt sorriu ao sair do sofá e ajeitar as roupas. Keir adorou a maneira como ela arrumou habilidosamente o corpete e a saia com pequenos puxões.

– Fique aqui – disse ela para ele. – Vou preparar tudo em um momento.

Merritt saiu, apressada. Uma mulher que adorava arrumar as coisas.

Keir sentou-se, ereto, e esfregou o rosto lentamente. Aquele tinha sido o maior equívoco que já cometera na vida: concordar em jantar na casa dela. Aquilo era loucura.

Ainda assim, estava tão feliz por estar ali com ela que mal conseguia respirar.

CAPÍTULO 9

Jantaram na pequena mesa redonda em uma sala no andar de cima. O ambiente era iluminado por velas e lamparinas de vidro opaco e o aquecimento provinha de uma lareira revestida de azulejos coloridos. Felizmente, o cômodo não era abarrotado de bibelôs e ornamentos. Era limpo e simples, com painéis e janelas de carvalho e cortinas de veludo em um tom de vinho escuro. Ao menos metade de uma das paredes estava tomada por um aparador longo e baixo, onde repousavam um decantador com licor e taças. Pratos de azeitona, amêndoas e talos de aipo em lascas de gelo tinham sido servidos.

Sentado em uma firme cadeira estofada, Keir mal sentia o ferimento nas costas graças à injeção que a Dra. Gibson lhe dera. Jeffrey, o criado, colocou sobre a mesa alguns pratos cobertos com guardanapos de linho branco grosso. Após encher as taças de haste longa com água e vinho, o criado os deixou a sós. Tendo imaginado que Jeffrey estaria por perto durante toda a refeição, Keir ficou grato ao ver que o criado os deixara sozinhos.

Ele relaxou profundamente, imerso no charme natural de Merritt. Nunca falara tanto durante uma refeição. O guisado servido tinha pedaços de carne, batata e nabo cozidos em fogo baixo com vinho da Borgonha até ficarem macios a ponto de derreterem na boca. Havia uma salada de alface fresca com folhas de hortelã picadas e fatias de pão caseiro, repletas de cavidades para absorver cada gota de manteiga.

Com seu charme natural, Merritt o distraiu com histórias que guardara da infância em Hampshire, sendo a mais velha de seis irmãos. O conde tinha lugar de destaque naquelas histórias, como um pai amoroso e um homem de grande autoridade e imensa responsabilidade. A união com Lillian Bowman, uma herdeira americana, embora fosse uma combinação improvável, acabou sendo muito feliz. A mãe de Merritt era uma mulher animada e descontraída, do tipo que levava os filhos para passear e pulava nas poças com eles, encorajando-os a dar asas à imaginação.

Diante da persuasão de Merritt, Keir contou sobre como fora a infância em Islay correndo para lá e para cá com uma turma de amigos bagunceiros. O grupo muitas vezes se envolvia em enrascadas e infortúnios que lhes rendiam boas sovas quando chegavam em casa. Todos exceto Keir, pois Lachlan, seu pai, nunca levantara a mão para o filho. A mãe, Elspeth, se aborrecia com isso: os vizinhos já tinham avisado que, sem a disciplina adequada, ele acabaria se tornando um garoto mimado. Mas Lachlan sempre argumentava que os garotos naturalmente já tinham pouco bom senso e bater poderia extrair até esse pouco deles.

Um dia, quando Keir chegara em casa com machucados e um olho roxo por ter brigado com seu amigo Ranald, Lachlan avaliou que o filho já tinha apanhado o bastante, e que ele não acrescentaria nada a isso. Contudo, exigiu uma explicação. Keir lhe contou que Ranald se vangloriara de que o pai era o homem mais forte da ilha e que venceria uma luta com o pai de qualquer um dos outros. Em especial, com o pai de Keir, acrescentara pontualmente Ranald, que era mais velho que o dos outros garotos. Então Keir dera uma sova em Ranald para encerrar o assunto. Para o desgosto de Elspeth, Lachlan ficara tão satisfeito que nem ralhara com o garoto, declarando que ele tinha sido obrigado a defender a honra da família.

Merritt riu ao ouvir a história.

– Você é filho único? – perguntou ela.

– Sim. Meus pais não puderam ter filhos, então eles... eles me acolheram.

– Você era órfão?

– Abandonado.

Keir não sabia bem por que contara isso a ela. Era algo que raramente, senão nunca, falava com alguém. Mas aqueles olhos cor de café eram tão calorosos e estavam tão interessados que ele não conseguiu se conter.

Merritt tomou um gole de vinho antes de perguntar com delicadeza:

– Sabe alguma coisa sobre a mulher que lhe deu à luz?

– Não, e nem preciso.

Os olhos escuros de Merritt pareciam olhá-lo em seu íntimo.

– A chave dourada...

Keir deu um breve sorriso diante da percepção dela.

– Ficou comigo quando ela me deixou no orfanato. Eu a uso porque... acho que é o mínimo que posso fazer para honrá-la. Devo a ela ao menos isso, depois da dor que lhe causei.

Um pequeno vinco surgiu entre as sobrancelhas finas dela.

– Está falando do parto?

– Isso, e do pesar de ter tido que abrir mão de sua prole.

Keir ficou em silêncio um momento, reflexivo.

– Acho que fui um dos muitos homens que a feriram, de uma forma ou de outra. Uma moça que tivesse proteção e fosse amada não se veria em circunstâncias assim.

Um vento leste soprou pela janela entreaberta, trazendo o frescor revigorante da água e da brisa do mar. Gotas de chuva grandes como moedas começaram a cair.

Merritt gesticulou para que seu convidado permanecesse sentado e foi até o aparador. Voltou carregando uma bandeja de prata com um jogo de café. Ali estava mais uma vez a satisfação de vê-la servir um café. Ela acrescentou açúcar e um punhado de creme que ficou ondulando acima da superfície preta fumegante. Merritt entregou a xícara a ele, depois um pequeno prato onde havia uma fatia amarela de bolo de geleia.

Após comer cada migalha e ajudá-las a descer com café, Keir mergulhou na sensação agridoce de que reviveria a memória daquela noite pelo resto da vida. Nada chegaria perto do prazer que sentia naquele momento.

80

O relógio acima da lareira começou a badalar suavemente. Meia-noite.

Nunca o tempo fora um intruso tão importuno. Mas era melhor que a noite terminasse ali. Com uma fome saciada, Keir sentia o corpo pronto para aplacar outra. Ele precisava se afastar daquela tentação.

– Merritt...

– Mais café? – ofereceu ela, animada.

Keir pegou sua mão quando ela a esticou para o bule.

– Vou me retirar agora – disse ele, com delicadeza.

– Mas está chovendo.

Isso provocou nele um leve sorriso, mas Keir se absteve de observar o que ela já sabia: um escocês dificilmente se intimidava com a chuva.

Ele tentou dizer o nome dela, mas saiu apenas "Merry". Em inglês, uma palavra de alegria, moldada pelo desejo.

Suas mãos se entrelaçaram devagar, com firmeza, em um gesto mais emocionante do que qualquer ligação física que ele já tivera na vida.

Havia tanto que ele queria dizer a ela... Tudo verdade, mas nada correto.

Uma rajada de chuva entrou pela janela quando a tempestade começou a cair com mais violência. A chama de uma das lamparinas a gás tremeluziu e se apagou, apesar da redoma de vidro. Keir se levantou e fechou a válvula da lamparina enquanto Merritt corria até a janela.

– A esquadria emperra por causa da umidade – disse ela, lutando para fechar a janela, ofegando um pouco diante do ar úmido e frio.

Keir veio em seu auxílio e empurrou a janela para baixo com uma das mãos e pôs a outra no parapeito, perto do ombro dela, enquanto os dois observavam a noite tempestuosa. Ele sempre amara tempestades, o ar eletrificado apurava seus sentidos. Sombras e oscilações de luz cortavam o céu como se o observassem do mar.

– Temos uma barulheira a caminho – observou ele.

– É assim que vocês chamam? – perguntou ela, virando-se para olhá-lo.

Delicadamente, ele usou o polegar para afastar uma gota de chuva perto do canto da boca de Merritt.

– Sim, temos diversas palavras para descrever o clima. Se a chuva vem fraca, chamamos de choro.

Merritt fez um trejeito com os lábios.

– Em Hampshire, chama-se nevoeiro.

As mãos dela repousaram de leve no tronco dele.

Keir soltou um suspiro instável ao senti-la aconchegar-se para mais perto. Ele se sentia rígido e pesado de desejo, algo além do que era capaz de explicar. Cada célula de seu corpo clamava a ele que a tomasse, que se unisse a ela. No entanto, ele curvou a cabeça e repousou a face no cabelo dela. Ficaram ali juntos enquanto a noite escura cantava um milhão de notas de chuva.

– Neste momento – suspirou ele –, estou mais feliz do que qualquer outro homem que já existiu.

A voz dela saiu abafada em meio às dobras da camisa emprestada.

– Então fique.

O coração dele bateu mais forte de alegria. Ela estava sendo impulsiva, disse a si mesmo. Keir não queria ser algo de que ela se arrependesse depois. Não queria causar a ela um só momento de dor ou tristeza, uma vez que ela já tivera sua cota desses dois sentimentos.

– Não – murmurou ele. – Já é bem difícil deixar você assim... não dificulte ainda mais as coisas.

– Fique uma noite. Apenas uma.

Ele nunca se sentira tão loucamente excitado e frustrado. Seria tão fácil esquecer tudo e focar só o prazer do corpo dela. Mas um dos dois precisava pensar nas consequências, e, ao que tudo indicava, teria de ser ele. Não havia escolha a não ser dar fim àquilo.

Soltando-a, ele disse bruscamente:

– Você não sabe o que está pedindo.

– Estou pedindo a dádiva de uma noite com você.

Keir quase derreteu por inteiro. Ouvi-la colocar nesses termos... como se fazer amor fosse uma dádiva que ele ofereceria a ela em vez do oposto... Merritt o devastou. Com apenas poucas palavras, ela se apossara dele dos pés à cabeça.

Ele quis muito dizer isso a ela, mas optou pelo caminho contrário. Se tivesse que ofendê-la para o bem dela, então que assim fosse. Ele só torcia para que ela não chorasse. Talvez ela lhe desse um tapa; ele preferia isso às lágrimas.

– Eu não sei trepar como um cavalheiro – disse a ela, com rispidez. – Não sei usar belas palavras nem agir com bons modos. Vou afastar suas pernas, fazer a cama balançar e, quando eu terminar, vou lhe dar um tapa no traseiro ao sair. Se é o que está procurando, pode me dizer onde fica seu quarto e nós iremos para lá.

Mas não houve ultraje. Nem tapa. Apenas um breve silêncio antes que Merritt dissesse, solícita:

– Última porta à direita, no final do corredor.

Ela estava pagando para ver.

Os lábios dela se contorceram diante da expressão dele.

Inferno.

Exasperado, Keir segurou-a pelos braços e a manteve longe de si.

– Se eu ficar, nada de ruim vai acontecer comigo... só com você. Eu pagaria qualquer coisa para ter você, mas não vou permitir que você pague o preço.

– Eu sou responsável pelas minhas decisões.

– Moça, como pode ser insensata a ponto de achar que uma noite comigo valeria pôr tudo em risco?

Merritt deu de ombros e baixou os olhos, mas não antes que ele pudesse ver o brilho travesso em seu olhar.

– Eu gostaria de descobrir.

Incapaz de se conter, Keir a puxou para mais perto e a beijou com um ímpeto brutal. Merritt se abriu para ele com uma doçura submissa, suavizando um pouco o furor dele até levá-lo a gemer. O beijo se aprofundou, lânguido, enviando ondas de um prazer estonteante por todo o corpo de Keir.

Que Deus o ajudasse, ele teria morrido pelo que ela oferecia. Estar dentro dela... tê-la nos braços por horas... ele precisava possuí-la, não importava o que viria a acontecer. Keir a beijou fervorosamente, deixando uma trilha de beijos em seu pescoço, sentindo os movimentos da garganta enquanto Merritt ofegava e engolia em seco.

Segurando a cabeça de Merritt com delicadeza, Keir beijou-lhe a testa e as pálpebras, então seguiu pelo nariz e desceu até o arco trêmulo do lábio superior.

– Se é o que você quer – disse ele com a voz rouca –, eu prometo que a noite vai valer a pena...

CAPÍTULO 10

Nunca passara pela cabeça de Keir que uma mulher pudesse usar tantas peças de roupa. Depois que foram para o quarto, ele desamarrou as costas do vestido de veludo e revelou uma profusão de... Deus, ele nem sabia os nomes daquelas coisas... roupas íntimas com babados, fechadas com pequenos ganchos, fitas, botões. A visão o lembrou das ilustrações coladas nas paredes da confeitaria de Islay, bolos de casamento enfeitados com renda de açúcar, pérolas de marzipã e flores de glacê. Keir achou Merritt belíssima com todas aquelas coisas bem femininas. Estava ansioso para tocá-la, mas, ao mesmo tempo, muitíssimo preocupado com ela. Merritt, por sua vez, parecia quase animada, como se estivessem vivendo uma breve aventura em vez de tomando um caminho que a levaria à ruína.

Despindo-se com deliberada lentidão, Keir permitiu que ela o observasse à vontade, dando bastante tempo para que mudasse de ideia. Quando ficou completamente nu, virou-se para encará-la.

O olhar de Merritt o percorreu da cabeça aos pés, demorando-se brevemente na virilha. Então ela arregalou os olhos e ficou com o rosto muito vermelho.

Keir deu um sorriso levemente irônico ao se aproximar.

– Merry... você já me deu a melhor noite da minha vida. Eu não poderia pedir mais nada – disse ele, erguendo a mão para acariciar sua face. – Se estiver arrependida, irei embora agora sem nada de mau a dizer.

Ela virou o rosto para sorrir na palma da mão dele e falou:

– Nem pense em ir embora. Só estou um pouco nervosa, é isso.

Keir quase ficou chocado com o ímpeto de ternura que sentiu.

– Não, não fique nervosa comigo.

Ele a tomou nos braços, aninhando-a em seu peito. Acariciou o cabelo escuro e brilhoso e passou as pontas dos dedos pelo seu rosto e pela orelha graciosa. A pele de Merritt reluzia como uma pérola à luz.

– Eu nunca machucaria você. Está mais segura em meus braços do que em qualquer lugar fora deles. Não precisamos nos apressar nem nos precipitar – murmurou ele. – Temos bastante tempo, podemos ir devagar.

Merritt ainda estava corada, mas, para o deleite dele, ela o olhou com um sorrisinho de flerte.

– Você acabou de dizer que ia afastar minhas pernas e fazer a cama balançar.

– Eu estava tentando assustar você... – admitiu. – Para seu próprio bem.

– Você jamais me assustaria. Eu sei o tipo de homem que você é.

– Ah, sabe, é? – perguntou Keir.

As mãos pequenas de Merritt começaram a explorar seu corpo e Keir sentiu dificuldade para respirar.

– Você nunca usaria sua força para tirar proveito de alguém mais fraco. Além disso, é mais romântico do que gosta de admitir, e é por isso que está se sentindo culpado de ir para a cama comigo. Mas de qualquer jeito é isso que vai fazer, considerando que já faz muito tempo desde a última vez que dividiu a cama com alguém... e você me deseja.

Deus, ele a desejava. Estava experimentando a sensação mais deliciosa da vida, nu diante dela, sentindo os dedos curiosos percorrerem timidamente seu corpo. Ele mal conseguiu pensar para além das marteladas de seu coração.

– Por que você acha que já faz muito tempo?

Merritt o encarou com os olhos cintilando.

– É só um palpite... Estou errada?

Keir prendeu a respiração quando ela passou as mãos em seu traseiro.

– Sobre isso, não – admitiu ele, semicerrando os olhos porque o toque dela era quase prazeroso demais para suportar. – Eu moro em uma ilha, a fofoca sempre corre solta. Se eu tentasse levar uma moça para o celeiro às escondidas, estaria sob a mira da arma do pai dela em pouco tempo.

Merritt, que estava com o rosto colado ao torso dele, parou de sorrir.

– Mas você errou sobre uma coisa.

– Sobre o quê?

– Não estou me sentindo culpado de ir para a cama com você.

Ele se curvou e deu um beijo ardente e longo em seus lábios, que logo estavam grudados nos dele e estremecendo de prazer. Quando retomou a fala, o tom de Keir era um pouco mais rouco:

– Eu não passaria a noite com você só porque faz muito tempo que me deitei com outra moça. Vou ficar porque, pelo resto da vida, quero ter uma lembrança sua para me manter aquecido em uma noite gelada.

E mais uma vez ele tomou aqueles lábios maravilhosos, acariciando as costas e os quadris dela enquanto a trazia para mais perto de si. Sentir Merritt – todas aquelas curvas aprisionadas por espartilho e laços e camadas de algodão –

quase o enlouqueceu. Quando aprofundou mais o beijo com a língua, sentiu tanto prazer no calor daquela boca que não conseguiu conter um gemido.

Keir ergueu Merritt, levou-a até a cama e subiu depois dela. A cama elegante, feita de ferro fundido e cobre, com colunas grossas como o punho dele, era muito resistente e não rangeu sob o peso dos dois. Keir se alongou por completo, para testar a resistência.

Merritt apoiou-se nos cotovelos e passou os olhos nele.

– É bem grande o seu... pé.

Keir virou-se de lado para encará-la, insinuando um sorriso.

– É mesmo.

Ele esticou a mão para brincar com a fita no decote do espartilho dela.

– Você gosta de homens com pés grandes?

Merritt ficou com a face tão vermelha que o rubor chegou até as orelhas, mas sorriu ao responder:

– Não tenho certeza...

– Serei gentil o tempo todo. Como se você fosse uma pombinha repousando em minhas mãos.

Keir passou as pontas dos dedos pela fita até o ombro dela.

– Que tipo de camisa é essa?

– Não é uma camisa, é uma... capa de espartilho. Para deixar tudo mais liso por baixo do vestido. É difícil de desamarrar, tem um...

– Não, não me conte. Prefiro descobrir sozinho.

Keir encontrou uma fileira de ganchos minúsculos que começava abaixo do braço dela e descia pela lateral de sua cintura, e foi soltando um por um. Por fim, liberou a peça por cima da cabeça dela e a jogou para o lado. Então continuou a despi-la delicadamente, virando o corpo dela para lá e para cá enquanto caçava botões e amarras quase invisíveis. Merritt ficou em silêncio, exceto por um ou outro arquejo toda vez que ele acariciava um novo lugar... a curva do joelho... o contorno firme da panturrilha... os dedinhos rosados do pé.

Keir tirou as ceroulas dela, revelando coxas levemente torneadas e um traseiro firme e arredondado. Supôs que deveria ser fruto de muitos anos de cavalgadas, lembrando-se de que ela crescera em uma residência de caça no interior. Imaginar como seria a sensação de tê-la montada nele, o aperto das coxas enquanto ela cavalgasse seu membro, o deixou zonzo de desejo. Foi acariciando aquelas pernas até chegar ao pequeno monte de pelos aparados. Embora estivesse sedento por tocá-los, seguiu explorando o restante do corpo, se maravilhando com as belas curvas, a pele delicada. Todo o corpo tinha um sabor adocicado, de sabonete com toques de perfume.

– Você é a coisa mais graciosa que já vi, Merry – disse ele, rouco, segurando um de seus seios e acariciando com o polegar o mamilo macio. – Você me deixa sem ar...

Com o cuidado de um homem que lida com uma substância volátil, ele se inclinou para capturar o mamilo com um beijo doce e lento. Merritt ofegou e segurou a cabeça de Keir enquanto ele sugava, levando o bico a endurecer e enrugar. Ele segurou os seios dela enquanto se deleitava em suas curvas exuberantes com os lábios e a língua, roçando levemente os dentes.

Merritt estremecia e Keir foi acompanhando cada tremor com as pontas dos dedos, com os lábios, descendo até o recôncavo de prazer entre suas coxas. Ele tocou a fenda com delicadeza, levando Merritt a arquejar e se contorcer. Olhando em suas pupilas dilatadas, Keir percebeu que ela estava quase no limite.

– Não tão rápido, meu bem... – sussurrou Keir. – Aguente um pouco mais. Deixe que eu sinta você um pouco mais...

Os cílios de Merritt baixaram e ela piscou rapidamente quando sentiu que ele apartava as dobras de seu sexo, fazendo cócegas na extremidade das pétalas. Keir se perdeu em carícias e em certo momento deixou um dedo deslizar para dentro dela, com suavidade. A carne sedosa pulsou e se fechou como se tentasse trazê-lo mais para dentro, cada vez mais úmida para facilitar o contato.

Merritt começou a suspirar ao mesmo tempo que tentava controlar seus gemidos. Mas Keir estava amando aqueles sons, ver a postura requintada se dissolvendo em sensações. Aos poucos ele foi removendo o dedo e se inclinando para beijar seu ventre. Os lábios logo começaram a deslizar até o sexo tentador. Nesse momento, Merritt segurou a cabeça dele com uma afobação inquieta, como se fosse afastá-lo.

– Por favor, não me impeça... – murmurou Keir entre as coxas dela. – Eu amo essa parte do seu corpo, doce como o interior de uma rosa... Ah, Merry, minha querida... não me peça que passe o resto da vida sem ter sentido o seu gosto...

E assim, deslumbrada, Merritt cedeu. Keir segurou suas ancas com cuidado, mantendo-a no lugar enquanto a língua acariciava o interior da carne macia. Fascinado pela entrega com que Merritt se abria, Keir a lambeu delicadamente e lhe fez cócegas de leve. Ela estava incrivelmente quente, quase fumegante. Ele assoprou levemente sobre o sexo e adorou o som do gemido dela. Com delicadeza, tocou o centro úmido com a ponta da língua, depois a deslizou longamente pela extensão da fenda. Merritt se contorceu, abrindo as coxas à medida que ele a explorava com toques rápidos e suaves. Quanto mais devagar Keir agia, mas agitada ela ficava. Ele parou e repousou a língua no clitóris, que latejava. O espasmo de prazer foi tão intenso que Merritt se esforçou para ficar quase sentada.

Parando, Keir ergueu a cabeça.

– O que houve, *muirninn*?

Com o rosto vermelho, ofegante, ela tentou puxá-lo para cima.

– Faça amor comigo...

– Já estou fazendo – respondeu ele, e baixou de novo a cabeça.

– Não... Keir... estou falando agora, agora *mesmo*...

Ela estremeceu quando ele soltou uma risadinha em meio aos pelos escuros.

– Qual é a graça? – perguntou.

– Você, minha pequena tirana impaciente.

Ela pareceu dividida entre a indignação e a súplica.

– Eu estou pronta, Keir... – disse ela em tom de súplica.

Keir tentou inserir dois dedos dentro dela, mas o músculo apertado e delicado resistiu.

– Você não está – zombou ele, com delicadeza. – *Wheesht* agora e deite--se. Desta única vez, as coisas não serão do seu jeito.

Keir se aninhou mais uma vez entre as coxas dela e afundou a língua bem dentro da carne. Merritt se contraiu, mas ele fez um som para acalmá-la e tomou mais daquele gosto íntimo do qual tanto precisava, que tanto desejava e nunca mais pararia de desejar. Retornou ao clitóris, o ápice de todas as sensações, e o sugou com delicadeza até levar Merritt a arfar e estremecer por inteiro. Quando deslizou dois dedos para dentro dela, sentiu que o corpo o recebia bem, com as profundezas da carne contraindo e relaxando sem parar. Usando a língua e a mão ao mesmo tempo, Keir encontrou um ritmo que em pouco tempo fez com que todo o corpo de Merritt estremecesse com força. Seguiu em ritmo constante e sem pressa, obrigando-a a trabalhar para ter o que desejava. Merritt se contorcia e suplicava arqueando as costas, e tê-la tão selvagem sob ele, ouvindo seus gemidos eróticos e deliciosos, foi ainda melhor do que ele imaginara.

Então, de repente, o tempo ficou em suspenso e Merritt foi tomada... Curvou as costas com a rigidez de um arco esticado... prendeu a respiração... e começou a estremecer sem parar. Uma satisfação intensa e primitiva o preencheu ao ouvir os sons do prazer dela e sentir o latejar delicioso da carne ao redor de seus dedos. Ele prolongou a sensação, lambendo pacientemente cada espasmo e tremor até que, por fim, ela se acalmou.

Mas, mesmo assim, ele não conseguiu parar. Aquilo era maravilhoso. Ele continuou com as lambidas delicadas, amando a pele sedosa e o gosto salgado da carne.

– Ah, céus... eu acho que não... Keir, eu não...

Ele mordiscou e provocou, soprando ar quente na fenda exposta.

– Coloque as pernas nos meus ombros – sussurrou ele.

Ela obedeceu sem pestanejar. Keir sentia os tremores nas coxas dela. Um breve sorriso de satisfação surgiu em seus lábios quando ele reposicionou os quadris dela para cima em um novo ângulo. Logo ele a ouviria suplicando outra vez, pensou, e baixou a cabeça com um grunhido suave de divertimento.

~

Boa parte da noite foi um borrão confuso e maravilhoso de toques eróticos, mas alguns detalhes ficaram guardados na memória de Merritt como algo escrito em pedra. O cheiro da chuva gelada entrando pela janela... os cabelos macios de Keir deslizando pelos dedos dela... ser tomada por ele tão intensa e completamente.

Ele era muito gentil, apesar de sua força e seu tamanho, e seus dedos faziam carícias leves e sensuais. A atenção que dedicava a ela, sua consciência de cada som, pulsação, tremor, era total. A voz baixa fazia cócegas no ouvido de Merritt quando ele dizia como ela era bonita, como era bom senti-la, como ela o deixava duro... e, o tempo todo, penetrando o membro grosso cada vez mais fundo dentro dela.

Quando Keir a preencheu por completo, Merritt fervia de desejo. Um breve soluço de expectativa escapou dela quando Keir começou a se mover, com estocadas longa e angustiantemente lentas. Estavam bem juntos, com todo o peso do corpo dele sobre ela, da pélvis até os seios. Keir movia os quadris em círculos, criando novas ondas de sensação, e desceu a boca até um dos seios dela, lambendo e atiçando com delicadeza o mamilo rijo. Contorcendo-se de frustração, Merritt impulsionou os quadris para cima, mas ele recuou em reflexo.

– Não, amor. Posso acabar machucando você...

– Você não vai me machucar. Por favor... Keir...

– Por favor o quê?

– Eu quero mais.

A risada de Keir foi tão quente que poderia ter sido dada pelo demônio em pessoa.

– Não acho que você aguente mais do que isso, meu bem.

– Eu aguento – disse ela, contraindo o corpo inteiro.

– Assim?

Keir chegou a lugares dentro dela que nunca antes haviam sido tocados. Ela estremeceu com o prazer que sentiu.

– Ah, meu Deus... Isso...

Ele segurava com firmeza os quadris dela, mantendo o ângulo enquanto estocava em um ritmo constante. Entrando e saindo... Entrando e saindo, bem devagar...

– Mais rápido... – disse ela, desesperada.

– Ainda não.

– Por favor... – suplicou ela.

A voz perversa e baixa se fez ouvir bem perto da orelha dela:

– No ramo do uísque temos um dito que diz: fogo lento, uísque doce.

Ela choramingou quando Keir balançou os quadris com delicadeza, acariciando com a rigidez do membro todos os pontos em seu interior. O ritmo não se alterava, não importava quanto ela tentasse se conduzir com mais força por toda a longa extensão dele. Sempre que Merritt começava a implorar por mais, os lábios dele iam até os dela em outro beijo enlouquecedor.

Não era nada parecido com o que ela esperava. Joshua tinha sido um amante gentil, fazendo tudo de que ela gostava e lhe dando exatamente o que ela queria. Keir, contudo, fazia exatamente o oposto. Ele se deliciava em atormentá-la até que Merritt não se reconhecesse mais naquela criatura frenética em que se transformara. Era um homem totalmente perverso, despudorado, fazendo amor com ela de maneiras que eram inimaginavelmente boas, sempre colocando a satisfação em um ponto fora do alcance.

– Você me dá tanto prazer, querida... mais do que um corpo pode suportar.

E sentir você assim, tão apertada... Consigo sentir seu corpo me puxando. Esse corpinho faminto me quer mais fundo ainda, não quer? Hum? Coloque as mãos em mim... Em qualquer lugar, assim... Meu Deus, como seu toque é delicioso...

Depois do que pareceram horas de uma doce tortura, Keir se calou e manteve o corpo dela imóvel. Merritt percebeu que ele tentava protelar a chegada do clímax. Aquilo a excitou à beira do insuportável, e ela não conseguiu impedir o corpo de latejar e comprimir o membro rijo sem parar.

Keir enterrou o rosto no travesseiro com um grunhido primitivo, então virou a cabeça e disse para ela:

– Garotinha safada, pare com isso...

– Não consigo – disse ela, fraca, e era verdade.

– Maldição... Está querendo tirar o tutano dos meus ossos, moça?

A boca de Keir foi ao encontro da orelha dela. Ele a abraçou e deitou de barriga para cima, colocando-a em cima dele sem dificuldade.

Surpresa e atordoada, Merritt ficou um pouco atrapalhada quando ele posicionou as pernas dela de forma que ela o montasse.

– O que você está fazendo?

– Colocando você para trabalhar – respondeu ele –, já que está tão empenhada em tirar até a última gota de mim.

Ela olhou para o homem musculoso abaixo de si e balançou a cabeça de leve.

Keir deu uma risada breve ao ver a surpresa no rosto dela.

– Você é uma amazona, não é? – perguntou ele, e impulsionou os quadris para cima. – Cavalgue.

Verdadeiramente chocada por se ver na posição dominante, Merritt apoiou as mãos no peito dele em busca de equilíbrio. A primeira tentativa de movimento dela foi encorajada por um empurrão dos quadris dele, o que o impeliu mais fundo ainda, e o ângulo pareceu abrir algo dentro dela. Merritt estremeceu em uma reação instintiva. Impetuosa, excitada e mortificada, ela entendeu o que ele queria. Quando começou a se mexer, aos poucos Merritt foi perdendo a autoconsciência e logo encontrou o ritmo, esfregando e bombeando seu sexo no membro dele. Cada descida enviava uma onda de prazer, conectando cada sensação à extensão volumosa da ereção.

Arfando pesadamente, Keir esticou as mãos para segurar os seios dela, acariciando com os polegares os mamilos rijos.

– Merry, amor... Vou gozar em breve.

– Eu sei... – arquejou ela, sentindo uma onda de calor se aproximar.

– Você... é preciso que se afaste se não quiser que eu me libere dentro de você e...

– Mas eu quero – ela conseguiu responder. – Fique dentro de mim... Quero sentir você gozar... Keir...

Ele começou a estocar rápido e com força, segurando-a pelos quadris. Os olhos semicerrados e a intensidade apaixonada dele a levaram à beira do abismo. E aquilo continuou sem parar, novos cheiros e mais ápices de prazer a arrebatavam, provocando gemidos e tremores. Merritt sentiu as mãos dele agarrando-a pelas coxas enquanto ele arremetia uma, duas vezes.

Quando ele enfim gozou, trêmulo como um cavalo de corrida sob controle, ela se deitou em cima dos pelos louros do torso dele, com seus corpos ainda conectados. Merritt sentia-se eufórica.

Keir soltou um longo suspiro e relaxou sob ela.

– Feiticeira... – disse ele depois de um tempo, em voz baixa e preguiço-sa. – Está satisfeita, agora que conseguiu o que queria de um jovem ingênuo de Islay?

Com grande esforço, Merritt se ergueu e chegou mais para cima, tocando o nariz dele com o seu.

– Quase.

O peito de Keir estremeceu com uma risada. Ele deitou Merritt de barriga para cima e acariciou seu rosto, afastando algumas mechas de cabelo. Antes de beijá-la, sussurrou:

– Ainda bem que a noite ainda não acabou.

~

Ao badalar dos sinos de St. George, Keir piscou e emergiu do sono, lembran-do-se de que eles soavam às 5h45 toda manhã para despertar os trabalhadores de East End. Hora de partir, enquanto ainda podia sair sem ser visto.

No entanto, permaneceu algum tempo deitado, absorvendo a sensação de ter Merritt aconchegada atrás dele. Os joelhos dela estavam cuidadosamente encaixados atrás dos seus, e o braço esguio estava jogado por cima de sua cintura. A respiração dela era suave e constante.

Que sensação maravilhosa ficar deitado ali, sentindo aquele corpinho quente aninhado ao dele, a mente ainda repleta dos prazeres noturnos. Ele sorriu levemente. Keir tinha esgotado as forças de ambos em seu empenho de proporcionar a alegria de toda uma vida em poucas horas. E ainda assim ele queria mais...

A princípio, por um viés egoísta, ele havia desejado satisfazê-la tão plenamente que ela nunca o esqueceria. Para garantir que seria para sempre o homem que ela desejaria em sua cama. Mas Keir caíra na própria armadilha. *Sou eu que nunca vou esquecer. Para mim, sempre será você, Merry, meu amor, a mulher que desejarei até meu último suspiro.*

Keir se levantou com todo o cuidado da cama quente e se espreguiçou no ar frio do começo da manhã. Resgatou as roupas, vestiu-se na penumbra e encontrou o casaco remendado pendurado na maçaneta da porta por dentro. Seus itens pessoais tinham sido enfiados em um dos bolsos. Ele verificou sua carteira, não pelo dinheiro, mas em busca do pedacinho de papel com os nomes datilografados. Para sua satisfação, ainda estava ali.

Havia um lavatório em um dos cantos do quarto. O brilho pálido de uma lamparina da rua entrou pela janela quando ele abriu uma das cortinas. Keir lavou o rosto, penteou o cabelo e bochechou água gelada. Ao virar-se para a cama, sentiu um frio no estômago. Ele não sabia o que dizer a ela.

Tudo o que sabia era que, depois que partisse, teria que aprender a viver com o coração batendo fora do peito em algum lugar distante de casa.

O primeiro sinal do amanhecer iluminou a penumbra do quarto e reluziu nos ombros e nas costas nuas de Merritt. Ela estava de bruços, com o rosto virado para ele, e ele viu que estava de olhos abertos. Ao absorver a imagem dele parado ali, totalmente vestido, Merritt abriu um sorriso triste.

Em silêncio, Keir torceu para que ela não dissesse nada que pudesse levá-lo a sofrer. Para seu infinito alívio, o que ela disse em uma voz ainda grossa pelo sono foi:

– Não se esqueça do tapa no meu traseiro...

O tom bem-humorado o levou a sorrir. Ele sentiu um arroubo de gratidão, percebendo que Merritt não era mulher de fazer cena nem propensa a despedidas desconfortáveis. Ela tentaria tornar aquilo mais fácil para ele e essa era uma das muitas virtudes de seu caráter.

Keir chegou perto da cama e, devagar, puxou a coberta de lado para desvelar o traseiro nu dela. Fez uma carícia e então beijou uma curva cheia e prazerosa, arrematando com o mais gentil dos tapinhas.

Depois de cobri-la com cuidado, saiu sem mais uma palavra ou olhar. Foi a coisa mais difícil que já fizera e causou uma inédita sensação ruim.

Ele caminhou pela névoa fria da manhã em direção ao seu dormitório no armazém. Queria tomar banho e vestir roupas limpas. A tempestade da noite passada tinha varrido temporariamente a neblina de poluição da cidade, deixando o céu azul-claro e livrando as ruas do fedor de lixo usual.

Em outros tempos, Keir sempre acordava de bom humor depois de passar a noite com uma mulher. Sentindo-se pronto para tomar o mundo. Mas não daquela vez. Parte de suas defesas fora derrubada e seus sentidos estavam à flor da pele. Ele estava exausto e, ao mesmo tempo, sentia vibrar dentro de si uma energia incomum, como se estivesse conectado às cordas de um piano.

Ele prosseguiu com os afazeres do dia. Encontrou-se com um comerciante de bebidas alcoólicas e depois com Gruinard, o coletor de impostos e supervisor, que explicou como funcionava o procedimento para transferir o uísque afiançado do armazém para o comprador. Formulários de entrega e solicitações a serem preenchidos, serviços a serem pagos, registros a serem assinados, licenças e certificados a serem emitidos.

Lutando para prestar atenção nos detalhes tediosos, Keir precisou reprimir um bocejo que o levou a lacrimejar.

Gruinard deu uma risadinha, sem ser indelicado.

– Um tanto "abatido", como dizem por aí, depois de uma noite de flertes em Londres, hum? Mas não o culpo. Eu também já fui um jovem precipitado.

Ao anoitecer, Keir foi até a taverna à beira do rio e viu alguns funcionários do armazém Sterling com quem trabalhara. Os homens o chamaram com entusiasmo e insistiram em que ele se sentasse à mesa deles. Serviram uma rodada de cerveja, e alguém lhe entregou um copo bem cheio.

– Sempre começamos com um brinde à boa senhora – disse-lhe um deles, um irlandês chamado O'Ceirin.

Keir olhou para o homem, sem expressão no rosto.

– A rainha?

O grupo riu com entusiasmo.

– Não, seu cabeça-oca, nós brindamos à senhora que salvou nosso sustento e manteve a empresa do marido quando deveria tê-la vendido – explicou O'Ceirin, erguendo o copo. – Bebam, rapazes, à saúde e à vida longa de lady Merritt.

Com um coro de aprovação genuíno, os homens beberam com vontade. Keir bebeu metade do copo em um gole e tentou não demonstrar a profunda melancolia que o dominou. Ele mal tinha consciência de ter pedido comida, mas um prato de ervilha e carne cozida sem graça fora posto diante dele. Depois de tentar engolir algumas porções, terminou de beber a cerveja e tomou seu rumo.

O armazém estava escuro e silencioso quando Keir retornou. Depois de sentar-se pesadamente na poltrona perto do fogão, olhou, mal-humorado, para o quarto contíguo, onde a pequena e solitária cama o aguardava. Poderia muito bem ser um equipamento de tortura. Como podia estar tão cansado, mas tão relutante em ir se deitar? Sentia frio no corpo todo, exceto na região das costas em que o ferimento ardia. Era uma dor suave, estranhamente repuxada, que pulsava em um latejar preciso e constante. Keir ficou com o olhar fixo e perdido na direção do pequeno fogão, que pensou em acender para aquecer o aposento. Não. Tudo demandava demasiado esforço.

Suspirando pesadamente, ele enfim se permitiu pensar em Merritt.

Keir não conseguia acreditar que teria que passar o resto da vida sem ela. Ele queria, precisava, vê-la uma última vez. Só por um minuto. Meio minuto. Dez segundos. Deus do céu, estava doente de desejo. Não pediria mais nada na vida se pudesse ter ao menos mais um vislumbre dela.

E se... ele fosse até lá? *Não, não seja um imbecil.* Ele mal conseguira deixá-la uma vez. Duas seria a morte.

Mas, mesmo sabendo disso, Keir se levantou e pegou o casaco. O coração martelava de expectativa. Iria até a casa dela só para saber como estava. Mesmo que ela não atendesse, mesmo se ela estivesse na cama e ele só pudesse falar com o criado, ainda assim seria melhor do que ficar sentado ali sem fazer nada.

Keir começou a descer a escada que levava à porta principal do armazém, mas desacelerou o passo ao avistar a nuvem de fumaça no final dela.

Fogo. Um calafrio de alerta o percorreu como um lampejo, causando arrepios. Seu corpo inteiro formigava.

Não existem incêndios de pequeno porte em um armazém. As escadas e os poços dos elevadores funcionam como chaminés, afunilando chamas e elevando o calor para espalhar o inferno pelos andares abertos.

Praguejando, Keir desceu o que restava da escada e esticou a mão para pegar a maçaneta.

Mas não havia maçaneta.

Keir examinou a porta, incrédulo. A maçaneta não caíra; tinha sido cuidadosamente removida, com o ferrolho travado. Alguém o prendera ali de propósito.

Um armazém para bens afiançados era projetado para ser tão seguro quanto um cofre de banco. A porta, forrada com chapas de aço e firmada com equipamentos industriais, não poderia ser derrubada.

Um rugido abafado veio da parede entre a escada e a área de armazenamento do prédio. O som do incêndio. Logo atingiria milhares de barris de uísque.

Ele estava perdido.

Xingando, Keir virou-se e correu escada acima, pulando dois, três degraus de cada vez. Voltou para seu aposento, atrapalhando-se de leve ao destrancar a porta. Então correu para a janela, puxou o ferrolho e escancarou-a. Um olhar para a lateral do prédio revelou que não havia nenhuma escada ou saída de emergência.

Havia três andares entre ele e o pavimento, sem qualquer coisa que pudesse aparar ou amortecer a queda.

Muito perdido.

Focou a atenção em um armazém temporário de um andar, a uns três metros de distância. Se conseguisse alcançá-lo, a distância da queda diminuiria um terço. Mas, sem uma corrida inicial para tomar impulso, Keir não tinha certeza se conseguiria chegar tão longe. E, ainda que conseguisse, provavelmente não sobreviveria ao momento em que aterrissasse no telhado de metal.

Por outro lado, era melhor do que ser tostado como uma torrada.

Respirando fundo, Keir subiu na janela e ficou parado cuidadosamente no parapeito, agarrado ao batente.

Ocorreu-lhe que era provável que ele acabasse sendo enterrado na Inglaterra... longe dos túmulos dos pais e da ilha amada.

Alguém queria vê-lo morto, e ele nunca saberia por quê. O pensamento o encheu de fúria.

E então Keir pulou.

CAPÍTULO 11

No quarto de dormir, Jenny desamarrava as costas do vestido de Merritt. O dia tinha sido longo, tomado por um trabalho que ela não queria fazer. Não conseguira passar mais do que cinco minutos concentrada em alguma coisa. Sua mente se negava a qualquer tarefa, como uma mula rabugenta.

Ela olhou distraidamente para a cama que acabara de ser feita com lençóis e cobertores limpos e macios e travesseiros delicadamente afofados. Não havia vestígio da tórrida atividade da noite anterior. Mas, por um instante, a mente de Merritt evocou a imagem do corpo dourado atraente, daqueles ombros largos em cima dela, do brilho de uma chave minúscula pendendo do pescoço dele e roçando suavemente entre seus seios desnudos.

Ela balançou a cabeça de leve para afastar os pensamentos. A cama era grande demais para uma pessoa, ridiculamente grande. Merritt se livraria dela, decidiu, e compraria outra com metade do tamanho. Deveria mandar a costureira reduzir a colcha de brocado para que coubesse na cama menor? Não, ela doaria essa e encomendaria uma nova. Talvez azul...

Os devaneios foram interrompidos por uma forte explosão do lado de fora. As lamparinas de vidro e as gotas de cristal nos candelabros estremeceram.

– Santo Deus – exclamou Merritt –, isso foi um trovão?

Jenny franziu a testa.

– Acho que não, milady.

As duas correram até a janela e abriram as cortinas. Merritt se encolheu diante do clarão ofuscante no horizonte, seguido imediatamente de outro estrondo. Quando percebeu que vinha da direção das docas, sentiu o estômago revirar.

– Amarre meu vestido outra vez, Jenny – disse ela, tensa. – Não... primeiro chame Jeffrey e peça a ele que prepare a carruagem, depois volte para me ajudar com o vestido.

Cerca de dez minutos depois, Merritt descia a escada às pressas. Ouviram-se as batidas fortes na porta da frente. Antes que ela pudesse alcançá-la, alguém entrou sem esperar resposta.

Era Luke, sem casaco nem chapéu. Seu rosto tinha uma expressão grave e sombria quando ele disse, sem rodeios:

– Foi um dos nossos.

– A explosão? Foi um dos nossos armazéns? Qual...

– Sim.

– Qual?

– Não sei. Eu estava jogando cartas em um clube perto do cais. Alguém veio correndo contar.

– Por que você veio para cá, Luke? – perguntou Merritt, arquejando de ansiedade. – Você deveria ter ido direto até lá, ver se foi... se...

Por um momento, ela não conseguiu falar.

– Ah, meu Deus, Luke, você acha que foi o armazém alfandegado?

– Foi uma tremenda explosão – respondeu ele em voz baixa, com o rosto sombrio. – Do tipo que aconteceria se o fogo atingisse centenas de milhares de litros de álcool. Vim direto para cá porque eu sabia que você iria correndo até lá e aquele lugar está mais perigoso que o inferno. Escute, Merritt... Só vou permitir que vá até lá se prometer que ficará perto de mim, está bem? Você não pode sair do meu lado sem me consultar, de acordo?

Merritt estava perplexa e irritada com o tom de autoridade inédito do irmão mais novo. Embora quisesse informá-lo de que tinha bom senso suficiente para não sair correndo até o local de um incêndio descontrolado, ela não quis perder tempo.

– De acordo – disse, secamente. – Vamos.

Eles entraram no coche de aluguel que aguardava e seguiram em direção ao cais em uma marcha alucinante. Para a frustração agonizante de Merritt, o veículo foi obrigado a desacelerar quando se aproximaram do portão principal. Um grande contingente de curiosos já se aglomerava ali, enchendo as ruas e dificultando o acesso de equipes a cavalo e motores a vapor da brigada de incêndio. A cacofonia era total: sinos ressoando, barcos a vapor lançando água e pessoas gritando.

– Vamos ter que descer aqui – disse Luke.

Ele pagou o condutor e ajudou Merritt a descer. Manteve um braço ao redor dela, tentando protegê-la de ser esmagada pelas pessoas à medida que abriam caminho em meio à multidão.

A claridade das chamas que iluminavam o cais dava a impressão de que era meio-dia. Merritt deixou escapar um soluço ao ver que o foco principal do fogo era, de fato, o armazém número 3. Ela sentiu lágrimas quentes escorrerem até o queixo.

– Talvez ele não estivesse lá dentro – disse Luke no mesmo instante. – Talvez estivesse em uma taverna ou... ou sabe-se lá onde... em um bordel, uma casa de concertos...

Merritt assentiu, tentando se consolar, e enxugou a face molhada com a manga do casaco. Então ela deu conta da dimensão de seus sentimentos por Keir ao perceber que teria ficado mais do que feliz se descobrisse que ele estava em um bordel. Qualquer coisa, *qualquer coisa*, menos que estivesse naquele inferno.

– Ele pode muito bem estar aí vagando por entre a multidão – prosseguiu Luke. – E, nesse caso, temos pouca chance de encontrá-lo.

– Vamos procurar na área em volta do armazém.

– Não conseguiremos nos aproximar de forma alguma, mana. Olhe só para... Ah, você é pequena demais para ver além da multidão... Bem, há pelo menos meia dúzia de barcos a vapor lançando água com força total e dois equipamentos de rolagem na rua tentando extinguir as chamas.

– Quem sabe, talvez, um dos bombeiros nos diga alguma coisa? – falou Merritt, desesperada. – Me ajude a encontrar algum, Luke.

Diante da hesitação dele, ela acrescentou:

– *Por favor.*

– Ora... Que se dane! – murmurou Luke, e pôs-se a guiá-la por entre os corpos que se acotovelavam.

Merritt mal conseguia ver ou respirar com tantas pessoas apinhadas ao redor deles. Uma neblina pungente, estranhamente doce, tomava conta do ar: cheio de uísque queimando, percebeu ela com uma pontada de desespero.

Um burburinho ansioso correu pela multidão quando chamas azuis espantosas começaram a sair do armazém, como tentáculos. Luke puxou Merritt bruscamente contra si e cobriu a cabeça dela com os braços. Uma fração de segundo depois, ela sentiu o chão tremer com uma explosão violenta. O calor chamuscou sua pele exposta quando uma imensa bola de fogo subiu ao céu. Gritos irromperam da multidão e as pessoas em pânico, começaram um empurra-empurra.

À medida que Luke e Merritt iam sendo arrastados pelo fluxo de corpos, ela sentiu alguém pisar na barra de sua capa e se agarrou ao irmão para não cair. Percebendo o problema no mesmo instante, Luke rasgou o fecho no pescoço dela e deixou a capa cair. Em segundos, a peça foi pisoteada por dezenas de pés.

Merritt soltou um gritinho de surpresa quando Luke a ergueu no ombro.

Ela ficou imóvel, para que ele pudesse carregá-la com mais facilidade até um galpão comprido perto do armazém em chamas.

Quando chegaram, Luke se curvou com todo o cuidado para colocar Merritt de pé diante de um muro de tijolos. A construção os abrigava do calor escaldante que vinha do armazém, a quase 30 metros dali.

– Espere aqui – disse ele, bruscamente.

Era difícil ouvir qualquer coisa além do silvo e do zumbido da máquina a vapor ali perto. Merritt semicerrou os olhos para observar o entorno, em meio a uma lenta chuva de cinzas que flutuavam como penas negras. Naquele galpão havia lojas que pertenciam ao ferreiro, ao montador e ao borracheiro, e uma área de trabalho compartilhada. De repente, uma aglomeração de homens parados perto de uma grande bigorna chamou sua atenção. Todos olhavam para alguma coisa no chão.

– Vou tentar falar com alguém da brigada de incêndio e descobrir se...

Luke ficou calado quando Merritt puxou a lapela de sua capa e seguiu a direção do olhar dela.

Um dos homens se moveu, revelando o vislumbre de uma perna calçada com uma bota estirada no chão.

Eles estavam olhando para um corpo.

Merritt sentiu os braços e as pernas pesarem como chumbo. O homem de quem ela ficara íntima bem na noite anterior... o amante gentil e intenso, com olhos azuis risonhos e mãos travessas... podia estar morto a alguns metros de onde ela estava.

Merritt experimentara aquela sensação duas vezes na vida. A primeira, quando um pônei se assustou com um barulho inesperado e lhe deu um coice no estômago, uma pancada que, mesmo de raspão, a deixara sem ar e enjoada.

A segunda, quando ficou sabendo que o navio de Joshua havia naufragado.

Soltando um som incoerente, ela se adiantou, mas Luke a segurou pela cintura.

– Merritt, não. *Pare.*

Merritt se debateu, focada apenas na cena à sua frente.

– Merritt!

Luke segurou o queixo da irmã para que o olhasse. Ela piscou e se acalmou ao ver o rosto cheio de tensão do irmão. Ele a encarou com seus olhos escuros intensos, da mesma cor que os dela.

– Eu vou até lá. Se for ele, você... você talvez não queira ver – disse Luke e, depois de uma pausa, acrescentou: – O que quer que aconteça, estou aqui com você, está bem? Não se esqueça disso.

Atordoada, Merritt percebeu que o irmão mais novo – antes um bebê que ela ajudara a tomar banho e se vestir, depois uma criança a quem ela ensinara a usar a colher para comer pudim – tornara-se um homem em quem ela podia se apoiar.

Ela enrijeceu o maxilar e assentiu para que ele soubesse que ela não iria desmoronar.

Luke soltou Merritt, abriu caminho por entre a aglomeração e se agachou ao lado do corpo no chão.

Os segundos pareceram levar anos para passar. Cinco.... dez... quinze... Merritt ficou ali, imóvel como uma estátua de cemitério.

Ainda agachado, Luke se virou e acenou para que ela se aproximasse.

CAPÍTULO 12

Encorajada, Merritt avançou correndo e os homens ali reunidos abriram espaço. Ao avistar o brilho do cabelo âmbar-dourado, ela se ajoelhou e começou a analisar freneticamente o corpo comprido do homem.

Era Keir, e estava vivo. Pelo menos por enquanto. Estava machucado e sujo, mas, para o espanto de Merritt, não parecia ter sofrido queimaduras graves. Ele devia estar do lado de fora do armazém quando o incêndio começou, mas próximo o bastante para ser atingido pela explosão. Ela retirou as luvas e tocou o rosto dele com delicadeza.

– Keir... Keir.

Os cílios espessos estremeceram e se ergueram de leve, mas ele não abriu os olhos. Keir não estava respirando direito, o peito espasmava em busca de ar. Depois de puxar um lenço do bolso da saia, Merritt limpou um fio de sangue que escorria pelo canto do lábio dele. Desejou muito tirá-lo dali, de toda aquela fumaça e sujeira, colocá-lo em uma cama limpa e macia e cuidar dele de novo.

Merritt aninhou a cabeça de Keir em seu colo e a mudança de posição o levou a tossir e arquejar como um peixe fora d'água. O lenço que ela mantinha junto à boca de Keir ficou salpicado de sangue. Ela ergueu os olhos para Luke, que estava falando com alguns homens.

– Luke – ela conseguiu dizer, vacilante –, preciso da sua capa para mantê-lo aquecido.

Sem hesitar, Luke desabotoou a peça de lã.

– Por que ele não consegue respirar? – perguntou Merritt, desesperada. – É por causa da inalação de fumaça?

– Talvez tenha quebrado algumas costelas. Alguém o viu pular da janela do aposento no armazém pouco antes da primeira explosão.

As lágrimas se acumularam nos olhos dela.

– Ele sofreu uma queda de três andares?

– Sim, mas não de uma vez. Ele caiu no telhado de um galpão seis metros abaixo e então a explosão o arremessou no chão. Alguns condutores de barcaça arriscaram a vida para arrastá-lo para fora do prédio – explicou Luke, curvando-se para cobrir o corpo prostrado de Keir. – Vou arrumar uma carruagem ou uma carroça e pedir que me ajudem a carregá-lo. Mas a questão é: para onde? O hospital mais próximo é o Mercy Vale, mas eu não levaria nem o meu pior inimigo para lá. Podemos tentar o Shoreditch, embora...

– Para a minha casa.

Após um curto silêncio, Luke respondeu:

– Você não está falando sério.

Merritt lançou ao irmão um olhar enviesado.

– Para a minha casa, Luke – repetiu.

Ela não deixaria Keir à mercê da compaixão de estranhos. Ela cuidaria dele e o protegeria.

– Merritt, isso vai causar um escândalo tremendo. Quer ele morra ou sobreviva, tanto faz.

Merritt balançou a cabeça ferozmente.

– Ele não vai morrer. E eu não dou a mínima para escândalos.

– Agora talvez não, mas depois...

– Por favor, Luke – disse ela, com urgência –, não vamos perder tempo discutindo. Vá buscar uma carruagem, depressa.

～

– Vou encarar como um bom sinal o fato de ele ainda estar respirando – comentou Luke, mais tarde. – Eu tinha certeza de que ele iria bater as botas antes de chegarmos aqui.

Embora Merritt não gostasse dos termos que o irmão usava para descrever a situação, ela pensara a mesma coisa durante a tortuosa volta até a Carnation Lane. Ela sentara-se com Keir na parte de trás de uma carroça de vegetais, mantendo a cabeça e os ombros dele em seu colo enquanto nabos soltos rolavam ao redor. O sacolejo das rodas pela via irregular tinha arrancado alguns gemidos de Keir, cuja consciência oscilava.

Depois que Luke e Jeffrey o carregaram para o quarto de hóspedes, o criado partira imediatamente para buscar a Dra. Gibson.

Luke permaneceu ao pé da cama, observando com uma profunda carranca enquanto Merritt descalçava o homem inconsciente.

– Posso ficar, se precisar de ajuda para lidar com ele – disse o irmão. – Mas eu gostaria de voltar ao cais e descobrir se mais alguém se feriu. Também preciso me encontrar com o corpo de resgate e notificar a companhia de seguros.

– Pode ir – falou Merritt, retirando as meias de lã de Keir. – Darei conta de tudo até a médica chegar.

– Voltarei assim que puder. Nesse meio-tempo, por que não manda chamar uma de suas amigas para ajudar?

– Vou pensar – respondeu Merritt, mas a única amiga que gostaria de mandar chamar era lady Phoebe Ravenel, que estava em Essex.

De testa franzida, Luke se aproximou de Keir. O escocês estava muito pálido, com os lábios e as pontas dos dedos azuis. Ele arfava como se não conseguisse inspirar ar suficiente.

– Só Deus sabe a extensão dos danos – disse Luke, com delicadeza. – É melhor você se preparar para a possibilidade de ele não...

– Ele vai se recuperar totalmente – interrompeu Merritt.

Merritt se sentia como um vaso que recebera um encontrão de alguém. Oscilante, prestes a cair e quebrar.

– Nós não temos qualquer vínculo com ele, Merritt. Mesmo que aconteça o pior, você não o conhece o bastante para ficar transtornada.

Irritada, Merritt teve vontade de argumentar que era tolice tentar dizer às pessoas como elas deveriam se sentir, mas conseguiu permanecer calada.

Depois que Luke partiu, ela fez o que pôde para deixar Keir limpo e confortável. Cortou as peças de roupa que não podiam ser removidas com facilidade e lavou a pele de Keir com um pano limpo e morno. Os contornos fortes e flexíveis, agora tão familiares para ela, em toda a extensão de músculos rígidos, tinham ferimentos graves. Havia um inchaço na parte de trás da cabeça. De vez em quando, Keir abria os olhos, exibindo um olhar desorientado, mas não fazia esforço algum para falar.

Para o alívio de Merritt, Garrett Gibson chegou depressa e entrou a passos largos no quarto de hóspedes sem sequer bater na porta. Jeffrey vinha logo atrás, carregando uma maleta de couro e uma caixa de suprimentos. Sob o comando da médica, colocou tudo ao lado da cama e saiu.

– Graças a Deus você está aqui – disse Merritt enquanto Garrett ia direto até a cama. – O Sr. MacRae mal consegue respirar.

Garrett vasculhou a maleta. Tirou de lá um estetoscópio e o encaixou habilmente nos ouvidos. Seus movimentos eram tranquilos e seguros, e parecia que nada de mau poderia acontecer enquanto ela estivesse ali.

– O criado disse que ele se feriu no incêndio no armazém.

– Sim. Houve uma explosão. Ele...

Merritt não conseguiu evitar que sua voz ficasse mais aguda enquanto lutava contra as lágrimas.

– Ele pulou de uma janela e caiu de pelo menos dois andares.

Garrett posicionou o diafragma do estetoscópio em diversas partes do peito de Keir, auscultando com atenção. Depois colocou o instrumento de lado, tomou o pulso e falou com ele.

– Sr. MacRae, o senhor está acordado?

Diante da falta de resposta, ela delicadamente segurou o rosto dele com as duas mãos.

– Pode olhar para mim? Consegue abrir seus... aí está, bom rapaz.

Ela examinou as pupilas dele e deu-lhe um sorriso tranquilizador.

– Sei que está difícil respirar – disse com compaixão –, mas vamos resolver isso em um instante.

Merritt ficou ali perto, entrelaçando os dedos. Seus pulmões trabalhavam puxando o ar com força, como se, de alguma forma, ela pudesse respirar por Keir. Ela nunca se sentira tão desamparada na vida. De repente, a médica começou a tirar uma série de objetos estranhos da maleta: um cilindro de aço de mais ou menos 30 centímetros de comprimento, uma garrafa com um líquido claro e um tubo de borracha.

– O que é isso? – perguntou Merritt, apreensiva.

– Um aparelho de oxigênio – respondeu Garrett enquanto continuava seu trabalho. – Já usei para tratar um paciente asmático. Decidi trazê-lo depois que Jeffrey descreveu o estado do Sr. MacRae.

Ela conectou uma bolsa de borracha à geringonça, acionou um botão no cilindro para iniciar o fluxo de oxigênio e encaixou uma concha sobre o nariz e a boca de Keir. Ele se esquivou e tentou virar a cabeça, mas ela segurou a concha no rosto dele com persistência.

– Inspire – instigou ela –, com calma e devagar.

Em questão de minutos o oxigênio operou uma mudança milagrosa. A cor de Keir, antes de um tom azulado, agora voltara ao rosa saudável, e seus arquejos desesperados foram passando.

– Pronto – disse Garret baixinho, relaxando os ombros esguios. – Está melhor?

Keir assentiu levemente, erguendo a mão para agarrar com mais firmeza a mão que ela mantinha em seu rosto, como se temesse que ela a retirasse cedo demais.

Merritt enxugou os olhos com um lenço e soltou um suspiro trêmulo.

A médica olhou para ela com um breve sorriso.

– Tire um minutinho para se recompor, minha amiga – sugeriu ela, com delicadeza –, enquanto eu continuo o exame. Uma xícara de chá vai lhe cair bem.

Merritt percebeu que a médica queria preservar a privacidade de seu paciente enquanto o examinava.

– É claro – concordou ela, embora a última coisa que quisesse fazer fosse sair de perto de Keir. – Toque o sino se precisar de qualquer coisa.

Relutante, ela saiu do quarto de hóspedes e encontrou Jenny aguardando no corredor. A jovem criada a olhou com preocupação.

– O cavalheiro ficará bem, senhora?

– Sim – respondeu Merritt, perturbada. – Ele tem que ficar.

– Eu ajudarei a tomar conta dele, milady, se a senhora precisar. Cuidei do meu pai quando ele caiu com febre e sei como agir com um enfermo.

– Obrigada, Jenny. Por ora, se você puder me servir uma xícara de chá no meu quarto...

– Agora mesmo.

Merritt vagou até seu quarto. A cama enorme estava imaculadamente feita com lençóis e cobertores limpos, a colcha alisada à perfeição. Ela olhou para o espelho e ficou espantada. Seu rosto estava riscado de fuligem, o contorno dos olhos, todo vermelho, o cabelo que se soltara dos grampos estava desgrenhado, e o vestido, imundo. Com uma careta, ela tirou os grampos do cabelo e os colocou na penteadeira.

Mal conseguia acompanhar os próprios pensamentos. O cérebro parecia trabalhar no dobro da velocidade usual. Merritt penteou o cabelo com puxadas vigorosas, retorceu-o em um coque simples e voltou a prender com grampos. Embora ainda não soubesse a gravidade dos ferimentos de Keir, era óbvio que ele precisaria de descanso e muitos cuidados durante sua recuperação. Mas haveria um escândalo se ela o mantivesse em casa. Talvez pudesse levá-lo para a residência dos Marsdens, em Hampshire? *Isso*. Era um lugar seguro e isolado e a família poderia ajudá-la. A ideia era tremendamente reconfortante. Ela levaria Keir para lá assim que fosse possível, a depender do que Garrett falasse sobre o estado dele.

Jenny voltou com o chá e ajudou Merritt a se banhar e colocar um vestido limpo. Depois de uma segunda xícara de chá, Merritt olhou para o relógio na cornija da lareira. Já havia 45 minutos que ela deixara Keir com a Dra. Garrett. Sem dúvida, tempo suficiente para que já tivesse terminado de examiná-lo.

Ela foi até o quarto de hóspedes e parou diante da porta fechada. Seu coração bateu mais forte de alegria ao ouvir o som de conversa. O barítono familiar de Keir soava rouco e debilitado pela tosse, mas ele estava consciente e conseguia se comunicar.

Ansiosa, ela deu apenas uma batida na porta, empurrou-a e colocou a cabeça para dentro.

– Posso entrar? – perguntou.

Garrett, que estava sentada na beira da cama, olhou para ela com ar preocupado.

– Sim, por um momento.

Merritt aproximou-se da cama e quase foi arrebatada pelo misto de alegria, preocupação e ânsia que sentiu. Keir estava reclinado sobre os travesseiros, olhando-a com aqueles olhos azul-claros frios. Embora estivesse abatido e machucado, parecia incrivelmente bem, considerando tudo o que tinha passado.

– Estou muito feliz por vê-lo acordado – disse ela, sem firmeza.

106

Keir hesitou por um instante muito longo. Em vez de responder, virou-se para Garrett e perguntou em uma voz áspera:

– Quem é ela?

CAPÍTULO 13

Merritt sentiu um peso no estômago.

Quem é ela? Aquilo era algum tipo de brincadeira? Não... Keir a encarava como se ela fosse uma estranha. Uma estranha que ele não queria, em particular, no quarto com ele. Teria sofrido algum dano na visão?

Garrett fez um aceno sutil, sinalizando que ela ficasse calma.

– Sr. MacRae – perguntou ela –, não conhece essa senhora?

O olhar confuso e ressabiado de Keir voltou-se para Merritt, e ele balançou a cabeça.

– Nós nos conhecemos?

Merritt perdeu a fala. Então assentiu e tentou falar outra vez, mas em vão. Percebendo que ainda assentia, de maneira meio frenética, se forçou a parar. *Sim, na verdade, você passou a maior parte da noite anterior na minha cama, fazendo amor comigo em todas as posições, menos de cabeça para baixo.* Ela ainda sentia resquícios da dor íntima e nos músculos da parte interna das coxas, que tinham ficado abertas por horas.

E ele não a reconhecia.

– Essa é lady Merritt – disse a médica em um tom casual. – Você a conheceu alguns dias atrás, logo que chegou a Londres.

– A viúva de Sterling – disse Keir naquela voz áspera, franzindo a testa como se o esforço para pensar fosse dolorido. – Peço perdão, milady.

– Está... tudo bem – Merritt conseguiu dizer.

Garrett esticou a mão para ajustar a bolsa de gelo atrás da cabeça dele.

– Não há nada com que se preocupar – disse ela. – É hora de mais oxigênio, está bem?

A Dra. Gibson girou as válvulas no cilindro de oxigênio, mexeu no tubo, acoplou o frasco de lavagem e ajustou a concha sobre a boca e o nariz dele.

– Você consegue segurar isto enquanto eu converso com lady Merritt por um instante?

– Consigo.

Em concordância tácita, as duas foram até a soleira. Merritt ficou do lado de fora, no corredor, e Garrett falou com delicadeza através da porta aberta parcialmente.

– Primeiro... há uma grande chance de ele sobreviver.

– E se recuperar?

Antes de responder, Garrett hesitou de forma um pouco aflitiva.

– Até onde sei, há pelo menos duas costelas fraturadas ou gravemente lesionadas, mas, de qualquer maneira, vão sarar. Os pulmões são uma questão mais preocupante. Existe uma sequela específica associada a explosões. Vi isso uma vez durante meu período de residência na França, quando um jovem soldado foi levado para o hospital e, mais recentemente, em um paciente cuja caldeira da cozinha explodiu. Embora não houvesse nenhum dano externo evidente, a força da explosão tinha lesionado os pulmões. O caso do Sr. MacRae não parece grave, no entanto. Com descanso e alguns cuidados, eu diria que a capacidade pulmonar deve voltar ao normal em um período de dez a quatorze dias.

– Graças a Deus – falou Merritt, fervorosamente.

– O problema mais sério é a concussão, que é um trauma no cérebro causado por uma pancada na cabeça. É um bom indício ele não ter tido convulsões nem estar falando arrastado, mas preciso avaliá-lo mais detalhadamente antes de dar um prognóstico realista. É possível que haja sequelas posteriores duradouras, como dor de cabeça, problemas para dormir, dificuldade em certas atividades, como ler ou fazer cálculos...

– E perda de memória?

– Também. A boa notícia é que ele está perfeitamente ciente de quem é e onde vive, e me disse o nome de familiares e amigos, além de alguns detalhes sobre os negócios dele. Mas a última coisa da qual ele se lembra é de vir para Londres. Calculo que tenha perdido mais ou menos uma semana de lembranças.

Merritt curvou-se no batente da porta e olhou fixamente para a médica.

Uma semana, pensou, entorpecida. Uma pequena perda, diria a maioria das pessoas, levando tudo em consideração. Ela mesma poderia ter dito isso, não muito tempo atrás.

Mas agora ela sabia quão importante uma semana podia ser. Uma vida pode mudar completamente de curso em poucos dias. Em uma hora. Um único momento. As pessoas podem ganhar e perder o mundo.

Um coração pode ser partido.

~

Durante horas, Merritt ocupou uma cadeira no canto do quarto de hóspedes e ficou observando Garrett cuidar de Keir. Ela fez o que pôde para ajudar, recolhendo trapos e toalhas usadas, esvaziando vasilhas com água e sabão e segurando a máscara de oxigênio no rosto de Keir nos momentos em que Garrett saía do quarto.

– Por que não vai se deitar um pouco? – ofereceu a médica, por volta de meia-noite. – Prometo acordá-la se houver qualquer mudança no estado dele.

– Prefiro ficar, se não for incômodo. Você deve me achar muito tola por cuidar de um homem que conheci há poucos dias.

Um sorrisinho estranho surgiu no rosto de Garrett.

– Um dia, vou lhe contar sobre meu flerte com Ethan.

Perto das duas da manhã, alguém deu uma batidinha na porta do quarto de hóspedes, e Merritt ouviu a voz do irmão.

– Merritt, sou eu.

Ela sentou-se na ponta da cadeira que estivera ocupando por horas e coçou os olhos irritados e cansados.

– Entre.

A expressão lúgubre de Luke surgiu atrás da porta.

– Melhor não – disse ele, pesaroso. – Estou imundo e tostado como uma torrada gaulesa.

Ele deu uma espiada pela beirada da porta, examinando o cenário.

Keir dormia de lado enquanto Garrett, sentada ali perto, monitorava seu estado e administrava oxigênio a intervalos.

Merritt ficou de pé, esticou as costas exauridas e foi até o corredor. Luke estava cheio de fuligem, enlameado e claramente exausto, e suas roupas fediam a fumaça.

– Coitadinho de você, hein, Traquinas – disse ela, franzindo a testa, preocupada.

Luke ganhara o apelido carinhoso da família por ter sido uma criança cheia de energia, que destruía tudo em seu caminho e deixava um rastro de xícaras e vasos quebrados.

– Como posso ajudar? Está com fome? Vou fazer sanduíches e chá. Você...

– Primeiro me fale como está MacRae.

Ela contou tudo que Garrett lhe dissera sobre o estado de Keir.

– É claro que vamos garantir que ele tenha o melhor tratamento – afirmou Luke. – Mas Keir não pode ficar aqui, mana. Não pode mesmo.

– Isso não depende de você, querido – respondeu ela, com gentileza.

– Dane-se tudo, eu sei. Mas você ainda não pode...

– Você já comunicou a ocorrência à companhia de seguro?

– Sim, e depois fui até as docas. O incêndio já foi controlado. O armazém de trânsito foi destruído, mas os outros depósitos estão intactos.

– Que alívio.

Luke assentiu e esfregou a nuca, cansado.

– Ethan Ransom estava lá com o inspetor da brigada e fui falar com ele.

Merritt ficou surpresa. O marido de Garrett, Ethan, tinha um cargo de poder e autoridade consideráveis. Ainda que o incêndio no armazém tivesse sido grave, normalmente a investigação teria sido conduzida por alguém em posição muito mais baixa.

– Estão suspeitando de um incêndio criminoso?

– Sim. Só pode ser. Como eu disse a Ransom, todos os funcionários da Sterling conhecem as regras de segurança anti-incêndio. Todas as manhãs eles verificam os bolsos em busca de fósforos perdidos antes de entrar no armazém. Não havia nenhum maquinário operando, então não pode ter sido uma fagulha acidental. A única pessoa que tinha acesso ao prédio era MacRae, e não posso acreditar que ele teria sido tolo a ponto de atear fogo no aposento. Além disso, mesmo que o fizesse, ele ficaria preso lá, já que o cômodo e a escada de acesso foram construídos com paredes de tijolo à prova de fogo em vez de estruturas de madeira comuns.

Luke fez uma pausa.

– Ransom perguntou se podia vir até aqui esta noite para ver como está a esposa e aproveitar para fazer algumas perguntas. Eu falei que achava que você não se oporia.

– De modo algum, terei muito prazer em vê-lo.

– Ótimo, porque ele deve chegar em breve – disse Luke e, depois de uma pausa, perguntou, esperançoso: – Você disse algo sobre sanduíches?

Merritt sorriu.

– Vou levar uma bandeja para a sala de estar.

Ela foi até a cozinha, pegou diversos itens na despensa e pôs a chaleira para ferver. Embora a maioria das damas na posição dela quase nunca, ou jamais, entrassem na cozinha, Merritt adquirira o hábito de fazer pequenas refeições para si quando a cozinheira estava de folga. Era mais rápido e mais conveniente do que ficar esperando que as coisas fossem levadas até ela, e era ligeiramente reconfortante poder se distrair na própria cozinha. Ela fez sanduíches de pão preto com presunto e mostarda, e dispôs ao lado ovos cozidos e picles.

Ao levar a bandeja para a sala de estar, Merritt encontrou Luke conversando com Ethan Ransom.

– Meu Deus – exclamou ela, entrando na sala –, não ouvi sua chegada, Sr. Ransom. Luke, querido, se puder pegar isto e colocar na mesinha mais baixa...

Ela entregou a bandeja pesada ao irmão e voltou-se para Ethan.

– Fico muito feliz em vê-lo – falou ela, estendendo as mãos para ele.

Ethan Ransom segurou as mãos dela com firmeza e sorriu.

– Milady.

Ethan era um homem bonito, de cabelo preto e olhos azul-escuros, a beleza agradavelmente embrutecida por uma ou outra cicatriz e um nariz que já fora quebrado. Ele trazia no olhar a vigilância constante de um homem bastante acostumado com as ruas e os cortiços mais perigosos de Londres. Mas, entre familiares e amigos, exibia um charme tranquilo que Merritt apreciava muito.

Como filho ilegítimo do falecido conde, Ethan era o membro mais enigmático da família Ravenel. Sabia-se muito pouco sobre seu passado, e ele preferia manter-se assim. No entanto, era muito amigo de West Ravenel, que, por sua vez, era casado com a melhor amiga de Merritt, Phoebe, que lhe contara um bocado de coisas sobre ele.

– Ethan já trabalhou para o governo – contara Phoebe. – Ele fez parte de uma força secreta do Ministério do Interior. Algo que tem a ver com espionagem e inteligência internacional, e é melhor não fazer muitas perguntas sobre isso. Mas Ethan era um agente *altamente* treinado.

Voltando ao momento, Merritt perguntou a Ethan:

– Há quanto tempo está aqui?

– Acabei de chegar – respondeu ele.

– Se veio buscar sua esposa, receio que não podemos devolvê-la ainda – informou Merritt, com um débil sorriso. – Foi graças a ela que o Sr. MacRae sobreviveu.

– Como ele está agora?

– Gravemente ferido. Ele sofreu uma concussão e não se lembra de nada dos últimos dias.

– Nada mesmo? – perguntou Ethan, franzindo a testa e parecendo reflexivo. – Maldição... – murmurou.

Luke, que estava no processo de devorar um sanduíche, falou espontaneamente, de boca meio cheia:

– A Dra. Gibson disse que a perda de memória pode ser temporária.

Constrangida pela falta de bons modos do irmão, Merritt disse:

– Querido, por que não se acomoda no sofá, que é mais confortável?

Luke lhe lançou um olhar que não demonstrava arrependimento.

– Mana, sei que você prefere que eu me sente e me alimente como uma pessoa civilizada. Mas se você soubesse tudo que esta calça passou durante a noite, não iria querê-la em seu estofado.

Os lábios de Ethan se retorceram.

– Fiz vários sanduíches – disse Merritt a Ethan. – Fique à vontade para pegar alguns se quiser.

– Obrigado, mas antes eu gostaria de ver minha esposa.

– Vou levá-lo até ela – falou Merritt de imediato, conduzindo-o para fora da sala.

– Vou ficar de olho nos sanduíches – disse Luke.

Quando cruzaram o saguão de entrada a caminho da escada, Ethan parou Merritt e disse baixinho:

– Milady...

Ela virou-se para ele com um olhar de curiosidade.

– Antes de subirmos, há algo que preciso perguntar – disse Ethan com cautela. – Estou montando um quebra-cabeça e sua ajuda seria muito bem-vinda. É evidente que qualquer coisa que a senhora disser será mantida em sigilo.

– O Sr. MacRae é parte desse quebra-cabeça?

– Ele é a principal peça.

Merritt sentiu um calafrio.

– Ele está sendo acusado de algo?

– Não – respondeu Ethan, com uma firmeza tranquilizante. – Nem está sob suspeita de qualquer ato ilícito. No momento, minha principal preocupação é mantê-lo vivo.

– Neste caso, pergunte o que quiser.

– Na noite passada, depois que Garrett foi embora... o Sr. MacRae acabou ficando para jantar?

– Sim.

– Em que momento ele foi embora?

Merritt hesitou. Responder àquela pergunta representava um risco, e não era baixo. Se as pessoas ficassem sabendo que Merritt passara a noite com um homem fora do casamento, sua reputação estaria arruinada. Ela se tornaria uma mulher caída em desgraça – fora das graças de Deus – e seria tratada como uma pária pela alta sociedade. Nem mesmo seus amigos mais solidários teriam escolha a não ser afastarem-se dela, caso contrário teriam as próprias reputações arruinadas por essa conexão.

Ela sentiu o rosto ficar muito vermelho, mas sustentou o olhar dele ao responder com tranquilidade:

– Ele passou a noite toda aqui e partiu logo depois que os sinos de St. George bateram.

Sentiu alívio por não ver qualquer vestígio de censura no olhar de Ethan.

– Obrigado – disse ele, com simplicidade, reconhecendo a confiança dela. – Ele por acaso mencionou para onde estava indo?

– Ele tinha reuniões de negócios. Não sei ao certo com quem, mas...

Merritt parou ao ouvir batidas resolutas na porta da frente.

– Mas quem poderia... – disse ela vagamente, e foi atender.

Quando a porta foi aberta, uma lufada fria de vento outonal entrou, e a barra esvoaçante de um sobretudo preto agitou-se como as asas de um corvo. A figura que acabara de chegar era magnífica, parecia descansada e alerta como se fosse de manhã, não alta madrugada.

– Tio Sebastian? – perguntou Merritt, admirada.

Nunca se ouvira falar em um duque que ficasse à espera na soleira de alguém. Em geral, um criado vinha bater à porta e fazer perguntas antes que Sua Graça descesse da carruagem. Contudo, naquela noite, Sebastian, o duque de Kingston, decidira quebrar a tradição. Ele sorriu para Merritt.

– Menina querida – disse, baixinho. – Posso entrar?

Assim que o tio entrou, Merritt foi até ele e lhe deu um abraço rápido e reconfortante. Para Merritt e os irmãos, Kingston era um homem gentil e bonito que tinha um vasto repertório de histórias engraçadas e sempre arrumava tempo para jogar pega-varetas ou damas com os sobrinhos entediados. Porém quando Merritt ficou mais velha, não pôde evitar as fofocas a respeito do famoso passado dele. Ela teve dificuldade de conciliar a versão mais recente – o patife que vivia atrás de um rabo de saia – com o homem devotado à família cujo centro do mundo era a esposa. Mas, independentemente de qual fosse o passado de Kingston, ele era para Merritt como um segundo pai, e ela teria lhe confiado a vida.

O duque olhou para a sobrinha com um misto de ternura e preocupação.

– Lamento muito pelo armazém – disse ele. – Se precisar de qualquer coisa, é só pedir.

– Obrigada, tio, mas... como ficou sabendo tão rápido? E por que está aqui?

Apesar de todo o encanto de Kingston, era difícil ler aquele homem.

– Vim para obter notícias do homem ferido. Nós nos conhecemos no meu clube anteontem.

– Ah, sim, ele me contou.

Um intenso brilho de interesse surgiu no olhar do duque.

– Você esteve com ele depois disso?

Merritt deu de ombros, evasiva, desejando ter ficado de boca calada.

– E agora trouxe o homem para sua casa – comentou ele.

– O aposento do armazém onde ele estava hospedado foi destruído – falou Merritt, tentando não se colocar na defensiva.

– Que ferimentos ele teve?

– Bem, como poderá ver, ele... Espere, antes de entrarmos nesse assunto, me diga: por que tanto interesse no Sr. MacRae? E como...

Merritt parou e olhou para Ethan, que estava em pé ao seu lado. Ela percebeu que havia algo sobre Keir que ele e o duque sabiam, e ela não.

– O que está acontecendo?

– Enviei uma mensagem mais cedo esta noite para Sua Graça – respondeu Ethan – assim que fiquei sabendo que MacRae tinha sido ferido.

Ele voltou-se para Kingston com uma leve carranca e disse:

– Achei que tinha deixado claro que não era necessário que viesse até aqui, sir.

– Deixou, sim – respondeu Kingston, com tranquilidade. – Mas, considerando que, por duas noites seguidas, esse jovem quase foi fatiado e tostado como um lombo de carneiro, demanda-se claramente meu envolvimento.

Então Luke falou, ao deixar a sala de estar assim que ouviu a voz do duque:

– Tio Sebastian, olá! O que o senhor disse? Fatiado como um... aconteceu alguma coisa com MacRae que eu não esteja sabendo? Algo envolvendo uma faca?

Relutante, Merritt respondeu:

– Alguém atacou o Sr. MacRae em um beco anteontem, quando ele estava a caminho daqui para jantar. Mandei buscar a Dra. Gibson para que ela desse os pontos.

– A caminho daqui para jantar... – repetiu Luke, lançando à irmã um olhar sombrio.

Nesse ínterim, Ethan encarou o duque com uma exasperação levemente velada.

– Com todo o respeito, Vossa Graça...

Ele parou, procurando as palavras.

Após um instante de tensão, Kingston soltou um breve suspiro.

– Ransom, todos sabem que a frase "com todo o respeito" nunca precede algo respeitoso. Apenas fale o que pensa.

– Certo, Vossa Graça. Bem, acontece que seu envolvimento, a esta altura, só irá complicar a situação. Seria melhor para todos os envolvidos que o senhor fosse para casa e aguardasse uma mensagem minha.

O duque olhou para ele com frieza.

– Você sabe por que não vou fazer isso.

– *Ele* pode saber – estourou Merritt –, mas *eu* não, tio, e gostaria que alguém explicasse sobre o que vocês estão fazendo tanto mistério.

Ethan pareceu penalizado ao responder:

– Não tenho liberdade para tal, milady.

Ela voltou-se para Kingston.

– Tio?

– Querida, por enquanto não há nada para contar, apenas suspeitas sem confirmação, e prefiro não discuti-las agora – respondeu o duque, e então se voltou para Ethan. – Ransom, o que você encontrou na cena do incêndio?

– Foi um incêndio criminoso – respondeu Ethan, em voz baixa. – O inspetor da brigada descobriu latas de querosene descartadas na rua entre o armazém e os galpões de exportação. E alguém sabotou a porta externa do armazém alfandegado. O ferrolho estava travado e as maçanetas foram removidas. Quem quer que tenha feito isso esperou que MacRae retornasse e se certificou de que ele não conseguiria escapar depois de iniciado o incêndio.

Merritt começou a tremer de horror e fúria.

– Por que alguém iria querer matá-lo?

– Ainda não sei – respondeu Ethan. – Mas vou descobrir. Nesse meio-tempo, ele não pode ficar aqui.

Luke se intrometeu, triunfante.

– É o que venho dizendo...

– Precisamos tirá-lo de Londres – prosseguiu Ethan – e levá-lo para um lugar onde possa se recuperar enquanto descubro quem está por trás disso.

– Já decidi transferir o Sr. MacRae para Hampshire – disse Merritt –, para Stony Cross Park.

O irmão a olhou, inexpressivo.

– Para casa? Para a *nossa* casa?

– Para a casa dos nossos pais – respondeu ela. – Tenho certeza de que eles não vão se opor a recebê-lo nem a me ajudar a cuidar dele.

– O homem não é um filhotinho abandonado, Merritt!

Ethan interveio antes que a discussão ficasse mais séria.

– Milady, como não sabemos por que MacRae corre perigo ou quem pode estar atrás dele, acho melhor que a senhora e sua família fiquem fora da situação.

– Ransom tem razão – disse o duque, categórico, para ela. – Você já tem bastante coisa para se ocupar e uma reputação a ser levada em consideração. Não se preocupe com MacRae. Dou a minha palavra de que ele receberá o melhor tratamento.

O duque então ergueu o olhar para Ethan.

– Vamos levá-lo para que se recupere em minha propriedade em Sussex. Minha esposa e meus dois filhos mais novos estão fora, visitando amigos da família em Paris.

– Tio Sebastian, por que quer ficar com ele? Na verdade, por que o senhor está aqui, afinal? – perguntou Luke, perplexo.

Kingston ignorou as perguntas, com a atenção ainda voltada para Ethan.

– Farei os arranjos necessários para o traslado – informou ele. – Se a doutora disser que MacRae pode ser transportado, eu o levarei pela manhã.

Ethan levou isso em consideração e assentiu em concordância.

– Direi a Garrett que não temos escolha – disse ele, ainda em voz baixa. – Ele não está seguro aqui, nem lady Merritt estará até que ele tenha partido.

Merritt foi tomada de ansiedade ao perceber que a situação fugira do seu controle. Keir estava sendo levado para longe dela. Ela não teria qualquer gerência sobre as decisões que seriam tomadas por ele, envolvendo sua segurança e sua saúde. Não podia permitir que isso acontecesse.

– Vou com você – irrompeu ela. – Eu insisto. *Tenho* que ir.

Quando os três homens a encararam, Merritt percebeu quão estranho seu comportamento devia parecer. Ela estava agitada demais, emotiva demais, por causa do destino de um homem que – até onde eles sabiam – ela mal conhecia.

Uma expressão de curiosidade cintilou no rosto do duque.

– Por que você tem que ir? – perguntou com delicadeza.

Merritt respirou fundou, pigarreou e respondeu:

– Bem, tio, acontece que o Sr. MacRae e eu estamos noivos.

CAPÍTULO 14

Um silêncio de estupefação seguiu-se ao anúncio de Merritt. E então...

– Você ficou louca? – perguntou Luke. – Você o conhece há apenas três dias!

– É tempo suficiente – respondeu ela, depressa. – Ele passou a noite aqui depois do jantar. Estou comprometida, Luke. Bem comprometida, na verdade. Se ele não se casar comigo, serei renegada da sociedade e possivelmente terei de me exilar. Se não quer que eu vá morar na Prússia ou na Austrália sob um nome falso, você vai apoiar meu noivado.

Aquilo, de certa forma, era um exagero, mas, naquelas circunstâncias, uma pequena hipérbole era perdoável.

Perplexo, Luke esfregou o queixo.

– Antes da chegada de Keir MacRae, estava tudo tranquilo. Agora, temos facadas, explosões e devassidão, e minha irmã mais velha, outrora razoável, está noiva de um destilador de uísque escocês. O que deu em você? Você deveria ser uma pessoa de juízo!

Merritt tentou parecer digna.

– Só porque uma pessoa *costuma* ter juízo, isso não quer dizer que ela vai ter juízo *sempre*.

– Sua reputação não ficará comprometida se ninguém ficar sabendo disso – falou Luke. – E nenhum de nós irá contar nada.

O duque interveio, em um tom tão seco que poderia riscar um fósforo.

– Meu rapaz, você não está entendendo a questão. Sua irmã *quer* estar comprometida.

Ethan Ransom, que tomava lentamente o rumo da escada, arriscou:

– Eu não preciso participar dessa conversa. Portanto vou subir para ver minha esposa.

Kingston fez um trejeito gracioso e breve com a mão, dando passagem a ele.

Luke olhava para Merritt com uma profunda carranca.

– Vou levá-la para Hampshire. O incêndio no armazém deixou você em choque. Você precisa de descanso e ar puro e talvez de uma longa conversa com o papai...

– Só vou a algum lugar com meu noivo – afirmou Merritt.

Uma cor desagradável tomou o rosto de seu irmão.

– Merritt... Deus sabe que não a culpo por querer uma... uma companhia. Mas você não precisa se casar para isso. Só uma lunática decidiria passar o resto da vida com um homem que ela acabou de conhecer.

– Não necessariamente – disse Kingston, com brandura.

Luke lhe lançou um olhar ofendido.

– Tio Sebastian, o senhor não pode aprovar o casamento dela com um estranho.

– Depende do estranho – disse o duque, e olhou para Merritt. – Ao que parece, há algo de especial nesse aqui.

– Exato – concordou Merritt, aliviada ao ver que o tio parecia estar do seu lado. – Ele é...

Mas as palavras morreram quando se deu conta de algo que não tinha percebido até então.

Por conhecer o duque por toda sua vida, Merritt nunca havia parado para reparar na aparência dele. Ela sabia que era um homem bonito, é claro, mas nunca dera uma atenção especial a suas características físicas ou perdera tempo ponderando sobre elas. Para Merritt, ele sempre fora, simplesmente, o tio Sebastian.

Mas naquele momento, ao olhar para ele, ela foi fulminada pela cor de seus olhos, de um azul pálido como o céu de inverno, como a luz do luar... como os de Keir.

Abalada, ela encarou aquele homem complexo e poderoso, que lhe era tão familiar e, ao mesmo tempo, tão cheio de mistério.

– Deixe eu ficar ao lado dele, tio – sussurrou ela. – Me leve com você.

Aqueles olhos claros e penetrantes encararam os dela, com gentileza, mas também de forma calculista. Parecendo ter tomado uma decisão, Kingston disse lentamente:

– Mandarei buscar Phoebe, para que fique conosco em Heron's Point. A presença dela irá atender ao decoro, e acredito que você gostará de conversar com ela sobre... os acontecimentos recentes.

– Obrigada – disse Merritt, e soltou um suspiro trêmulo de alívio.

E assim, tio e sobrinha sustentaram no olhar um acordo tácito: no que se tratasse de Keir MacRae, seriam aliados.

– Gostaria de falar com a Dra. Gibson antes de partir para organizar tudo – disse o duque.

– Subirei com você – disse Merritt.

Ela se virou para Luke, que parecia amuado e exausto. Com uma pontada de afeto, foi até ele, pôs-se na ponta dos pés e beijou sua face.

– Você fica aqui para cuidar da Sterling?

Luke aceitou o beijo, mas não o devolveu.

– Tenho escolha?

– Obrigada. Se precisar de qualquer coisa, sabe onde me encontrar.

– Eu só preciso que você não se comporte como a residente de um manicômio – murmurou ele. – Seja sincera, Merritt, se alguém que você conhece agisse desse jeito em relação a um estranho... uma de nossas irmãs, que Deus não permita... o que você diria a ela?

No momento, Merritt não sentia vontade de justificar seus atos a ninguém, muito menos ao irmão mais novo. Mas, durante o ano anterior, ela e Luke tinham formado uma parceria e uma amizade que tornaram o laço deles único. Sua tolerância com ele era maior do que seria com qualquer outra pessoa na vida.

– Eu provavelmente lhe diria que ela estava agindo por impulso e sugeriria que seguisse os conselhos daqueles que a amam.

– Pois bem, então. Eu a aconselho a ficar em Londres e deixar que Ransom e tio Sebastian decidam o que fazer com MacRae. O que quer que você sinta por ele, não é real. Foi rápido demais.

Em seu estado de fraqueza e tensão, Merritt sentiu que seu autocontrole atingia um ponto crítico. Estava a ponto de entrar em ebulição, mas reprimiu funestamente o impulso e conseguiu responder com tranquilidade.

– Talvez você tenha razão – disse. – Mas um dia, Luke... você vai conhecer alguém e, no tempo entre uma respiração e outra, tudo vai mudar. Você não vai se importar se faz sentido ou não. Só vai ter em mente que uma estranha passou a ser dona de cada batida do seu coração.

A boca de Luke se retorceu.

– Meu Deus, eu espero que não – disse ele com um suspiro. – Vou para casa descansar algumas horas. Amanhã será um dia cheio.

Merritt sentiu uma forte fisgada de culpa por deixar Luke sozinho para lidar com a empresa no pior momento possível.

– Desculpe por abandoná-lo no meio de uma crise – disse ela.

Luke olhou para ela com um quê de divertimento e relutância.

– Não se preocupe, mana. Posso lidar com isso. Até porque, se eu não conseguir, jamais vou ser capaz de administrar a empresa.

Depois que o irmão pegou o chapéu e o casaco e partiu, Merritt subiu a escada com Kingston.

Enquanto subiam, o duque observou:

– Você lidou bem com a situação. Duvido que Phoebe teria conseguido ser tão comedida diante das críticas de um irmão mais novo.

– Ora, tio – disse Merritt, secamente –, Luke não estava errado. Eu... eu acho que enlouqueci um pouquinho.

O duque bufou brevemente, achando graça.

– Eu não me preocuparia. Se você diz que enlouqueceu, ou pelo menos está atenta a essa possibilidade, então você não está de fato louca.

Chegaram ao quarto de hóspedes, e Merritt bateu na porta antes de abri-la com cuidado. À luz baixa vinda de uma pequena lamparina, Keir dormia de lado e, na beira da cama, Garrett e Ethan conversavam baixinho.

Ao ver Merritt e Kingston, Garrett veio até a porta e fez uma reverência.

– Vossa Graça.

– Dra. Gibson, é sempre um prazer – respondeu o duque, e seu olhar desviou-se para a figura sombreada na cama. – Qual é o estado dele?

Garrett deu uma descrição sucinta dos ferimentos e acrescentou, com a testa franzida:

– Entendo a necessidade de transportá-lo, mas, sem dúvida, não recomendo que isso seja feito. Ele está sentindo bastante dor e precisa ficar em repouso total.

– Você não pode lhe dar alguma coisa? – perguntou Merritt.

– Não enquanto ele estiver com tanta dificuldade para respirar. A morfina tende a debilitar a função pulmonar.

A atenção de Kingston parecia presa em Keir.

– Eu ficaria grato, doutora, se fizesse uma lista do que ele vai precisar na viagem até Sussex. E a senhora nos acompanhará, é claro.

Garrett franziu a testa e mordeu levemente o lábio inferior antes de responder:

– Receio que não seja possível, milorde. Tenho cirurgias marcadas e também...

Ethan colocou-se ao lado da esposa e acrescentou:

– Minha esposa e eu temos um acordo. Enquanto um estiver viajando, o outro fica em casa com nosso filho. E eu estarei fora de Londres, trabalhando na investigação.

– Se quiser – disse Garrett ao duque –, posso recomendar um colega, o Dr. Kent, que tem um consultório perto de Heron's Point. Assim como eu, ele foi instruído segundo os métodos de sir Joseph Lister, e há de oferecer um atendimento de primeira para o Sr. MacRae.

– Muito bem. Eu agradeceria se pudesse contatá-lo em nosso nome, então. Quero que ele esteja na propriedade quando chegarmos.

– Vou telegrafar para ele pela manhã, Vossa Graça.

O duque deu uma última olhada na silhueta de um Keir adormecido, com uma expressão inescrutável. Mas, ao virar-se para sair, a máscara de compostura vacilou e revelou um lampejo de afeição e angústia. Em um piscar de olhos de Merritt a expressão desapareceu, tão depressa que ela ponderou se não tinha sido apenas sua imaginação.

No corredor, o duque disse a ela:

– Leve apenas o essencial. Mandaremos buscar mais coisas em um ou dois dias, está bem?

– Eu devo avisar minha família – ponderou Merritt, tentando organizar a mente dispersa.

– Você pode escrever uma mensagem no caminho e despachá-la de Heron's Point – disse o duque, e, com um trejeito de zombaria nos lábios, acrescentou: – Peço que seja cautelosa com as palavras. Apesar de meu profundo e duradouro afeto por seus pais, prefiro não sofrer uma invasão de Marsdens por ora.

– Nem eu – garantiu ela. – Papai faria uma infinidade de perguntas que não quero responder e mamãe... bem, como sabe, ela é sutil como um saqueador viking.

O duque deu uma risada afetuosa.

– Em nome da autopreservação, evitarei fazer comentários.

O breve sorriso a fez lembrar Keir, e o coração de Merritt quase parou.

– As expressões dele são tão parecidas com as suas... – disse ela, num impulso.

Kingston acompanhou a abrupta mudança de pensamento sem precisar de explicação.

– São? – perguntou ele.

Kingston olhou por cima do ombro na direção do quarto de hóspedes. Então voltou-se para ela com um sorriso reflexivo e se dirigiu à escada.

CAPÍTULO 15

Pela manhã, a Dra. Gibson concluiu que os pulmões de Keir tinham melhorado o suficiente para que ele pudesse tomar uma leve dose de morfina. Ele estava com uma dor de cabeça tão forte que não se opôs à injeção e mal pareceu notá-la. Para o alívio de Merritt, a medicação amenizou o sofrimento dele o suficiente para deixá-lo dormir.

– Pobre rapaz – disse Garrett baixinho, colocando uma bolsa de gelo nas costelas dele. – Vai enfrentar dias difíceis. Mesmo com a dor das costelas fraturadas, ele precisará levantar e se movimentar um pouco e fazer exercícios de respiração profunda para evitar uma pneumonia.

– Se você prescrever as instruções, vou providenciar que elas sejam cumpridas – garantiu Merritt.

– Tenho certeza disso – disse a médica, sorrindo para ela. – Mas não negligencie os cuidados consigo mesma, minha amiga. Você vai precisar descansar se quiser ajudá-lo, certo?

~

Eles viajaram no vagão particular do duque, um veículo adornado com o brasão azul e marfim da família Challon. Na cabine designada, Merritt ficou ao lado da cama de Keir, vigiando seu sono. Kingston sentara-se no compartimento principal, analisando as instruções e o prontuário médico que Garrett enviara.

No meio da viagem, Kingston apareceu à soleira da cabine.

– Posso entrar? – perguntou em voz baixa.

Merritt olhou para cima com um sorriso, tentando ocultar sua exaustão.

– É claro.

Ela espremeu um pano que estava imerso em água gelada e o dobrou em um retângulo comprido.

O duque se aproximou da lateral da cama e, com muita delicadeza, se inclinou e pousou a mão na testa de Keir.

– Ele está com febre.

– A Dra. Gibson falou que o ferimento nas costas dele provavelmente terá que ser higienizado e drenado.

– Eu odeio febre – murmurou o duque com uma expressão amarga.

Merritt colocou o pano gelado sobre a testa quente e seca de Keir. Ele emitiu um som incoerente e se virou na direção dela, buscando a fonte do frio. Merritt disse algumas palavras de conforto e usou outro pano para esfriar o rosto e o pescoço dele. Keir acalmou-se e deu um leve gemido.

Os olhos de Kingston se estreitaram de interesse ao ver a delicada correntinha de aço entre os pelos do peito dele.

– O que é isso?

– Uma lembrança da... da mulher que gerou Keir. Ele nunca a tira do pescoço.

Os dedos compridos e elegantes de Kingston desceram até a corrente para pegá-la com cuidado. Quando viu a chavinha dourada, o duque prendeu a respiração. Ele a pegou para olhar mais de perto e começou a puxar a corrente pela cabeça do homem adormecido.

Merritt esticou a mão em reflexo.

– Espere.

– Só vou pegar isso emprestado – explicou, ríspido. – Vou devolver a ele, seguramente.

– Tio Sebastian...

– Você tem minha palavra.

– Não.

Aquela era, no mínimo, uma palavra que o duque não estava acostumado a ouvir. Ele ficou imóvel, encarando-a com uma sobrancelha erguida.

Merritt o encarou de volta com calma, fazendo o melhor que podia para ocultar o imenso desconforto que sentia ao lhe negar algo que ele queria. Mas aquela chave era preciosa para Keir, era sua única conexão com a mãe de quem não se lembrava, e Merritt não podia permitir que fosse tirada dele. Nem por um dia, uma hora, nem sequer por um minuto. Não enquanto ele estivesse indefeso.

Ela não se permitiu desviar o olhar daqueles olhos penetrantes, não importava quanto quisesse.

– Essa é uma questão com significado pessoal para mim – falou Kingston, com frieza.

– Compreendo. Mas até que Keir possa consentir... receio que o senhor terá que aguardar.

Era claro que o duque não ficara nem um pouco feliz. Merritt sabia como ele poderia acabar com ela facilmente usando apenas algumas palavras, mas, em vez disso, ele falou:

– Sou a última pessoa de quem você precisa protegê-lo.

– Disso eu não tenho a menor dúvida, mas... essa chave é sagrada para ele. Ele não iria querer que você a tomasse.

– Pegasse emprestada – murmurou Kingston.

Merritt conferiu à voz um tom suave e bajulador.

– Eu sei, tio. Mas... é importante que você e ele comecem com o pé direito, não é? Levando tudo em consideração, que diferença faz esperar mais alguns dias?

A boca do duque se contraiu. Mas, para o imenso alívio dela, ele largou a chave.

Quarenta e cinco minutos depois, o trem chegou à estação de Heron's Point, uma cidade litorânea localizada na região mais ensolarada da Inglaterra. Mesmo naquele momento, no outono, o clima era ameno e o ar era úmido graças à brisa do mar que fazia tão bem à saúde. Heron's Point era abrigada por um penhasco alto que se projetava rumo ao mar e ajudava a criar o microclima da cidade. Era um refúgio ideal para convalescentes e idosos, com uma comunidade médica local e diversas clínicas e casas de banho terapêuticas. Era também um balneário elegante, com lojas, ruas asfaltadas e passeios, um teatro e atividades como golfe e passeios de barco.

Os Marsdens costumavam ir até lá para ficar com a família do duque, os Challons, especialmente no verão. As crianças nadavam no trecho de enseada particular e brincavam em pequenos esquifes perto da faixa de areia. Nos dias quentes, iam à cidade em busca de sorvetes e doces. À noite, relaxavam e brincavam na varanda dos fundos de Challon enquanto a música da banda da cidade pairava no ar, vinda do coreto. Merritt estava feliz por levar Keir a um lugar familiar, onde tantas lembranças felizes tinham sido construídas. A casa de praia – animada, calma e agradável – seria o lugar perfeito para ele se recuperar.

Um trio de carregadores veio recolher a bagagem do trem e um jovem corpulento, vestido com elegância e carregando uma maleta de médico, se aproximou.

– Bom dia, Vossa Graça – disse o homem, com um sorriso agradável. – Sou o Dr. Kent. A Dra. Gibson sugeriu que eu os encontrasse na propriedade, mas achei melhor acompanhar o paciente desde a estação. Tenho uma ambulância repleta de suprimentos médicos aguardando do outro lado da plataforma. Se os carregadores puderem ajudar a levar o Sr. MacRae em uma maca...

– Meus criados estão a seu dispor – disse Kingston.

– Obrigado, senhor. E esta senhora encantadora seria...?

– Sou a noiva do Sr. MacRae – anunciou Merritt antes que o duque pudesse responder, e deu um sorriso sereno para o médico ao acrescentar: – Estou encarregada dos cuidados com ele.

Embora Kingston não a tenha contradito, lançou à jovem um olhar inequívoco de advertência.

Veja onde pisa, minha menina. Tenho limites.

CAPÍTULO 16

Não havia como Keir fugir da dor, nem mesmo durante o sono. Ela serpenteava por cada articulação, cada osso e cada centímetro de carne. Ele nunca ficara doente assim antes, sem controle de nada, retrocedendo para algo que era menos que humano. Exceto quando ela estava lá.

Ela... ela... ele não conseguia guardar o nome dela... toda hora lhe escapava, mas... ainda assim ele estava ciente da presença gentil, a voz doce como mel, as mãos proporcionando um alento frio e bem-vindo a seu corpo torturado.

Mas, apesar de toda a delicadeza, ela era inflexível quando chegava a hora de administrar medicamentos que ele não queria. Ela o obrigou a bebericar água ou caldo mesmo que o estômago dele não quisesse receber nada. Era impossível dizer não a ela. Aquela era uma mulher que o manteria ancorado em segurança à terra, à vida, apenas pela força de vontade.

Durante o pior momento – quando Keir quase enlouqueceu com o calor sufocante e cada respiração pareceu uma facada no peito com uma lâmina de ceifar turfa –, a mulher pôs gelo em sua pele ou o banhou por inteiro com panos gelados. Ele ficava mortificado e enfurecido por estar deitado ali indefeso e nu como uma criancinha sob os cuidados dela, mas o fato é que estava doente demais para fazer qualquer coisa por si mesmo. Precisava tanto da delicadeza quanto da firmeza dela.

Ela garantira que ele logo melhoraria. Ele tinha caído, ela contara, e seus pulmões tinham sido lesionados, mas estavam sarando. Havia um ferimento nas costas que era a causa da febre, mas isso também iria sarar.

Keir não tinha certeza. A área que latejava e ardia em suas costas parecia piorar a cada hora, espalhando o veneno por ele. Em breve, não conseguiria reter nem a água e, em vez de temer morrer, ele começou a temer *não* morrer. Keir não conseguia respirar, não conseguia parar de se debater de dor e náusea. Ele teria aceitado qualquer fuga de bom grado.

Sentiu um toque na testa e abriu um pouco os olhos. Avistou um estranho a seu lado, alto, com uma expressão severa, belíssimo, com o cabelo dourado e prateado. Parecia um anjo. Não do tipo que traz boas notícias, mas que dizima pessoas. Quase sem sombra de dúvida, aquele era o anjo da morte, e já não era sem tempo. Até o inferno seria melhor do que aquilo.

Mas, em vez de acompanhar Keir até o além, o homem pressionou um pano gelado em sua testa. Quando Keir se debateu e ofegou em uma agitação rubra de febre, sentiu as cobertas sendo puxadas para longe e alguém levantando a bainha de seu camisolão. Furioso pela indignidade, Keir atacou às cegas, tentando afastar as mãos desconhecidas.

– Keir. Acalme-se, rapaz.

O estranho estava curvado sobre ele, falando com uma voz tranquilizante que teria feito uma manada de javalis selvagens se enroscarem como gatinhos.

– Precisamos fazer com que a febre ceda.

– Você não – disse Keir em uma voz entrecortada. – Quero ela.

– Lady Merritt foi se deitar por algumas horas para um descanso extremamente necessário. Não está lembrado de mim? Sou Kingston. O bom e velho camarada a meu lado é Culpepper... Ele é meu pajem há 25 anos. Deite-se agora, está bem? Isso, bom rapaz.

Keir acalmou-se enquanto a estranha dupla – um próspero e brilhante, o outro velho e murcho – movimentava-se ao redor dele com eficiência silenciosa. O camisolão foi removido e uma toalha foi disposta sobre seus quadris. Passaram uma esponja gelada em seus braços e pernas, o vestiram com um camisolão limpo e trocaram os lençóis mesmo com ele em cima da cama. Quando Kingston envolveu Keir com os braços e o ergueu para sentá-lo, ele começou a se debater.

– Fique calmo – disse Kingston, parecendo vagamente divertido. – Só estou segurando você um segundo enquanto Culpepper enfia o lençol embaixo do colchão.

Keir nunca fora segurado por um homem em sua vida adulta, e teria evitado, mas estava fraco demais para se sentar por conta própria. Para sua eterna humilhação, sua cabeça tombou para a frente no ombro do homem.

– Está tudo bem – disse Kingston, segurando-o com firmeza. – Pode se apoiar em mim.

A boa forma do homem era notável, Keir precisava admitir. O corpo por baixo da elegante camisa de algodão e do macio colete de lã era esguio e firme. E havia um quê de conforto em seus trejeitos, que transmitiam uma tranquilidade tão grande que Keir relaxou, apesar de tudo. Ele tentou pensar, mas sua mente era um labirinto de becos sem saída e alçapões. Nada naquela situação fazia sentido.

Começou a bater os dentes em um acesso de calafrios.

– Por que está fazendo isso? – conseguiu perguntar.

Aquilo devia ser coisa da sua cabeça, mas os braços de Kingston pareceram apertá-lo um pouco mais.

– Tenho filhos que são quase da sua idade. Se um deles ficasse doente e estivesse longe de casa, eu gostaria que alguém os ajudasse.

O que não era bem uma resposta.

– Vou abaixá-lo agora – avisou Kingston. – Não faça esforço... Deixe o trabalho comigo.

Com cautela, ele posicionou Keir entre os travesseiros e cobriu-o com cobertores. Então pousou uma das mãos na testa dele.

– Culpepper, quando o médico deve chegar?

– Esta tarde, Vossa Graça – respondeu o pajem.

– Eu o quero aqui em uma hora.

– Acredito que ele esteja fazendo outras visitas, senhor...

– Os outros pacientes dele podem esperar. Envie um criado para encontrá-lo.

– Sim, Vossa Graça.

Em um momento, Keir sentiu uma compressa gelada na testa.

– Não dou a mínima para o médico – murmurou ele. – Eu quero *ela*... Merritt... Não tenho muito tempo.

– Que bobagem – disse Kingston, com tamanha convicção que Keir quase acreditou nele. – Já sobrevivi a febres piores que essa. Você vai se recuperar.

Mas quando Keir tentou mais uma vez sair das profundezas do sono, soube que estava pior. A febre aumentava, dificultando cada respiração. Ele nunca se sentira tão debilitado na vida. A dor era como um labirinto de contornos afiados, não havia espaço para descansar. Lembrou-se do pai em seus últimos dias, tão em paz com a passagem que se aproximava que até brincava com isso. *Rapaz, estou tão perto da porta da morte que consigo ouvi-la sendo destrancada lá do outro lado para me deixar entrar.* Mas não havia paz na alma de Keir, nada além de protestos amargurados contra seu destino.

De repente ele tomou consciência da mulher ao seu lado, com os belos olhos escuros repletos de preocupação, o rosto tenso e pálido. E esticou a mão, tentando puxá-la para si.

Ela o acalmou com delicadeza, sentou-se no colchão e acariciou seu cabelo com mãos frias. Disse então que o médico estava ali para drenar o ferimento e trocar o curativo, e Keir deveria ficar parado. Ele sentiu que o viravam de bruços com todo o cuidado, mas mesmo assim o movimento provocou uma pontada aguda em suas costelas. O curativo foi removido, e ele sentiu algo sendo extraído do ferimento ardente e inchado. Uma onda de dor fez com que seu estômago se revirasse violentamente e lhe deu náuseas, e ele grunhiu em sofrimento.

Merritt se ajeitou de modo a aninhar a cabeça dele em seu colo.

– Pronto, pronto.

Ela o confortava enquanto as pontadas e a pressão continuavam.

– Já está quase acabando. Segure em mim. Deixe que o médico faça o trabalho dele, depois você vai se sentir melhor. Está terminando... quase...

Keir rangeu os dentes, disposto a tolerar qualquer coisa por ela. Tremendo com a dor lancinante, prendeu-se à sensação dos dedos suaves em sua nuca.

Ele sentiu uma picada e uma ardência do lado direito do traseiro, e então as sensações se uniram em uma massa disforme. Cada membro foi ficando dormente, sua mente flutuava. Quando a mulher começou a se afastar, ele usou o pouco que lhe restava de força, envolveu os quadris dela e a manteve ali, com sua cabeça no colo dela. Keir estava à deriva, sem rumo, solto em uma correnteza incômoda, e ela era a única coisa que o impedia de se afogar. Para seu alívio, ela ficou e continuou a carícia suave em seu cabelo.

Temendo que ela partisse quando ele adormecesse, Keir disse que precisava que ela ficasse com ele. Ou, ao menos, foi isso que quis dizer. As palavras e seu significado se misturavam como tinta em um papel molhado. Ela, por sorte, pareceu entender e murmurou alguma coisa em resposta em uma voz suave como o canto de um pássaro noturno. Keir se acomodou mais pesadamente no colo dela, deixando que a correnteza o levasse para algum lugar escuro e silencioso.

CAPÍTULO 17

– Vá se deitar, criança – disse a voz calma de Kingston ao entrar no quarto onde Keir repousava. – Eu cuido dele agora.

Merritt, que estava sentada ao lado da cama e descansava a cabeça e os braços no colchão, olhou para ele com olhos cansados. Depois da visita do Dr. Kent, ela tinha ficado com Keir pelo resto do dia e até alta madrugada.

– Que horas são? – perguntou, rouca.

– Três da manhã.

Ela gemeu e esfregou os olhos, que ardiam e coçavam.

– Não posso. Ele está em um momento crítico. A temperatura não ficou abaixo de 40 graus por horas.

– Quando foi a última vez que você verificou?

– Às duas, eu acho.

Kingston foi até a lateral da cama e inclinou-se sobre o corpo imóvel. A luz de uma única lamparina lançou um clarão dourado no perfil dos dois homens, tornando impossível ignorar a semelhança física, mesmo com a barba espessa que cobria parte do rosto de Keir. O nariz comprido e reto, os malares salientes, o bico de viúva muito sutil na linha entre o cabelo e a testa. Até a mão que Kingston passou pela testa de Keir, com dedos longos de pontas arredondadas... também era familiar.

O rosto do duque era inescrutável quando pegou o termômetro de vidro na cabeceira, habilmente fez com que o mercúrio descesse e o colocou sob o braço de Keir, que nem se mexeu.

Quando Kingston ergueu a bolsa de gelo, sentiu a água se agitando e foi esvaziá-la em uma bacia. Encheu novamente com gelo tirado de um balde prateado com tampa e a recolocou sobre o paciente.

– A tia Evie sabe? – perguntou Merritt, cansada demais para manter a boca fechada.

– Sabe de quê? – perguntou Kingston, tirando um relógio de bolso de seu colete.

– Que você tem um filho.

O olhar do duque permaneceu em Keir. Depois de um silêncio pesado, ele disse, sereno:

– Não guardo segredos da minha esposa.

– Vocês eram casados quando...

Merritt se interrompeu quando Kingston lançou um olhar de incredulidade, e seus olhos cintilavam como um raio de sol atingindo um objeto de prata.

– Por Deus, Merritt. Como você pode achar que...

– Desculpe – disse ela, apressada. – Eu só estava tentando adivinhar a idade dele.

– Ele tem 33 anos. Eu *jamais* trairia Evie.

Kingston respirou bem fundo e expirou devagar, esforçando-se para controlar o temperamento.

– Espero nunca ficar tão entediado a esse ponto. O adultério nada mais é do que fugir de um problema para criar outro.

Ele abriu a tampa do relógio e esticou a mão para pressionar dois dedos na lateral da garganta de Keir.

– Agora, para que essa barba? – perguntou, irritado. – Ele não poderia se dar o trabalho de se barbear?

– Eu gosto assim – disse Merritt, meio na defensiva.

– Todo homem deveria saber a diferença entre "barba suficiente" e "barba excessiva".

O duque ficou olhando para seu relógio por meio minuto, então fechou a tampinha com um estalo decidido, mas levou algum tempo para devolvê--lo ao bolso.

– Há quase um ano recebi uma carta de Cordelia, lady Ormonde, com quem tive um caso – explicou, e, depois de uma pausa, acrescentou em um tom mordaz: – *Antes* de conhecer Evie.

– Ormonde... não conheço a família.

– Não, não conhece. Até onde sei, lorde Ormonde não foi convidado para ir a Stone Cross Park durante décadas. Seu pai não o suportava.

– Por quê?

– Ormonde é o mais vil dos homens que já existiu. Eu o chamaria de suíno, mas é execrável difamar um animal tão útil. Cordelia era bem jovem quando se casaram. Tinha ficado impressionada com toda a ostentação do sujeito durante a corte, mas, depois do casamento, descobriu o tipo de homem com o qual tinha se casado. Depois de quatro anos, eles ainda não tinham filhos e é evidente que Ormonde culpava Cordelia. Por esse e por muitos outros motivos, ele a tornou muito infeliz – explicou, e, usando um tom suave e autodepreciativo que ela nunca o ouvira usar, o duque acrescentou: – Esposas infelizes eram as minhas favoritas.

Observando-o com preocupação e fascínio, Merritt o instigou com delicadeza:

– Como ela era?

– Encantadora. Talentosa. Tocava harpa e falava francês fluentemente. Sua família, os Roystons, garantiu que ela fosse muito bem educada.

Kingston fez uma pausa, com o olhar perdido.

– Mas Cordelia ansiava por afeto, o que eu lhe proporcionei em troca de seus favores.

Incomodada com a amargura prolongada no rosto dele, Merritt observou:

– É comum que pessoas casadas se desviem, especialmente nos escalões mais altos da sociedade. E os votos quebrados foram dela, não seus.

Kingston ergueu a cabeça e a fitou com um sorriso irônico.

– Ah, criança... Não façamos juízos de valor. Ela não teria feito nada sem um parceiro.

Kingston esticou a mão para Keir, retirou o termômetro com delicadeza de baixo de seu braço e olhou-o de forma crítica. Depois de agitá-lo para que o mercúrio descesse outra vez, ele enfiou o fino cilindro de vidro embaixo do outro braço de Keir.

– Cordelia me enviou uma carta de seu leito de morte informando que concebera uma criança, fruto daquele caso ocorrido tantos anos atrás.

– Deve ter sido um choque – comentou Merritt baixinho.

– O mundo parou de girar. Tive que reler a frase cinco vezes – disse Kingston, agora com o olhar distante. – Cordelia escreveu que o marido se recusou a aceitar meu bastardo como seu primeiro filho e a proibiu de me contar sobre sua condição. Ele a enviou para um hospital de resguardo na Escócia para gerar o bebê em segredo e disse que depois do nascimento decidiria o que fazer. Mas Cordelia temeu pela segurança da criança e bolou um plano. Ela disse a Ormonde que o bebê viera ao mundo natimorto. A enfermeira-chefe da maternidade deu um jeito de tirar o menino do local às escondidas e entregá-lo aos cuidados de uma família decente.

– Mas lorde Ormonde realmente teria feito mal a uma criança inocente?

– Ele tinha dois motivos muito fortes. Primeiro... Cordelia era herdeira. A família dela tinha estabelecido que o espólio seria do marido se ela morresse sem descendentes. No entanto, se ela gerasse um filho, a criança herdaria tudo. Ormonde jamais deixaria que houvesse a menor possibilidade de isso acontecer.

– A herança era tão significativa a ponto de levar alguém a querer cometer assassinato?

– Tenho certeza de que Ormonde cometeria assassinato de graça de bom grado – comentou o duque, secamente. – Mas, sim, o espólio inclui propriedades comerciais e residenciais em Londres. Os aluguéis anuais geram uma fortuna e Ormonde precisa desesperadamente da renda para manter sua propriedade solvente.

Kingston fez uma breve pausa antes de prosseguir:

– A segunda razão pela qual Ormonde queria a criança morta é que, independentemente de quem fosse o pai, Cordelia estava casada com Ormonde na época do nascimento de Keir. E por isso...

– Meu Deus – sussurrou Merritt. – Keir é filho legítimo dele.

Kingston assentiu.

– Mesmo que Ormonde se case outra vez e tenha um filho com sua nova esposa, Keir ainda é o herdeiro de seu viscondado. Enquanto Keir estiver vivo, não existe chance de Ormonde passar o título e a propriedade de sua família a alguém do próprio sangue. Tudo será de Keir.

– Ele não vai querer – afirmou Merritt. – Ah, ele não vai gostar nem um pouco disso, tio...

– Ele não precisa saber dessa parte ainda. Só quando estiver pronto para ouvir.

– Ele nunca vai estar pronto para ouvir isso – disse Merritt, esfregando o rosto cansado com as mãos. – Como Ormonde descobriu que Keir estava vivo?

– Receio que isso tenha sido um feito meu. Cordelia me nomeou executor testamentário dela e pediu que eu protegesse a herança legítima do filho caso ele ainda estivesse vivo. A única maneira de manter a validação do testamento enquanto eu procurava por Keir era providenciar uma cópia da carta de Cordelia à Divisão de Chancelaria da Corte Suprema. Desse momento em diante, Ormonde e eu passamos a fazer todo o possível para localizar Keir antes que o outro o fizesse – explicou ele, e, com um leve aborrecimento, acrescentou: – Eu teria encontrado Keir meses atrás se tivesse conseguido contratar Ethan Ransom, mas ele me deu uma desculpa fútil a respeito de combater uma conspiração internacional.

– Até onde sei, Ethan salvou a Inglaterra – observou Merritt com delicadeza.

O duque dispensou o comentário como se fosse um mosquito que o aborrecia.

– Sempre há alguém tramando contra a Inglaterra.

– Porém, como se viu, você não precisou encontrar Keir. Ele o encontrou.

Kingston balançou a cabeça com um sorriso leve e maravilhado.

– Ele entrou no Jenner, consegue acreditar? Eu soube quem ele era no momento em que o vi. Ele tem a aparência de um Challon, mesmo com aquele coletor de migalhas cobrindo metade do rosto.

– Tio... – disse Merritt, censurando-o com suavidade.

Era uma descrição pouquíssimo justa da bela barba bem aparada.

Com cuidado, o duque tirou o termômetro de baixo do braço de Keir, afastou-o e estreitou os olhos para ver a linha de mercúrio e ler melhor os números. Então o colocou de lado e disse:

– Minha querida, se não descansar, quem vai cair doente é você.

– Não vou descansar até que esta crise tenha passado e Keir esteja fora de perigo.

– Ah, mas ele já está.

– O quê? Como assim?

– O pior já passou. A temperatura baixou para 37 e a pulsação normalizou.

Ela correu para o lado de Keir e sentiu sua testa. Estava fria e úmida de suor.

– Graças a Deus – disse ela, e deixou escapar um soluço de alívio.

– Ora, querida, você está se transformando em um regador.

Com gentileza, o duque puxou um lenço do casaco e ergueu o queixo de Merritt delicadamente para enxugar seus olhos.

– Vá se deitar ou você não será de grande ajuda para ninguém amanhã.

– Sim, mas antes posso perguntar... a tia Evie ficou muito chateada quando você contou a ela sobre a carta?

– Não. Apenas preocupada com o rapaz e comigo também.

– Muitas mulheres no lugar dela considerariam Keir como... bem, um constrangimento.

Isso provocou um sorriso genuíno no duque, o primeiro que ela via nele em algum tempo.

– Você conhece Evie. Ela já o vê como mais uma pessoa a quem poderá amar.

CAPÍTULO 18

O retinir de uma xícara em um pires despertou Merritt de um sono profundo. Ela se espreguiçou e abriu os olhos. As cortinas do quarto tinham sido abertas e raios enviesados de sol vespertino entravam pelas persianas de madeira. Um brilho de cabelo ruivo atraiu seu olhar e Merritt sentou-se imediatamente ao ver a silhueta pequena à mesa de chá no canto do quarto.

– Phoebe!

Lady Phoebe Ravenel virou-se e veio até ela com uma risada espontânea.

Merritt e Phoebe se conheciam desde pequenas e cresceram juntas, compartilhando segredos, alegrias e tristezas. Phoebe era belíssima, tão alta e esbelta quanto Merritt era baixa e curvilínea. Assim como Merritt, Phoebe ficara viúva alguns anos antes, embora no seu caso a perda não tenha sido surpreendente. Seu primeiro marido, Henry, sofrera de uma longa doença crônica e falecera antes do nascimento do segundo filho deles. Então West Ravenel entrara na vida de Phoebe e os dois se casaram depois de uma corte tão rápida que mal se podia qualificá-la como "súbita".

– Nossa, há quanto tempo! – exclamou Merritt, enquanto se abraçavam. – Senti tanto a sua falta! As cartas nunca foram suficientes.

– Especialmente levando em consideração que você quase nunca escreve, não é? – implicou Phoebe, rindo da expressão de Merritt.

– Ora, se soubesse como tenho trabalhado! Não tenho tempo para cartas, livros ou chá com as amigas... nada de tirar cochilos nem de ir às compras... Tenho vivido como uma camponesa medieval.

Phoebe deu uma risadinha.

– Eu queria ter vindo antes, mas as coisas andam uma loucura lá em casa. Vamos entrar na época da colheita, e tenho estado ocupada com Eden...

– Onde ela está? – perguntou Merritt, ansiosa.

Ela ainda não tinha conhecido a filha de Phoebe, que nascera havia seis meses.

– Você a trouxe, espero.

– Precisei – respondeu Phoebe, irônica, gesticulando para o corpete com botões e apertando os seios fartos de uma mãe lactante. – Eden ainda não desmamou. Está com a ama-seca lá em cima. Deixei os meninos em casa com West, mas talvez eles venham ao nosso encontro, dependendo de quanto tempo eu fique.

– Estou tão feliz por você estar aqui.

– Agora me conte o que está acontecendo enquanto sirvo um chá – pediu Phoebe, indo até a mesinha.

Merritt hesitou com uma risada constrangida.

– São tantas coisas... nem sei o que dizer.

– Duvido. Você sempre sabe o que dizer.

– Não sei bem por onde começar.

– Comece por onde quiser. Não... comece pelo homem que você trouxe para cá. De acordo com a mensagem de meu pai, trata-se de um comerciante que foi ferido no incêndio do armazém. Lamentei muito pelo ocorrido quando soube, aliás.

Merritt se virou para empilhar os travesseiros contra a cabeceira.

– Já encontrou seu pai?

– Não, acabei de chegar. Ele está em reunião com dois advogados de Londres, e pedi ao mordomo que não o interrompesse. Então vim direto para o seu quarto. Era com você que eu queria conversar mesmo.

Phoebe entregou a Merritt uma xícara de chá e se empoleirou na beirada do colchão.

– Com certeza você também vai querer conversar com seu pai, querida.

– Sobre?

– O Sr. MacRae, o homem ferido.

Merritt fez uma pausa para tomar um gole revigorante de chá.

– Ele é dono de uma destilaria na Escócia, em uma das pequenas ilhas na costa oeste. O Sr. MacRae contratou a Sterling Enterprises para despachar e estocar uísque em um armazém alfandegado. Mas, enquanto meus homens transportavam a carga, um dos barris de puro malte quebrou em cima do telhado de um armazém e deixou o sujeito encharcado. Nessa ocasião, ele veio até meu escritório, todo molhado e todo músculos, morrendo de raiva, e eu nem sabia para onde olhar.

– Eu acho que você sabia exatamente para onde olhar – comentou Phoebe, com os olhos cinza-claros cintilando de diversão. – Ele é bonito?

– Um deus nórdico. Grande, alto, com olhos azuis e cabelo louro queimado. E o sotaque dele...

– Irresistível?

– Totalmente. Alguma coisa no sotaque escocês sugere que o homem vai recitar uma poesia ou vai jogá-la sobre o ombro e levá-la embora.

– Quem sabe as duas coisas ao mesmo tempo – comentou Phoebe, sonhadora, enquanto bebericava seu chá.

Merritt deu um sorrisinho e resumiu a história, sem deixar nada de fora. Foi um tremendo alívio confidenciar tudo a Phoebe, que entenderia qualquer coisa que ela contasse. No entanto, a torrente de palavras diminuiu no momento de falar sobre a noite que passara com Keir.

– E então... – disse Merritt, desviando o olhar com cautela – Eu... eu pedi a ele que passasse a noite. Comigo. No meu quarto.

– É claro que você pediu – falou Phoebe, com racionalidade.

– Não está chocada?

– Por que estaria? Você passou muitas noites sozinhas e então se viu acompanhada por um deus nórdico. Eu ficaria chocada se *não* tivesse pedido a ele que passasse a noite com você.

Phoebe parou e, intrigada, disse:

– Minha nossa, espero que não pense que West e eu agimos como dois flocos de neve durante o período em que ele me cortejou.

– Não, mas não é a mesma coisa, Phoebe. Pelo menos você já sabia quem era West, as famílias se conheciam.

Phoebe mordeu de leve o lábio inferior ao considerar o argumento.

– Eu não o conhecia *tão* bem assim – observou. – Mas aprendi muitas coisas sobre ele em bem pouco tempo. Como você sabe, West não é o que se pode chamar de "tímido e acanhado".

Merritt sorriu.

– Adoro homens falantes. Os taciturnos não têm a menor graça.

Phoebe lançou um olhar de expectativa a Merritt.

– E então?

– E então o quê?

– Fale sobre a noite que passaram juntos. Como foi?

Merritt sentiu o rubor colorir suas faces enquanto ponderava como descreveria aquelas horas de intimidade. Hesitante, disse:

– Eu não quero compará-lo com meu marido.

– Não, não se deve fazer isso. É diferente, apenas.

– Exato – disse Merritt e, depois de uma pausa, começou a contar. – Foi surpreendente. Ele se mostrou confiante... dominador... mas ao mesmo tempo tão gentil. Eu estava tão perdida nele e no que ele fazia que parei completamente de pensar. Phoebe... você acha possível se apaixonar por uma pessoa em apenas uma semana?

– Quem sou eu para dizer?

Phoebe se esquivou, pegando a xícara vazia da amiga e indo enchê-la outra vez.

– Ora, não seja evasiva, me dê sua opinião.

Phoebe olhou-a por cima do ombro e ergueu as sobrancelhas.

– Não é você que sempre diz que opiniões são cansativas?

– Dizia, quando minha vida era luxuosa. Mas agora sou uma mulher de negócios – disse Merritt, taciturna. – Minha vida era preenchida com flores, decorações festivas e música de quarteto. Agora são só pedidos de compras e fitas de máquina de escrever e mobília de escritório empoeirada.

– Com certeza não é empoeirada, querida – disse Phoebe, entregando a Merritt outra xícara de chá. – Muito bem, eis o que eu penso: é possível ter sentimentos fortes por uma pessoa em apenas uma semana, mas no que diz respeito ao amor verdadeiro, profundo e pleno... não. Vocês não tiveram tempo para se conhecer, não passaram tempo suficiente juntos. Não *conversaram*. O amor acontece através das palavras.

– Maldição.

Reconhecendo a verdade, Merritt franziu a testa e bebeu o chá.

– Além disso, o fato de terem dormido juntos é um complicador. Uma vez feito, é quase impossível conversar sem a interferência da sensualidade.

– E se ele não se lembrar? – perguntou Merritt.

Phoebe olhou-a, exasperada.

– Como assim?

– Se uma árvore cai na floresta e ninguém vê ou escuta, será que ela caiu mesmo?

– A árvore estava bêbada?

– Não, foi uma concussão.

Merritt contou a Phoebe sobre a explosão no cais, sobre como encontraram Keir inconsciente e ferido e sobre o diagnóstico da Dra. Gibson.

– Ele perdeu pelo menos uma semana de lembranças e não há garantia de que vá recuperá-las. Mas agora, depois da nossa conversa, estou começando a achar que talvez seja melhor assim.

– Não vai contar a ele que vocês dormiram juntos?

Ela balançou a cabeça.

– Não ajudaria em nada. Pelo contrário: ele pode achar que é uma armadilha.

– Merritt, você é o melhor partido de Londres. Com a sua beleza, sua riqueza e suas conexões, existe uma infinidade de homens que adorariam ser pegos por qualquer armadilha que você montasse.

– Keir é diferente. Ele não gosta da cidade, para não dizer coisa pior. Não se impressiona com luxo ou aparências. Ele ama a vida simples na ilha e fazer coisas ao ar livre, na natureza.

– E você não gosta de natureza – disse Phoebe, compadecida.

– *Não gostar* é muito forte. A natureza e eu chegamos a um acordo, que se resume a tentar não interferir uma na vida da outra. Vivemos em coexistência pacífica.

Phoebe parecia cética.

– Querida, não importa quão atraente esse homem seja, não consigo ver você feliz vivendo em uma remota ilha escocesa.

– É possível – argumentou Merritt. – Sou uma mulher de muitas facetas.

– Você não possui uma única faceta que queira viver em uma choupana, Merritt.

– Eu não disse que ele vive em uma choupana!

– Aposto cinco libras que o piso é de pedra e a casa não tem encanamento interno.

– Eu não faço apostas – respondeu Merritt, com arrogância.

– O que significa que acha que estou certa.

Merritt foi impedida de responder por conta do som abafado de gritos e uma ou duas pancadas, como se algo tivesse sido jogado contra uma parede. Parecia vir da direção do quarto de Keir. Imediatamente alerta, deixou a xícara de chá de lado e pulou da cama.

– Em nome de Deus, o que é isso? – perguntou Phoebe.

– Acho que é o Sr. MacRae – disse Merritt, assustada.

CAPÍTULO 19

Depois de vestir o penhoar e calçar os chinelos, Merritt seguiu às presas pelo corredor com Phoebe logo atrás. Ao se aproximarem do quarto de Keir, viram Kingston vindo de outra direção.

– Papai! – exclamou Phoebe.

– Olá, querida – disse o duque em um tom agradável. – Não sabia que já tinha chegado.

– Não quis interromper sua reunião com os advogados.

– Acabamos agora.

Kingston esticou a mão para a porta.

– O que raios foi isso? – perguntou ele.

– Não tenho ideia.

Merritt entrou correndo no quarto, seguida pelo duque e por Phoebe. Os três depararam com Keir sentado na cama, praguejando com Culpepper, o pajem.

– Você não vai mais chegar perto de mim, seu maldito saco de bolas velho e senil!

Merritt sentiu o coração apertar de preocupação ao ouvir a respiração chiada de Keir.

– Qual é o problema? – perguntou ela, adiantando-se até a beira da cama.

– Fui despelado como uma lebre antes de ir para a panela! – disse Keir, irado, virando-se para ela.

Merritt ficou abismada ao ver o rosto barbeado dele.

Meu Deus. O homem ia além da beleza. A barba espessa e cheia havia sumido, revelando o encanto ameaçador de um anjo decaído. Seus traços eram fortes, porém elegantes e refinados, os malares, salientes, os lábios, cheios e sensuais. Merritt mal podia acreditar que tinha dormido com aquela criatura estonteante.

– Eles fizeram a minha barba enquanto eu estava drogado – disse Keir, indignado, esticando a mão para pegar a saia dela e puxá-la para perto.

– Peço que perdoe meu pajem – disse o duque com suavidade e um olhar inocente. – Eu o instruí a arrumá-lo e limpá-lo um pouco. Ao que parece, ele presumiu que eu quis dizer que também o barbeasse. Não foi isso, Culpepper?

– De fato, Vossa Graça – respondeu o velho respeitosamente.

– Culpepper tende a ser impetuoso – prosseguiu Kingston. – Ele precisa controlar melhor os impulsos.

Keir corou de ira.

– Ele não é nenhum garotinho impulsivo, afinal tem 98 anos, que diabos!

– Pode ir agora – falou o duque para o pajem.

– Sim, Vossa Graça.

Merritt voltou toda a sua atenção para Keir.

– Tente relaxar e respirar fundo – disse com urgência, recostando-o. – Por favor. Olhe para mim.

Olhando-o nos olhos, ela inspirou lentamente, instigando-o a fazer o mesmo. Keir a encarou e se esforçou para acompanhar o exercício. Para o alívio de Merritt, os arquejos começaram a diminuir. Ela ousou esticar a mão e arrumar uma mecha que havia caído sobre a testa dele.

– Lamento muito pela barba. Tenho certeza de que vai crescer depressa.

– O princípio é esse – grunhiu ele. – Eu estava fora de mim e não sabia o que estava acontecendo.

Merritt deu um sorrisinho compassivo, escorregando a mão brevemente até o queixo anguloso, duro e liso dele.

– Eles não deveriam ter feito uma coisa dessas sem pedir licença. Se eu estivesse aqui, não teria permitido – disse.

Ela ficou emocionada ao perceber que, de forma sutil, Keir inclinou o rosto contra a pressão da mão dela.

– Seja como for – observou Kingston casualmente –, não se pode negar que houve uma melhora.

Merritt se contorceu para lançar ao tio um olhar ameaçador por cima do ombro, desejando que ele não provocasse Keir ainda mais.

– Era uma barba muito bonita – comentou ela.

O duque arqueou uma sobrancelha.

– Parecia a coisa que precisei tirar da boca do cachorro à força na semana passada.

– Tio Sebastian! – exclamou Merritt, exasperada.

No entanto, a atenção de Keir estava fixa não em Kingston, mas na figura paralisada à porta.

– Quem é essa? – indagou ele.

Merritt seguiu o olhar dele até Phoebe, cujo rosto era inexpressivo. Com

141

certeza estava em choque diante daquele homem tão misteriosamente parecido – quase idêntico – ao pai dela quando jovem.

– Querida – disse ela para Phoebe em um tom apologético –, em relação à história que eu estava contando... Existe uma parte à qual eu ainda não havia chegado.

A amiga falou lentamente, encarando o duque:

– Acho que talvez meu pai deva explicar.

– E eu vou – disse Kingston, dando à filha um sorriso tranquilizador e conduzindo-a para fora do quarto. – Venha comigo. Vamos deixar Merritt com o noivo.

– *O quê?*

Ouviu-se a voz desnorteada de Keir pouco antes de a porta se fechar.

No silêncio total, Merritt se forçou a encarar o olhar perplexo e acusatório de Keir.

– Noivo? – repetiu ele. – Por que ele me chamou assim?

Desejando poder estrangular Kingston, Merritt disse, desconfortável:

– Veja... eu precisei lançar mão de... hum... de uma pequena prevaricação.

Embora estivesse fraco, Keir não teve dificuldade em forçá-la a se acomodar ao seu lado com um puxão autoritário. Uma de suas mãos posicionou-se sob seu braço para mantê-la no lugar.

– Não sei o que isso quer dizer, mas parece uma palavra pomposa para "mentir".

– E é – admitiu ela, acanhada. – E sinto muitíssimo por isso. Mas dizer que estávamos comprometidos era a única maneira de eu poder vir junto para cuidar de você.

Keir recostou-se nos travesseiros, lançando a ela um olhar rabugento.

– Por quê?

– Não seria apropriado, já que nós dois...

– Não, eu quero saber por que você quis vir.

– Acho... acho que me sinto responsável, uma vez que você foi ferido enquanto estava acomodado no armazém da minha empresa.

– Ninguém acreditaria que eu pedi você em casamento. É uma ideia maluca.

Surpresa e ofendida, Merritt perguntou:

– Você me acha tão desinteressante assim?

Keir pareceu surpreso com a pergunta.

– *Não*, é claro que não. Você é...

Keir a encarava como se estivesse hipnotizado. A mão que mantinha sob o braço dela deslizou um pouco mais, e seu polegar longo começou a acariciar o seio dela em uma carícia sem que ele parecesse se aperceber.

– Você é tão linda quanto uma rosa selvagem – disse ele, distraído.

Merritt estremeceu com aquele toque erótico gentil, e o mamilo se enrijeceu. Percebendo de repente o que estava fazendo, Keir tirou as mãos dela.

– Mas eu nunca desposaria uma mulher tão acima de mim.

O coração de Merritt batia descompassado, tornando difícil até mesmo falar.

– Somos todos iguais – disse ela. – É o que meu pai diz. Ele se casou com uma americana. E, na verdade, minha bisavó era lavadeira.

Keir balançou a cabeça com desdém.

– Você é uma dama nascida em berço de ouro e com bons modos.

Merritt franziu a testa.

– Falando assim, parece que sou uma criatura mimada que mal ergue uma xícara de chá. Saiba você que precisei me esforçar muito na vida. Sou responsável por uma empresa de navegação, aliás, uma bem grande...

– Eu sei disso.

– ... e passo boa parte do tempo coordenando homens que são muito menos civilizados do que você. Posso ser bem durona quando a situação pede. Quanto ao noivado... Vou assumir a culpa pelo rompimento. Vou dizer que mudei de ideia.

Parecendo irritado, Keir passou a mão no queixo e praguejou baixinho ao se dar conta outra vez de que o rosto estava liso.

– Preciso ver como está o andamento dos meus negócios – murmurou ele. – Meus homens devem ter ficado preocupados quando não apareci na hora marcada. Eles sabem o que aconteceu?

– Não tenho certeza. Mas devem ter mandado averiguar no escritório da Sterling. Vou perguntar ao meu irmão.

– Vou embora amanhã ou depois de amanhã.

– Você não pode! – exclamou Merritt. – Seus pulmões precisam de pelo menos mais uma semana para sarar. Tenho uma lista de exercícios de respiração que você deve começar a fazer. E suas costelas ou estão fraturadas ou gravemente lesionadas. De acordo com o médico...

– Vou me recuperar tão bem em casa quanto se estivesse aqui.

Keir fez uma pausa.

– Onde é "aqui", aliás?

– Estamos na propriedade do duque em Sussex. Em uma cidade litorânea turística chamada Heron's Point.

À menção do duque, Keir cravou um olhar reflexivo na janela e soltou um longo suspiro.

– Eu me pareço com ele – disse, por fim, em um tom taciturno.

A resposta de Merritt foi gentil.

– Bastante.

– Será que ele acha...

Keir não pareceu capaz de terminar a frase.

– Ele tem quase certeza. Ele contratou um investigador para procurar evidências.

– Não me importo com o que ele encontre. Eu já tive um pai. Não haverá um substituto para Lachlan MacRae.

– É claro que não – disse ela. – Ele foi seu pai de todas as formas que importam.

Merritt sorriu, distraída, ao se lembrar de uma das histórias que ele lhe contara sobre os pais.

– Como alguém poderia substituir o homem que ficou até tarde remendando o punho da sua camisa de domingo?

Durante o jantar, Keir lhe contara que, quando era pequeno, sua mãe fizera para ele uma camisa de tecido de lã azul, para ser usada apenas na igreja ou em ocasiões formais. Mas Keir lhe desobedecera e usara a camisa em um sábado, quando tinha ido varrer e limpar a loja de um caldeireiro em troca de um xelim. Ele tentava chamar a atenção da filha do homem e torcia para que a camisa nova melhorasse suas chances. Infelizmente, um dos punhos enganchara em um prego enquanto ele trabalhava e a manga rasgara quase por inteiro. Com medo da desaprovação da mãe, Keir confessara o crime ao pai. Lachlan, que sabia costurar, viera salvá-lo.

– Não se preocupe, meu jovem – tranquilizara-o Lachlan. – Vou ficar acordado até mais tarde, um pouquinho além do costume, remendando o punho da sua camisa. Amanhã você vai poder usá-la na igreja sem sua mãe ficar sabendo de nada.

O plano tinha tudo para dar muitíssimo certo, mas, ao se vestir para ir à igreja na manhã seguinte, Keir descobriu que Lachlan, sem querer, tinha fechado a abertura do punho com a costura. Ou seja, fora impossível enfiar o braço. Os conspiradores envergonhados, pai e filho, tiveram que confessar tudo para Elspeth. A irritação logo se transformou em uma crise de riso enquanto ela inspecionava o punho fechado da manga. Elspeth gargalhou por dias e contou o caso às amigas, e a história rendeu como piada por anos entre elas. Keir e Lachlan concordavam que tinha valido a pena parecerem bobos só por Elspeth ter se divertido tanto com isso.

– Como você sabe dessa história? – perguntou Keir, estreitando os olhos.

– Você me contou durante o jantar em Londres.

– Nós jantamos juntos?

– Você foi até minha casa. Estávamos só nós dois.

Keir não sabia bem o que pensar a respeito.

– Estávamos contando histórias sobre nossas famílias – explicou Merritt. – Depois que você me contou sobre o punho da camisa, eu contei sobre a ocasião em que derramei tinta em um mapa no escritório de meu pai.

Ele balançou a cabeça, perplexo.

– Era um mapa raro das Ilhas Britânicas, com duzentos anos – explicou Merritt. – Eu fui até o escritório do meu pai brincar com um conjunto de frascos de tinta, mesmo tendo sido avisada que não fizesse isso. Só que eram frasquinhos de vidro com entalhes, e um deles estava repleto do tom mais *resplandecente* de verde-esmeralda que eu já tinha visto. Então molhei uma pena e, sem querer, derramei um pouco no mapa que estava aberto em cima da mesa dele. Aquilo fez um borrão horrível bem no meio do *Oceanus Germanicus*. Eu estava lá, chorando de vergonha, quando papai entrou e viu o que tinha acontecido.

– O que ele fez? – perguntou Keir, parecendo interessado.

– Primeiro ele não disse nada. Com certeza, tentava desesperadamente controlar um acesso de raiva. Depois ele relaxou os ombros e disse em um tom ponderado: "Merritt, creio que, se você desenhar pernas nesse borrão, ele dará um excelente monstro marinho." Então eu acrescentei tentáculos e presas e desenhei um navio com três mastros do lado.

Ela parou ao ver o sorrisinho de Keir, aquele que nunca falhava em deixá-la um pouco zonza.

– Então meu pai emoldurou o mapa e o pendurou na parede atrás de sua mesa. Até hoje, ele alega que é sua obra de arte favorita.

Keir abriu um sorriso.

– Um bom pai – comentou.

– Ah, ele é! Meus pais são pessoas adoráveis. Eu queria... bem, acho que você não terá a chance de conhecê-los.

– Não.

– Keir – continuou ela, hesitante –, não tenho condições de falar pelo duque, mas, conhecendo-o como eu conheço... Tenho certeza de que ele nunca iria querer substituir seu pai ou tirar qualquer coisa de você.

Nenhuma resposta.

– Quanto ao passado do duque – prosseguiu ela –, não sei o que você pode ter ouvido por aí. Mas seria mais justo falar com ele antes de fazer qualquer julgamento... não acha?

Keir balançou a cabeça.

– Seria perda de tempo. Já estou decidido.

Merritt lhe deu um sorriso de repreensão.

– Teimoso – acusou ela, com meiguice, e pegou o copo vazio da mão dele. – Você deveria descansar um pouco. Vou encontrar uma roupa apropriada para você e volto mais tarde para ajudá-lo a se vestir.

– Não preciso de ajuda – retrucou ele, voltando a ficar carrancudo.

Felizmente, os anos de trabalho no ambiente caótico do cais do sul de Londres ensinara Merritt a ser paciente.

– Você esteve bem doente – observou ela, com tranquilidade – e ainda está se recuperando de ferimentos graves. A não ser que queira se arriscar a sofrer uma queda e piorar ainda mais o seu estado, acho que você deveria aceitar ajuda.

– Não a sua. De outra pessoa.

Aquilo doeu, mas Merritt enrijeceu para não demonstrar.

– Quem seria, então?

Keir suspirou e murmurou:

– O velho saco de bolas.

– Culpepper? – exclamou Merritt, abismada. – Mas você estava tão furioso com ele... Como pode preferir a ajuda dele à minha?

– Não é apropriado que seja você a fazer isso.

– Meu querido, você está trancando a porta de uma casa que já foi roubada. Não há um centímetro de você que eu ainda não tenha visto.

Ele ficou rubro de vergonha.

– Nenhum homem quer que uma mulher o veja nu quando ele está doente e sem se banhar há dias.

– Você não ficou sem banho. Na verdade, você foi encharcado. Tenho passado esponja gelada em você constantemente desde que chegamos.

Com um sorriso irônico, Merritt foi até a soleira e parou com a mão na maçaneta.

– Vou pedir que Culpepper venha mais tarde, se prefere assim.

– Sim – disse Keir, e fez uma pausa antes de continuar: – Obrigado, milady.

– Merritt.

– Merritt – repetiu ele, e capturou seu olhar de tal forma que o coração dela disparou.

Por que ele a encarava daquele jeito? Será que estaria se lembrando de alguma coisa? Os dedos dela agarraram a maçaneta até que a mão latejasse ao redor do metal gelado.

– É um lindo nome – disse ele.

E então voltou o olhar distante para uma das janelas, dispensando-a em silêncio.

CAPÍTULO 20

Keir despertou na manhã seguinte com uma criada saindo em silêncio do quarto carregando um balde de madeira. Uma chama pequena crepitava na lareira, amenizando o frio da noite. Chegavam até ali sons de outros lugares da casa à medida que os empregados cumpriam suas tarefas rotineiras. Ele ouviu algumas conversas em voz baixa, o tilintar suave de porcelana ou vidro, cortinas sendo abertas, um carpete sendo varrido. O nariz se retorceu e a boca se encheu de água quando captou um breve indício de algo sendo frito – bacon, talvez? – e o aroma de pão assando. *Café da manhã em breve*, pensou ele, com o apetite de sempre impondo--se com insistência.

Com cuidado, Keir se levantou da cama e mancou até a pia. O lado esquerdo de sua caixa torácica estava dolorido e sensível como se tivesse sido partido por uma lâmina de arado. Ele sentia dor de cabeça e um zumbido intermitente no ouvido. Mas o pior de tudo eram os pulmões, fracos e chiando como o fole quebrado de um ferreiro.

Keir levou poucos minutos para alcançar uma das janelas. A manhã viera acompanhada de uma geada que deixara as beiradas das vidraças brancas e cristalinas. A casa ficava em uma área elevada, acima da enseada particular da família Challon, com dunas de grama cercando o crescente pálido de areia de uma praia e um trecho de água azul e tranquila. Para muito além da propriedade em Heron's Point, o mundo movimentado de chaminés e terminais ferroviários prosseguia com suas atividades, mas ali, dentro do domínio de Kingston, o tempo passava em um ritmo diferente. Era um mundo...

O cheiro no ar definitivamente era de bacon.

... um mundo onde as pessoas se davam ao luxo de ler, pensar e discutir assuntos nobres.

Ele precisava voltar para Islay, encher os pulmões com a brisa marinha fria e salgada, dormir na casa em que tinha sido criado. Mesmo que ainda não pudesse cozinhar para si, tinha muitos amigos e...

Bacon salgado e tenro com a casquinha crocante. Deus, ele estava faminto.

... amigos e vizinhos que lhe receberiam bem em suas mesas. Ele voltaria ao lugar a que pertence, estaria entre os seus, onde tudo era familiar. Não que alguém pudesse de fato reclamar de passar um período de convalescença na mansão de um duque. Mas uma gaiola ainda permanece gaiola, mesmo que seja banhada de ouro.

Alguém bateu à porta.

– Entre – disse Keir.

Uma criada entrou carregando uma bandeja com pequenos apoios.

– Tomará o café na cama, sir?

– Sim, obrigado.

Percebendo que estava apenas de camisolão, Keir correu para a cama. Respirou com dificuldade quando tentou subir no colchão rápido demais.

A criada, uma jovem de cabelo escuro com um aspecto agradável e competente, pôs a bandeja na mesa.

– Tente rolar na cama com as costas bem retas, sir – sugeriu ela. – Uma vez, meu irmão voltou bêbado da taverna e caiu da escada. Quebrou uma costela na queda. Depois desse episódio, se ele se esquecesse e se virasse ou se contorcesse, segundo ele, era como se Satanás o apunhalasse com um forcado flamejante.

– A sensação é essa – concordou Keir, sarcástico.

Seguindo o conselho dela, ele meio sentou, meio rolou pelo colchão, atento em manter o torso e os quadris alinhados, e puxou as cobertas. Sua boca voltou a encher de água quando ela levou a bandeja até ele e a colocou com cuidado em seu colo.

A comida tinha sido disposta belamente em uma louça azul e branca sobre uma toalha rendada nas bordas. Havia até um vasinho de cristal com um crisântemo amarelo. Mas a apresentação elaborada não compensou a mesquinharia. Continha apenas um creme sem graça, alguns pedacinhos de fruta e uma fatia de torrada seca.

– E o bacon? – perguntou Keir, confuso.

A criada pareceu desnorteada.

– Bacon?

Talvez houvesse apenas uma quantidade limitada? Talvez estivesse sendo preparado para um prato especial?

– Bem, tem algum bacon a ser servido? – perguntou Keir, cauteloso.

– Tem, sim, mas... Lady Merritt nos forneceu um menu à parte para o senhor, e não há nada falando sobre bacon.

– Um homem não pode se recuperar sem carne – disse ele, furioso.

– Se for de seu agrado, senhor, posso pedir a permissão de lady Merritt.

Permissão?

– Eu vou comer bacon e não quero nem saber – disse ele, indignado.

A criada olhou para Keir e saiu correndo.

Pouco depois, ele ouviu batidas na porta, e lady Merritt pôs apenas a cabeça para dentro.

– Bom dia – disse ela, animada. – Posso entrar?

Keir respondeu com um grunhido de concordância e sentou-se de braços cruzados.

Foi difícil manter a carranca vendo-a tão bonita naquele vestido azul-vivo com babados brancos adornando o corpete e as mangas. E a forma como ela sorria... Keir literalmente sentia o calor daquele sorriso, era como se ele saísse das sombras para a luz do sol. Ao chegar perto da lateral da cama, a fragrância sutil que ela exalava roçou nos sentidos dele com a suavidade de um véu feito de pequeninas pétalas. A pele dela parecia muito macia, com um leve fulgor, como uma organza sem textura. Keir ficou imaginando se ela seria assim por inteiro e sentiu um comichão indomável na virilha.

– Algum problema com o seu café da manhã? – perguntou ela, amistosa, olhando para o prato intocado.

– Isto não é um café da manhã – disse ele, ríspido. – Sem carne, sem ovos, sem mingau...

– Bem, o Dr. Kent recomendou pequenas porções de alimentos sem tempero para os próximos dias. Ele disse que uma refeição condimentada poderia ser difícil de digerir.

Keir bufou diante da ideia.

– Difícil para um inglês, talvez. Eu quero um café da manhã escocês completo.

– E como é esse café? – perguntou ela, com os olhos cintilando.

Descruzando os braços, ele recostou-se nos travesseiros com um suspiro nostálgico.

– Bacon, tortinhas de linguiça, presunto, ovos fritos, feijão, batatas, *scones*... e talvez um pouco de doce, um bolo de farinha de aveia com frutas secas e especiarias, quem sabe.

Ela ergueu as sobrancelhas.

– Tudo isso em um único prato?

– Você coloca o monte de carne no meio e o restante em volta.

– Entendo – disse Merritt, pensativa. – Bem, se você tem *tanta* certeza de que vai conseguir comer tudo, acho que poderia tentar uma ou duas tiras de bacon.

– Quero a porção inteira – contra-argumentou ele.

– Três tiras: é minha última oferta.

Antes que ele pudesse discutir, ela acrescentou:

– Posso até incluir um ovo pochê.

– O que seria um ovo pochê?

– É um ovo cozido dentro de uma pequena concha.

– Sim, quero alguns desses.

– Maravilha. Depois do desjejum o pajem do duque trará algumas roupas e, se estiver disposto, você e eu poderíamos dar algumas voltas no andar superior. Mais tarde, começaremos a fazer os exercícios de respiração.

– E quanto ao duque e lady Phoebe? – perguntou Keir. – O que eles pretendem fazer?

– Eles vão sair para almoçar com amigos e fazer compras no comércio da cidade.

Merritt fez uma pausa, e seu olhar parecia envolvê-lo como veludo.

– Eu disse a eles que gostaria de passar um dia com você. Há assuntos delicados a serem tratados... e achei que seria melhor que soubesse por mim.

Keir franziu a testa.

– Se vai me contar que todo o meu uísque foi destruído, já esperava por isso.

Uma fortuna que literalmente desvanecera. Lucros muitíssimo necessários que se perderam. Depois de passar cinco anos quitando as dívidas da destilaria, Keir estava mais uma vez financeiramente comprometido.

– Ajudaria se eu dissesse que o prejuízo será coberto pela apólice de seguro do armazém? – perguntou lady Merritt com delicadeza.

– E o imposto sobre isso?

– Se o governo não isentar você da obrigação fiscal, a seguradora vai pagar. O departamento jurídico da Sterling está bastante seguro de que a responsabilidade fiscal é considerada um interesse segurável. Talvez eles queiram pleitear diante da corte, mas quase certamente ganharemos.

Keir assentiu devagar ao pensar sobre a questão.

– Bem, nesse caso, mesmo se eu tiver que pagar as taxas, isso não seria o fim da destilaria, contanto que o restante esteja dentro da cobertura.

– Que bom. Se tiver qualquer dificuldade em relação a isso, tenho certeza de que posso encontrar uma forma de ajudar.

Keir ficou tenso. Independentemente da boa intenção, a oferta de ajuda vinda de uma mulher abastada era irritante.

– Não quero seu dinheiro.

Lady Merritt ficou surpresa.

– Eu não quis dizer que vou colocar um malote de dinheiro na sua mão. Sou uma mulher de negócios, não uma fada madrinha.

O súbito tom mais agudo na voz dela, embora sutil, foi cortante a ponto de ferir.

Ao ver o brilho nos olhos dela desaparecer, Keir sentiu um calafrio de arrependimento, e o que lhe ocorreu a princípio foi se desculpar.

Ficou em silêncio, porém. Era melhor não criar proximidade com aquela mulher.

Após a morte do pai, a primeira decisão de Keir ao assumir a destilaria foi instalar novos equipamentos e procedimentos de segurança. Havia muitas coisas perigosas dentro de um local onde se destila bebida a partir de grãos, como pó, vapor de álcool, calor e faíscas causadas por estática ou fricção. A única forma de evitar desastres era manter esses elementos separados e controlados o máximo possível.

Todos os instintos de Keir o alertavam para agir da mesma maneira nessa situação... pôr uma distância segura entre ele e lady Merritt... antes que, juntos, eles dessem início a um inferno.

CAPÍTULO 21

— Você está usando o peito – disse Merritt mais tarde naquele dia, olhando de cima para Keir, reclinado em um sofá comprido e baixo.

– Sim – disse ele, secamente. – É onde guardo meus pulmões.

Merritt pairava acima de Keir – que estava deitado de barriga para cima – com um livro de medicina em uma das mãos e um cronômetro na outra. Ele se sentia mais do que um tanto tolo, sem falar na frustração. Os exercícios respiratórios, que tinham parecido simples a princípio, acabaram se mostrando um desafio inesperado, principalmente porque Merritt parecia querer que ele respirasse de uma maneira que não era possível do ponto de vista anatômico.

Eles estavam em uma sala de estar no andar superior, um aposento amplo e espaçoso dividido em ambientes separados por conjuntos de mobília e palmeiras em vasos. Dois pares de portas francesas abriam-se para um balcão externo que alcançava quase toda a extensão da propriedade.

Mais cedo, Culpepper trouxera uma seleção de roupas sobressalentes que tinham pertencido aos dois filhos adultos do duque, lorde St. Vincent e o Sr. Challon. As peças eram mais refinadas do que qualquer outra coisa que MacRae já tinha usado na vida. Não que fossem luxuosas, mas eram incrivelmente bem-feitas. Com a ajuda do pajem, Keir escolhera uma camisa de algodão egípcio com botões de madrepérola e um colete com forro de seda, com uma bainha costurada à perfeição que não enrolava para cima. A calça era flexível e um pouco folgada, feita para proporcionar mais facilidade aos movimentos.

– Você precisa puxar o ar de uma parte mais embaixo na barriga – disse Merritt, consultando *O tórax e suas vísceras: um manual de tratamento*, que lhe fora entregue pelo Dr. Kent.

– A barriga se enche de comida, não de ar – disse Keir, categórico.

– É uma técnica especial chamada respiração diafragmática.

– Eu já tenho uma técnica. Ela se chama: para dentro, para fora.

Ele pôs o livro de lado e ficou brincando com o cronômetro.

– Vamos tentar outra vez. Inspire por quatro segundos e expire lentamente por oito. Ao soltar o ar, controle o fluxo contraindo os lábios. Assim.

Os lábios dela se comprimiram em uma forma redonda e elegante, e a visão lançou o cérebro dele no caos... *rosas, cerejas, vinho de groselha doce...* Ele não conseguiu evitar o pensamento de como seria senti-los em sua pele, fazendo carícias mais abaixo, se abrindo para deixar aquela língua deliciosa saboreá-lo...

– Agora é sua vez – disse Merritt. – Contraia os lábios. Finja que está fazendo beicinho para algo.

– Eu não faço beicinho. Sou homem.

– O que você faz quando está com raiva, mas não pode reclamar?

– Viro uma dose de uísque.

Aquilo arrancou um sorriso dela.

– Estou surpresa... Bem, então finja que está apagando uma vela.

Merritt ergueu o cronômetro, com o polegar posicionado no botão de ficava em cima.

– Pronto?

– Eu preferia estar sentado.

– De acordo com o livro, ficar deitado ajuda a se concentrar na expansão e na contração do abdômen e aumenta a capacidade vertical do peito.

Um clique incontestável no relógio.

– Já.

Obediente, Keir inspirou e expirou seguindo a contagem dela.

Clique. Merritt o examinou como um instrutor militar determinado a treinar um recruta inexperiente.

– Suas costelas se mexeram.

– Não mexeram! – protestou ele.

Ignorando-o, ela acionou o cronômetro.

– Mais uma vez.

Keir obedeceu. Inspirou fundo, expirou devagar.

Clique. Lady Merritt pairava sobre ele, balançando a cabeça.

– Você nem está tentando.

Exasperado, Keir murmurou:

– Eu *estou* tentando, sua pequena tirana.

No mesmo instante, a expressão dela se alterou e os olhos dele se arregalaram.

Keir ficou surpreso com a sensação de já ter vivido aquele exato momento, como se tivesse caído em um alçapão que conectava o presente ao passado.

– Eu já chamei você assim antes... – disse ele, com a voz rouca.

Merritt parecia sem fôlego.

– Já... Você se lembra de mais alguma coisa?

– Não, só de dizer essas palavras para você e...

O coração dele começou a martelar, e a força do movimento reverberou em todos os espaços dentro de si até alcançar a virilha. Keir se assustou ao perceber que estava ficando duro, seu membro enrijecia em uma série de latejos rápidos. Ele se sentou com um xingamento abafado, e a dor fez com que suas costelas ardessem.

– O que foi? – perguntou ela, preocupada. – Cuidado... você vai se machucar... aqui, me deixe...

Merritt colocou uma das mãos em seus ombros e a outra em suas costas. A pressão delicada, mas firme, o arrebatou de lascívia. Mais uma porta se abriu em seu cérebro, e por um momento ele só conseguia pensar em estar na cama com aquela mulher, sentindo a respiração ofegante dela em seu ouvido, a contração da carne feminina, deliciosamente sedosa, as pulsações flexíveis e poderosas trabalhando em seu membro conforme ele penetrava mais fundo e sentia o corpo dela se contorcer...

– Não encoste em mim – disse ele, de modo mais rude do que pretendia.

As mãos dela recuaram repentinamente.

Keir se inclinou para a frente, escorando os antebraços nas coxas. Ela estava perto demais, a ponto de o aroma do perfume suave alimentar a dor do membro rijo. Keir estava zonzo, sufocando. Então se concentrou funestamente na dor nas costelas, deixando que a sensação aplacasse a chama do desejo.

Não... ele nunca estivera na cama com ela. Ela jamais permitiria que ele fizesse uma coisa dessas, e Deus sabia que ele jamais teria tentado.

Enquanto lutava para controlar o desejo indomável, Keir foi tomando ciência de um berro esganiçado cada vez mais insistente. O choro de um bebê. Ele ergueu a cabeça, olhou para a porta e avistou lady Phoebe com uma criança agitada nos braços.

Que aporrinhação, pensou, taciturno.

A longa e intrincada conversa que ele tivera com Merritt depois do café da manhã tinha sido cheia de revelações sobre o antigo caso do duque com Cordelia, lady Ormonde, e suas consequências – uma delas, o próprio Keir. O que significava que a ruiva à soleira poderia muito bem ser sua meia-irmã, e a diabinha chorosa em seus braços, sua sobrinha.

Por ter sido criado por pais mais velhos, Keir nunca tivera a expectativa de ter sobrinhos. Seus irmãos eram o bando de arruaceiros que ele chamava de amigos e os funcionários da destilaria eram a extensão de sua família. Era esquisito pensar em ter uma irmã. Na verdade, ele ficou chocado ao perceber que, pela primeira vez na vida, ali estava uma pessoa... uma mulher... com quem ele poderia ter um laço sanguíneo. E não uma mulher qualquer, mas uma dama da aristocracia. Não havia qualquer assunto sobre o qual pudessem conversar, nenhuma experiência em comum.

Mas, ao encarar lady Phoebe, ela parecia apenas uma jovem mãe comum de Islay, que não dormira o suficiente e nem sempre sabia o que o bebê queria. Havia um toque de inteligência e vivacidade nela – *canty*, como diriam os escoceses, uma palavra que sugeria o movimento de dança da chama de uma vela.

– Sinto muito – disse Phoebe, com uma careta cômica, tentando acalmar o bebê choroso. – Pensei em fazer uma visita rápida, mas minha filha parece ter outros planos. Quem sabe tentamos mais tarde?

Ela estava nervosa, pensou Keir. Assim como ele. Ele olhou para a criança, que se contorcia, infeliz, envolta em uma porção de babados brancos, agitando como um moinho as perninhas gorduchas calçadas com meias. A bebê tinha perdido um dos sapatinhos. Keir não conseguiu evitar um sorriso ao ver o grande laço rosa em sua cabeça, preso ao redor de um tufo selvagem de cabelo ruivo na heroica tentativa de domá-lo.

– Não saia correndo assim – disse ele, e levantou-se.

Na ânsia de ajudar, Merritt correu até Phoebe e o bebê.

– Ela está com fome? – perguntou.

Frustrada, Phoebe balançou a cabeça.

– Não, eu a alimentei há pouco. Às vezes ela fica assim e não há nada que se possa fazer – disse Phoebe, e, com um ar de pesar, explicou: – Ao que parece, eu era igual.

– Deixe eu segurá-la – sugeriu Merritt. – Vou andar um pouquinho com ela pelo corredor enquanto vocês conversam.

– Acho que todos ficaremos mais confortáveis se eu levá-la para o quarto de bebê.

Phoebe lançou um olhar de pesar a Keir quando ele se juntou a elas.

– Peço que me perdoe, Sr. MacRae. Ela está indisposta e eu não sei...

– Qual é o nome dela? – perguntou ele.

– Eden.

Para a surpresa das duas mulheres, Keir esticou os braços para a pequena Eden. Phoebe hesitou por um instante antes de passar a criança para os braços dele.

Keir ajeitou a bebê confortavelmente em seu ombro largo e começou a dar tapinhas suaves em suas costas em um ritmo calmo.

– Pobre pequenina – murmurou. – Pronto, pronto... não se irrite... não chore... feche as asas, passarinho, e se aninhe comigo um pouquinho...

O queixo de Merritt caiu ao ver aquele escocês grande e rústico perambular pelo cômodo com uma bebê, tentando acalmá-la. Ela e Phoebe trocaram um olhar de espanto quando o choro de Eden transformou-se em fungadas.

Um som grave arrepiou os pelos na nuca de Merritt e então ela percebeu que Keir cantarolava suavemente para a bebê, em escocês. Uma melodia comovente, em um barítono melancólico e afetuoso que derreteu todos os ossos de Merritt. Era um milagre ela não ter virado uma poça no chão.

Eden se aquietou.

– Meu Deus, Merritt – sussurrou Phoebe com um sorriso deslumbrado. – Ele é maravilhoso.

– Sim...

Merritt se sentia quase doente de tanto desejo.

E foi somente ali que ela enfim aceitou a impossibilidade de algum dia ter aquele homem. Qualquer esperança frágil e tola que ela nutrira dissolvera-se em uma nuvem de fumaça. Mesmo que de alguma forma todos os obstáculos entre eles fossem superados... Keir iria querer uma família. Vê-lo com a bebê deixou isso evidente. Ele iria querer ter filhos e essa era a única coisa que ela nunca poderia lhe dar. E, mesmo que ele estivesse disposto a fazer um sacrifício, ela jamais permitiria. Aquele homem merecia uma vida perfeita.

Especialmente depois de tudo que fora tirado dele.

Quando Keir voltou para junto delas, Merritt se esforçou para esconder todos os indícios de seu desespero, embora aquilo ainda ameaçasse escapulir de dentro dela como roupas em uma bolsa muito cheia.

– Obrigada – disse Phoebe fervorosamente ao ver a filha cochilando na curva do pescoço de Keir.

– Às vezes, braços novos são a solução – respondeu Keir, tranquilamente.

– Como aprendeu a fazer isso? – perguntou ela.

– Tenho amigos que têm filhos.

Keir parou, com uma expressão um pouco acanhada, antes de prosseguir:

– Acho que tenho um talento nato para fazer os pequenos dormirem. É só dar umas palmadinhas de leve, cantarolar e caminhar.

– O que você estava cantando? – perguntou Merritt. – Uma canção de ninar?

– Uma antiga canção das ilhas, sobre um *selkie* – disse ele, e, vendo que a palavra era desconhecida, explicou: – Uma criatura que muda de forma, que parece uma foca quando está na água, mas assume a forma de um homem quando em terra. Na música, ele corteja uma dama humana, que dá à luz o filho dele. Sete anos depois ele volta para pegar a criança.

Keir hesitou um pouco e depois, sem pensar, acrescentou:

– Mas, antes de irem embora, o *selkie* diz à mãe que dará ao menino uma corrente de ouro que ele usará no pescoço, para que ela o reconheça caso venham a se encontrar algum dia.

– E ela e o filho se reencontram? – perguntou Merritt.

Keir balançou a cabeça.

– Um dia alguém entrega a corrente de ouro para ela e ela percebe que o filho está morto. Foi alvejado por...

Ele se interrompeu ao ver o rosto de Merritt começar a se contorcer.

– Ah! – exclamou ele. – Não... não faça isso.

– Que história triste... – disse ela, com uma voz chorosa, se repreendendo por ser tão emotiva.

Keir deixou escapar uma risadinha ao se aproximar dela.

– Não vou contar o resto, então.

Ele aproximou a mão do rosto dela e enxugou uma lágrima com o polegar.

– Ah, moça... Você tem um coração cheio de ternura, não é? É só uma canção – disse ele, e seus olhos azuis brilharam ao olhar para ela. – Mas agora chega de lágrimas, senão vou ter que colocar você no ombro e dar palmadinhas até você dormir, como fiz com a pequena.

Merritt ficou sem palavras ao perceber que Keir parecia realmente acreditar que ela tomaria aquilo como uma ameaça.

Ela ouviu uma risadinha baixa vinda de Phoebe, que sabia exatamente o que ela estava pensando.

– Vamos sentar diante da lareira e conversar um pouco, está bem? – sugeriu Phoebe, animada. – Vou mandar servir chá. Quero ouvir sobre sua ilha, Sr. MacRae, e como foi ser criado lá.

CAPÍTULO 22

Após quatro dias sem febre, Keir estava bem o suficiente para caminhar pela enseada com Merritt. Uma passagem baixa levava da casa até um caminho que desembocava em uma praia de areia fina, espalhada sob um céu azul-tafetá. Mais distante, do lado oeste, a areia aos poucos se transformava em seixos e cascalho até se erguer em um penhasco branco de calcário. A praia tinha um aspecto bem-cuidado, como se alguém tivesse peneirado e limpado a areia e preenchido as poças formadas pela maré. Até a grama das dunas parecia arrumada, como se alguém tivesse passado um pente gigante por ali.

Embora Keir sempre preferisse sua ilha a qualquer lugar no mundo, precisava admitir que o local possuía seus encantos. Havia uma suavidade no ar e no sol, um transe de bruma que tornava tudo mais luminoso. Sentando-se sobre os calcanhares, Keir correu a mão pela areia dourada, muito diferente da granulação das praias de Islay.

Diante do olhar questionador de Merritt, ele limpou as mãos e deu um sorriso torto.

– É silenciosa – explicou. – No litoral perto da minha casa, ela canta.

– A areia canta? – repetiu Merritt, perplexa.

– Isso. Quando você mexe nela com as mãos ou os pés, ou quando o vento sopra, a areia faz um som. Alguns dizem que parece um guincho ou um silvo.

– E o que a leva a fazer isso?

– Ela é de quartzo puro, os grãos são todos do mesmo tamanho. Um cientista poderia explicar melhor, mas eu prefiro achar que é magia.

– Você acredita em magia?

Keir levantou-se e sorriu para o rosto erguido da jovem.

– Não, mas eu gosto das maravilhas da vida. Como o fogo-fátuo que toca o mastro de um navio após a tempestade, ou o instinto do pássaro, que o leva a migrar no inverno a cada ano. Gosto mais de coisas desse tipo justamente por não compreendê-las.

– Maravilhas... – repetiu Merritt, parecendo apreciar a palavra.

Enquanto caminhavam sem destino ao longo da faixa de areia, e os maçaricos disparavam no ar e mergulhavam na água, Keir foi tomado por uma tranquilidade que não sentia desde a infância. A sensação de estar de férias. Em toda a vida adulta, nunca ficara tanto tempo sem trabalhar. Mas ele sabia que a sensação de bem-estar provinha em grande parte da mulher ao seu lado.

Conversar com Merritt era como vestir um daqueles coletes forrados de seda que ele pegara emprestado dos Challons. Confortável e suntuoso. Ela era muito inteligente, compreendia os detalhes, as entrelinhas. Tinha um jeito de envolver as pessoas com uma empatia irrestrita, desde o duque até o mais jovem ajudante de jardineiro. Era o tipo de encanto que fazia com que as pessoas se sentissem mais astutas, mais atraentes, mais interessantes, refletidas no brilho dela. Keir estava fazendo de tudo para resistir a esse fascínio.

Mas estava tão atraído por ela, tão completamente fascinado...

Ele adorava as palavras elegantes que ela usava... *prevaricação... resplandecente...* seu sorriso fácil... o perfume na pele do pulso, do pescoço. Merritt era como um belo presente implorando para ser desembrulhado. Estar perto dela por si só já fazia o sangue dele chiar dentro das veias. Na noite anterior, o mero pensamento de Merritt nua, acompanhado apenas de algumas carícias da própria mão, tinha sido suficiente para levá-lo a um clímax violento – uma experiência da qual se arrependeu imediatamente, no momento em que sentiu as costelas arderem como se alguém tivesse lhe dado uma marretada. E, ainda assim, ele ansiava por ela, agora mais do que no dia anterior.

Para se proteger, Keir tentava manter barreiras. Fez o melhor que pôde para não confiar nada a ela nem atrair confidências. Era amistoso, educado, mas cercou o coração com uma armadura de aço e torceu para que isso fosse o bastante para mantê-lo em segurança. Senão... acabaria arruinado por outra mulher.

Ele precisava ir embora antes que fosse tarde demais. Talvez já fosse.

~

À tarde, Keir ficou um tempo com Phoebe na sala de estar da família. Estava sentado em uma poltrona confortável e, perto dele, mãe e filha brincavam em cima de uma colcha estendida no chão. Ele gostou logo de Phoebe, que era amigável e direta, e tinha um senso de humor afiado. Ela dividia com o marido a administração de uma propriedade em Essex e conversava com tanta facilidade sobre assuntos triviais, como lavoura e criação de gado, que Keir quase se esquecera de que ela era filha de um duque.

– Achei que você fosse querer ver isso – disse Phoebe, empurrando na direção dele, sobre a mesinha, um pesado livro encadernado em couro.

– O que é isso? Um álbum de recortes?

– Um álbum de retratos da minha família – disse ela, e fez uma pausa antes de se corrigir. – *Nossa* família.

Keir balançou a cabeça, recusando-se a encostar a mão no álbum.

– Não vejo necessidade.

Ela ergueu as sobrancelhas.

– Você não está nem um pouco curioso para ver seus parentes? Não tem perguntas a fazer? Você não quer nem mesmo *olhar* para eles?

– Talvez não tenhamos parentesco. Ninguém pode comprovar isso concretamente.

Phoebe lhe lançou um olhar cheio de sarcasmo.

– Que tolice. O predomínio de evidências circunstanciais satisfaz o padrão legal de provas, e, no seu caso, há mais do que o suficiente para eliminar qualquer dúvida coerente – argumentou ela, e depois, com delicadeza, acrescentou: – Como você já sabe, basta conversar com papai.

Keir franziu a testa, esticou a mão para uma lamparina na mesa ao lado da poltrona e ficou brincando com a franja de contas ao redor da cúpula. Ele pouco interagira com Kingston até então, e nunca estiveram a sós, pelo que sentia-se grato. Não estava preparado para a conversa desconfortável e inevitável que os aguardava.

Felizmente, o duque não parecia propenso a insistir na questão, provavelmente porque seus dias eram tremendamente ocupados. Toda manhã ele lia uma porção de relatórios e correspondências, dava ordens a um secretário particular e despachava um criado para postar cartas e telegramas. À tarde, encontrava-se com arrendatários, comerciantes, gerentes imobiliários e, por vezes, pessoas que vinham de Londres ou mais além.

Ao fim do dia, no entanto, os negócios ficavam de lado e era hora de relaxar. Todos se reuniam para jantar à mesa carregada de pratarias e cristais, iluminada por muitas velas. Criados com luvas brancas traziam pratos maravilhosos... travessas repletas de camarões suculentos, ainda fumegando, saídos da grelha... terrinas de bisque salpicadas com pedaços tenros de lagosta de Chichester... truta de Amberley salpicada com amêndoas fatiadas e torradas, servida diretamente da caçarola para o prato. Além da imensa variedade de vegetais frescos, saladas cortadas tão finas como confete, pão servido com manteiga recém-feita e travessas com queijos locais e frutas de estufa para sobremesa. Keir nunca comera tão bem na vida.

O menu para convalescentes fora rapidamente descartado, é claro. Keir enchera o prato com porções ousadas e generosas, desafiando Merritt com o olhar, mas ela apenas sorrira, zombeteira, e deixara que ele agisse como bem entendesse. Keir gostava tanto daquela mulher. Ela podia ser uma pequena tirana quando se tratava de determinados assuntos, mas jamais se transformava em um incômodo.

– Você vai conversar com papai? – insistiu Phoebe, trazendo os pensamentos dele de volta ao presente.

– Ele ainda não pediu para falar comigo – murmurou Keir.

– Ele está esperando que *você* peça.

– Eu não sei o que ele quer. Ele já tem muitos filhos. Não há nada que eu possa dar que ele já não tenha, e eu não preciso de nada dele.

– E isso precisa ser uma transação? Você não pode apenas aceitar a relação e aproveitar o que quer que saia dela?

– Ah, sim – respondeu ele, sarcástico –, vou aproveitá-la como uma truta pescada com a mão.

– Pescada com a mão?

– Você fica parado dentro do rio, perto de um rochedo ou em uma margem íngreme, e coloca a mão na água, abaixo de onde estão as trutas. Depois de um tempo, você consegue coçar a barriga e o queixo de uma delas com a ponta dos dedos. Depois de ganhar confiança, ela relaxa na sua mão, aí você enfia os dedos nas guelras e puxa a truta para fora. Em minutos ela estará dentro da panela com manteiga e sal.

Phoebe riu.

– Meu pai... – disse ela, e se interrompeu por um instante antes de retomar. – Bem, acho que ele é do tipo que sabe pescar com a mão, mas você não vai parar na panela. A família é *tudo* para ele. Quando era jovem, ele perdeu a mãe e quatro irmãos para a escarlatina e foi enviado para um internato. Cresceu muito solitário. Posso garantir que ele faria qualquer coisa para proteger ou ajudar aqueles com quem se importa.

Ela colocou o álbum no colo de Keir e ficou observando enquanto ele começava a folheá-lo obedientemente.

O olhar de Keir pousou em uma fotografia dos Challons relaxando na praia. Lá estava uma Phoebe jovem, espreguiçada em cima do colo de uma mãe esguia e risonha, de cabelo cacheado. Havia dois meninos louros sentados ao lado, segurando pequenas pás, e entre eles, as ruínas de um castelo de areia. Uma criança sorridente de cabelo claro sentava-se em cima de um castelo de areia que parecia recém-destruído. Todos vestiam trajes de banho que combinavam, como uma tripulação de pequenos marinheiros.

Empoleirando-se no braço da poltrona, Phoebe foi virando as páginas e apontando retratos de seus irmãos em várias fases da infância. Gabriel, o responsável filho mais velho... seguido por Raphael, despreocupado e rebelde... Seraphina, a irmã mais nova, doce e sonhadora... e o bebê da família, Ivo, um garoto ruivo que chegou de surpresa, quando a duquesa presumia que seu tempo de fertilidade havia acabado.

Phoebe parou em uma foto de ferrótipo do duque e da duquesa sentados juntos. Abaixo, liam-se as palavras *lorde e lady St. Vincent*.

– Esta foi tirada antes de meu pai herdar o ducado – contou ela.

Kingston – na época, lorde St. Vincent – estava sentado com um dos braços estendido por cima do encosto do sofá e o rosto voltado para a esposa.

Era uma mulher adorável, com as faces salpicadas de sardas e um sorriso tão vulnerável quanto a pulsação por baixo da pele fina.

Keir ergueu o rosto para ver a beleza clássica de Phoebe, os ângulos bem delineados que ela herdara do pai.

– Você se parece mais com ele do que com ela.

– Você se parece mais com ele do que qualquer um. A semelhança é grande demais para ser coincidência. Não se pode negar – disse ela.

Keir deixou escapar um grunhido baixo.

– Não sou como ele ou o resto de vocês. Meu mundo é diferente desse aqui.

A boca de Phoebe se contraiu.

– Alguém poderia achar que você foi criado em um navio pirata ou que veio de outro planeta, hein? Você só é escocês. Simplesmente foi criado mais ao norte daqui. – Phoebe fez uma pausa. – Não tenho nem certeza se você, tecnicamente, é escocês.

Keir lançou a ela um olhar inexpressivo.

– Os únicos ancestrais celtas do lado Challon são galeses – explicou ela. – Pesquisei sobre a família de sua mãe, os Roystons e os Plaskitts, e, de acordo com o *Peerage* de Debrett, não há sangue escocês em nenhuma das linhagens.

– Eu não sou escocês? – perguntou Keir, absorto.

Phoebe viu algo na expressão dele que a levou a acrescentar depressa:

– Eu voltei apenas duas gerações.

Keir deixou a cabeça cair nas mãos.

– Está sentindo dor nos pulmões? – perguntou ela, começando a ficar preocupada. – Você está chiando.

Ele balançou a cabeça, respirando por entre os dedos.

– Vou procurar mais além na sua árvore genealógica – disse Phoebe, resoluta. – Vou encontrar um ancestral escocês. Não tenho dúvida de que você é tão escocês quanto... quanto um *leprechaun* de kilt cavalgando em um unicórnio por um campo de cardos.

Muito sério, Keir ergueu o olhar para ela por tempo suficiente para dizer:

– *Leprechauns* são duendes irlandeses.

E deixou a cabeça cair de novo.

CAPÍTULO 23

Ao final da segunda semana em Heron's Point, Keir sentia-se irritado e queria ir para casa. Estava cansado de relaxar, cansado daquele cenário reconfortante, dos cômodos luxuosos e de dias impiedosos de frustração sexual. Ele queria a brisa marinha gelada batendo no rosto, o cheiro de fumaça de turfa, o som de um sotaque familiar e a visão das colinas rochosas tocando as nuvens. Sentia falta da destilaria, do trabalho, dos amigos. Sentia falta da antiga versão de si, um homem que sabia exatamente quem era e o que queria. A versão nova era repleta de incertezas e lealdades despedaçadas, afligida pelo desejo por uma mulher que ele nunca poderia ter.

O Dr. Kent aparecera em sua ronda de visitas no dia anterior e anunciara que Keir se recuperava incrivelmente bem. O ferimento nas costas estava quase fechado, sua capacidade pulmonar voltara ao normal e, pela estimativa do médico, as costelas estariam completamente curadas em um período de seis a oito semanas.

Mas, antes que Keir pudesse falar com qualquer um dos Challons sobre sua partida, Phoebe foi mais rápida.

– Hora de voltar para Essex – anunciou ela durante o café da manhã.

Um sorriso de pesar apareceu em seus lábios ao olhar primeiro para Merritt, depois para Keir.

– Tem sido uma temporada encantadora e odeio que esteja chegando ao fim, mas já estou longe de casa há muito tempo.

Kingston, que interrompeu o ato de abrir o jornal, recebeu o anúncio da filha com a testa ligeiramente franzida.

– Sua mãe volta de Paris em alguns dias. Não pode ficar até ela voltar?

– Estou com saudades de West e das crianças.

– Peça que venham para cá.

Phoebe repousou o queixo em uma das mãos e sorriu para o pai.

– E quem vai administrar a propriedade, papai? Não, não. Vou embora para Londres no expresso das três e de lá para Essex no das cinco. Já pedi à aia que arrume as malas.

– Vou acompanhá-la até Londres, se não tiver objeções – disse Keir, de repente.

164

Silêncio.

Ciente dos três pares de olhos voltados para ele, Keir acrescentou:

– Posso passar a noite lá e seguir para Glasgow na manhã seguinte. Determinado, Keir silenciosamente desafiava qualquer um a se opor.

– Talvez tenha lhe escapado -- comentou Kingston, mordaz – que a pessoa que quase mandou você pelos ares no cais do sul de Londres ainda não foi encontrada.

– Ninguém sabe que eu sobrevivi ao incêndio no armazém – observou Keir. – Não virão atrás de mim agora.

– Já lhe ocorreu que voltar correndo para Islay e acender o destilador talvez lhes dê uma pista?

Keir fez uma carranca.

– Não posso me esconder aqui por meses, usando calças de seda e me fartando de pratos pomposos enquanto minha vida é virada de cabeça para baixo. Tenho responsabilidades. Um negócio para administrar, funcionários a serem pagos. Um cachorro que deixei aos cuidados de um amigo. Não estou pedindo permissão.

– Tio – intercedeu Merritt, com uma expressão indecifrável –, não podemos culpar Keir por não querer que essa situação se estenda indefinidamente.

– Não – admitiu Kingston, recostando-se na cadeira e olhando para Keir com frieza. – Mas receio que você terá de arrumar um pouco mais de paciência e permanecer aqui. No dia em que você aparecer na destilaria, vivo e bem, é quase certo que aparecerá alguém para matar você.

– Eles que tentem – respondeu Keir. – Sei me defender.

O duque arqueou uma sobrancelha em zombaria.

– Impressionante. Há poucos dias estávamos felizes por você conseguir beber água por um canudo. Agora, ao que parece, você está bem a ponto de entrar em uma briga de rua.

Keir se tornou hostil no mesmo instante.

– Sei me defender.

– Isso é o que você acha. Assim que os músculos do seu braço cansarem, você vai baixar a guarda.

– E o que um figurão como você sabe sobre luta? Mesmo que eu esteja com as costelas fraturadas, você não conseguiria me derrubar.

O olhar frio do duque parecia o de um leão experiente ao ser desafiado por um filhotinho. Calmamente, ele pegou um frasco de tempero em cima da mesa e despejou um montinho de pimenta-preta no centro do prato de Keir.

Perplexo, Keir olhou para aquilo enquanto uma nuvem de poeira cinza subia. O nariz dele pinicou e, na respiração seguinte, ele espirrou. Uma fisgada lancinante de dor atravessou sua caixa torácica.

– *Aghhh!*

Keir se afastou do prato e se curvou.

– Para o diabo que o carregue, seu sorrateiro maldito! – conseguiu dizer entre arquejos.

Merritt saltou, correu até ele e colocou levemente a mão em suas costas.

– Devo pegar seu remédio? – perguntou ela, com a voz vibrando de preocupação.

Keir balançou a cabeça. Agarrando a borda da mesa para tomar impulso, ele se sentou, ereto, e lançou um olhar ameaçador a Kingston.

Ao provar seu ponto, o duque olhou para ele sem culpa e se levantou.

– Venha comigo.

– Para onde? – perguntou Keir, ressabiado.

– Vamos dar uma volta.

Diante do silêncio de Keir, Kingston retorceu a boca com impaciência.

– Um método antigo de deslocamento, realizado quando uma pessoa se ergue e move um pé de cada vez enquanto se projeta para a frente.

Ele deu uma olhada no traje casual de Keir, blazer e calça de lã.

– Você vai precisar trocar esses sapatos de couro por outros de lona. Encontre-me nos fundos, perto da porta mais próxima da passagem baixa.

A passagem baixa. A intenção do duque era que eles fizessem uma caminhada até a enseada, então.

Embora Keir estivesse tentado a mandá-lo às favas, segurou a língua e o observou deixar a sala. Apertando as costelas fraturadas com a mão, ficou de pé e olhou para Merritt. Sabendo que sua despedida impulsiva devia tê-la atingido como um raio inesperado, Keir sentiu um lampejo de arrependimento.

Mas não havia qualquer sinal de acusação ou sofrimento nos olhos dela, duas piscinas escuras e calmas. A postura de Merritt era inflexível. Ela ostentava a dignidade de uma rainha, pensou Keir, admirado.

– Não posso mais ficar.

– Entendo. Mas me preocupo com sua segurança.

– Estarei seguro em casa. Tenho amigos para me proteger e um cachorro que irá me avisar se um estranho se aproximar mais de um quilômetro da minha propriedade.

– Wallace – disse Merritt, surpreendendo-o.

– Eu contei sobre ele? – perguntou Keir, espantado.

– Sim, no jantar. Wallace gosta de atacar sua vassoura quando você está varrendo e é capaz de encontrar uma moeda no meio de um milharal.

A irritação de Keir se desfez e ele sentiu um sorriso se abrir ao olhar para ela.

– Pobre moça – disse ele, com a voz rouca. – Devo ter cansado seus ouvidos naquela noite.

Merritt deu um sorriso discreto. Seus lábios eram macios e delicados como as pétalas de uma orquídea.

– Eu também falei bastante.

– Eu gostaria de me lembrar dessa noite.

Ela riu, um som lindo com um quê de cristal fissurado.

– Fico feliz por você não conseguir.

~

Antes que Keir pudesse perguntar o que ela queria dizer com isso, Merritt o convenceu a deixar a sala do café da manhã e trocar os sapatos para a caminhada na enseada.

Então voltou à mesa e sentou-se ao lado de Phoebe, que esticou a mão para segurar a dela. O toque da amiga era como uma boia salva-vidas.

Foi Merritt quem quebrou o silêncio.

– Você vai me dizer que é cedo demais para ter certeza do que sinto – disse ela, com a voz rouca – e que, depois de um tempo longe dele, vou mudar de ideia, vou parar de sofrer. Vou encontrar outra pessoa.

Phoebe assentiu, e seu olhar gentil estava cheio de preocupação.

– Seriam as coisas certas a dizer.

Merritt apertou um pouco mais a mão da amiga antes de soltá-la. O rosto parecia rijo e resistente quando ela tentou sorrir.

– Mas daqui a dez anos, Phoebe, ainda vou dizer que era amor. Que foi amor desde o início.

~

Quando Keir encontrou Kingston nos fundos da casa, ficou feliz por descobrir que o cachorro da família, Ajax, iria com eles no passeio. O ruidoso retriever preto e castanho ajudou a amainar a tensão durante a caminhada pela passagem baixa, uma viela estreita que já tinha sido um caminho de carruagens. Árvores esguias delimitavam os barrancos altos de ambos os lados, formando um delicado dossel acima.

Kingston falou em tom casual:

– Você disse que tem um cachorro. Qual a raça?

– É um skye terrier de orelhas caídas. Um bom caçador de coelhos.

Ajax, que saltitava à frente deles, chegou à praia, onde a maré alta transformara as partes rasas em uma espuma branca e marrom. Ao longe, a água ficava mais densa, com faixas verdes e azuis, e em certos pontos o azul era quase preto. A silhueta distante de um navio a vapor avançava lentamente no horizonte. Uma brisa matinal salgada e fria soprava por entre tufos de capim e trepadeiras nas dunas.

Latindo, Ajax disparou animado, para caçar pássaros que procuravam alimento na costa. Kingston balançou a cabeça e sorriu ao observar o retriever brincando, feliz.

– Cachorro bobão – disse com ternura, e dirigiu-se até um galpão próximo ao barranco das dunas.

Após retirar alguns suprimentos, Kingston acenou para que Keir o seguisse até um fosso aberto na areia, revestido com pedras grandes.

Percebendo que a intenção de Kingston era preparar uma fogueira, Keir perguntou:

– Quer que eu recolha um pouco de madeira flutuante?

– Apenas alguns nós, para acender. Para o resto eu prefiro bétula... há uma pilha de toras partidas do outro lado do galpão.

Os dois passaram alguns minutos montando uma fogueira respeitável, colocando primeiro camadas de grama seca e alga marinha, acrescentando outra de nós de madeira flutuante e então uma pilha de bétulas. O procedimento familiar, que Keir fazia com frequência com seus amigos na ilha, ajudou a relaxar um pouco a tensão que sentia no pescoço e nas costas. Ele riscou um palito de fósforo e viu, satisfeito, as chamas capturarem os gravetos e atingirem a madeira com lampejos de azul e roxo.

Kingston parecia não estar com pressa para falar. Tirou os sapatos e as meias, enrolou a bainha da calça até os tornozelos e relaxou em cima de um dos cobertores que pegara no galpão. Keir seguiu o exemplo, sentando-se no próprio cobertor e estendendo os pés descalços em direção ao calor radiante do fogo. Poucos minutos depois, Ajax se aproximou do duque, molhado e cheio de areia, trazendo na boca o que parecia uma pedra redonda.

– Meu Deus, o que é isso? – perguntou Kingston, contrito, estendendo a mão.

Com cuidado, o retriever soltou o objeto em sua mão. Acabaram descobrindo que se tratava de um caranguejo-eremita indignado, retraído firmemente em sua concha. Um conjunto de perninhas e um par de pedúnculos oculares emergiu quando o caranguejo pôs-se a investigar o novo terreno.

Kingston deu um leve sorriso, então se levantou com agilidade e foi colocar o caranguejo-eremita na beirada de uma poça de maré ali perto. Com cuidado, ele o posicionou perto de uma fenda rochosa para a qual o animal poderia recuar em busca de proteção.

Ao retornar para se acomodar perto da fogueira, Kingston disse, zombeteiro:

– Ajax, aqui! Você já incomodou o suficiente a vida selvagem local.

Ajax se deixou cair ao lado dele e o duque acariciou a cabeça que o cachorro repousara em sua coxa, passeando distraidamente os dedos longos ao redor das orelhas caídas.

Keir o observava com um interesse crescente, presumindo que Kingston simplesmente atiraria o caranguejo desafortunado na direção do mar. Nenhum dos amigos de Keir teria pensado em qualquer outra coisa senão deixá-lo ao alcance de alguma gaivota em busca de comida. Mas demonstrar consideração por um bicho insignificante... se dar o trabalho de levá-lo a um local seguro... isso revelava algo inesperado sobre o caráter daquele homem: consideração pelos mais frágeis, pelos vulneráveis.

Keir já não sabia bem o que pensar de Kingston. Um aristocrata com fortuna e posição impressionantes, famoso por seu passado decadente... um pai devotado e um marido leal... não parecia possível conciliar essas duas versões. E ali estava ainda outra versão: um homem relaxado diante da fogueira, na praia com o cachorro e os pés descalços cheios de areia, como se fosse um ser humano comum.

Os pensamentos de Keir foram interrompidos quando um criado emergiu da passagem baixa e se aproximou trazendo um pequeno baú de madeira polida, que entregou ao duque.

– Obrigado, James.

– Vossa Graça, devo...

– Não, eu cuido disso – disse o duque, gentil.

– Como quiser, Vossa Graça.

Sem mais delongas, o criado fez uma mesura e voltou pela passagem baixa com os sapatos cheios de areia.

Kingston abriu o baú e puxou uma garrafinha de uísque. Então a ergueu, arqueando as sobrancelhas com um ar inquisitivo, e perguntou:

– Muito cedo?

Keir sorriu, pensando em quão subitamente a manhã se tornara melhor.

– Não para um escocês.

Com ansiedade, observou Kingston despejar a bebida em dois copos de cristal.

Segurando o copo agradavelmente pesado, Keir estudou com apreço a coloração âmbar reluzente. Então o girou e inclinou a cabeça para sentir o aroma.

E ficou sem ar.

Segurou o copo com mais força. Atordoado, Keir se perguntou como um aroma poderia ir direto à parte do cérebro onde vivia a memória.

Aquele uísque fazia parte de um lote especial produzido pelo pai, armazenado por quarenta anos. Para seu horror, um imenso nó se formou em sua garganta e uma pressão quente se acumulou no canto dos olhos.

– Você levou amostras até o Jenner – disse o duque. – Calhou de eu estar lá naquele dia, e conversamos rapidamente. Está lembrado?

Keir balançou a cabeça.

– Meu gerente encomendou todas as 299 garrafas do Tesouro de Lachlan – prosseguiu Kingston. – Para minha infelicidade, o lote inteiro foi destruído no incêndio do armazém. Menos as amostras – disse ele, indicando o copo. – A Lachlan MacRae.

Que inferno, pensou Keir. Ele acabara de ser pescado com a mão.

Inspirar a fragrância seca, amadeirada e suave do uísque de seu pai deu a ilusão de que ele estava ali. Keir quase podia ver o rosto envelhecido e os olhos pretos de Lachlan brilhando, bem-humorados. Quase podia sentir os braços compactos e magros que um dia o abraçaram com tanta força.

Ele bebeu, e o calor suave passou por cima do tremendo nó em sua garganta.

170

– Se eu tivesse sabido de você, Keir – disse Kingston, baixinho –, eu o teria assumido e criado com cuidado e devoção. Você teria sido uma alegria para mim. Desde o momento em que recebi aquela carta de sua mãe, experimentei inúmeros sentimentos, da fúria ao medo, imaginando como seria a sua vida. Meu único consolo em meio a tudo isso foi ter descoberto que MacRae foi um pai amoroso. E, por conta disso, se ele estivesse vivo, eu beijaria seus pés.

Keir deu um sorriso torto, olhando para o conteúdo do copo. Começou a relaxar.

– Você não diria isso se visse os pés dele.

Kingston riu, e Keir reparou em algo nos olhos daquele homem que não tinha percebido até então. Um brilho sereno de compreensão e preocupação. Um olhar paterno. Ser o foco daquilo... não era nada mau.

E, sentados ali na praia, ouvindo a agitação sem fim das ondas, com o sabor do uísque de Lachlan MacRae nos lábios... eles enfim puderam conversar.

CAPÍTULO 24

Merritt não nutria a ilusão de que o tio conseguiria persuadir Keir a ficar em Heron's Point. Ela vira a tensão na postura de Keir à mesa do café da manhã, a maneira como ele apertava as mãos. Tinha a aparência de um homem com os nervos em frangalhos. A não ser que ele fosse acorrentado a uma peça de mobília pesada, não havia como impedi-lo de partir, apesar do perigo que o espreitava.

Merritt presumiu que poderia planejar a própria partida.

Uma sensação de pura melancolia se aproximava, como nuvens de tempestade. Ela não podia evitar ser absorvida.

Antes de retornar para Londres, iria a Hampshire. Precisava ver a família, especialmente sua mãe, que a cercaria com seu afeto e sua vivacidade inesgotáveis. A mãe lhe daria um abraço apertado, perguntaria a respeito de cada detalhe, mandaria vir uma travessa de doces, pediria ao mordomo que servisse vinho, e elas conversariam por horas. A vida pareceria tolerável outra vez. Sim, Merritt iria para Stony Cross Park no dia seguinte pela manhã. Iria para casa.

Apegada à decisão, ela escreveu um telegrama, despachou um criado para postá-lo e foi buscar um lugar silencioso para ler sua correspondência. Acomodou-se na sala de tapeçaria, um espaço aconchegante com painéis de madeira e tapeçarias francesas em cores vivas. Sentada a uma pequena mesa de madeira dourada diante da janela, leu uma carta bem detalhada que Luke enviara a respeito de uma reunião com executivos da seguradora. Ele falava também sobre o posicionamento de uma embarcação em um dique seco para efetuar reparos e a estimativa de um empreiteiro para a construção de um novo armazém alfandegado.

Luke estava se saindo um administrador e tanto, pensou Merritt com orgulho. Confiável, atento aos detalhes, confiante em se orientar por um caminho difícil. Um líder nato. Ela não podia imaginar a empresa em melhores mãos do que as dele enquanto ela mesma rumava para a próxima fase da sua vida, qualquer que viesse a ser.

Merritt podia ficar em Londres, cercar-se de pessoas, ir a jantares e festas e se tornar benfeitora de causas nobres. Mas isso seria muito parecido com o que tinha sido sua vida com Joshua e essas eram coisas que ela já deixara para trás. Queria algo novo, algo desafiador.

Antes de tomar qualquer decisão, talvez ela pudesse viajar para o exterior. Itália, Alemanha, Espanha, Grécia, China, Egito... Poderia visitar as sete maravilhas do mundo e fazer um diário. Quais *eram* as sete maravilhas? Tentou se lembrar do poema que uma governanta uma vez lhe ensinara... *Primeiro as pirâmides, que no Egito se encontram... Próximas ao jardim da Babilônia, que Amitis criou...* Parando para pensar a respeito, quem tinha elaborado essa lista afinal de contas? Em um mundo cheio de maravilhas, sete parecia um número terrivelmente mesquinho.

A melancolia começou a dominá-la outra vez.

Vou elaborar minha própria lista de maravilhas, decidiu. *Muito mais de sete.* Ela se tornaria uma aventureira. Talvez experimentasse até o alpinismo. Não em uma montanha grande, das que põem a vida em risco, mas uma mais tranquila, com uma hospedaria por perto que servisse o chá da tarde. Ser aventureiro não era sinônimo de sofrimento obrigatório no fim das contas.

Um ruído à soleira chamou sua atenção, e Merritt se virou na cadeira.

Keir estava diante da porta aberta, com um dos ombros largos apoiados no batente e as mãos enfiadas nos bolsos da calça. Tinha uma aparência desalinhada e o corpo flexível e atlético estava cheio de areia. O vento intensificara a cor de seu rosto e os olhos azul-claros estavam tão brilhantes que o contraste era quase espantoso. O cabelo desgrenhado de forma indolente, com mechas claras de sol, quase implorava para ser domado e tocado.

Não havia palavras para descrever a beleza daquele homem.

Keir a encarava com atenção, e Merritt sentiu que seu âmago reverberava como uma gaveta de talheres remexida. Ali estava, ela percebeu. O momento em que ele a deixaria para sempre. De novo.

Seu rosto assumiu a expressão de uma mulher bem-educada demais para desmoronar.

– Como foi? – perguntou ela.

– Melhor do que eu esperava – admitiu Keir, e parou. – Tivemos um leve desentendimento quando eu disse que não mudaria de ideia a respeito de ir embora. Mas ele falou que não tentaria impedir se eu concordasse em me hospedar no clube dele esta noite. Afirmou que estarei seguro lá.

– Você estará – garantiu Merritt.

– Também tive que prometer a ele que deixarei um dos carregadores noturnos ir comigo até Islay – contou Keir, fazendo uma carranca. – E que permitirei que o carregador fique por perto até que Ethan Ransom diga que não estou mais em perigo.

– Acho que um guarda-costas é uma excelente ideia.

– Mas um carregador não é um guarda-costas... é alguém que fica aguardando, não?

– Nem sempre – respondeu Merritt. – Existem muitas áreas perigosas em St. James, então os carregadores do Jenner, em particular os noturnos, são treinados para lidar com todo tipo de situação. Muitos deles são ex-policiais ou seguranças.

A informação não pareceu impressionar Keir.

– Só Deus sabe onde vou colocá-lo – murmurou ele. – Ele terá que dormir no estábulo com as vacas.

Merritt levantou-se e alisou a saia.

– A conversa terminou em um tom agradável? – perguntou ela, esperançosa. – Você e tio Sebastian chegaram a termos amigáveis?

Keir deu de ombros, desconfortável, e entrou no cômodo, observando as tapeçarias.

– Não sei – admitiu. – Ele quer compensar o tempo perdido. Acho que ele tem essa ideia de lapidar um diamante bruto.

– E você não quer ser lapidado? – perguntou Merritt, com delicadeza.

– Não sou um diamante, para começo de conversa.

Ela sorriu enquanto ia até ele.

– Eu discordo.

Ele exalava uma cativante mistura de aromas terrosos: fumaça, ar marinho, um toque de cachorro molhado e o cheiro forte e doce de uísque no hálito.

– Sei que não sou um qualquer – disse Keir –, mas sou diferente. Minha vida me serve bem... Por que mudar qualquer coisa?

Enfiando ainda mais as mãos nos bolsos, ele franziu a testa e começou a andar.

– Falei a Kingston para encerrar a validação do testamento – murmurou. – Se eu renunciar à herança, que eu nunca quis, para começo de conversa, Ormonde não terá por que se livrar de mim.

– Mas a herança é seu direito nato – protestou Merritt. – Sua mãe queria que você a recebesse e...

– Isso é o que Kingston diz.

– ... lorde Ormonde ainda pode tentar matá-lo de qualquer forma.

– Ele também disse isso.

Parecendo contrariado, Keir abaixou a cabeça e passou os dedos pelo cabelo rente à nuca.

– Mas não entendo por que Ormonde faria isso se eu deixar que ele fique com a herança.

Então Kingston não contara a Keir que, assim que fosse reconhecido legalmente como filho de Cordelia, ele também se tornaria herdeiro por direito de um viscondado e da propriedade Ormonde. Merritt ponderou se deveria ou não explicar isso a ele. Não... eles não poderiam se despedir nesses termos.

– Em dado momento ele levou a mão ao colete – prosseguiu Keir – e tirou um pequeno cadeado preso à corrente de um relógio.

– O que corresponde à chave da sua mãe?

– Sim. Ele perguntou se eu queria tentar colocar a chave nele.

– E você? – perguntou ela, gentil.

Keir balançou a cabeça negativamente. Ficou ainda mais vermelho, com um olhar agitado e culpado.

174

Merritt foi inundada por ternura ao refletir que, sem ter culpa alguma, Keir fora colocado em uma situação que não oferecia escolhas fáceis.

– Tenho certeza de que você está preocupado com todas as coisas que essa chave pode destrancar – disse ela. – Como não estaria? Desde o dia em que chegou à Inglaterra você vem enfrentando mais turbulência e dor do que qualquer um de nós jamais conheceu. Você precisa de tempo para se recuperar e refletir sobre tudo isso. Em algum momento, saberá qual a coisa certa a fazer.

Ele relaxou os ombros e se virou para encará-la plenamente.

– O que você vai fazer?

Merritt buscou um sorriso.

– Não precisa se preocupar comigo. Acho que vou traçar planos para uma viagem ao exterior. Luke vai cuidar de todos os trâmites relacionados ao seguro do armazém e garantir que você seja ressarcido.

Keir balançou levemente a cabeça para indicar que não estava preocupado com isso.

O repique de meia hora do relógio de parede flutuou com tanta suavidade quanto uma bola de sabão. Merritt sentiu o coração afundar, ancorando-a tão profundamente naquele momento de perda que tinha a sensação de que nunca mais conseguiria seguir em frente e sentir outra coisa.

– Você deve partir em breve se quiser chegar à estação a tempo.

– O duque disse que Culpepper arrumaria meus pertences. Só preciso me lavar antes de ir.

Ela sorriu para ele às cegas.

– Vamos nos despedir aqui, está bem? Estou oficialmente desobrigando-o de nosso noivado. Você foi um noivo muito agradável – disse Merritt, fazendo uma pausa para lançar um olhar zombeteiro de reprovação –, embora eu ache que deveria ter tentado me beijar ao menos uma vez.

– Só não fiz isso porque tenho juízo.

Ele deu um leve sorriso, passeando o olhar por Merritt inteira, de modo a coletar cada detalhe.

– A Escócia tem uma longa tradição em disputas de fronteira, sabe? Existem muitas formas de se atacar uma fortaleza: aríetes, torres de cerco, canhões... mas a melhor estratégia é esperar.

Keir esticou a mão para tocar um cacho solto do cabelo dela e o prendeu com delicadeza atrás de sua orelha.

– Cedo ou tarde, a ponte levadiça terá que ser baixada, e é nesse momento que os invasores forçam a entrada.

Os olhos dele a prenderam em um calor prateado.

– Se eu deixasse você passar pela minha guarda, Merritt... eu estaria acabado.

– Que sorte a nossa por isso não ter acontecido, não é? – disse ela, sabe--se lá como.

Keir tomou-lhe as mãos e as ergueu até os lábios.

– Lady Merritt Sterling... – disse ele com uma voz ligeiramente rouca. – Eu lhe devo minha vida. E, embora eu não devesse dizer... Você é tudo o que sempre quis em uma mulher, e mais.

Os dedos de Keir a apertaram mais um pouco, até que ele a soltou e acrescentou:

– Esse "mais" é que é o problema.

~

– Acho que todos concordamos que essa foi uma visita peculiar – observou Phoebe, secamente, enquanto a carruagem que seguia pela estrada se afastava de Heron's Point.

Atrás deles vinha outra carruagem que levava a babá, a ama-seca e o criado. Ela aconchegou Eden no colo, balançando com delicadeza um chocalho de madeira entalhada. O olhar da bebê seguiu o brinquedo com uma atenção absorta.

– Eu queria tanto que minha mãe estivesse aqui – continuou Phoebe. – Você iria adorá-la... todos a adoram. Mas suponho que ainda seja muito cedo para você começar a conhecer o resto da família.

– Talvez eu nunca queira conhecê-los – respondeu Keir.

Phoebe olhou para ele, pensativa.

– Merritt comentou que qualquer um no seu lugar estaria sobrecarregado e que devemos deixar que você dite o ritmo. Mas acho bom você saber que não vou deixar que desapareça para sempre dentro da famosa neblina escocesa. Você precisa de uma irmã e por acaso eu sou excelente nesse aspecto.

Keir assentiu distraidamente. A menção do nome de Merritt infundira em seu sangue uma energia inesgotável.

Depois de se despedir dela na sala de tapeçaria, Keir tinha ido se banhar e colocar a roupa de viagem que Culpepper arranjara para ele. Eram roupas confeccionadas *exclusivamente* para viajar, enfatizara o pajem, pois eram feitas de tecidos mais pesados e escuros, próprios para suportar as dificuldades e a sujeira da jornada.

Quando chegou o momento de se encaminharem para a estação de trem, Kingston fora até a entrada da frente para vê-los partir. Ele ajudara Phoebe a subir com Eden na carruagem e então voltara-se para Keir.

– Vou visitá-lo em breve em Islay – dissera o duque em um tom de quem não aceitaria argumento. – Mandarei informações assim que recebê-las de Ransom. Nesse meio-tempo, não se arrisque e mantenha nosso acordo em relação ao carregador, sim? Já telegrafei para um dos gerentes do clube, ele cuidará de tudo. – Para a surpresa de Keir, o duque lhe entregou sua carteira. – Creio que isto é seu.

Estava recheada com um gordo maço de notas do Banco da Inglaterra.

– O que é isto tudo? – perguntou Keir, inexpressivo.

– Você vai precisar de dinheiro para a viagem. E, por Deus, não discuta, está bem? Já fizemos muito isso hoje.

O duque pareceu satisfeito ao ver Keir colocar obedientemente no casaco a carteira recheada.

– Se cuide, meu rapaz. Fique alerta e não baixe a guarda.

– Sim. Obrigado, sir – respondeu Keir em um tom respeitoso que ele teria usado com Lachlan.

Trocaram um aperto de mãos, um bom e sólido aperto de incentivo e conexão.

Keir olhou pela janela da carruagem. Os cavalos seguiam pela estrada de cascalho com aceleração crescente. Ele estava feliz por finalmente se ver a caminho de casa, mas ao mesmo tempo... sentia-se desconfortável na própria pele. Era uma sensação confusa, lembrava o modo como as algas, com suas tiras rígidas e longas, podiam enredar um nadador imprudente no litoral de Islay. Era difícil relaxar. Músculos aleatórios em seus braços e pernas estremeciam com a necessidade de caminhar ou correr, mas ele não podia fazer nada além de permanecer sentado.

– O que vai fazer a respeito de Merritt? – perguntou Phoebe.

– Nada – disse ele, rude.

– Você não vai escrever? Fazer uma visita?

Ele balançou a cabeça.

– Este é o fim.

– Suponho que seja melhor assim. Embora vocês dois pareçam ter... qual é a palavra... afinidade?

Keir lhe lançou um olhar sombrio.

– Peixes nadam, pássaros voam. Um não tem nada a ver com o outro.

– Mais uma analogia com peixe – admirou-se Phoebe.

A carteira cheia demais estava incomodando Keir, então ele levou a mão ao bolso do casaco e a puxou. Pensativo, começou a examinar as notas e viu que eram de diversos valores... De uma libra, cinco, dez... Eram tantas que não era possível manter a carteira dobrada. Ele daria algumas para o criado e para os condutores da carruagem, decidiu, e começou a remover aquele bolo da carteira.

Nesse momento, um pedacinho de papel caiu de um dos compartimentos e voou até o chão da carruagem, como a frágil folha de uma sorva. Com esforço, Keir levou uma das mãos às costelas e se abaixou para recuperá-lo. Depois endireitou-se e o olhou com curiosidade.

Mr. Keir MacRae   *Lady Merritt Sterling*

Os nomes tinham sido datilografados... Mas por quê?... Para quê?...

Fragmentos de memória rodopiaram em sua mente... pensamentos giravam além do seu alcance. Enquanto lutava às cegas para tentar reter alguma coisa, encontrar sentido naquele tumulto, Keir ouviu a voz de Merritt... *Fique uma noite. Apenas uma...* e ali estavam o cheiro da chuva, a escuridão fria da noite, o calor de uma cama... as curvas cheias e macias dos seios de uma mulher, o abraço quente do corpo dela puxando o dele, contraído em uma pulsação voluptuosa, o clímax maravilhoso e devastador enquanto ela gritava o nome dele. E de repente ali estava a visão dela à luz de velas, as chamas dançando sobre as poças de cera derretida, lampejos dos olhos, do cabelo, da pele dela... a liberdade gloriosa de se entregar inteiramente, de dizer tudo, de serem engolfados por um prazer inesgotável. E o desespero de partir, a dor física de colocar uma distância entre eles, a sensação de ser puxado para o fundo do mar e de lá, das profundezas, observar o céu inalcançável e não poder respirar. *Tec.* Ele viu a ponta do dedo de lady Merritt apertar uma tecla da máquina de escrever. *Tec. Tec.* As varetinhas de metal batendo levemente na fita de tinta, as letras surgindo.

Keir respirava com dificuldade e segurava com força o pedacinho de papel. Seu cérebro se organizava e revirava, as engrenagens se alinharam, provocando o giro de uma chave, e então algo se desbloqueou.

– Merry – disse alto, com a voz instável. – Meu Deus... *Merry*.

Phoebe o observava com preocupação, estava perguntando algo, mas ele não conseguia ouvir nada além das batidas selvagens do próprio coração.

Virando-se depressa demais no assento, Keir ignorou a fisgada de desconforto nas costelas ao martelar com a lateral do punho o painel da cabine do condutor. Assim que a carruagem parou na estrada, ele disse a Phoebe bruscamente:

– Pode seguir sem mim.

Antes que ela pudesse responder, ele saltou da carruagem e voltou correndo para a casa, a toda a velocidade.

CAPÍTULO 25

Depois que Keir e Phoebe partiram rumo à estação de trem, Sebastian voltou para dentro de casa com o intuito de terminar de ler os relatórios dos administradores da propriedade. Mas hesitou na soleira do escritório, relutando em retornar à mesa. Sentia-se muito frustrado. Tinha ido contra cada instinto seu ao permitir que o filho, ainda em recuperação, saísse de baixo de suas asas. Keir era um alvo, e ainda que não houvesse ninguém o caçando naquele momento, em breve haveria. Lorde Ormonde se certificaria disso.

Pensando naquele desgraçado egoísta, em suas feições angulosas, no inferno que ele deve ter feito na vida de Cordelia e, principalmente, em como ele quase conseguira matar Keir, Sebastian foi dominado pelas chamas brancas e geladas da fúria. Ir atrás de Ormonde e espancá-lo pessoalmente era uma tentação profana. No entanto, assassinar Ormonde, ao mesmo tempo que seria imensamente satisfatório, poderia ter consequências que não eram muito do agrado de Sebastian.

Por que Ethan Ransom estava demorando tanto para mandar um relatório, droga? Por que o matador de aluguel não tinha sido capturado e interrogado até agora? Esse homem não poderia simplesmente ter se desintegrado no ar. Reflexivo, Sebastian flexionou os músculos tensionados dos ombros e esfregou a nuca.

Droga, pensou, cansado, *Evie faz muita falta.*

Quando sua mulher estava longe, o que felizmente era quase nunca, o mundo parava de girar, o sol escurecia e a vida se tornava um exercício melancólico de resistência até que ela retornasse.

No começo do casamento, Sebastian nunca imaginara que uma jovem solitária, tímida e desajeitada, que gaguejava desde a infâncias, acabaria exercendo aquele poder espantoso sobre ele. Mas Evie demonstrara imediatamente sua vantagem ao deixar claro que ele nunca teria nada dela – nem seu afeto, nem seu corpo, nem sequer seus pensamentos – a menos que os conquistasse. Nenhuma mulher antes o desafiara a ser digno dela. Aquilo o fascinara e excitara. Fez com que ele a amasse.

Agora só restava contar as noites que faltavam – quatro, para ser mais exato –, noites em que acordaria no meio da madrugada tateando às cegas o espaço vazio ao seu lado. E as horas – por volta de 96 – até que Evie estivesse em seus braços outra vez.

Era muito degradante definhar pela própria esposa, meu Deus.

Fora ele que encorajara Evie a aceitar o convite de sir George e lady Sylvia Stevenson, o recém-nominado embaixador britânico e sua esposa. Os Stevensons e seus filhos tinham se estabelecido havia pouco tempo na magnífica embaixada na rue de Fauborg Saint-Honoré, apenas algumas portas de distância do Palácio Élysée. *Traga Seraphina e Ivo também*, escrevera lady Sylvia. *As crianças ficarão muito felizes por terem amigos aqui na casa nova e, além disso, Paris no outono é de uma beleza incomparável.*

Embora Evie tivesse enviado uma torrente de cartões-postais e cartas nas últimas três semanas, palavras escritas eram um parco substituto do som da voz dela, de seus beijos pela manhã e das peculiaridades que só um marido conhece. A maneira adorável como os dedos se agitavam sempre que ele tocava seus pés. E a maneira como ela andava levemente saltitando quando estava muito feliz ou empolgada com alguma coisa.

Deus, ele precisava dela de volta em sua cama. E precisava logo. Enquanto isso, tentaria se exaurir até não pensar mais em Evie.

Decidiu nadar.

Depois que as carruagens se foram, Merritt se retirou para a privacidade de seu quarto e sentou-se em uma poltrona de canto confortável, tendo o que sua mãe sempre chamava de "dois lencinhos encharcados". Ela chorou, secou os olhos molhados e assou o nariz. Em poucos minutos, o pior já tinha passado. Ela se recostou na poltrona e uma sensação embotada de tranquilidade tomou conta dela.

– Pronto – disse em voz alta, segurando um lenço encharcado. – Pronto. Agora devo encontrar alguma coisa para fazer.

Quem sabe ela não pudesse começar a criar sua lista de maravilhas? Com toda a certeza, ela acrescentaria a Grande Muralha da China no itinerário. Para sua decepção, um novo nó se formou em sua garganta e mais uma lágrima escorreu. Mais um momento de dor se anunciava, pronto para estourar outra vez.

Deus do céu, ela precisava parar com aquilo.

Merritt se levantou e foi pegar mais um lencinho no guarda-roupa, mas parou ao ouvir uma comoção vinda de algum lugar na casa. Meu Deus, será que alguém tinha se machucado? Era uma discussão? Seguiu-se o barulho de uma porta sendo aberta... pés martelando a escada... um grito rouco que parecia chamar o nome dela.

Assustada, Merritt se virou no exato momento em que alguém abriu a porta do quarto de supetão, sem bater.

Era Keir, enorme e desgrenhado, ofegando com a força de um martinete, como se estivesse correndo para salvar a própria vida. Ele ficou imóvel, e seu olhar fixo fez com que cada pelo do corpo dela se arrepiasse.

– O que aconteceu? – perguntou Merritt, completamente atordoada. – Por que você está aqui? Você... você vai perder o trem.

– Merry.

Arrepios de surpresa desceram por sua espinha. Ela não conseguiu emitir som algum, apenas observar de olhos arregalados enquanto ele caminhava em sua direção.

Respirando com dificuldade, Keir pegou a mão dela e colocou algo em sua palma.

O olhar dela pousou no pedaço de papel tremulante, e Merritt viu os nomes de ambos datilografados.

Sem forças, deixou o papel cair. Então olhou nos olhos dele, claros e ardentes como duas estrelas gêmeas. Ah, meu Deus... ele havia se lembrado...

– Keir – disse ela, tentando parecer muito calma –, agora não importa mais. Já está tudo arranjado. Aquela noite foi uma distração para nós dois, uma distração maravilhosa, mas... não há necessidade de fazer tempestade em copo d'água. – Ela parou, pensando que não devia ter dito a coisa certa. – Keir...

Mas as palavras foram eclipsadas quando ele a puxou para junto de si e tomou seus lábios.

Em algum lugar para além daquele quarto, a vida passava depressa como o que era visto pela janela de um trem, desfazendo-se em um insano borrão colorido. Mas ali dentro dos braços dele o tempo havia parado. Os minutos se incendiaram e se desfizeram em fumaça. Havia apenas a urgência do abraço de Keir, os beijos crus e potentes, a força daquele homem ao redor dela. Ela jamais imaginou que voltaria a se sentir assim.

As mãos dela tocaram o pescoço dele, e os dedos se enredaram nos fios curtos e espessos na nuca. O rosto firme e liso de Keir dava uma sensação diferente das cócegas que a barba áspera havia causado. Os lábios, no entanto, eram os mesmos: cheios, sensuais, abrasadores. Ele a consumiu lentamente, buscando fundo com a língua a cada beijo. Espasmos selvagens a percorreram, deixando suas pernas fracas a ponto de ela precisar se apoiar nele para continuar de pé. Quando sua cabeça inclinou-se para trás, uma última lágrima escorreu pelo canto de seu olho até a linha do cabelo. Os lábios dele seguiram o rastro salgado, absorvendo o gosto.

Keir aninhou a face dela em sua mão, soltando um sussurro trêmulo que repousou, cálido, na bochecha dela.

– Merry, meu amor... luz do meu coração, afago da minha alma, gota do meu honrado sangue... você deveria ter me contado.

Merritt ouviu a própria resposta débil, como se estivesse longe.

– Eu pensei que... em algum lugar da sua mente... talvez você quisesse esquecer.

– Não.

Keir a apertou, aninhando-se ainda mais contra o cabelo dela e desarrumando os cachos presos.

– Nunca, meu amor. A lembrança ficou além do meu alcance por um instante, só isso.

Keir passou a mão lentamente pelas costas dela, para cima e para baixo.

– Maldição... Sinto muito por ter tentado manter você longe de mim durante esse tempo. Eu não sabia que você já estava dentro do meu coração – disse ele, e, com escárnio, acrescentou: – Lembre-se, eu tive que pular de uma janela a três andares de altura com quase nada para amortecer a queda além da minha própria cabeça dura.

Tomando-lhe uma das mãos, ele pressionou a palma dela contra seu coração.

– Mas você ainda estava aqui. Seu nome está entalhado profundamente, e nem um milhão de anos poderiam apagá-lo.

Completamente desnorteada, Merritt enterrou o rosto no peito dele.

– É impossível – disse ela, desesperada. – Você não devia ter voltado. Nós não temos futuro. Eu não seria feliz na sua vida, e você não seria feliz na minha.

Embora as palavras tenham ficado abafadas em sua camisa, Keir conseguiu decifrá-las. Com delicadeza, ele perguntou:

– Você seria feliz sem mim?

Merritt engoliu em seco com dificuldade.

– Não... Juntos ou separados, estamos condenados.

Keir pôs uma das mãos sobre a cabeça dela e a aninhou ainda mais em seu abraço. Ela sentiu um tremor percorrê-lo e, por um momento, pensou que ele pudesse estar chorando. Mas não: ele estava *rindo*.

– Você acha isso divertido? – perguntou ela, indignada.

Ele balançou a cabeça, engolindo uma risada, e pigarreou.

– Eu só estava pensando que, já que estamos condenados de qualquer maneira... podemos então ficar juntos, não acha?

Antes que Merritt pudesse responder, Keir a beijou, obtendo uma resposta que ela não podia conter. Ela não tinha mais nada sob controle. Estava efusiva como uma adolescente, maravilhada com novas emoções, disposta a jogar tudo para o alto em nome daquele amor. Ela nunca sentira nada assim antes, nem mesmo na adolescência.

Keir a beijava com mais intensidade agora, extasiando-se aos poucos, deixando que ela sentisse sua fome, sua necessidade. Eram beijos inacreditavelmente longos e sensuais... às vezes lânguidos, às vezes ferozes... beijos que faziam promessas impossíveis.

Um suspiro áspero arranhou a garganta dele quando seus lábios roçaram no rosto dela.

– Merry... Preciso contar o que aquela noite significou para mim. Como foi lindo... como você satisfez a sede da minha alma.

– Keir... Talvez seja melhor não confundirmos o ato físico com sentimentos mais profundos.

Ele recuou para olhá-la com a testa franzida.

– Não estou falando sobre a hora em que trepamos.

Merritt se encolheu como se tivesse recebido água gelada em seu rosto.

– Pelo amor de Deus, não coloque nesses termos, por favor.

As sobrancelhas dele se ergueram ligeiramente diante da veemência dela.

– Como devo falar então?

Depois de pensar em várias possibilidades, ela sugeriu:

– Dormir juntos?

Ele pareceu cheio de sarcasmo.

– Nenhum de nós pregou o olho.

– Então... "quando tivemos relações".

Ele bufou, obviamente odiando aquilo.

– A palavra que usei significa a mesma coisa e é mais curta.

– Bem, aonde você queria chegar? – insistiu Merritt.

– Ah, sim. O que tornou aquela noite tão especial foi o fato de termos conversado por horas, apenas nós dois. A facilidade com que isso aconteceu... foi como boiar no mar.

Um devaneio suave surgiu em seu olhar enquanto ele prosseguia:

– Estávamos em um mundo próprio. Eu nunca senti isso com ninguém, mas sabia que podia lhe contar coisas que não tinha contado para outra pessoa. E quando dormimos juntos... isso também foi parte da conversa, só que sem palavras.

Merritt não sabia o que dizer.

Ele precisava parar de falar coisas maravilhosas e amáveis com aquele sotaque e de ficar ali com aquela mecha dourada caindo por cima dos olhos... Como uma mulher poderia pensar com clareza nessa situação?

Ela se aproximou e puxou o rosto dele para si, calando-o com os lábios. Apenas como uma medida necessária para que ele parasse de falar. Não que ela o desejasse. Não que o calor sedoso e delicioso da boca de Keir fosse impossível de resistir. Imagine.

Ele a envolveu com um gesto instintivo, selando os lábios nos dela, explorando-a com uma fome ávida, acariciando e provocando, causando pontadas de satisfação. Keir deslizou uma das mãos até a base da coluna de Merritt, mantendo-a pressionada bem perto dele. Merritt percebeu toda a dureza daquele corpo masculino e o formato agressivo da ereção provocou nela um calor intenso ao lembrá-la de como era ser preenchida por ele.

Mortificada pela consciência de que ficara úmida, com sua carne íntima latejando, Merritt lutou para sair dos braços dele.

Keir a libertou com uma risada sem fôlego.

– Cuidado, moça. Até a mais leve cotovelada me nocautearia neste momento.

Ela foi até a janela e pressionou a face ardente no vidro gelado.

– Isso é loucura – disse ela. – Vidas são arruinadas assim, sabia? As pessoas se deixam levar pelo prazer do momento, não param para pensar nas consequências. Há muitos motivos pelos quais não devemos ficar juntos, Keir, e o único que existe para ficarmos nem sequer é razoável.

– Basta um.

– Você sabe que não é verdade, caso contrário não teria se esforçado tanto para não se apegar a mim.

– Não se trata de se apegar ou não – disse ele, bruscamente. – Você já está no meu sangue.

Keir aproximou-se da janela e recostou o ombro na moldura. A luz suave do outono dourou os ângulos fortes e atraentes do seu rosto quando ele retomou a fala:

– Eu não teria partido no trem de hoje, Merry. Eu teria voltado, mesmo que não tivesse lembrado daquela noite. Menos de um minuto depois que a carruagem entrou na estrada, eu já me sentia assustado com o que estava acontecendo. Parecia errado deixar você. Não era natural. Meu corpo só aguentou até uma certa distância do seu.

Merritt se obrigou a se afastar dele e ir até a pia. Sem jeito, jogou um pouco de água gelada em uma tolha de mão de linho.

– Sempre me orgulhei do meu bom-senso – murmurou ela. – Sempre tive opiniões definitivas a respeito do casamento e esperei durante anos até encontrar um homem que tivesse a maioria das qualidades em minha lista.

– Você tinha uma lista? Como uma lista de compras?

Pelo tom dele, ficou claro que Keir considerou aquela ideia divertida e tola.

– Eu organizava meus pensamentos – respondeu Merritt, segurando uma compressa contra os olhos inchados e doloridos. – Ninguém oferece um jantar sem primeiro elaborar um menu, certo?

Keir aproximou-se dela por trás, estendendo os braços para colocar cada uma das mãos de um lado da pia.

– Nunca ofereci um jantar – comentou ele, inclinando-se para beijar sua nuca, e Merritt sentiu o contorno do sorriso dele em sua pele. – Quão bem eu me encaixo em sua lista? – perguntou ele, arrepiando os pelinhos da nuca com seu hálito. – Nem um pouco, aposto.

Merritt pousou a compressa e recostou na pia, virando de frente para ele.

– Um destilador de uísque vindo de uma remota ilha escocesa não era o que eu tinha em mente, admito.

Keir deu um sorriso torto.

– Mas você não teve como evitar.

– Não – admitiu ela. – Você é perfeito do jeito que é. Eu não iria querer mudá-lo.

– A vida muda todos – observou ele. – Não sou exceção. Nunca sabemos o que nos espera.

Isso fez com que Merritt se lembrasse de um assunto que precisava ser discutido. Ela cruzou os braços diante de um súbito calafrio.

– Keir, sua memória já voltou totalmente ou apenas parte dela?

– Está voltando aos poucos, como se eu estivesse montando um quebra-cabeça. Por quê?

– No dia em que mostrei a você o aposento no armazém, eu contei o motivo pelo qual não tive filhos com Joshua. Você se lembra do que eu disse?

Keir balançou a cabeça.

– Sou estéril – disse ela, sem rodeios, apertando os próprios braços com os dedos. – Pouco antes de Joshua morrer, eu fui a um especialista em Londres para descobrir por que não conseguia engravidar.

Merritt fez uma pausa, tentando se lembrar dos termos que o médico usara... *fibroide uterino*... Mas naquele momento não era necessário entrar em detalhes.

– Depois do exame, ele disse que eu tinha um problema no útero... Isso não coloca a minha saúde em risco, mas... é praticamente impossível que eu venha a engravidar. Se eu quisesse ser mãe, deveria ter tentado muito antes, segundo ele, e talvez então houvesse alguma chance. Quando finalmente me casei, no entanto, já era tarde demais.

Keir não esboçou reação. Depois de um longo silêncio, ele perguntou, com delicadeza:

– O que seu marido disse?

– Joshua ficou devastado. Era difícil para ele aceitar que nunca teria filhos de sangue, ninguém para herdar o negócio que construíra. Ele não me culpou de modo algum, mas foi a maior decepção de sua vida. Aquilo o deixou profundamente melancólico. Tentei confortá-lo, mas era impossível, já que era eu a causa da tristeza. Foi por isso que ele partiu em sua última viagem... Ele achou que passar um tempo longe de mim, para rever a família e os velhos amigos de Boston, talvez o animasse um pouco. Então, de certa forma, a morte dele foi...

Merritt parou, surpresa com as palavras que quase saíram.

Culpa minha.

Nos dias e semanas após a morte de Joshua, Merritt descobriu que o luto não era um sentimento único; era, sim, feito de muitas camadas, cimentadas com diversos *e se*. E se ela não fosse estéril. E se ela tivesse consolado Joshua de um jeito melhor, e se tivesse evitado sua depressão para que ele não precisasse partir. E se ela nunca tivesse se casado com ele, para começo de conversa, Joshua teria outra esposa e ainda estaria vivo.

Ela sabia que, pela lógica, não deveria ser culpabilizada. Aquilo tinha sido um acidente. O navio de Joshua não fora o primeiro a naufragar, nem seria o último. Mas, no fundo, Merritt guardava uma pontinha de culpa, uma farpa tão pequena que poderia ficar alojada no dedo durante anos.

O olhar alerta de Keir absorveu cada mínima variação na expressão dela. Ele soltou um longo suspiro e se afastou da pia muito bruscamente. Então começou a andar pelo quarto, não como alguém imerso em pensamentos, mas como um leão enjaulado.

Merritt sentia-se muito confusa. Keir estava triste por ela? Ou amargamente decepcionado, como Joshua?

Não... pela forma como passava a mão pelo cabelo, pelo rubor intenso e a carranca sombria... Pelo músculo que pulsava no maxilar travado...

– Você está bravo? – perguntou ela, atordoada. – Comigo?

CAPÍTULO 26

Durante anos, o ritual matinal de Sebastian começava com a prática da natação, que não apenas o mantinha flexível e em boa forma como também o ajudava a encarar o dia em um estado de vigilância tranquila. No verão, ele preferia nadar no mar, mas nos meses mais frios sua única opção era praticar em casa. Em uma cidade turística repleta de balneários terapêuticos e recreativos, tinha sido fácil encontrar empreiteiros para construir uma piscina de água salgada em uma das alas da mansão Challon.

O tanque tinha 9 metros de largura por 18 de comprimento e era cercado por uma plataforma de pinho escurecido e piso de ladrilho com mosaicos intricados. O encanamento vindo da cozinha passava por baixo da piscina para aquecer levemente a água enquanto venezianas no telhado de vidro ajustavam a ventilação. Fileiras de vitrais permitiam a entrada da luz, mantendo a privacidade. Para o conforto da família e de convidados, havia vestiários, lavatórios, chuveiros e áreas de descanso com móveis estofados de vime.

Sebastian se despiu ao lado da piscina e jogou as peças em uma espreguiçadeira ali perto. Então mergulhou com perfeição e começou a dar voltas na água com braçadas eficientes. O vaivém tranquilo desanuviou por completo sua mente e logo ele tinha consciência apenas de estar nadando com uma propulsão estável.

Depois de nadar por vinte minutos em um ritmo acelerado, ele sentiu os músculos arderem. Com a respiração pesada, saiu da piscina e foi pegar uma toalha em uma pilha na mesa. Enquanto se enxugava vigorosamente, teve um vislumbre de alguém na outra ponta da piscina. Ficou imóvel ao ver o cabelo acobreado... faces rosadas e olhos azuis... e curvas generosas dentro de um vestido de lã listrado que estava na moda. Cada fibra de seu sistema nervoso recebeu uma injeção de alegria.

– Evie? – perguntou ele, com a voz rouca, temendo que a visão fosse uma alucinação.

Ela olhou para a água e observou com inocência:

– Você estava nadando com tanto afinco que pensei que talvez estivesse fugindo de um t-tubarão.

Sebastian precisou de toda a sua concentração para responder em um tom casual:

– Ora, meu bem – disse ele ao enrolar a toalha ao redor da cintura e prender a sobra na borda para firmá-la. – Você sabe muito bem que *eu* sou o tubarão.

Ele andou até a esposa sem nenhuma pressa aparente, mas, à medida que se aproximava, apertou o passo até abraçá-la com um ardor que quase a ergueu do chão. Evie arquejou, agarrou-se aos ombros dele e o beijou.

Maravilhado por poder saboreá-la e senti-la, Sebastian beijou a esposa demoradamente, terminando com uma mordida suave e provocante no lábio inferior.

– Evie, minha linda, você se lembrou de trazer nossos filhos?

– Sim. Ivo foi procurar Ajax.

Ele arqueou uma sobrancelha.

– Ora, agora o cachorro é mais importante do que eu?

Os lábios de Evie tremeram.

– Falei às crianças que eu queria encontrar você sozinha primeiro. Seraphina ficou bem feliz com a ideia de poder tirar as roupas de viagem e cochilar um pouco.

As mãos dela apertaram os músculos salientes dos braços de Sebastian e ela emitiu um som de apreciação.

– Ora, se continuar se exercitando assim, vou ter que mandar ajustar suas camisas.

– Tem sido meu único recurso – respondeu ele, sombrio. – Estou ardendo neste inferno de privação sexual desde que você me abandonou.

– Abandonei? – repetiu ela, surpresa.

Ele olhou para ela com muita seriedade.

– Você desapareceu no meio da noite.

– Era de manhã, Sebastian – protestou ela.

– Sem dizer uma palavra sobre o lugar para onde estava indo.

– Mas foi você quem providenciou as p-passagens!

– Não tive nem a chance de me despedir...

– Teve, *sim*. Você levou duas horas fazendo isso e por pouco não perdi o trem.

Sebastian abafou uma risada baixinha nos cachos brilhosos da esposa.

– Ah, sim. Eu me lembro dessa parte.

Ele alisou o cabelo dela e começou a beijá-la na testa, mas de repente se afastou para avaliá-la com mais atenção. Com uma expressão de curiosidade, passou um dedo pela testa dela, descendo pelo nariz, e examinou a ponta do dedo em busca de algum vestígio de produto cosmético. Nada.

– O que aconteceu com suas sardas? – perguntou. – *Onde elas foram parar?*

A esposa pareceu muitíssimo satisfeita consigo mesma.

– Sylvia e eu fomos visitar uma especialista em cosmética de Paris. Ela me deu um creme es-especial para a pele.

Sebastian estava genuinamente assustado.

– Você sabe como eu amo suas sardas.

– Elas estarão de volta no verão.

– Isso é um ultraje! Vou entrar com uma queixa formal junto à embaixada. Talvez haja até uma guerra, Evie.

Ele segurou o rosto dela e o virou para lá e para cá delicadamente, não encontrando nada além de uma pele macia e muito branca.

– Olhe só o que fizeram com você – grunhiu ele.

Os olhos azuis dela cintilaram. Estava achando graça.

– Devem ter sobrado algumas... – confidenciou ela.

– Onde?

– Você pode procurar mais tarde.

– Mas antes preciso de alguma prova. Me mostre agora.

Ele a puxou para a espreguiçadeira estofada enquanto ela resistia com uma explosão de risadinhas.

– Aqui não! – disse Evie, tentando distraí-lo com um beijo.

Depois de um longo e delicioso beijo, ela recuou para olhá-lo nos olhos.

– Agora me conte o que aconteceu enquanto estive fora – pediu com delicadeza. – Decidi voltar uns d-dias antes depois de ler sua última carta. Percebi que havia algo errado.

– Fui tão cuidadoso com as palavras, droga.

– Foi por isso que eu soube.

Sebastian abriu um sorriso torto e pesaroso. Então puxou Evie para perto e se aconchegou em seu cabelo, próximo ao seu ouvido.

– Evie, eu o encontrei...

Não havia necessidade de explicar quem era "ele". Ela ergueu os olhos para Sebastian, maravilhada.

– Mais precisamente – prosseguiu o duque –, ele me encontrou. Ficou aqui por quinze dias e foi embora hoje, um pouco antes de você chegar. Não me surpreenderia se sua carruagem tivesse cruzado com a dele.

– Que maravilha! – exclamou Evie, radiante. – Estou tão...

Ela se interrompeu, e uma expressão estranha surgiu em seu rosto.

– Espere. O nome dele é MacRae?

– Exato – respondeu ele, parecendo curioso.

Ele a olhou com um ar inquisitivo.

– Quando estávamos quase chegando, um homem passou por nós na estrada, correndo a toda a velocidade – explicou ela. – Ele veio direto para a porta da frente e entrou, apressado. Mas quando chegamos à entrada principal já não havia mais sinal dele. O mordomo disse que ele era seu convidado... um escocês chamado MacRae.

– Keir MacRae – disse Sebastian distraidamente. – Então ele voltou. Espero que tenha ido procurar Merritt.

– A *nossa* Merritt? – perguntou Evie, parecendo atônita. – Ela está aqui? Como ela conhece o Sr. MacRae?

Sebastian sorriu.

– Temos muito que conversar, amor.

Ele puxou deliberadamente as pontas do lenço de renda que estava enfiado no corpete dela.

– Mas, primeiro, em relação àquelas sardas...

CAPÍTULO 27

Keir ainda não dissera uma palavra, apenas andava de um lado para outro no quarto.

– Eu queria que você parasse com isso – comentou Merritt, desconfortável. – Se pudéssemos sentar e convers...

– Não enquanto estou indignado assim.

– Mas... você não está me culpando por ser estéril, está? – perguntou ela, olhando para ele, arrasada. – Isso não é justo, Keir.

Parecendo ofendido, ele foi até ela em dois passos e a segurou pelos ombros, como se quisesse sacudi-la, mas não o fez. Apenas a segurou, abriu a boca para dizer algo, tornou a fechá-la e tentou outra vez.

– Por que eu me importaria por você ser estéril? – perguntou ele num rompante. – Ora, com quem você pensa que está falando? Meus pais me amaram como se eu tivesse o sangue deles. Eles não tinham menos orgulho de mim porque eu cheguei até eles como um bastardo. Desde o momento em que me acolheram, eu me tornei deles, e eles, meus. Você acha que isso não era de verdade? Que não éramos uma família de verdade?

– Não, eu nunca acharia uma coisa dessas. Você sabe que não! Mas a maioria dos homens quer filhos que deem continuidade ao nome da família e à linhagem.

– *Eu não sou um deles* – rebateu Keir.

Ele não estava propriamente gritando, mas a intensidade em sua voz aborreceu Merritt. Ela hesitou, sem saber como responder.

– Sinto muito – disse enfim, humilde. – Presumi que você tivesse uma opinião bem formada a respeito de ter filhos com seu sangue e... e eu nunca vou poder lhe dar isso.

– Eu não preciso de uma égua reprodutora, preciso de uma esposa.

Ao ver o rosto aflito de Merritt, a impaciência de Keir desapareceu. Com um gemido suave, ele a puxou para o abrigo quente e robusto de seu abraço. Então acariciou o cabelo dela e colocou a cabeça em seu ombro.

– Não são os laços de sangue que unem uma família. É o amor.

Merritt sentia a respiração cálida dele em sua cabeça.

– Quantos filhos você quer? Podemos ter uma dúzia se isso fizer você feliz. Independentemente de onde venham as crianças, o amor será o mesmo. E você seria uma mãe tão boa e admirável... O coração da família.

Os dedos dele desceram até o queixo dela para erguer seu rosto.

– Quanto ao seu falecido marido, eu gostava dele e não quero difamar uma pessoa que não pode se defender. Mas vou dizer o que falaria para ele se estivesse vivo: ele não agiu bem deixando você sozinha e seguindo viagem. A perda dele não era maior do que a sua. Era você quem precisava ser reconfortada.

– Eu tinha família e amigos. Joshua sabia que eles me ajudariam a passar por isso.

– Mas era função do seu marido ajudá-la a passar por isso também.

– Você não sabe como teria agido se estivesse no lugar dele.

– Sei, sim – disse Keir, com firmeza. – Eu teria ficado ao lado da minha esposa.

– Mesmo sabendo que não havia nada que você pudesse fazer por mim? Ele não desviou o olhar do dela.

– Ficar ao seu lado sem fazer nada já seria fazer alguma coisa.

Merritt sentiu o rosto se contorcer enquanto lutava para controlar as emoções.

– Às vezes... – ela fez uma pausa e pigarreou antes de continuar – eu me pego desejando que ele tivesse se casado com uma mulher que pudesse ter lhe dado filhos. Nesse caso, ele ainda estaria vivo.

– Moça, você não tem como saber. Ele poderia ter entrado naquele mesmo navio, no mesmo dia, por um motivo diferente. Ou poderia ter se casado com uma mulher que lhe daria filhos, mas transformaria a vida dele em um inferno.

Keir aninhou o rosto dela em uma das mãos.

– Se ele pudesse, acho que diria como você o fez feliz e lhe pediria que não se lembrasse dele com culpa.

E então, com aqueles olhos marejados e no tom mais claro de azul que há no céu, ele a encarou e disse com delicadeza:

– Ah, meu amor, eu daria minha vida pela dele se trazê-lo de volta a fizesse parar de se culpar.

Ela enrijeceu, apavorada com a ideia.

– Não diga isso.

Keir traçou movimentos circulares com o polegar no maxilar contraído de Merritt.

– Quietinha, agora – murmurou ele. – Nada disso foi culpa sua. Chega de culpa. Prometa para mim que você será gentil consigo mesma como seria com qualquer outra pessoa.

Fechando os olhos, ela aninhou a face na mão dele e assentiu.

– Prometa – insistiu ele.

– Prometo tentar – devolveu ela, com um suspiro trêmulo. – Mas o que fazer agora?

– Em relação a nós? Chegaremos à decisão certa, você e eu. Mais tarde. Agora... vamos para a cama.

Merritt arregalou os olhos.

– Aqui? Agora?

– Estou morrendo de vontade de ter você em meus braços – disse ele. – E por um longo tempo.

– Ah, eu não acho que...

Agitada, Merritt encostou a cabeça no ombro dele.

– Isso não vai resolver nenhum problema.

Keir riu.

– Resolveria pelo menos um dos meus – disse ele, e roçou levemente os lábios na orelha dela. – Posso implorar um pouco, se isso persuadi-la.

– Keir, a primeira vez que fizemos isso já foi um erro...

– Sim, e estou querendo cometê-lo de novo.

Ela ergueu a cabeça e lançou a ele um olhar escandalizado.

– No meio da tarde?

– Ninguém vai ouvir – respondeu ele, com os olhos brilhando de malícia. – Às quintas-feiras, os criados lustram a prataria no andar de baixo, na sala de jantar.

– Ainda assim, eles vão saber – rebateu Merritt, se encolhendo diante da ideia. – Com toda a comoção que a sua volta causou, não é segredo algum o fato de estarmos sozinhos no meu quarto.

– Merry, meu amor... Eu desejo você demais para me importar com o que as pessoas pensam.

Keir sorriu para ela com um encanto que a deixou com a visão turva.

– Venha para a cama, querida. Existem jeitos bem piores de se passar uma tarde.

Uma mulher teria que ser feita de um material muito mais resistente para não ceder naquele momento.

Merritt foi trancar a porta e, quando se virou, viu Keir ao lado da cama, tirando a roupa. O coração batia em descompasso ao observar Keir desabotoar a parte de cima da camisa. Ele tirou a peça pela cabeça, exibindo o torso esguio e musculoso, o peito coberto por um emaranhado de pelos claros e reluzentes. Ela ficava maravilhada com a beleza dele. Mas, ao vê-lo se contrair enquanto abaixava os braços, ela franziu a testa, preocupada.

– Você ainda está se recuperando. Não é muito cedo para isso?

– Não.

– Eu acho que é, sim.

Os olhos dele brilharam, travessos.

– Talvez você devesse pegar o livro do Dr. Kent e ver o que diz lá.

Isso arrancou um sorrisinho dela, mesmo que a contragosto.

– Não me lembro de ver um capítulo sobre esse assunto em particular.

– Ainda bem.

Keir esticou um dos braços e a puxou contra seu peito musculoso.

– Você deve ter trazido o cronômetro, e eu não quero que me apressem.

A risada de Merritt foi interrompida por um beijo profundo. Vestido apenas com a calça, Keir depositou as outras peças de roupa em uma cadeira e, para o divertimento de Merritt, dobrou cuidadosamente a camisa antes de colocá-la no topo da pilha organizada.

Vendo o olhar inquisitivo dela, ele explicou:

– Culpepper fica azedo se amarroto as roupas que ele teve tanto trabalho para passar.

– Estão em bons termos agora?

– Estamos. Conversamos um pouco todas as manhãs enquanto ele faz minha barba.

Keir se aproximou de Merritt e a virou de costas para desamarrar seu vestido, projetando uma onda de excitação por suas costas.

– Por que permite que ele continue fazendo sua barba? – perguntou ela. – Achei que iria deixá-la crescer de novo.

Keir pareceu ligeiramente acanhado ao responder:

– Sempre há uma fase constrangedora no processo de deixar a barba crescer. Quando os fios já cresceram mas ainda não preencheram o rosto todo. É desigual como um pasto de cabras.

– E você não queria que tio Sebastian fizesse nenhum comentário?

– Não, eu não me importo nem um pouco com isso... ele não poderia dizer nada pior do que meus amigos em Islay. Não há compaixão quando um de nós está deixando a barba crescer... O sujeito é chamado de "pato na muda" ou de... Não, o resto não é para o seu ouvido.

– Se não estava preocupado com a opinião de tio Sebastian, então qual era a questão?

– Não queria que você se lembrasse de mim com uma barba que parecesse ter sido aparada com um cortador de grama.

– Você estava se barbeando por minha causa? – perguntou ela, abrindo um sorriso e se virando para encará-lo. – Qualquer que seja a fase da barba, você é irresistível.

Ela se inclinou para roçar o nariz, a boca e o queixo nos pelos exuberantes do peito dele.

Uma das mãos de MacRae deslizou pela parte de trás do vestido aberto e encontrou o ombro nu.

– Vou ter que me barbear de agora em diante – murmurou ele. – Sua pele é macia como uma pétala. Depois daquela noite comigo, você ficou marcada da cabeça aos pés.

– Não *marcada* – disse Merritt, corando. – Você não precisa desistir da barba por minha causa.

– Tendo em vista a frequência com que planejo levá-la para a cama, milady, creio que seja melhor.

Ela lhe lançou um olhar provocante.

– Isso é um bocado presunçoso, não acha?

Keir balançou a cabeça, sorrindo.

– Esperançoso, apenas.

Quando ele terminou de despi-los, a luz amarela da tarde já se insinuava pelas persianas de madeira parcialmente fechadas e deslizava pela cama em uma fileira de fitas douradas. Os dois se deitaram e Keir se esticou, encaixando Merritt na curva de seu braço. Sua boca se moveu lentamente pela dela, saboreando, testando com delicadeza, então inserindo a língua ainda mais fundo e selando o beijo.

– Tenho uma ideia – disse Merritt quando ele começou a traçar uma trilha de beijos que descia pelo pescoço dela. – Vamos tentar fazer isso da forma mais medíocre possível. Vamos nos curar um do outro. Vamos ser entediantes, desastrados e rudes, assim nunca mais vamos querer fazer isso outra vez. O que acha?

A risada suave dele reverberou no vale profundo entre os seios dela.

– Acho que não há nada que você faça que possa me curar de você.

Merritt correu os dedos por entre os cachos espessos do cabelo dele, aproveitando a sensação deliciosa.

– Vou ficar imóvel e ser muito entediante – disse ela. – Isso com certeza vai arruinar a sua diversão.

– A única maneira de arruinar a minha diversão – disse ele com a voz abafada – seria me fazendo espirrar.

Uma risada escapou dos lábios dela, e então ela se calou quando a mão livre dele a percorreu, massageando com suavidade, acariciando, provocando com delicadeza. Ela estava muito vulnerável. Keir já sabia muito sobre ela. Um choque de prazer a atingiu quando os lábios dele capturaram o mamilo, mordiscando e sugando. As coxas se afastaram facilmente ao toque dele, como se o corpo tivesse decidido seguir os comandos dele, não os dela.

Em meio às batidas erráticas do coração que latejavam nos ouvidos, Merritt ouvia o sussurro baixinho de Keir enquanto ele beijava e lambia toda a parte da frente de seu corpo.

– Sentir você... assim tão doce... eu nunca mais quero parar... quero sentir você todas as noites, preciso...

O ar era frio de encontro à pele quente e fina de sua vulva. Era constrangedor estar tão inchada e úmida antes mesmo de ter sido tocada por ele ali. As mãos de Keir eram muito fortes, mas as pontas dos dedos trilhavam a complexidade de seu sexo com uma delicadeza inacreditável. Merritt gemeu. Carícias provocantes se embrenhavam nos pelos escuros, afastando os lábios macios. Se o mais leve toque roçasse em seu clitóris, ela chegaria ao clímax mais intenso que já sentira na vida.

Mas ele não fez isso. Os dedos deslizaram suavemente por entre as dobras úmidas, desceram para circundar a entrada molhada de seu corpo, então subiram fazendo cócegas até a carne tesa, circulando suavemente sem tocá-la. Deus... Merritt se lembrou de como ele gostava de fazer com que aquilo durasse um bom tempo. Mas ele não podia fazer isso agora, ela não conseguiria aguentar. Seu rosto e seu corpo estavam muito quentes, ela transpirava, morreria em breve sem alívio.

– Keir... não vamos prolongar isso. Suas costelas... muito esforço... você vai se machucar.

Ele ergueu a cabeça, e os olhos azuis riam dela enquanto ele respondia:

– Só estamos nisto há cinco minutos.

– Já se passou bem mais do que isso – disse ela, se contorcendo. – Tenho certeza.

– Não se preocupe com minhas costelas. Vamos tentar uma coisinha e outra e descobrir o que é melhor.

Ele se curvou para beijá-la na barriga, tão perto do ventre que o queixo dele roçou em seus pelos. A ponta da língua dele tocou a pele dela, desenhando um padrão delicado. Merritt projetou os quadris, tentando em vão coagi-lo a descer mais. Seu corpo inteiro implorava *Por favor, lá embaixo, lá embaixo*. Sentiu-se indefesa como uma boneca. Partes diferentes dela se contorciam, se retesavam, estremeciam, mas seu interior agarrava-se freneticamente ao vazio.

Keir mudou a posição deles, com um grunhido baixinho de desconforto, até estarem deitados de lado, com a cabeça dele na direção dos pés dela. Ele então ergueu a perna dela e a passou por cima de si, emitindo um som gutural, como um ronronar. Ao sentir a respiração dele entre suas pernas, ela gemeu, arfou, lambeu os lábios secos, querendo dizer o nome dele, mas com medo de acabar gritando. Sentiu o toque dos dedos dele acariciando de leve a entrada úmida de seu corpo.

Estava tensa. Toda a sua consciência se voltou para o que ele fazia, para a ponta do dedo que mergulhara bem de leve em sua carne pulsante. O dedo provocante deslizou todo para dentro e começou a bombear lentamente, no ritmo mais suave possível, ao passo que a musculatura íntima de Merritt se contraía diante da invasão e seu ventre estremecia. A respiração dele roçou no clitóris rijo e macio, como uma pena fazendo cócegas. Era o paraíso. Era uma tortura. Ela queria matá-lo. Ele era o homem mais malvado e perverso que já existira, o diabo em pessoa, e ela teria lhe dito isso se tivesse fôlego.

Keir introduziu mais um dedo e um calor profundo surgiu em seu âmago. A sensação se espalhou por cada membro dela e seguiu mais acima, até queimar seu rosto e seu pescoço, até mesmo os lóbulos. Embaixo dos braços, entre os dedos dos pés, na parte de trás dos joelhos, o calor radiante continuava a aumentar. Os dedos dele se curvaram delicadamente dentro dela e a seguraram assim, e então, finalmente, ela sentiu a boca em seu sexo, fazendo carícias felinas com a língua. Aquilo a levou a um clímax diferente de tudo que já sentira, um êxtase puro sem começo ou fim definidos, um espasmo que se prolongou por muito tempo.

Uma nova onda de umidade surgiu quando os dedos dele finalmente recuaram. A língua buscava o gosto dela com firmeza e voracidade. A cabeça de Merritt então repousou na virilha dele e sua face roçou na pele macia de sua carne excitada. Languidamente, Merritt esfregou os lábios abertos por toda a extensão rígida, levando-o a estremecer como se tivesse recebido um choque. Estimulada pela resposta, ela segurou seu membro com uma das mãos e passou a língua por todo o comprimento. Quando chegou ao topo, firmou os lábios na pele sedosa e salgada e sugou de leve. Keir gemeu entre as pernas dela. Com os dedos, ele abriu ainda mais seu sexo e beliscou o clitóris teso e inchado, movendo-se rápido. Ela gemeu, e o som vibrou ao redor da cabeça do membro dele.

Keir afastou-se de súbito, ofegando e rindo, trêmulo.

– Ainda não... *ahh*... Merry, ainda não... Quero mais de você.

Ele desceu da cama e a puxou até a beira do colchão, posicionando-a de tal forma que ela estivesse curvada e com os pés no chão. Então afastou ainda mais suas coxas e se colocou entre elas.

Merritt estava vermelha, as mãos agarravam-se à cama. Ela se sentia exposta, talvez um pouco ridícula, oferecendo-se para ele em uma postura que a lembrava de nada menos do que um bicho no curral. Apreensiva, ponderou sobre o significado de ele querer isso dela ou o significado de ela permitir isso.

Uma das mãos dele desceu com delicadeza pelas costas tensas dela.

– Calma, meu amor. Prefere não fazer assim?

– Eu... Eu nunca tentei.

– Mas você quer?

Merritt pensou, relaxando de leve sob a mão suave dele. O fato de ele se mostrar sensível ao desconforto dela, de dar a ela o poder de escolha, abrandou sua preocupação.

– Quero – respondeu ela com um sorriso trêmulo. – Embora eu jamais tenha me sentindo tão indigna.

Keir curvou-se sobre ela, cobrindo com os antebraços a parte externa dos dela, e o calor dos pelos de seu peito roçou a pele sensível das costas. A sensação era boa, como se ele a estivesse protegendo de alguma coisa. Ela ouviu o indício de um sorriso na voz dele.

– Não há dignidade nenhuma em nada disso, nem para mim nem para você. Mas a graça é essa, não?

Era, ela percebeu. Ali estava um homem, um amante, com quem ela poderia viver a verdadeira intimidade. Keir era alguém com quem ela poderia compartilhar um ato profundamente particular sem vergonha. Ela relaxou ainda mais.

Keir beijou a parte de trás de seu ombro.

– Se não gostar, me diga no mesmo instante.

– Está bem.

Keir levou a mão até o meio das pernas dela, acariciando, abrindo-a. Ela sentiu uma cutucada, um ajuste enquanto ele se endireitava, depois uma pressão constante na entrada do sexo. Keir estava muito duro, sua carne parecia de aço, mas, ao mesmo tempo, agia de forma gentil e controlada, sem pressa. Ela ofegou quando seus músculos cederam e a ponta larga entrou, alargando-a, mantendo-a aberta. Ele ficou parado, acariciando os quadris e as nádegas dela.

Todos os nervos de Merritt comichavam e faiscavam de expectativa, sabendo como seria bom.

Ela pressionou o corpo de encontro a ele e Keir entrou nela em um mergulho lento e úmido, por completo, profundamente, de um jeito que ela nunca fora preenchida. Então continuou assim, no ângulo certo, pressionando onde ela mais precisava. O corpo dela apertou, ou tentou apertar, o membro, mas a invasão era tão densa que os músculos apenas vibraram e pulsaram. Ela parecia quase à beira de se perder. E para seu espanto... ela realmente estava prestes a cair em um mar de prazer, a ponto de derreter a mente.

– Espere... – disse Keir em meio ao clamor de seus batimentos cardíacos.

As mãos dele estavam nos quadris dela, mantendo-a junto de si com firmeza. Saber que ele queria impedi-la de chegar ao clímax a excitou de forma intolerável. Ela tentou mergulhar mais fundo em direção ao membro rijo, incapaz de se saciar, embora já estivesse o mais dilatada possível. Erguendo-se apoiada nos antebraços, ela empurrou-se desesperadamente contra ele.

A risada rouca de Keir foi um carinho em seus ouvidos quando ele se curvou sobre ela. Ele segurou os quadris dela colados ao dele, permitindo apenas uma fricção sutil que não era nem de longe suficiente. Com muita delicadeza, ele cerrou os dentes na lateral do pescoço dela e depois passou a língua.

– Diga se está gostando... – sussurrou ele.

Merritt lutou para obter fôlego e respondeu:

– Estou adorando... Quero gozar... quero ficar esgotada... Ah, Keir... por favor.

– Esgotada – repetiu ele, e sorriu no ombro dela. – Gostei dessa palavra. – Ele recuou apenas um centímetro, então empurrou e gingou os quadris para cima. – Eu também quero seu prazer. Quero ver você gozar...

Ela arquejou e se contorceu, sentindo a movimentação dele profundamente, mas não o bastante.

– Mais forte... Por favor...

Os impulsos ritmados foram crescendo, se tornando mais agressivos.

– Ninguém mais é capaz de fazer com que eu me sinta assim – disse ele. – Nenhuma mulher no mundo. Só você.

Ele esticou a mão para aninhar os seios redondos e cheios e começou a beliscar e puxar os mamilos. Não com força, mas também sem delicadeza, e os pequenos lampejos de desconforto de alguma forma aumentavam ainda mais o prazer dela. Uma das mãos dele deslizou até o sexo dela, encontrando o clitóris. Os dedos que massageavam com suavidade e o bombear constante dispararam uma explosão de prazer que se espalhou por cada parte do corpo dela e continuou a se desdobrar e se renovar. O clímax foi tão poderoso que a deixou tonta e fraca demais para se mexer. Ela ficou apenas vagamente ciente do clímax de Keir, pelo gemido baixo que ele abafou contra a pele dela e pelos tremores intensos que o percorreram.

A doçura com que ele agiu logo depois foi quase melhor do que fazer amor. Keir beijou seu corpo inteiro, idolatrando-a, acariciando-a. Depois de um tempo, acendeu o abajur ao lado da cama e foi até a pia. Voltou com um copo de água fria e um pano úmido. Merritt bebeu com vontade e deitou-se de costas enquanto ele a limpava com intimidade. Ela poderia ter feito aquilo por conta própria, mas era delicioso ter alguém cuidando dela. Seu corpo estava mole, como se todos os seus ossos tivessem sido mergulhados no mel.

Depois de cuidar das próprias necessidades, Keir subiu na cama e puxou Merritt ao encontro de seu lado bom. Ela se aninhou na curva do braço e franziu a testa, curiosa, ao ver um pequeno envelope na mão dele.

– O que é isso? – perguntou ela.

– Alguém colocou por debaixo da porta.

– Fomos descobertos – disse Merritt.

Ela pegou o envelope e viu o nome dele escrito, embora tivesse sido entregue no quarto dela. Ela escondeu o rosto no peito dele com uma risadinha constrangida.

– Mas como? Fomos tão discretos...

Rindo, Keir abriu a carta.

– É de Kingston – disse ele, e leu em silêncio.

Merritt ergueu a cabeça.

– O que diz? – perguntou, incapaz de interpretar a expressão dele.

– A duquesa, Seraphina e Ivo chegaram de Paris hoje à tarde.

– Eles voltaram mais cedo? Por que será?

– Aqui não diz o motivo. Mas parece que estão cansados da viagem e vão fazer um jantar informal na sala da família... o que nos deixa por conta própria.

– Graças a Deus – falou Merritt, grata. – Eu não poderia descer para jantar. Vou pedir que tragam algo para o quarto.

Ela ficou um pouco tensa ao se obrigar a perguntar:

– Tio Sebastian escreveu alguma coisa sobre... isto?

– Não, apenas pediu que eu compareça ao café da manhã para conhecer a duquesa.

Merritt deixou que sua mão vagasse suavemente pelo peito dele e brincasse com a correntinha de ouro.

– Está nervoso?

– Um pouco – admitiu Keir. – Mas também estou curioso. Uma coisa é certa a respeito de Kingston: ele confia na esposa.

– Confia, sim. Evie é uma mulher querida e gentil. Não haverá aborrecimentos com ela, prometo.

O peito dele subiu e desceu em um suspiro comedido.

– Você está preocupado com o que vai acontecer nos próximos dias – supôs Merritt.

Keir pegou a mão dela, beijou a parte de trás dos dedos e os passou pelo contorno de seu maxilar.

– Não quero mais pensar sobre nada disso esta noite – respondeu ele, e pôs a carta de lado. – Não com você em meus braços, que é só o que me importa.

∼

– Keir. Keir, acorde!

Merritt sentou-se, curvou-se sobre ele, balançou-o delicadamente e deu-lhe tapinhas leves no rosto com urgência.

– Perdemos a hora. O dia já nasceu e... Ah, meu Deus, devem ser quase dez horas. Ninguém veio ajeitar a lareira ou trazer chá. Suponho que não saibam o que fazer, já que você está... e eu não...

– Espere – disse ele, grogue, e esticou a mão para silenciá-la colocando os dedos em seus lábios. – É muito cedo. São muitas palavras.

202

– Mas *não* é cedo. É o que estou tentando dizer. Você deveria estar descendo para o café da manhã neste momento. Tenho certeza de que Culpepper já foi fazer sua barba e encontrou apenas um quarto vazio. Isso é humilhante demais. Não tenho certeza do que... O que você está fazendo?

Keir puxou Merritt para baixo, envolvendo-a em seus braços quentes, fortes e peludos.

– Como você é linda, acordando toda amassada e macia.

– Você ouviu alguma coisa do que eu disse?

– Nunca tive uma noite como essa – murmurou ele, beijando a garganta dela e aninhando os dois seios na mão. – Você me usou bastante, moça. É de admirar que eu tenha sobrevivido.

– Foi você que me manteve acordada.

Merritt ficou sem ar ao sentir a barba por fazer roçando em seu mamilo.

– Pobre florzinha... – disse Keir, pesaroso, e cobriu com a boca a mancha de irritação.

O toque úmido e aveludado enviou uma onda de prazer até os dedos dos pés dela.

– Você não deveria me enfeitiçar tanto assim.

Merritt deslizou as pontas dos dedos pelas costelas fraturadas de Keir.

– Ainda dói?

– Um pouquinho – admitiu ele, dando beijos suaves na curva dos seios dela. – Já era esperado, com toda a sua impetuosidade.

– *Minha* impetuosidade?

– Fui cavalgado como um cavalo roubado – alegou ele, e deu um sorrisinho quando ela se agitou.

– Deixe eu levantar, Keir! – exclamou Merritt, tentando não gargalhar. – Sua versão de conversa da manhã seguinte é pavorosa.

Keir prendeu-a sob si e acomodou-se entre as coxas dela.

– Eu sou um destilador de uísque, moça. Se quer belas palavras, deveria dormir com um poeta.

Os olhos dela se arregalaram ao sentir o membro rijo e quente de Keir contra sua barriga.

– Outra vez?

– É uma doença recorrente... – disse ele.

– E, ao que parece, incurável.

Ela deslizou os braços ao redor dele e beijou seu ombro.

– Keir... precisamos nos levantar. Já é muitíssimo tarde.

Ele descansou a cabeça no travesseiro e sussurrou perto do ouvido dela:

– Como poderia ser tarde quando você é o nascer do sol? Não havia o céu da manhã ou o canto da cotovia até você aparecer. Nenhuma borboleta ousaria abrir as asas. O dia aguarda você, minha querida, assim como a colheita aguarda a foice.

Enquanto Merritt considerava rever sua opinião em relação à versão dele de conversa da manhã seguinte, Keir abriu ainda mais as pernas dela e pressionou o corpo, sugerindo um impulso. Uma dor formigante e prazerosa surgiu em seu íntimo, profundamente.

– Mais uma vez... – instigou ele.

– Não comece – protestou ela. – Não temos tempo.

– Quinze minutos.

Pensando no ritmo comumente lento em que ele fazia amor, ela lançou a Keir um olhar cético e disse:

– Você precisa se barbear, se lavar, se vestir...

Enquanto Merritt se contorcia sob ele, seu pulso disparou e sua temperatura subiu. Era impossível resistir ao fascínio de um homem másculo, quente e duro que, por acaso, estava nu na cama com ela.

– Só quinze minutos? Tem certeza? – perguntou ela, lânguida, e viu o sorrisinho torto dele.

– Onde está seu cronômetro? Pode marcar meu tempo.

Ele esticou a mão entre seus corpos, e ela sentiu a cabeça macia do membro deslizar para cima e para baixo entre suas pernas, afastando a carne úmida. Ao mesmo tempo, os pelos sedosos e ásperos do peito dele provocavam os seios dela, e de repente nada mais no mundo importava a não ser a continuidade daquela sensação. Ela queria para sempre aquele corpo nu de encontro ao dela, seu cheiro e seu peso, a maneira como se contraía e se movia.

Segurando-se nos ombros dele, Merritt soltou um breve gemido de satisfação quando Keir começou a penetrá-la, gentilmente explorando a abertura maleável. Merritt estava tão tomada por ele e pelo que ele fazia que demorou a registrar as batidas vigorosas na porta.

A porta se abriu em um rompante surpreendente, e Keir reagiu depressa, puxando Merritt mais para baixo e guiando o rosto dela para seu peito. Ele deixou escapar um sibilo de desconforto com o movimento súbito.

– Merritt querida – exclamou uma voz familiar. – Sei que você não estava esperando, mas... *Ah.*

Piscando os olhos de perplexidade, Merritt espiou por cima do abraço de Keir.

– Mãe?

CAPÍTULO 28

– Que diabos você está fazendo aqui? – perguntou Sebastian quando Marcus, lorde Westcliff, entrou na sala matinal.

Ele pousou o jornal na mesa de café da manhã e lançou ao velho amigo um olhar irritadiço e intrigado.

– Não podia esperar para ser anunciado?

Dificilmente existira um homem mais temido ou respeitado do que Marcus Marsden, lorde Westcliff, que herdara um dos títulos de nobreza mais antigos da Inglaterra. Seu condado era tão tradicional e venerado que Westcliff, na verdade, tinha uma posição até mais nobre do que Sebastian, embora este fosse um duque.

A amizade dos dois remontava aos dias de internato e, embora tivesse adquirido marcas e cicatrizes, ainda prosperava. Nem mesmo eles sabiam explicar o motivo, já que tinham personalidades tão diferentes. Westcliff era honrado e confiável, um solucionador de problemas com uma forte bússola moral, enquanto Sebastian, ex-devasso, sempre se orientara por um código de conduta bem mais flexível.

Ao longo dos anos, as famílias tinham passado tantos feriados e verões juntos que os filhos se viam como primos. Por isso não houvera nenhum envolvimento romântico entre as proles dos Marsdens e dos Challons, que alegavam achar a ideia um tanto incestuosa.

Mas forjar uma aliança conjugal, entre as famílias parecia possível no fim das contas. Westcliff, no entanto, mostrava-se bem menos entusiasmado em relação à possibilidade de uma união entre sua querida filha e o filho ilegítimo de Sebastian.

205

Westcliff foi até a mesa, carrancudo. Embora o passar dos anos tivesse entremeado alguns fios brancos no cabelo preto e acentuado as linhas ao redor do nariz e da boca, o conde ainda era um homem robusto e vigoroso. Não era alto, apenas uns cinco centímetros acima da média, mas a força de seus ombros e pernas, semelhante à de um touro, combinada com sua propensão natural à tenacidade, fazia dele um oponente que nenhum homem em sã consciência enfrentaria. Por já ter levado uma tremenda – e merecida – surra de Westcliff, Sebastian não tinha o menor desejo de repetir a experiência.

– Onde está minha filha? – perguntou Westcliff.

– Aqui.

– Ilesa? Não está doente?

– Ela se encontra perfeitamente bem – respondeu Sebastian. – O que deu em você para ficar tão ansioso assim?

– Ontem de manhã recebi um telegrama de Merritt informando que chegaria a Stony Cross no trem da noite. Só que ela não estava no trem nem mandou aviso algum.

Westcliff foi até o aparador, repleto de pratos quentes cobertos com tampas de prata, tigelas de cristal com frutas cortadas e uma travessa com pão e tortas. Pegou uma xícara em uma pilha organizada ao lado e começou a servir café de um bule prateado.

– Por que ela mudou de ideia?

Sebastian refletiu sobre as várias maneiras de responder.

– Ela... decidiu ir para cama mais cedo.

E, até onde ele sabia, ficara lá com Keir a tarde toda e madrugada adentro. Sebastian decidira não se opor, entendendo que algumas questões se resolviam melhor com tempo, privacidade e um quarto. Ele só torcia para que Keir tivesse acordado em uma hora digna e voltado para seus aposentos.

– Você já a viu esta manhã? – perguntou Westcliff.

– Não. Talvez ainda esteja dormindo.

– Não por muito tempo mais. Lillian foi perguntar a um dos empregados em que quarto ela está.

Alarmes dispararam no cérebro de Sebastian.

– Lilian está aqui? Andando sozinha pela casa? Por Deus, Westcliff, não acha que está exagerando um pouco por causa de um trem perdido?

– Eu até concordaria, se o problema fosse só esse. Acontece que eu e Lillian estamos preocupados com um boato que chegou até nós dois dias atrás.

Depois de misturar creme e açúcar no café, Westcliff virou-se com a xícara na mão e recostou-se no aparador.

– Não vi problema em dar alguma liberdade a Merritt quando ela escreveu dizendo que ficaria aqui para ajudar a cuidar do Sr. MacRae. Embora a situação fosse incomum, confiei no bom senso dela. De todos os meus filhos, Merritt é a mais equilibrada e... Kingston, por que está olhando para o teto?

– Estou aqui me perguntando em que parte da casa Lillian se encontra – respondeu Sebastian, distraído.

Tinha ouvido os passos dela lá em cima? Bem, agora havia silêncio. Onde ela estava? O que estava fazendo? Deus, que angústia...

– Qual boato? – perguntou Sebastian.

– Que esse tal de MacRae é mais do que apenas um cliente da empresa. Insinuaram um envolvimento pessoal, até mesmo um noivado, o que é uma tolice absoluta. Nenhum filho meu se rebaixaria a ponto de fazer a idiotice de se casar com um completo estranho.

– As pessoas têm seus motivos... – disse Sebastian, na defensiva, mas se interrompeu quando outra questão lhe ocorreu. – Como raios um boato pode ter viajado de Sussex até Hampshire tão rápido?

Sarcástico, Westcliff respondeu:

– São tempos modernos, Kingston. Com trens e um serviço de correspondência eficiente, um boato pode percorrer a Inglaterra inteira num piscar de olhos. Um de seus empregados pode ter mencionado alguma coisa a um entregador, que contou a outro entregador, e assim por diante. Mas, voltando ao ponto: *é verdade?*

– Você acabou de dizer que é tolice, certo? – respondeu Sebastian, prudente.

Então olhou para o teto outra vez, nervoso por saber que Lillian perambulava lá em cima.

– Eu não ousaria discordar de você.

– Você já foi um mentiroso melhor – comentou Westcliff, começando a parecer preocupado. – Quem é esse homem e o que ele tem feito com a minha filha? Ele ainda está aqui?

Felizmente, foram interrompidos pela voz de Evie.

– Bom dia, milorde.

A expressão de Westcliff suavizou-se quando Evie entrou na sala, descansada e bonita em seu vestido amarelo-narciso.

– Que surpresa a-agradável encontrá-lo aqui – exclamou Evie, radiante. Ela se ergueu na ponta dos pés para pressionar a bochecha na dele.

– Perdoe a intromissão, minha cara – disse Westcliff sorrindo para ela com os olhos escuros.

– De forma alguma, você é da família.

– Não esperava encontrá-la aqui – comentou Westcliff. – Voltou mais cedo de Paris ou minha memória está falhando?

Evie riu.

– Sua memória nunca falha, milorde. De fato, voltei mais cedo.

– Como estão sir George e lady Sylvia? – perguntou ele.

– Se adaptando bem.

Evie teria contado mais, mas sentiu o toque delicado de Sebastian em seu cotovelo. Ela se voltou para ele com um olhar curioso.

– Lilian está aqui, querida – disse ele. – Andando pela casa, desacompanhada. Procurando por Merritt – acrescentou de forma expressiva.

Pelo breve arregalar de olhos de Evie, ele viu que ela compreendera.

– Vou procurá-la – sugeriu ela, animada. – Vamos todos tomar café da manhã juntos, sim?

A voz de Lillian veio do corredor.

– Excelente ideia! Estou faminta.

Ela estava elegante em um vestido de viagem escarlate, uma capa preta e um chapéu vermelho emplumado, inclinado graciosamente na cabeça. Mesmo depois de ter dado à luz seis filhos, Lillian ainda era esguia e cheia de vida, mantendo o bom humor e o andar confiante que sempre tivera desde jovem.

Evie e Lillian correram uma para a outra e se abraçaram com carinho. Três décadas antes, as duas, junto da irmã de Lillian, Daisy Swift, e da jovial Annabelle Hunt, tinham dado início a uma amizade para a vida toda. Quando moças, elas haviam sido meio deixadas de lado, relegadas a ficarem sentadas no baile enquanto as demais eram tiradas para dançar. Mas, em vez de competir pela atenção masculina, as quatro fizeram um pacto de cooperação mútua que, ao longo dos anos, fora sua salvação diversas vezes.

– Encontrou Merritt? – perguntou Westcliff enquanto Lillian se aproximava da mesa de café da manhã com Evie.

Lillian, embora seu rosto mostrasse um tom de rosa brilhante, respondeu, cheia de animação:

– Encontrei, sim, ela estava na cama. Dormindo. Profundamente. Sozinha, é claro. Ela descerá em breve.

Com mil diabos, pensou Sebastian, pessimista. Ele tinha certeza de que Lillian vira Keir com Merritt. Sem dúvida, em alguma posição tremendamente comprometedora.

No entanto, como a mãe devota e leal que era, Lillian não diria nada. Podia criticar os filhos em particular, mas nunca em público. Era uma mulher que não poupava esforços para protegê-los.

– Eu estava agora mesmo perguntando a Kingston sobre o cliente de Merritt, o Sr. MacRae – disse Westcliff a Lillian.

– Ele ainda está aqui? – perguntou Lillian, em um tom um tanto inocente demais.

– Na verdade, está, sim – respondeu Sebastian, com tranquilidade.

Ele ajudou Evie a sentar-se à mesa e Westcliff fez o mesmo pela própria esposa.

Enquanto se acomodava em sua cadeira, Lillian lançou um olhar para Sebastian que dizia: *Não lhe resta muito tempo de vida.* O duque fingiu não perceber.

Westcliff sentou-se ao lado de Lillian e repousou uma das mãos na mesa, tamborilando com os dedos levemente.

– Por que Merritt trouxe MacRae para se recuperar aqui? – perguntou a Sebastian. – Imaginei que ela o levaria para Stony Cross Park.

– Foi um pedido meu.

– Ah? – Westcliff examinou-o atentamente. – Você e ele têm alguma relação?

Sebastian sorriu de leve, sentindo-se grato por, de todas as coisas que já arruinara, perdera ou deixara de lado, ter conseguido manter a amizade daquele homem. Havia algo na presença estável e racional de Westcliff que fazia com que qualquer problema parecesse solucionável.

– Marcus – disse ele, baixinho.

Em geral, não se chamavam pelo primeiro nome, mas, por algum motivo, escapou-lhe.

– Tem a ver com aquela questão que comentei com você no ano passado. A que se referia a lady Ormonde.

Westcliff reagiu com duas piscadelas rápidas.

– É *ele*?

Lillian balançou a cabeça, confusa.

– De que estão falando?

– Vou explicar – disse Sebastian.

Enquanto imaginava por onde começar, a mão magra de Evie deslizou pela dele e entrelaçaram os dedos. Sebastian olhou para as mãos unidas e acariciou com o polegar uma sarda dourada no pulso dela.

– Primeiro, gostaria de lembrar a todos que, na juventude, eu não era de forma alguma o anjo que sou agora.

A boca de Lillian se contorceu ao dizer:

– Acredite, Kingston... ninguém se esqueceu disso.

CAPÍTULO 29

Sebastian explicou como descobriu a existência de um filho ilegítimo e começou a descrever os eventos que se seguiram depois da chegada de Keir a Londres. A única parte da história que deixou de fora foi o envolvimento pessoal de Merritt com Keir, o que, na opinião dele, dizia respeito aos dois e a mais ninguém.

Em algum momento no meio do assunto, Lillian o interrompeu:

– Espere um pouco. Todos vocês sabem disso há um ano, e não me contaram?

Ao ver a resposta no rosto deles, suas sobrancelhas uniram-se em uma carranca.

– Evie, como pôde não me contar uma coisa dessas? É uma traição indizível ao código das moças deixadas de lado!

– Eu queria ter contado – disse Evie, desculpando-se. – Mas q-quanto menos gente soubesse, melhor.

Westcliff olhou para a esposa, curioso.

– O que é o código das moças deixadas de lado?

– Não importa, não existe nenhum código – respondeu Lillian, encarando o marido. – Por que *você* não me contou que Kingston tinha um filho de sangue?

– Ele me pediu segredo.

– Isso não é válido para a esposa!

Sebastian se intrometeu.

– Decidi não contar a ninguém além de Evie e Westcliff – disse ele, direto. – Eu sabia que você só confirmaria suas piores opiniões a respeito do meu caráter se ficasse sabendo.

– E achou que eu usaria isso contra você? – perguntou Lillian, incrédula. – Presumiu que eu diria coisas cruéis em um momento de estresse e turbulência pessoal?

– Eu só conjeturei algumas possibilidades.

– Depois de tudo o que compartilhamos... todo o tempo que nossas famílias já passaram juntas... você me vê como uma adversária?

– Eu não diria dessa forma...

– Eu teria sido gentil com você se tivesse me contado – disparou Lillian. – Você deveria ter me dado uma chance. Eu dei chances a *você* durante todos esses anos e... não, eu não quero outro pedido de desculpas, sabe? Estou querendo dizer que deixei de lado ressentimentos passados em nome da sua amizade com meu marido. Se não sou digna da sua confiança depois disso, que um raio me parta se eu continuar tentando.

– Tentando o quê? – perguntou Sebastian, confuso.

Diante do rosto enfurecido de Lillian, Sebastian viu a mágoa em seus olhos e perguntou, com cuidado:

– Lillian, está dizendo que quer ser minha amiga?

– Sim, seu idiota egocêntrico e estúpido! – disse ela, e então se ergueu em um salto, obrigando os homens a se levantarem também. – Não, não se levantem. Vou dar uma caminhada. Podem terminar a conversa sem mim. Ao que parece, é assim que preferem.

Ela saiu a passos largos da sala, e Westcliff começou a segui-la.

– Westcliff – chamou Sebastian, com urgência. – Isso é culpa minha. Deixe eu tentar resolver as coisas com ela. Por favor.

Westcliff praguejou baixinho, mas permitiu.

– Se você aborrecê-la ainda mais...

– Não vou, pode confiar.

O amigo assentiu com alguma relutância. Sebastian saiu da sala e viu Lillian se dirigindo à entrada dos fundos da casa.

– Lillian, espere.

Sebastian a alcançou rapidamente, mas Lillian virou as costas, cruzou os braços e parou perto de uma série de janelas que davam para um pequeno jardim.

– Sinto muito. Fui um idiota. Você merece muito mais do que isso de mim.

– Desculpas aceitas – murmurou ela, sem olhar para ele.

– Ainda não terminei. Eu deveria ter dito a Westcliff que poderia contar a você. Mas não me ocorreu que meu pedido o colocaria em uma situação muito difícil. Pedir a um homem que guarde segredo da esposa... Eu imploro por seu perdão, Lillian. Você é completamente digna da minha confiança e eu não teria me importado nem um pouco se ele tivesse lhe contado.

Os ombros de Lillian relaxaram e ela deu um sorriso zombeteiro por cima do ombro.

– Marcus nunca quebraria uma promessa – disse ela. – Ele sempre fala a verdade e mantém a palavra. Você não tem ideia de como isso é difícil.

Os lábios de Sebastian se contraíram.

– Eu entendo. Tenho minhas próprias questões com Evie. Todo santo dia ela insiste em ser gentil e tentar ver o lado bom de todas as pessoas. Convivo com isso há décadas.

Sebastian ficou grato ao ouvir a risada de Lillian, mesmo que contida e relutante, e parou ao seu lado diante da janela. Juntos, contemplaram um canteiro de heliotrópios roxos, de onde cascatas de hera de gerânio cor-de-rosa pendiam de seus talos frouxos.

Depois de um silêncio sem-graça, mas não hostil, Lillian se arriscou a dizer:

– Deve ter sido um pesadelo descobrir um filho adulto que você não imaginava que existia. Poderia facilmente ter acontecido com Marcus, como você sabe.

– É difícil imaginar.

– Na verdade, não. Não importa quão cuidadosa seja a pessoa, sempre existe o risco. Como mãe de seis filhos, sei do que falo.

Sebastian lançou a ela um olhar desolado.

– Eu sempre soube que teria que pagar meus pecados em algum acerto de contas cósmico no futuro. Mas, na minha arrogância, não me ocorreu que um homem jamais arca com isso sozinho. As pessoas ao redor dele, especialmente aquelas que o amam, pagam o preço também. Essa é a pior parte.

Era o máximo de vulnerabilidade que ele já havia se permitido demonstrar a ela.

Quando respondeu, Lillian o fez em um tom gentil pouco habitual:

– Não seja duro demais consigo mesmo. Desde que se casou com Evie, você tem tentado ser o homem que ela merece. Na verdade, você vem desempenhando o papel de bom moço há tanto tempo que acho que talvez esteja se tornando um. No fim, nós nos tornamos reflexos de nossas escolhas.

Sebastian a encarou com um quê de surpresa.

– Durante toda essa confusão, Lillian... acho que possivelmente essa foi a coisa mais reconfortante que alguém me disse.

Ela pareceu presunçosa.

– Viu? Você deveria ter me contado desde o início.

Sebastian contraiu os lábios e voltou a olhar pela janela.

– Tenho certeza de que vou me arrepender de perguntar isso – disse ele –, mas Keir estava no quarto de Merritt quando você a encontrou?

– Estava – respondeu Lillian, severa.

– Eles estavam...

– *Estavam.*

Sebastian contraiu-se.

– Deve ter sido um choque.

– Não fiquei chocada pelo que estavam fazendo, mas com a imprudência de Merritt. Levar um homem para a cama à luz do dia? Isso não é do feitio dela. Merritt está se comportando como se fosse imune a escândalos, e ela é mais inteligente do que isso.

– Keir também é, mas os dois estão com a cabeça na lua. Você se lembra de como as coisas são no começo.

Lillian deu um sorrisinho torto.

– Eu sei. Duas pessoas de lábios inchados agindo feito loucas.

Ela cruzou os braços e suspirou.

– Mas me conte sobre esse jovem. É bela viola ou pão bolorento?

– Ele é puro ouro. Um grande rapaz destemido... comprometido e perspicaz. Admito que seus modos são um pouco rústicos, e não posso dar certeza sobre a higiene: até agora, manter o homem arrumado tem demandado um esforço coletivo. Mas, no geral, é um bom jovem.

– E como ele é com Merritt?

Sebastian hesitou antes de responder.

– Olhando de fora, ninguém tem como saber como se movem as engrenagens de um relacionamento. Mas, pelo que vejo, existe potencial para algo duradouro. Eles têm facilidade para conversar e permanecem unidos diante das adversidades. Vários casamentos começaram com muito menos, inclusive o meu.

Lillian assentiu, parecendo perdida em pensamentos.

– Falam em casamento? Ele estaria disposto a fazer a coisa certa por ela?

– Ele arrancaria os próprios membros se Merritt pedisse.

– Que bom. Ela vai precisar da proteção do nome dele. Ou do nome de alguém. Merritt se esquivou demais das convenções desde que ficou viúva. Boatos sobre esse caso vão ser a gota d'água que fará o copo transbordar. Como bem sabemos, não há nada que a sociedade goste mais do que destruir uma mulher respeitável que quebrou as regras – disse Lillian, e hesitou antes de acrescentar: – Temo por ela.

Em todos os anos desde que se conheciam, Sebastian nunca ouvira Lillian admitir estar com medo de qualquer coisa.

– Nada de ruim vai acontecer a Merritt – disse ele. – Vários candidatos adequados se ofereceriam amanhã se ela os quisesse. Mas acho que ela quer esse em particular.

Lillian balançou a cabeça, distraída.

– Meu Deus, Sebastian. Ela foi tão cuidadosa na escolha do primeiro marido, tão certeira, e agora parece que vai findar com um homem que mal conhece e que não tem nada em comum com ela.

– Interesses em comum podem ser adquiridos. O que mais importa é ter valores parecidos.

– Ah? Que valores você e Evie têm em comum? – perguntou ela, em um tom que pareceu mais de provocação do que de escárnio.

Sebastian refletiu por um momento.

– Ela e eu sempre desejamos a minha felicidade.

Enquanto Lillian ria a valer, ele ofereceu o braço a ela e perguntou:

– Vamos nos juntar aos outros?

– Não, vou dar uma caminhada pela praia e pensar um pouco. Diga aos dois que estou mais calma e que parei de cuspir fogo. E não se preocupe com coisas que você não pode mudar, sim? "A vida só pode ser vivida olhando-se para a frente." É de algum filósofo que Marcus tem citado ultimamente, nunca me lembro o nome.

– Kierkegaard – disse Sebastian. – "A vida pode ser entendida olhando-se para trás, mas só pode ser vivida olhando-se para a frente."

– Sim, isso mesmo.

– Vou manter isso em mente.

Impulsiva, Lillian estendeu a mão e Sebastian a aceitou em um cumprimento breve e caloroso.

– Paz, velha amiga? – perguntou ele, gentil.

– Depois de trinta anos, acho que devemos nos dar essa chance.

CAPÍTULO 30

Keir sentou-se ao lado da fogueira na areia da enseada, observando os pássaros que se alimentavam. Passarinhos de várias espécies corriam delicadamente pela areia molhada, bicando o chão em busca de moluscos. Cantando melancolicamente, seguiam atentos a uma gaivota que cavava para achar mariscos enterrados.

Em breve, pensou com ironia, ele teria que procurar mariscos junto com ela. Keir estava morrendo de fome. Só tinha tomado uma xícara de chá que Culpepper levara para ele antes de barbeá-lo.

O pajem contou que lorde e lady Westcliff estavam tomando o café da manhã com o duque e a duquesa. Presumindo que Keir se juntaria a eles, Culpepper trouxera uma capa e uma camisa elegante para a manhã, além de uma calça de lã de listras cinza. Keir fora enfático ao afirmar que não tinha intenção de descer para o café da manhã. Ele estava indo caminhar na praia e precisava de roupas casuais e sapatos de lona. Embora o velho pajem evidentemente não tenha gostado da ideia, trouxe um novo conjunto de roupas depois que o barbeou.

Keir se sentiu um covarde, saindo da casa às escondidas em vez de encarar os Marsdens *e* a duquesa de uma só vez.

– Talvez você deva esperar um pouco enquanto vou lá embaixo para avaliar a situação – dissera Merritt.

Keir tinha achado esse um bom plano, uma vez que a mãe de Merritt acabara de pegá-los na cama. Ele disse a Merritt que provavelmente sairia para caminhar na enseada, já que o clima estava bom e não haveria mais ninguém por lá.

Se ao menos ele não estivesse com tanta fome.

Suspirando, Keir cutucou uma tora de bétula na fogueira. Pesada, a madeira incandescente colapsou e encheu o ar de fumaça e centelhas. Em meio às manchas de luz que dançavam em seus olhos, Keir avistou uma figura vindo da passagem baixa.

Era uma mulher de capa preta. Ela parou ao vê-lo, parecendo constrangida ao notar que havia mais alguém ali.

Keir ficou de pé, pronto para tirar o chapéu desajeitadamente até se lembrar que não estava usando um.

A mulher percorreu a faixa de areia na direção dele, a passos largos e fáceis. Quando estava bem perto, ele viu que era bonita, tinha um cabelo bem escuro, o rosto oval e olhos castanhos joviais. Era uma versão mais esguia de Merritt e com menos busto, como se alguém a tivesse cuidadosamente esticado uns cinco centímetros para cima e outros cinco para baixo.

Lady Westcliff, pensou ele, e um arroubo de constrangimento o percorreu.

– Isso é uma fogueira sinalizadora? – perguntou ela com muita jovialidade e um sotaque distintamente americano. – Está precisando de resgate?

O sorriso era igual ao de Merritt: começava com o nariz se enrugando levemente e arqueava os olhos.

O nervosismo de Keir foi passando.

– Estou – disse ele –, embora ainda não saiba bem de quê.

Ela estava prestes a responder, mas parou de andar com uma brusquidão espantosa e o examinou da cabeça aos pés com perplexidade.

– Mas que saco flamejante! – exclamou ela em um suspiro.

Keir manteve o rosto imóvel. Nunca tinha ouvido uma mulher usar um linguajar desses.

Lady Westcliff fechou a boca.

– Desculpe. É que você se parece com...

– Eu sei – respondeu ele com um quê de desgosto.

– Se parece *tanto* com ele – disse ela, ainda desconcertada –, especialmente no período nem um pouco charmoso antes do casamento com Evie.

Lillian franziu a testa.

– Mas isso não é culpa sua, é claro.

Keir assentiu, sem saber ao certo como responder.

A conversa de repente se esvaziou como um balão furado e os dois ficaram ali refletindo sobre como poderiam retomá-la.

– Milady... quer conversar comigo? – perguntou Keir.

– Na verdade, vim aqui para refletir um pouco. Não esperava encontrar mais alguém na praia.

– Vou embora – sugeriu ele. – Vou alimentar o fogo para a senhora e...

– Não, por favor, fique – disse ela e, depois de uma pausa, perguntou: – O que está fazendo aqui fora?

– Me escondendo.

Lillian achou graça.

– Não de mim, espero.

A risada dela era tão parecida com a de Merritt que Keir sentiu seu coração voltar-se para ela como um girassol em busca de luz.

– Você não era a única que eu estava tentando evitar.

– Também estou os evitando.

– Gostaria de se sentar perto da fogueira comigo?

– Gostaria – respondeu ela. – Vamos fingir que já acabamos com nosso bate-papo e ter uma conversa de verdade.

～

– Até pouco tempo atrás você estava decidida a nunca mais se casar.

O pai de Merritt a lembrava enquanto caminhavam pela passagem em direção à enseada. Tinham conversado por pelo menos uma hora após o café da manhã, só os dois, enquanto tomavam chá lentamente na sala matinal. Era sempre um alívio desabafar com o pai, um homem pragmático e compreensivo e com uma habilidade misteriosa de captar rapidamente todos os detalhes de um problema e suas implicações.

Merritt estava saindo para encontrar Keir, levando uma pequena cesta com alguns aperitivos que estavam no aparador, quando o pai pedira para acompanhá-la, suspeitando que a esposa encontrara Keir na enseada.

– É verdade. Porque para mim não fazia sentido querer outro marido depois de Joshua. Não havia motivo. Mas então conheci esse homem e... ele me arrebatou. Ninguém tinha causado esse efeito em mim até então. Eu me sinto dez vezes mais viva – disse ela e riu, acanhada. – Parece bobagem?

– De forma alguma. Eu entendo. Sua mãe causou o mesmo efeito sobre mim.

– Causou?

O conde soltou uma risadinha grave ao relembrar aquele tempo.

– Lillian era de uma beleza destemida e espirituosa, dona do autocontrole de um cavalo chucro. Eu sabia que ela não se encaixava no único tipo de vida que eu poderia oferecer, mas eu estava fascinado. Amava seu entusiasmo, seu jeito afetuoso e tudo o mais que a tornava diferente de mim. Achei que, se estivéssemos os dois dispostos a tentar a sorte, poderíamos ter um bom casamento. E acabou sendo extraordinário.

– Sem arrependimentos, então? – Merritt ousou perguntar. – Mesmo na privacidade dos seus pensamentos?

– Nunca – disse ele, de pronto. – Sem Lillian eu nunca teria conhecido a verdadeira felicidade. Não concordo com o senso comum que diz que um casal deve ter os mesmos gostos e origens. A vida de casado de fato seria tediosa sem um pouco de atrito. Sem isso não se acende um fósforo.

Merritt sorriu.

– Adoro você, papai. Você tornou quase impossível encontrar um homem que não saia perdendo ao ser comparado a você.

Chegando à enseada, avistaram Lillian e Keir sentados na praia perto de uma fogueira. Para o deleite de Merritt, pareciam conversar amistosamente. Quando Keir atirou uma tora de bétula no fogo, as chamas crepitaram com vigor renovado e o iluminaram. Ele era uma visão de tirar o fôlego, dourado e divino, com seu corpo longo sensualmente magro e poderoso. As mechas do cabelo louro remexidas pela brisa marinha combinavam com o cenário natural de sol e água salgada.

– De alguma forma – disse Westcliff, secamente –, acredito que aquele sujeito vai sobreviver à comparação comigo.

Ele fez uma pausa antes de acrescentar, suspirando:

– Bom Deus. Não há dúvida de quem é o pai dele.

Lillian permaneceu sentada em um cobertor de lã e sorriu ao vê-los se aproximando.

– Olá, meus queridos. Milorde, este é Keir MacRae. Estamos tendo uma conversa muito agradável.

– Prazer em conhecê-lo, Sr. MacRae – disse o conde com uma mesura precisa, à qual Keir respondeu igualmente. – Parece que há algo que precisamos discutir, tendo em vista um boato que chegou até mim.

– Boato, sir? – perguntou Keir, cauteloso.

– Kingston mencionou que você pesca.

Keir relaxou visivelmente.

– Sim, de vez em quando consigo uma truta marrom em um dos lagos de Islay.

– De vez em quando me arrisco pescando com mosca em um riacho de Hampshire.

O conde olhou para Merritt e sorriu, lembrando-se de algo.

– Minha filha me acompanhou uma ou duas vezes. Ela tem muita destreza, mas pouco interesse.

– Perco a paciência com os peixes – disse Merritt. – Eles demoram muito para se decidir. Prefiro quando saímos para atirar... demanda bem menos esforço.

– Você atira bem? – perguntou Keir.

– Não sou ruim – respondeu ela, modesta.

– Ela é a melhor atiradora da família – comentou Lillian. – Isso deixa os irmãos doidos.

O conde se aproximou da esposa e se agachou até que seus rostos estivessem na mesma altura.

– Milady – disse ele em uma voz suave, levemente carinhosa e terna –, vim perguntar se gostaria de ouvir um pouco de música.

– Que tipo de música? – perguntou Lillian, parecendo interessada.

– Uma sinfonia de um homem só. "Homem rastejando em Ré menor". Lillian riu. Ela lhe estendeu as mãos e deixou que ele a erguesse.

– Eu me contento com uma breve abertura – disse ela.

Erguendo-se na ponta dos pés, Lillian beijou o marido impulsivamente.

Apesar da inadequação do gesto, o conde correspondeu com um beijo profundo. Depois passou um dos braços ao redor da esposa e disse:

– Continuaremos nossa conversa mais tarde, MacRae.

– Mal posso esperar, milorde – respondeu Keir.

Enquanto seus pais se afastavam, Merritt sentou-se no cobertor. O calor radiante do fogo levou um arrepio de prazer a percorrer seu corpo.

– Espero que minha mãe não tenha assustado você – disse ela, olhando os pais caminharem pela passagem baixa de mãos dadas.

– Sua mãe é uma mulher encantadora – respondeu Keir, sentando-se ao lado de Merritt. – Gostei muito dela. E não fiquei assustado, embora... ela saiba xingar como um golfista escocês.

– Ah, meu Deus. Os golfistas escoceses são tão desbocados assim?

– São. O pior linguajar que você vai ouvir na vida será o de um escocês se preparando para uma tacada.

– Joga-se golfe na Escócia?

Keir assentiu.

– Um vizinho chamado Gordon Catach construiu um percurso de nove buracos em sua propriedade.

– O golfe é um esporte civilizado – comentou Merritt.

Talvez ela estivesse, sim, recorrendo a um assunto qualquer, mas estava feliz por aprender qualquer coisa sobre a cultura de Islay.

– Parece interessante.

Keir riu.

– Não quero passar uma falsa impressão. O percurso é irregular e inconsistente, com pedras enormes, e em geral temos que tirar o gado da *fairway* antes de jogarmos.

– Ainda assim, é bom saber que há um campo de golfe.

Ela levou a mão à cesta que trouxera e pegou um frasco esmaltado com tampa.

– O que é isso? – perguntou Keir quando ela lhe entregou o objeto.

– Chá com mel.

Merritt remexeu na cesta outra vez e puxou um pacote embrulhado em guardanapo.

– E achei que você pudesse querer isso.

Ao desembrulhar o guardanapo, Keir encontrou um trio de tortinhas com recheio de linguiça. Um sorriso se acendeu no rosto dele.

– Merry...

Ele esticou o braço, pôs uma das mãos ao redor da nuca de Merritt e a puxou para junto do rosto. Keir a beijou ardentemente, prendendo a risada dela entre os lábios.

Depois de ter devorado as tortinhas e bebido todo o chá, ele envolveu Merritt em seus braços e recostou o corpo dela contra ele.

– Não é desconfortável para você? – perguntou ela, preocupada.

– Não se você ficar quieta. Meus braços amam sentir você, moça.

Ela sorriu, com as pálpebras pesadas ao olhar para o fogo, as chamas tremendo e estalando na brisa. Uma das mãos dele a percorreu com delicadeza, subindo para acariciar a lateral de seu pescoço e enrolar um cacho solto de cabelo no dedo.

Depois de um agradável silêncio, Keir murmurou preguiçosamente:

– Quando essa história sobre lorde Ormonde for resolvida e estiver tudo bem... gostaria de ir a Islay comigo? Você poderia ver a ilha, quem sabe isso a ajude a decidir se conseguiria viver lá.

– Você acha que eu seria feliz em Islay?

– Não cabe a mim dizer quais são as suas necessidades. Cabe a você dizer, e a mim, ouvir.

– Primeiro, preciso de você.

Ela sentiu o sorriso dele em seu cabelo.

– Isso você já tem – respondeu ele. – O que mais?

– Preciso de uma casa confortável com quartos suficientes para minha família e meus amigos poderem me visitar.

– Minha casa é muito pequena – disse ele, com pesar. – E, embora seja confortável para mim, não acho que você pensaria o mesmo.

Os dedos dela deslizaram pela manga dele, indo longe o bastante para brincar de leve com os pelos louros do antebraço de Keir.

– E se eu quisesse construir uma casa para nós na ilha, com o meu dinheiro? Você seria orgulhoso demais para aceitar?

Keir fez um som baixinho de diversão.

– Já sacrifiquei meu orgulho por coisas piores. Moro onde você quiser que eu more, meu amor. Mas talvez não seja necessário gastar o seu dinheiro. Acho que consigo pagar por isso.

Com cuidado, ela girou a cabeça, que estava encostada no peito dele, e lhe lançou um olhar de curiosidade.

Os lábios dele roçaram na testa dela antes que começasse a explicar:

– Eu disse que queria renunciar à minha herança e deixar que lorde Ormonde ficasse com ela, certo? Bem, isso foi quando achei que estava deixando você de verdade. Agora pensei melhor. Vou aceitar a herança que minha mãe queria que fosse minha e tentar fazer algo de bom com ela. Podemos começar com uma casa.

– Acho que é uma boa ideia – disse Merritt.

Keir pareceu menos empolgado ao comentar:

– Mas a herança vem com arrendamentos comerciais que precisam ser administrados, e não pretendo abrir mão da destilaria para coletar aluguéis e passar meus dias com empreiteiros.

– É claro que não – concordou ela.

Merritt sentou-se, ereta, e virou-se para encará-lo, passando a mão espalmada pelo peito dele como se para afastar as preocupações. – Podemos contratar administradores e apenas supervisionar.

Inclinando-se mais para perto, ela roçou os lábios nos dele e sentiu o calor de Keir permanecer, como se tivesse sido suavemente marcada.

– Vamos encontrar as respostas juntos.

Keir segurou o pulso dela e lhe lançou um olhar travesso.

– Moça, se está querendo me acalmar fazendo carinho com essa mãozinha... saiba que está surtindo o efeito oposto. É melhor parar, se não quiser ser arrebatada aqui mesmo na praia.

Merritt enrugou o nariz e riu.

– Você não faria isso – disse ela. – Não ao ar livre...

Keir guiou a mão dela até o volume do membro excitado e rijo por baixo da calça.

– Há uma coisa que você precisa aprender sobre os escoceses: nós nunca recusamos um desafio.

CAPÍTULO 31

Keir estava brincando. Tinha que estar. Mas ele começou a beijá-la de um jeito que significava exatamente o oposto. A princípio provocante, mas logo aprofundando-se em carícias lentas e lânguidas. Merritt fechou os olhos, com um leve vinco de concentração entre as sobrancelhas, enquanto era dominada por um excesso de sensações que pareciam vir de todas as direções. A pressão calorosa da mão dele aninhando a face e o queixo dela, virando com cuidado o rosto ao capturar sua boca mais profundamente. Keir tinha gosto de chá e mel e um sabor fresco e sutil que ela começou a reconhecer como sendo dele mesmo.

Ela passou os braços pelos ombros dele, mas a posição era estranha. Estava entre as coxas dele, com a saia de caminhada retorcida e amontoada ao redor dela. O busk em forma de concha do espartilho, com a ponta inferior curvada ligeiramente para cima, espetava o abdome dela. Vendo o desconforto de Merritt, Keir mudou a posição deles e foi erguendo camadas de saia. Quando posicionou os joelhos dela para fora das pernas dele, Merritt percebeu que ele queria que ela montasse nele.

– Keir – começou a protestar, olhando, preocupada, ao redor.

– Sente-se no meu colo – instigou ele. – Só um minutinho.

– E se alguém vier?

– Ninguém virá.

– Mas poderiam – insistiu ela.

Ele mordiscou com delicadeza o lóbulo dela.

– Então teremos que ser rápidos.

– Keir... – Merritt se contorceu e se desfez em risinhos. – Aqui não é lugar... Falando sério, não...

– É o local perfeito – disse ele, afundando o rosto no pescoço dela. – Me beije...

Ela cedeu à tentação e abriu os lábios para ele. Keir respondeu com um entusiasmo cheio de luxúria. As mãos dele se ocupavam por baixo da saia, empurrando e reposicionando peças de roupa às cegas até baixar a calçola dela pelos quadris e a costura da frente estar bem aberta.

Merritt jogou a cabeça para trás e o encarou, com uma objeção pairando nos lábios. Mas os olhos dele cintilavam com tanta travessura inocente que foi tentador demais para resistir.

– Não há ninguém na praia, e se alguém vier pela passagem baixa, vou conseguir ver daqui.

Uma das mãos dele deslizou até o meio das pernas dela, acariciando com delicadeza.

– Você nunca fez ao ar livre?

As leves carícias enviavam choques de calor por ela, dificultando sua fala.

– A ideia nunca sequer me ocorreu.

– É diferente quando estamos na natureza, com o vento e o sol na pele.

– E areia nas minhas calças.

Keir riu com suavidade.

– Vamos ficar em cima do cobertor.

Keir a acariciou intimamente, roçando nas beiradas dos lábios fechados, nas dobras e pétalas macias. A delicadeza do toque acumulou o desejo no ventre de Merritt e sua pulsação acelerou de ansiedade. Ele foi colocando um dedo aos poucos, delicado e hesitante, fazendo breves pausas, como se estivesse calçando uma luva. A carne dela se contraía a cada movimento e, sempre que voltava a relaxar, Keir penetrava mais fundo até que em dado momento a palma de sua mão aninhou confortavelmente os pelos escuros. Keir a massageou, movendo e ondulando seu dedo de forma lânguida no interior.

A visão de Merritt ficou levemente borrada.

– Vamos ser pegos – gemeu ela, se contorcendo no colo dele.

Devagar, o dedo dele recuou.

– Então não vamos demorar – disse ele, com a voz rouca. – Abra minha calça.

– Vamos esperar até mais tarde...

– Já esperei uma eternidade – disse ele, acariciando a face dela. – E estou falando apenas do período dessa manhã.

Merritt hesitou e, acanhada, olhou por cima do ombro para a praia vazia.

Keir deu um sorrisinho diante da insegurança.

– Seja corajosa, Merry – instigou ele, com um quê de provocação. – Há cinco botões entre você e o que você quer. Apenas abaixe as mãos...

Ele inspirou profundamente ao sentir a jovem pegar seu membro ereto e guiá-lo até o lugar certo.

– Isso – disse ele, brusco –, sinta isso... é tudo para você. Venha aqui buscar seu prazer...

Keir firmou os quadris de Merritt quando ela sentou. Ela, por sua vez, se concentrou em relaxar para deixá-lo entrar, cedendo ao membro pesado e espesso que deslizava para dentro dela. Quando tomou tudo que podia, ela parou, trêmula, com a face na mesma altura que a dele. Sentiu a carne latejando, as sensações e seus ecos, tudo centralizado naquele lugar despido e oculto onde eles se uniam. Ele curvou uma das mãos sob o traseiro dela para dar apoio e a encarou com aqueles olhos únicos, a frieza do azul tão brilhante que parecia soltar faíscas.

Merritt tocou o rosto dele, com as pontas dos dedos leves como um sussurro, enquanto acariciava as maçãs do rosto, as cavidades elegantes abaixo do maxilar anguloso. E então se aproximou para beijar aquela boca firme e bonita, com o lábio inferior mais curvado do que o superior. A mudança de ângulo enviou um espasmo de prazer por seu corpo, mas Keir grunhiu baixo, como se tivesse sentido dor.

– Ah... me desculpe...

– Não, amor... você não me machucou... – disse ele com um suspiro divertido, e então apoiou a testa no ombro dela, ofegante. – Você quase me castrou, só isso.

Ela começou a se inclinar de volta, mas ele firmou os quadris dela e a manteve ali.

– Merry – implorou ele, desesperado, com uma ameaça de riso na voz –, pelo amor do que é mais sagrado, não se mexa.

Merritt virou o rosto contra o cabelo dourado e âmbar de Keir e se manteve imóvel, obedecendo. Era uma tarefa difícil quando o corpo dela exigia que se esfregasse e empurrasse de encontro a ele. Ela tentou relaxar, mas de vez em quando seus músculos internos se contraíam com força sobre a pressão do membro, extraindo um gemido fraco dele. Como era estranho e delicioso estar sentada daquele jeito, entrelaçada e plena, sentindo a brisa do mar remexer a grama sobre as dunas e ouvindo o quebrar das ondas.

Keir ergueu a cabeça, mostrando os olhos muito claros no rosto corado.

– Passe as pernas ao redor da minha cintura – disse ele.

Ele ajudou a reposicionar o corpo de Merritt até que estivessem sentados em um abraço, com os joelhos dobrados dele dando apoio a ela. Era surpreendentemente confortável, mas não permitia muitos movimentos. Em vez de empurrar, os dois estavam limitados a um balanço que permitia apenas que a extensão dele recuasse e mergulhasse poucos centímetros.

– Acho que isso não vai funcionar – disse Merritt, envolvendo o pescoço dele com os braços.

– Seja paciente.

Os lábios dele buscaram os dela em um beijo quente e sensual. Uma das mãos de Keir foi até a parte detrás da saia e se acomodou sobre o traseiro nu dela, puxando-a para a frente enquanto se balançavam em cadência.

Sentindo-se estranha, mas achando tudo muito divertido, Merritt experimentou posicionar os pés no cobertor e empurrar para ajudar o impulso deles. A combinação de pressão e movimento teve um efeito avassalador nela. Cada impulso adiante fazia com que seu peso caísse todo sobre ele. A tensão aumentava, conduzindo-a a um clímax mais intenso do que qualquer outro que já sentira. Mas ela não conseguia se alavancar com força o suficiente sobre o membro pesado. Seu corpo tomava cada centímetro e a carne repuxava freneticamente a cada recuo, como se tentasse mantê-lo dentro de si. Nada mais importava, exceto as estocadas que bombeavam cada vez mais prazer dentro dela.

Keir sibilou entre os dentes ao sentir a resposta eletrizante dela, a pressão de seus músculos íntimos. Puxou Merritt pelo traseiro uma, duas, três vezes, até que o movimento incessante e convicto enfim a lançou em um clímax de perder a consciência, deixando sua visão turva com uma chuva de centelhas brancas e acabando com qualquer pensamento racional. Quando emergiu desse êxtase, Merritt estava agarrada com firmeza ao membro rijo de Keir ainda dentro dela. Ela descansou a cabeça no ombro do casaco dele, desejando poder sentir o calor de sua pele e os pelos em seu peito. As mãos dele repousavam em seus quadris e seu traseiro, caçando lentamente os últimos tremores que a percorriam. Keir beijou seu pescoço, deixando que ela sentisse a ponta de seus dentes, o calor de sua língua. E então recomeçou a se balançar, contraindo e relaxando as coxas vigorosas, guiando com a mão os quadris dela.

Merritt gemeu, fraca e trêmula demais para se mexer.

– Keir, eu não consigo...

– Eu faço tudo – murmurou ele no pescoço dela. – Só se segure em mim, querida.

– Vai ser só para você, está bem? Não consigo gozar outra vez... estou cansada demais...

– Eu sei.

Mas o ritmo paciente não cessava. Sentada naquela carne rija e inflexível e sentindo cada balanço para a frente e para trás ir mudando a pressão, Merritt sentiu a tensão ressurgir. Logo começou a se mover com ele, acelerando a respiração com o novo esforço. Ele apoiou uma das mãos no cobertor e a outra deslizou para a parte mais baixa das costas dela, puxando-a a cada investida. Ela se agitou ao sentir um dedo dele escorregar sem querer para a cavidade entre suas nádegas. Um som gutural escapou dos lábios dele quando o corpo dela se contraiu firmemente ao redor de seu membro. O dedo provocante se aprofundou um pouco mais, ao que Merritt respondeu com um gritinho de protesto, embora comprimindo-o com força outra vez. Keir gemeu de prazer e continuou com as estocadas, enquanto ela gritava e se contorcia para evitar o dedo imprudente que explorava e acariciava, e seus músculos se contraíram cada vez mais até que ela enrijeceu em um clímax que lhe roubou o fôlego. Em algum lugar em meio aos tremores incandescentes, Merritt se deu conta de que Keir também chegara ao clímax, com o corpo todo transformado em aço sob o dela. Ela desmoronou em cima dele, ofegante e sem forças, e aos poucos percebeu que ele estava deitado de costas. O peito dele vibrava com risadinhas que levavam o corpo dela a balançar. Ah, ele estava satisfeito consigo mesmo.

– Isso machucou suas costelas? – perguntou ela.

– Machucou – disse ele, ainda dando risada.

– Bem feito – respondeu ela, ácida. – Keir, se você não tirar a mão daí de trás nos próximos três segundos...

Ele afastou a mão com delicadeza e ergueu a cabeça para dar um sorrisinho.

– Merry, minha bela moça impetuosa e vibrante. Você é minha alegria, e assim será até meu último suspiro.

– Sua alegria?

– Minha alegria... minha amante... minha companhia mais querida e chama que anima a minha alma. "Alegria" é uma palavra com um grande significado... perfeita para a mulher que é tudo para mim.

CAPÍTULO 32

Nos dois dias que se seguiram, Keir permaneceu em um estado de intensa felicidade, porém mesclada com uma inquietação ocasional. Os escoceses diziam que o tempo estava "brilhante" quando ficava assim: raios de sol interrompidos por chuva. A questão é que não existia um fio de continuidade entre sua vida antiga e aquela ali, nada em que pudesse se agarrar. Nem rostos nem vozes reconhecíveis. Até mesmo as roupas que ele usava eram novas e esquisitas. Mas era tudo tão confortável e belo que Keir não conseguia se impedir de gostar muito.

Por um lado, seria mais fácil se os Challons e os Marsdens fossem exibidos, ou fingissem que ele não era interessante. Desse modo ele poderia ter preservado seu distanciamento e permanecido um forasteiro em uma terra estranha. Mas não, todos ali tinham que ser calorosos, amistosos e interessantes. Ele estava especialmente encantado com os dois Challons mais novos, Ivo e Seraphina, agradáveis e afetuosos, e donos do mesmo tino que o pai para observações certeiras no tempo certo – uma tirada inteligente, como dizia Merritt.

Todos fizeram muitas perguntas sobre Islay, seus amigos, o cachorro e a destilaria e o entretinham com histórias deles. Para o alívio de Keir, nenhum deles pareceu ter dificuldade de aceitá-lo como meio-irmão, apesar da grande diferença de idade. Eram pessoas que tinham sido criadas em um ambiente de muita abundância, e não lhes ocorreu a ideia de se sentirem ameaçadas por ninguém.

Os Challons não se pareciam em nada com as famílias nobres das quais Keir tinha ouvido falar, em que as crianças eram quase sempre criadas pelos empregados e quase nunca viam seus pais. Ali, todos eram próximos e abertamente afetuosos, sem qualquer traço de rigidez aristocrática. Keir achava que muito disso se devia à duquesa, que não escondia o fato de seu pai ter iniciado a vida como boxeador profissional. Evie era a âncora que impedia que a família se dispersasse longe demais na altitude atordoante da posição social que ocupavam. Foi por insistência dela que as crianças puderam fazer pelo menos uma ideia de como era uma vida comum. Uma das tarefas de Ivo, por exemplo, era dar banho no cachorro, e Seraphina às vezes acompanhava o cozinheiro até o mercado para negociar com os vendedores.

Embora Evie fosse de longe a mais quieta da família, todos prestavam muita atenção sempre que ela se pronunciava. Com toda a sua gentileza, Evie possuía uma força interior que a tornava o centro gravitacional dos Challons. E era tão gentil que Keir não conseguia evitar gostar dela. Quando se conheceram, a duquesa o encarou por um instante com encantamento e depois sorriu e o abraçou, com os olhos cintilando de lágrimas, como se ele fosse o filho havia muito desaparecido que *ela* perdera, não Kingston.

No segundo dia após a chegada dos Marsdens, Keir sentou-se na sala matinal com os outros homens e tomou o café da manhã mais cedo. Ele achou o pai de Merritt admirável, um homem que amava caçar, cavalgar, pescar e atirar. Como Kingston, Westcliff havia muito tempo previra a necessidade de ter outras fontes de renda além dos arrendamentos. Ele investira na indústria e no comércio e tornara-se poderoso financeiramente em uma época em que outras famílias nobres tinham sido destituídas.

No meio do café da manhã, o mordomo entrou carregando uma bandeja de prata e, sobre ela, uma mensagem para Kingston. Por nunca ter visto um telegrama com um selo, Keir observou, alerta, enquanto o duque o abria e lia.

O duque franziu a testa brevemente.

– Ethan Ransom chegará hoje à tarde.

Westcliff bebeu seu café antes de comentar:

– Já não era sem tempo.

Keir olhou para o telegrama na mão de Kingston.

– Pegaram o homem que me atacou no beco? Ou quem quer que tenha ateado fogo no armazém?

O duque balançou a cabeça e entregou o papel a Keir.

– Está supondo que foi o mesmo homem que cometeu os dois crimes? – perguntou Westcliff.

– Não necessariamente – respondeu Kingston. – Mas, quando se contrata alguém para cometer um crime, é melhor se ater a uma pessoa só.

Os olhos escuros de Westcliff estavam brilhando de diversão quando comentou de forma amena:

– Você diz isso com uma autoridade desconcertante.

Kingston contraiu os lábios.

– Não seja absurdo, Westcliff. Se eu quisesse matar alguém, nunca me negaria o prazer de fazer isso pessoalmente.

O duque pegou a taça de água e esfregou o polegar distraidamente na superfície de cristal.

– Aposto que Ransom ainda não pegou o desgraçado – disse, franzindo a testa ao olhar para Keir. – Já faz quase um ano desde a morte de Cordelia. Como executor do seu testamento, preciso comparecer à Suprema Corte depois de amanhã. Quando eu disser aos juízes que encontrei você, certamente os advogados de Ormonde tentarão fazer com que todos duvidem de que você é filho de Cordelia.

– Devo comparecer? – perguntou Keir.

– Não, prefiro que você fique fora de vista por enquanto. Meus advogados apresentarão evidências de sua identidade, inclusive registros médicos, depoimentos de testemunhas e todos os fatos acerca de seu nascimento que pudermos fornecer... Até o momento em que também vou precisar revelar publicamente que eu sou...

Kingston hesitou.

– O homem que gerou você.

– Ah – disse Keir, suavemente, tomado por um mal-estar.

Ele baixou o garfo, perdendo o apetite no mesmo instante. As notícias poderiam causar comoção além de Londres. Kingston e os Challons seriam alvo de uma quantidade avassaladora de atenção indesejada. Keir se encolheu de repulsa ao vislumbrar a ideia de notoriedade instantânea, em especial em nome de uma herança que ele nem queria.

– Depois que eu revelar sua existência à corte – prosseguiu Kingston – Ormonde vai saber que você sobreviveu à explosão do armazém. E a única esperança dele de ficar com o espólio de Cordelia será matando você antes que a corte de justiça chegue a um veredito a seu favor.

– Quanto tempo isso vai levar? – perguntou Westcliff.

– Dois dias, creio eu. A menos que eles convoquem testemunhas para responder a algumas perguntas... Isso levaria a coisa a se arrastar por uma semana.

– Vamos deixar que os advogados negociem – sugeriu Keir. – Eu me contentaria em dividir as propriedades de Londres e dar metade a ele.

A expressão de Kingston endureceu.

– Nem por cima do meu cadáver. O último desejo de sua mãe no leito de morte foi que você ficasse com o espólio. Além disso, mesmo que você entregue a porcaria da herança inteira a Ormonde, ele ainda vai caçar você como uma raposa. Ele nunca vai parar.

– Por quê? – perguntou Keir, pasmo. – Que motivação ele teria depois que o testamento estiver definido?

– Acontece, meu jovem – disse o duque em voz baixa –, que estamos todos sujeitos a um sistema de linhagem milenar baseado em transmitir toda a herança ao filho mais velho. Chama-se condição de primogênito. Você não vai gostar do que vou dizer. Mas a verdade é que, assim que a corte reconhecê-lo como filho legítimo de Cordelia, você será nomeado herdeiro por direito de lorde Ormonde. Você é o primeiro e único filho homem, o que significa que é o próximo na linha de sucessão ao viscondado dele. Ele fará tudo o que estiver ao alcance dele para evitar que isso aconteça.

Keir estava tão chocado que mal podia falar.

– Mas você terá acabado de dizer à corte que eu sou *seu* filho. Como eles poderiam ignorar isso e decidir que sou filho de Ormonde?

Com a expressão séria, mas gentil, Westcliff pôs-se a explicar:

– Sua mãe era casada com ele quando você nasceu. Por isso, legalmente, você é filho de Ormonde, embora não tenha seu sangue.

– Mas... todos vão saber que isso é mentira. Eu nem conheço o desgraçado!

– A lei tem suas limitações – falou Westcliff, pesaroso. – Uma coisa pode ser legal mesmo sem ser verdadeira.

– Eu vou recusar o título e a propriedade.

– Você não pode – disse Kingston, bruscamente. – Títulos de nobreza não funcionam assim. Assim como você não pode mudar a cor dos seus olhos. Isso faz parte de *quem você é*, Keir.

Keir foi tomado por pânico e fúria ao sentir seu futuro se fechar sobre ele como as garras de uma armadilha de ferro.

– *Não*. Eu sei quem eu sou e não tem nada a ver com isso. Um *visconde*? Vivendo em uma casa enorme com quartos em excesso e... Deus me ajude, criados e... longe de Islay... Não consigo fazer isso. Não vou fazer.

Ele se levantou e jogou o guardanapo na mesa.

– Vou falar com Merritt – murmurou ele e afastou-se com passos largos.

– Falar o quê? – perguntou Kingston.

Keir respondeu com um grunhido, sem olhar para trás.

– *Que eu tenho pais em excesso!*

CAPÍTULO 33

À tarde, os Challons e os Marsdens se reuniram na sala do andar superior para aguardar a chegada de Ethan Ransom. Seraphina e Ivo tinham ido a um baile informal na casa de um amigo. O evento, uma combinação de chá da tarde e dança, foi chamado de *thé dansant*... uma expressão que, como Ivo pontuou secamente, nunca foi usada pelo verdadeiro povo francês, apenas por ingleses querendo soar como franceses.

Quando finalmente Ethan chegou a Heron's Point e foi levado até à sala, Merritt ficou um pouco preocupada com a aparência dele. Estava claramente exausto, com olheiras e linhas de tensão que não eram comuns em seu rosto. A constituição de ferro de Ethan e a habilidade napoleônica de passar dias sem dormir sempre foram motivo de piada entre os Ravenels. Mas ali estava um jovem que levava nos ombros um peso das responsabilidades mundanas que teria arrasado quase todas as outras pessoas.

– Você parece um bucho de ovelha maltratado – disse Keir, franco, ao apertar a mão de Ethan.

Merritt se encolheu, lamentando a fala tão pouco diplomática.

Ethan, porém, deu um sorrisinho, sem se ofender.

– Não são todos que podem se refastelar no luxo – respondeu.

Keir assentiu, pesaroso.

– Sim, estou sendo tratado como um rei, mas preciso voltar ao trabalho o mais rápido possível. Minha destilaria ficou fechada por muito tempo. A esta altura meus funcionários já estão moles para o serviço.

– Já os meus devem estar conspirando para me trancar no porão – respondeu Ethan, secamente. – E eu não os culparia. Tenho pressionado muito a equipe.

– Não teve sorte na busca? – perguntou Merritt, com delicadeza.

A boca de Ethan se esticou em uma linha torta e ele negou brevemente.

– Ainda não.

Ransom cumprimentou o restante do grupo, e logo estavam todos acomodados em frente a uma das lareiras da sala.

Keir sentou-se ao lado de Merritt em um canapé, deixando uma das mãos próxima à dela no espaço entre os dois. Os dedos se entrelaçaram gentilmente, ocultos pela saia dela.

Kingston ficou ao lado da cornija da lareira, com o rosto iluminado pelo brilho do fogo. Olhou para Ethan com ansiedade.

– Então?

– O homem que estamos procurando é Sid Brownlow – disse Ethan sem preâmbulos. – Chegamos a esse nome pelo número de identificação na faca de cavalaria que MacRae recuperou no beco. De acordo com os registros do Gabinete de Guerra, ela faz parte de uma série limitada destinada a uma unidade especial dentro dos Primeiros Dragões.

– Um regimento ilustre – observou Westcliff. – Lutaram em Balaclava durante a Guerra da Crimeia.

– Exato – disse Ethan. – Embora Brownlow tenha se alistado muito antes disso. Ele era um atirador talentoso e venceu a disputa de tiro entre regimentos dois anos seguidos. Mas foi dispensado com uma pensão antes de completar metade do tempo de serviço.

– Por quê? – perguntou Kingston. – Algum problema de saúde?

– A lista de pensão do Gabinete de Guerra não explica o motivo da dispensa ou da pensão, que é incomumente alta. No entanto, um dos meus homens vasculhou em listas de membros de unidades militares e ações disciplinares até descobrir evidências de que Brownlow tinha sido encarcerado duas vezes por conduta maliciosa com outros soldados da companhia. Depois da dispensa, ele voltou a Cumberland, onde foi criado. Seu pai era guarda-caça em uma propriedade nobre e ajudou a encontrar um trabalho para ele nos estábulos.

Kingston contraiu a mandíbula, e seus olhos tornaram-se muito frios à menção de Cumberland.

– Quem é o dono da propriedade? – perguntou ele, embora parecesse já saber a resposta.

Ethan assentiu, confirmando, antes de responder.

– Lorde Ormonde.

O silêncio foi quebrado por algumas exclamações suaves.

– Infelizmente, isso não é o bastante para acusar Ormonde – prosseguiu Ethan. – Vamos precisar do testemunho de Brownlow, a quem a esta altura eu já esperava ter apreendido e interrogado, mas perdemos o rastro dele. Interroguei pessoalmente o pai de Brownlow, que alega não saber do paradeiro dele, e estou inclinado a acreditar no que ele disse. Ormonde não quis falar comigo, mas permitiu que eu conversasse com a maioria das pessoas que trabalha na casa, e ninguém vai admitir ter testemunhado alguma interação entre ele e Brownlow. Também não encontrei evidências de qualquer transação financeira incriminadora nos registros bancários.

Então Lillian falou:

– Há homens seus observando os portos?

– Portos, estações de trem, ruas e fronteiras. Reuni uma força especial de policiais, detetives e guardas no litoral, em um esforço coordenado. Meus agentes têm acessado manifestos alfandegários, escalas de trens e registros de hóspedes em todos os tipos imagináveis de hospedaria. Checamos até os estábulos públicos e o serviço de coches. É como tentar achar uma agulha em um palheiro.

Evie perguntou, então:

– Você a-acha que ele saiu do país?

– Vossa Graça, meus sentidos dizem que Brownlow ainda está na Inglaterra e que vai acabar aparecendo.

Depois de uma longa pausa, Ethan voltou o olhar para Keir.

– Com a sua cooperação, MacRae... podemos armar uma emboscada para ele.

Antes que Keir pudesse responder, Kingston foi taxativo:

– De forma alguma. Não.

Keir olhou o duque com a testa franzida.

– Você ainda nem sabe qual é o plano.

– Sei o bastante para ter certeza de que você é a isca. A resposta é não.

Keir olhou para Ethan.

– Diga o que está pensando, Ransom.

– Você seria a isca – admitiu Ethan.

– Continue – incentivou Keir.

– Gostaria que você voltasse para Islay, daqui a um ou dois dias – disse Ethan. – Kingston, nesse ínterim, irá até a corte e revelará sua identidade e sua localização. Feito isso, Ormonde imediatamente mandará alguém assassinar você. Mas eu e dois agentes estaremos lá para garantir a sua proteção. Assim que Brownlow ou outro bandido contratado puser o pé na sua propriedade, nós o prenderemos.

Kingston interrompeu com acidez:

– Os mesmos agentes que não conseguiram prender Brownlow até agora?

– Já inspecionamos a casa e a destilaria de MacRae – disse Ethan. – As duas estão cercadas por campos abertos cobertos por uma vegetação baixa, sem colinas ou matas que possam servir de esconderijo. Além disso, situam-se em uma península no lado oeste da ilha conectada por um istmo estreito. Não é possível elaborar uma situação mais eficiente para encurralar uma pessoa.

– Ainda assim – disse Westcliff –, você está propondo colocar MacRae como um pato de gesso na linha de tiro, sendo que ele não tem como se defender sozinho. Ele ainda está se recuperando das costelas fraturadas, e além do mais...

– Eu sei me defender – protestou Keir.

Kingston lhe lançou um olhar expressivo.

– Filho, não vamos começar com isso de novo.

– Além disso – continuou Westcliff –, MacRae não sabe atirar.

Ethan olhou para Keir, inexpressivo.

– Nem um pouco?

Keir demorou a responder, e Merritt pensou que tinha sido pela surpresa de ouvir Kingston chamando-o de "filho". Embora imperceptível para os demais, ela sentira um pequeno espasmo da mão dele.

– Meu pai tinha só uma arma – disse Keir a Ethan. – Uma velha Brown Bess, que ele pegava uma vez por ano para limpar e lubrificar. Tentamos atirar uma ou duas vezes, mas nenhum de nós conseguiu acertar o alvo.

– Uma espingarda de pederneira carregada pela boca? – perguntou Ethan, perplexo. – Sem mira no cabo... atirando apenas balas redondas pelo cano liso... Duvido que eu conseguisse acertar qualquer coisa com isso também. E, diante do alto risco de explodir metade do rosto sem querer, eu teria medo de tentar.

– A questão é que você está propondo colocar MacRae de frente para o perigo enquanto ele está ferido e desarmado. Assim como Kingston, não me sinto confortável com isso – disse Westcliff.

– Eu entendo – respondeu Ethan, então olhou para Keir e disse com sinceridade: – Não posso garantir com todas as letras que nada vai dar errado. Só posso prometer que farei pessoalmente tudo o que estiver ao meu alcance para protegê-lo.

Keir assentiu, parecendo preocupado. Ele soltou a mão de Merritt e foi se colocar na outra ponta da cornija da lareira, de onde encarou Kingston. A visão dos dois, de uma semelhança incrível, era arrebatadora.

– Sir – disse Keir a Kingston, em voz baixa –, se eu não assumir o risco agora, vou ter que passar cada minuto olhando por cima do ombro, Deus sabe por quanto tempo, imaginando se alguém virá atrás de mim. E não é plausível ter meia dúzia de guarda-costas ou mesmo dois, que sejam, me protegendo por tempo indefinido. Não posso viver assim.

– Eu vou com você – disse Kingston.

Pela expressão de Keir, Merritt viu que ele estava surpreso e comovido com a oferta. As rugas de um sorriso se aprofundaram no canto dos olhos quando ele falou:

– Obrigado, sir... mas não consigo imaginá-lo vivendo em uma pequena cabana com chão de pedra por semanas ou meses.

Observando o restante da sala, Merritt viu o olhar da mãe, carinhoso mas incisivo, sobre si. Não havia dúvida em relação ao que a mãe faria se estivesse em seu lugar. Lillian sempre fora uma mãe animada e descontraída, propensa a deixar um rastro de bagunça, às vezes falando alto demais em seu entusiasmo e sempre muito afetuosa. Uma mãe do tipo "vamos tentar e ver o que acontece". Se Merritt tivesse que fazer alguma crítica, diria que, na infância, às vezes ficava decepcionada pelo fato de a mãe desconhecer regras e não se importar nem um pouco com elas.

Quando Merritt perguntara a ela qual a etiqueta apropriada se encontrasse um pedaço de osso ou um caroço de cereja em uma garfada durante o jantar, a mãe respondera, animada:

– *E como eu vou saber? Eu só coloco discretamente na beirada do prato.*

– *Devo usar o garfo ou os dedos?*

– *Não existe uma maneira certa de fazer isso, querida, apenas seja discreta.*

– *Mamãe,* sempre *há uma maneira certa.*

Olhando para trás, no entanto, a irreverência de Lillian pode ter sido um de seus maiores dons como mãe. Como no dia em que Merritt correra até ela, chorando porque um grupo de meninos não a deixara jogar *rounders* com eles.

Lillian a abraçara e confortara, dizendo:

– *Vou lá dizer a eles para deixarem você jogar uma vez.*

– *Não, mamãe* – dissera Merritt, aos soluços. – *Eles não querem que eu jogue porque não sou boa. Quase nunca consigo acertar a bola e, quando consigo, não vai a lugar algum. Eles disseram que eu tenho braços de bebê.*

A indignidade daquilo foi intolerável.

Mas a mãe, que sempre compreendera a fragilidade do orgulho de uma criança, fechara os dedos ao redor do braço de Merritt e dissera:

– *Faça um muque para mim.*

Depois de sentir o bíceps de Merritt, a mãe se agachara até a altura da menina.

– *Você tem braços muito fortes, Merritt* – dissera ela, conclusiva. – *Você é tão forte quanto qualquer um daqueles garotos. Você e eu vamos praticar até você conseguir acertar aquela maldita bola por cima da cabeça deles.*

Lillian passara muitas tardes ensinando Merritt a ficar na postura correta e a transferir o peso para o pé da frente durante a rebatida e tudo o mais. Desenvolveram a sincronia olhos-mão e praticaram até que as rebatidas parecessem um gesto natural. E então, quando Merritt foi jogar *rounders* outra vez, marcou mais pontos do que qualquer outra pessoa no time.

Dos milhares de abraços que a mãe lhe dera ao longo da infância, poucos se destacavam tanto na mente de Merritt quanto a sensação dos braços dela guiando-a na postura de rebatida.

– *Ataque a bola, Merritt. Seja corajosa.*

Nem todo mundo entenderia, mas *"Seja corajosa"* era uma das melhores coisas que sua mãe já lhe dissera.

De súbito, o plano de ação correto ficou claro na mente de Merritt. Ela voltou sua atenção para Ethan Ransom.

– Ethan, você tem uma pistola?

– Devo ter – disse ele.

– Poderia vir comigo até a varanda, por favor?

Ethan seguiu de pronto enquanto Merritt se dirigia a uma das portas francesas. A varanda, mobiliada com móveis de vime em padrões de filigrana, estendia-se por toda a extensão da ala principal da casa.

Ethan ficou ao lado dela no parapeito, inspecionando um terraço pavimentado com degraus que levava a hectares de um gramado de aparência aveludada. Um muro de pedra estendia-se da casa até um canteiro em formato de urna de onde transbordavam heras. Havia uma fonte rodeada por bancos de pedra e uma coleção de objetos decorativos... um globo espelhado em uma base de ferro trabalhado... um par de obeliscos em estilo francês... um armilar de bronze em um pedestal de arenito... e um excêntrico par de coelhos de cera, que repousava sobre o muro.

Quando Keir aproximou-se de Merritt, ela olhou para ele com um leve sorriso antes de voltar sua atenção para Ethan.

– Posso ver a pistola?

Parecendo perplexo, Ethan pôs a mão no casaco e puxou um revólver de cano curto e um cartucho pesado. Com destreza, abriu a válvula do cartucho, puxou uma vareta extratora e removeu o tambor e o pino central da estrutura. Então entregou o corpo da arma a ela e colocou o restante sobre o parapeito.

A pistola era calibre .442, o que significava que havia espaço para apenas cinco balas no tambor.

– As balas têm um calibre grande para uma arma tão pequena – observou Merritt.

– Foi projetada para deter o alvo a uma curta distância – disse Ethan, distraidamente coçando o peito. – Levar um tiro disto aqui é o mesmo que levar um coice de mula.

– Por que o cão é curto?

– Para impedir que fique preso no coldre ou na roupa se eu precisar sacá-la rapidamente.

Mantendo o cano da arma apontado para longe dele, Merritt montou novamente o revólver, inserindo a vareta no lugar e travando tudo com destreza.

– Muito bem – disse Ethan, surpreso com a confiança dela. – Você conhece bem armas, então.

– Conheço, meu pai me ensinou. Posso atirar?

– Em que vai mirar?

Àquela altura, os outros tinham vindo da sala para observar.

– Aqueles coelhos de cera no muro de pedra são valiosos, tio Sebastian? – perguntou Merritt.

Kingston deu um leve sorriso e balançou a cabeça.

– Fique à vontade.

– Mas – disse Ethan, calmamente – é uma distância de quase 20 metros. Você vai precisar de uma arma com alcance maior.

Com todo o cuidado, ele pegou o revólver da mão dela e o guardou no casaco.

– Tente com este.

As sobrancelhas de Merritt se ergueram levemente quando ele puxou um revólver de um coldre oculto pelo casaco. Dessa vez, Ethan entregou a arma sem se incomodar em desmontá-la primeiro.

– Está carregada, exceto por uma câmara – alertou ele. – Travei o cão para prevenir disparos acidentais.

– Uma Colt – disse Merritt, encantada, admirando a elegância da peça, com o cano de 11 centímetros e o entalhe personalizado. – Papai tem uma similar.

Ela puxou o cão para trás e delicadamente girou o cilindro.

– O coice é potente – alertou Ethan.

– Como eu esperaria.

Merritt segurou a Colt com prática, encaixando os dedos da mão de apoio com precisão abaixo do guarda-mato.

– Tampem os ouvidos – disse ela, engatilhando e alinhando a mira.

Merritt acionou o gatilho. Então ouviu-se um estrondo ensurdecedor, um lampejo de luz saiu do cano e lá se ia um dos coelhos.

No silêncio que se seguiu, Merritt ouviu o pai dizer, com indiferença:

– Vá em frente, Merritt. Acabe com o sofrimento do outro coelho.

Ela engatilhou a arma, mirou e disparou outra vez. A segunda escultura explodiu.

– Nossa Mãe de Deus – disse Ethan, pasmo. – Nunca vi uma mulher atirar assim.

– Meu pai nos ensinou a atirar e manipular armas com segurança – contou Merritt, entregando a Colt a ele pelo cabo.

Ethan guardou a arma no coldre e a encarou por um longo momento. Então assentiu brevemente, compreendendo o motivo da exibição dela.

– Deixo por conta dele – disse Ethan, desviando o olhar para o homem logo atrás dela.

Merritt virou-se para Keir, que encarava Ethan com os olhos de um azul--claro gélido.

– Ela não vai comigo para Islay – disse ele, direto.

– Posso fazer mais do que acertar alvos, Keir – argumentou Merritt. – Consigo encarar uma perseguição e caçar, se alguém me der cobertura. Sei usar telescópios e binóculos e sou boa em calcular distâncias, mesmo em terreno aberto. E, diferentemente de Ethan e seus agentes, eu posso literalmente ficar perto de você na maior parte do tempo, inclusive à noite.

A voz da mãe veio das portas francesas.

– Merritt querida, você sabe que em geral sou a primeira a mandar a adequação às favas. Mas cabe a mim dizer que você não pode ficar na casa de um homem solteiro sem... bem...

– Já pensei nisso – disse Merritt. – Podemos parar em Gretna Green no caminho, como tio Sebastian e tia Evie fizeram.

– Primeiramente – disse Keir, com frieza –, ainda não fiz nenhum pedido. Segundo, não existe mais casamento na fronteira da Escócia. Eles mudaram a lei 25 anos atrás. As pessoas precisam morar na Escócia por pelo menos três semanas antes de poderem se casar.

Merritt franziu a testa.

– Droga – murmurou.

Sebastian pigarreou.

– Na verdade...

Ele fingiu não perceber o olhar condenatório que Keir lhe dirigiu.

– Sim, tio? – instigou Merritt, esperançosa.

– Há uma tradição escocesa chamada casamento por declaração – prosseguiu Sebastian – que ainda é legal. Se vocês declararem diante de duas testemunhas que ambos dão seu consentimento por livre e espontânea vontade para se tornarem marido e mulher, o delegado local fará o registro.

– Sem período de espera? – perguntou Merritt.

– Nenhum.

– E o casamento é legal fora da Escócia?

– Sim.

– Ora, que coisa mais conveniente – disse ela, satisfeita.

Keir parecia colérico.

– Você não vai para Islay comigo. Estou batendo o pé nisso.

– Querido – disse ela, racional –, você não pode bater o pé. Eu já fiz isso.

Os olhos deles se estreitaram.

– O meu é maior.

– O meu é mais rápido – rebateu Merritt. – Vou começar a arrumar minhas coisas.

Ela saiu antes que ele pudesse responder, e ele a seguiu depressa.

～

Depois que os dois deixaram a varanda, e Ransom saiu para escrever alguns telegramas, Sebastian permaneceu na sala com Westcliff, Lillian e Evie.

Westcliff foi até Lillian e passou os braços ao redor dela.

– Bem – começou a perguntar –, você acha melhor a trancarmos no quarto ou ameaçar cortar o dote?

Um sorriso pesaroso surgiu nos lábios de Lillian.

– Não posso deixar de me perguntar se você já se arrependeu de tê-la ensinado a atirar tão bem.

– Por um momento – admitiu Westcliff. – Mas MacRae não vai ceder. Deu para ver no rosto dele.

– Tenho pena dele – comentou Sebastian. – Merritt, mesmo com seu jeito doce e requintado, é osso duro de roer.

Sarcástico, Westcliff comentou:

– Todas as minhas três filhas são obstinadas na hora de tomarem as próprias decisões. Sempre foram assim.

– As minhas também – disse Sebastian. – Para minha grande tristeza.

Notando a maneira como Lillian e Evie se entreolharam e sorriram, como se compartilhassem uma lembrança, ele perguntou:

– O que foi?

– Eu me lembro das conversas que costumávamos ter com Annabelle e

Daisy – respondeu Evie – sobre as coisas que queríamos ensinar às nossas filhas.

Lillian deu um sorrisinho torto.

– O primeiro ponto em que todas concordávamos era: "Jamais deixe um homem pensar por você."

– Isso explica muita coisa – falou Sebastian. – Evie querida, você não acha que deveria ter falado comigo antes de encher a cabeça das meninas com essa filosofia subversiva das moças deixadas de lado?

Evie foi até o marido, abraçou-o e aninhou a cabeça embaixo do queixo dele. O duque ouviu um sorriso em sua voz quando ela respondeu:

– Moças deixadas de lado nunca pedem permissão.

~

Keir seguiu Merritt até o quarto e fechou a porta com um pouco mais de força do que o necessário. Ela se virou para encará-lo, abriu os lábios como quem vai começar a falar, mas ele ergueu a mão antes que ela pudesse dizer algo. Keir estava furioso, preocupado e muito agitado e não queria ser acalmado ou bajulado. Ele queria que ela entendesse uma coisa.

– Sente-se – disse ele, com severidade, apontando para uma cadeira perto de uma mesinha.

Merritt assentiu, arrumando a saia e unindo as mãos com cuidado no colo. Ela observou com calma enquanto ele andava pelo quarto.

– Desde que vim para Londres – começou ele –, tenho sido jogado de um lado para outro como um barco numa tempestade. Perdi todo o meu carregamento de uísque, junto da última garrafa de Tesouro de Lachlan. Fui esfaqueado e quase me explodiram em mil pedaços. Ganhei um novo pai, sobre o qual ainda não estou muito certo e um falso pai, que está tentando me matar. Descobri que estou prestes a adquirir uma imensa quantidade de propriedades que eu não queria e, se eu viver tempo suficiente, um título de nobreza que já odeio. E descobri que nem sequer sou escocês. E, mais importante que todo o resto... Eu me apaixonei pela primeira vez na vida.

Ele agarrou os braços da cadeira e se ajoelhou, com as coxas separadas para abarcar as dela.

– Eu amo você, Merry, e vou amar até meu último suspiro de vida. Você me entende bem o suficiente para saber que eu ficaria destruído se você fosse minimamente ferida? Como posso permitir que se arrisque por minha causa? Como você pode pedir uma coisa dessas?

– Eu peço porque amo você – disse ela, com os lábios trêmulos. – E quero ser sua companheira.

– Você já é.

– Não sou, se está planejando me deixar para trás como Joshua fez. Não é isso que um companheiro faz. Ele tentou me proteger indo embora para resolver um problema dele, quando nós deveríamos ter enfrentado o problema juntos.

– Não é a mesma coisa – disse Keir, furioso.

– Parece a mesma coisa.

– Não há nada de errado em um homem querer proteger a mulher que ama.

– E eu não posso proteger o homem que amo? Ninguém pode contestar que você estará mais seguro comigo lá.

– Pois eu discordo e muito!

– E se alguém entrar na casa à noite enquanto você estiver dormindo?

– O cachorro vai me avisar. E os homens de Ransom vão deter um intruso muito antes que ele entre.

– E se o intruso conseguir se esconder e passar por eles? O que você e Wallace poderiam fazer se ele tivesse uma arma?

– Vou aprender a atirar.

– Atirar não é algo que se aprenda em uma tarde, Keir. São necessárias muitas, muitas horas de prática e, mesmo assim, há um risco enorme de acidente quando se está em uma situação de extrema pressão e incerteza.

Ela se inclinou para a frente e segurou o rosto dele entre as mãos.

– Deixe eu ir com você – pediu ela, sinceramente, e um leve sorriso repuxou um dos cantos de sua boca. – Serei a costela a mais protegendo seu coração.

Keir se afastou abruptamente. O movimento enviou uma pontada de dor pela lateral do corpo e ele xingou. Ficando de pé, ele a olhou com um misto de tormento e frustração.

– Impossível, Merry.

O leve sorriso desapareceu.

– Porque você duvida das minhas habilidades – disse ela em um tom de afirmação.

Keir balançou a cabeça.

– Não. Porque você *é* o meu coração.

Ele saiu do quarto enquanto ainda conseguia fazer isso.

CAPÍTULO 34

Keir perambulou sem destino pela casa, pensativo. Se Merritt pudesse reconhecer a situação impossível na qual o colocara, tudo seria bem mais fácil. A recusa em levá-la para Islay não tinha nada a ver com o respeito imenso que sentia por ela. Seu bem-estar sempre estaria à frente do dele, porque era assim que ele era como homem. Porque ela era a coisa mais valiosa do mundo. Porque ele a amava.

Keir se viu vagando pelo corredor que levava ao escritório e ouviu o som de vozes que vinha pela porta aberta. Agindo irrefletidamente, parou à soleira e olhou para dentro. Kingston e Westcliff conversavam com a tranquilidade confortável de dois velhos amigos. Entre eles havia uma bandeja com um decantador de conhaque e taças de cristal. Keir sentia falta de conversar com os amigos na taverna ou de ficar papeando com os rapazes após o expediente, encerrando o dia com uma provinha de uísque.

Kingston ergueu os olhos e sorriu ao ver Keir.

– Entre, meu jovem.

Keir ficou desarmado ao ver a mudança na expressão do duque, cujos traços elegantes suavizaram-se, cheios de afeto. E, em resposta, Keir foi surpreendido por uma sensação de afinidade e alívio e ficou na expectativa de uma boa conversa. Ele percebeu então que estava começando a gostar da companhia de Kingston.

Ao entrar no aposento, Keir parou na frente de Westcliff, sabendo que algo deveria ser dito sobre seu relacionamento com Merritt.

– Sir – disse ele, e pigarreou, desconfortável. – Hoje mais cedo... Merritt deu a impressão de que determinada pergunta já tinha sido feita e respondida. Mas eu não faria nada sem primeiro discutir o assunto com o senhor.

Foi difícil desvendar a expressão do conde.

– O consentimento de um pai não é necessário quando se trata de uma viúva casando-se pela segunda vez.

– É necessário para mim, milorde – respondeu Keir. – Se achar que Merritt seria prejudicada me tomando como marido, é seu direito assim dizer, e é minha obrigação prestar atenção.

Westcliff olhou para ele atentamente.

– Não há necessidade de enumerar os evidentes desafios que você e ela estão enfrentando. Prefiro perguntar como você planeja lidar com eles.

Kingston pegou seu conhaque e ficou de pé.

– Meu bom Deus – disse, achando graça –, se isso vai se transformar *nesse* tipo de conversa, vou servir uma dose ao jovem. Fique com minha cadeira, Keir.

Keir obedeceu e sentou-se de frente para o conde.

– Ainda não tenho um plano de verdade – admitiu. – Mas pode estar certo de que eu faria todo o possível para proteger sua filha e cuidar dos sentimentos dela. Nunca a deixaria em falta. Ouviria suas opiniões e sempre a trataria como uma companheira amada. Vou trabalhar arduamente e sacrificar o que for preciso para garantir isso. Se ela não for feliz vivendo em Islay, moraremos em outro lugar.

O duque lhe entregou uma taça de conhaque e recostou-se em uma mesa pesada de mogno ali perto.

Westcliff parecia impressionado pelas últimas palavras.

– Você se mudaria da ilha? Está tão convencido assim de que Merritt vale a pena?

– Com certeza. Só existe ela para mim. E não há nem um minuto do dia em que ela deixe de me tornar feliz.

Isso provocou o sorriso mais caloroso, mais natural que Keir já vira em Westcliff. A expressão do homem era divertida e agradecida.

– Bem, se você pode dizer isso mesmo depois da exibição determinada dela nesta tarde, acho que ficarão bem juntos.

– Ora, é motivo de orgulho que Merritt seja uma atiradora tão boa – assegurou Keir. – Mas ela não precisa provar nada. Não há a menor chance de eu permitir que ela se arrisque por mim.

– Você é um bom jovem – disse o conde. – Se serve de algo, essa união tem meu total apoio. Mas é bom que saiba que se casar com uma Marsden pode ser uma proposição complicada, mesmo com uma Marsden tão amável quanto Merritt. Se me permite compartilhar um pouco de sabedoria adquirida a duras penas...

– Por favor – disse Keir, de pronto.

– Cavalgo bastante em minha propriedade – disse Westcliff. – Costumo colocar as rédeas no pescoço de cada cavalo, então deixo o bicho caminhar um pouco para encontrar o próprio equilíbrio e a andadura natural. Já vi muitos cavaleiros controladores, que tentam forçar o cavalo a obedecer. Cada ínfimo meneio de cabeça ou hesitação momentânea é corrigido. Usa-se uma infinidade de freios, esporas e correias para subjugar o animal. Alguns cavalos aturam esse tratamento, mas outros são arruinados por isso. A essência do animal é corrompida e eles ficam com um temperamento azedo para sempre. Por isso ouça meu conselho: sempre deixe um cavalo ser um cavalo – disse Westcliff, e, depois de uma pausa, perguntou: – Entende o que quero dizer?

– Sim, milorde.

– Precisávamos mesmo dessa analogia, Westcliff? – perguntou Kingston. – Você poderia simplesmente ter dito: "Por favor, seja bom para minha filha teimosa e não corrompa a essência dela."

– Força do hábito – respondeu o conde. – Nenhum dos meus filhos presta atenção, a menos que se trate de cavalos.

Ele engoliu o que restava de seu conhaque e pôs o copo vazio de lado.

– Bem, com isso me retiro e deixo vocês a sós para conversarem – disse ele e se levantou, acrescentando a caminho da porta: – Aliás, se em algum momento for mencionado que usei essa analogia em relação a Merritt, não terei escolha a não ser dizer que se trata de uma mentira ardilosa.

– Entendo – disse Keir, afogando um sorriso em seu conhaque.

Kingston continuou meio sentado, meio recostado na mesa.

– Se me permite perguntar – disse ele, depois que Westcliff saiu –, como foi com Merritt?

Keir lhe lançou um olhar resignado.

– Se eu não levá-la para Islay, de alguma forma isso vai comprovar que não a valorizo como companheira.

– Essa é a marca dos Marsden – disse Kingston, secamente. – Não há um ser da linhagem Westcliff que não fantasie sobre salvar o dia de uma forma ou de outra.

– Mas é justamente *porque* eu a valorizo que não posso permitir isso.

245

– Ela há de entender.

– Assim espero.

Keir tomou outro gole de conhaque e deu um breve suspiro.

– Merritt terá mais oportunidades do que o suficiente para salvar o dia nos meses e anos que virão.

O duque cruzou as pernas compridas e olhou, distraído, para a ponta dos sapatos engraxados.

– Keir... Acho que entendo um pouco o que você está sentindo. Em especial, a parte de enfrentar uma montanha de responsabilidades para as quais você nunca se preparou. Mas saiba que você é perfeitamente capaz de lidar com tudo e vai acabar encontrando a pessoa certa para administrar seus assuntos. Nesse meio-tempo, não posso imaginar uma mulher mais qualificada para ajudá-lo do que Merritt.

– E quanto às pessoas que pertencem às rodas sociais que ela frequenta? O pessoal chique.

– O que tem?

– Essas pessoas vão dificultar a vida dela, por ter se casado com alguém inferior?

Kingston pareceu um pouco perplexo.

– Inferior? Sua posição e sua origem são superiores às dela. Você não apenas é filho de um duque como, pelo lado materno, é descendente de uma antiga família saxônica.

– Mas em relação a comportamento, criação, instrução...

– Irrelevante. Acima de tudo, a sociedade respeita a linhagem. Você logo vai descobrir que as expectativas em relação a você e seu comportamento serão bastante maleáveis. Se você surtar, vão chamá-lo de excêntrico. Se agir como um palerma, dirão que seu jeito despretensioso é revigorante.

Um sorrisinho relutante surgiu no rosto de Keir.

– Mas o que quer que você venha a precisar – falou Kingston –, seja conselhos, conexões, dinheiro ou qualquer outra coisa, não hesite em me procurar. Sempre estarei a seu dispor.

O duque retomou a palavra depois de uma pausa:

– Mais tarde, quando houver oportunidade, quero apresentá-lo a seus dois irmãos. Você vai gostar da companhia deles. Você e Gabriel, em particular, têm temperamentos muito parecidos. Ele se casou com uma Ravenel, uma mulher completamente encantadora e...

– Ah, Pandora é minha favorita!

Veio uma voz da porta, e os dois olharam para a soleira, onde estava Seraphina.

– Ela é muito esperta e divertida e um pouquinho estranha, da melhor maneira possível.

A soma do vestido verde com o cabelo louro-acobreado descendo por um dos ombros em uma trança espessa tornava aquela mulher, para Keir, parecida com uma sereia.

– Posso interromper apenas um instante? – perguntou ela, sorrindo para os dois. – Tenho algo importante para mostrar a Keir.

Kingston fez um gesto para que ela entrasse e Keir começou a se levantar.

– Não, fique sentado – pediu Seraphina e levou uma cadeira até a dele. Em seu colo havia um pedaço de pergaminho.

– Phoebe deixou um bilhete me pedindo que examinasse os livros de genealogia da nossa família para ver se temos algum ancestral escocês. Ela não achou nenhum pelo lado da sua mãe e falou que você ficaria decepcionado se não houvesse nenhum pelo lado do papai.

Surpreso e comovido com a preocupação das irmãs, Keir balançou a cabeça e sorriu.

– Não se preocupe, Seraphina. Decidi que ser escocês em meu coração já basta.

– Ainda assim, você não se *importaria* se eu lhe disse que nós temos sangue escocês, não é? – perguntou ela com os olhos cintilando. – Porque descobri que, na verdade, nós *temos* um escocês em nossa árvore genealógica! Como ele não está em nossa linha direta, não vimos a princípio. Precisei rastrear a conexão passando por algumas ancestrais femininas em vez de procurar apenas na linhagem dos homens. Mas somos *indiscutivelmente* descendentes de um escocês que foi nosso tatara-tatara-tatara-tatara-tatara... bem, vamos dizer "tatara" dezoito vezes... avô. E veja só quem é!

Seraphina desdobrou o pergaminho, que tinha uma longa inscrição vertical de nomes conectados. E no topo...

ROBERT I
Rei dos escoceses

– *Robert de Bruce?*

Keir podia sentir o coração se estendendo em seu peito.

– Exatamente – disse Seraphina com alegria, levantando-se em um salto e balançando nos calcanhares.

Rindo, Keir ficou de pé e se curvou para dar um beijo no rosto dela.

– Uma gota do sangue de Robert de Bruce já dá conta do recado. Eu não poderia estar mais feliz. Obrigado, minha irmã.

Ele tentou lhe devolver o fluxograma, mas ela balançou a cabeça.

– Fique com ele se quiser. Não são novidades maravilhosas? Tenho que contar a Ivo que somos escoceses!

Seraphina saiu do quarto, triunfante.

Keir deu risada enquanto dobrava o papel e o guardava no bolso. E olhou para Kingston, que conseguira dominar o próprio sorriso por tempo suficiente para terminar de beber o conhaque.

– Bem, vou me despedir de você agora – disse Keir. – Partirei ao raiar do dia.

O duque o olhou, alerta.

– Um dia antes?

– Vai ser mais fácil assim – respondeu Keir, então fez uma pausa acanhada. – Quero lhe agradecer por ter protegido o espólio em meu nome. Você lutou por um ano sem sequer saber se me encontraria.

– Eu sabia que o encontraria – disse Kingston em voz baixa.

Assumindo de repente um tom mais profissional, ele foi até o outro lado da mesa e abriu uma gaveta. Tirou um cartão de visita, puxou uma pena de um suporte de ágata engastada e a mergulhou no tinteiro.

– Este aqui é meu endereço em Londres – disse ele, escrevendo no cartão estampado – e anotei também o nome de um gerente no clube que sempre sabe meu paradeiro. Mande um telegrama se precisar de qualquer coisa. Qualquer coisa mesmo. Eu...

Kingston parou, baixou a pena e levou um instante para controlar suas feições.

– É difícil deixá-lo partir sabendo que Ormonde vai mandar alguém atrás de você.

– Prefiro levar um tiro a passar um dia inteiro na corte, como você terá que fazer – disse Keir, pegando o cartão.

Kingston respondeu com um riso melancólico.

Keir hesitou por um longo momento e chegou a uma decisão. Sentindo-se acanhado e um pouco tolo, ele levou as mãos à gola da camisa, enganchou um dos dedos na correntinha ao redor do pescoço e puxou até que a chave de ouro surgisse. Então pigarreou e tentou parecer casual.

– Será que... você ainda...

A voz dele sumiu ao ver Kingston pôr a mão no bolso do colete. Sua agilidade costumeira parecia tê-lo abandonado enquanto ele se empenhava em soltar a corrente do relógio.

– É só uma formalidade – murmurou Keir.

– Se não abrir – disse Kingston, virando o rosto –, não tem importância. Até onde sabemos, ela pode ter mandado a chave errada.

– Sim.

O coração de Keir começou a martelar mais alto e mais forte, ressoando em sua garganta.

Kingston entregou a corrente com o cadeado em formato de coração pendurado nela. Keir ficou envergonhado ao descobrir que suas mãos tremiam um pouco. Ele se atrapalhou para inserir a chave e girou.

Clique.

O som ínfimo e decisivo tocou fundo em seu coração. O cadeado se abriu e se soltou, como Keir esperava. Não havia motivo para estardalhaço, mas Keir manteve a cabeça baixa ao sentir os olhos e o nariz pinicarem e a vista ficar embaçada de lágrimas. Precisou forçar outro pigarro para liberar o nó na garganta.

No instante seguinte ele sentiu um aperto seguro e afetuoso, ainda que rústico, na nuca, e outro em seu ombro, puxando-o para algo que não era bem um abraço, mas parecia um. E, em meio à respiração entrecortada, Keir ouviu a voz ressonante e instável de Kingston.

– Você sempre será filho de Lachlan MacRae. Mas é meu também.

Depois de uma pausa, ele acrescentou, com a voz rouca:

– Você pode ser meu também.

– Sim – respondeu Keir, e foi tomado por uma sensação de paz inesperada.

~

Ainda que trabalhando com eficiência silenciosa, os ruídos de uma criada acendendo a lareira despertaram Merritt de um sono muito pesado. Sentia-se tão cansada que era difícil até mesmo se virar na cama, como se os cobertores tivessem sido costurados com pesos de chumbo. Sua mente foi despertando aos poucos, ainda ocupada com um sonho escuro e prazeroso em que Keir fazia amor com ela.

Porém... não havia sido um sonho... havia? Não, ele viera até o quarto dela no meio da noite, calando-a quando ela tentara falar, beijando cada centímetro de sua pele enquanto retirava sua camisola. Assustada, Merritt abriu os olhos e logo viu a peça dobrada com esmero em uma poltrona. Imaginando se a criada tinha visto, Merritt se afundou um pouco mais sob as cobertas. Para seu alívio, a criada logo deixou o quarto sem dizer nada e fechou a porta.

Merritt estava nua e profundamente relaxada, com os bicos dos seios um pouco esfolados. A carne macia da vulva tinha uma sensibilidade prolongada após ter sido acariciada, beijada, mordida, provocada, invadida. Lembrando-se do prazer que Keir lhe dera, Merritt se contorceu de leve e os dedos dos pés se retorceram. Ele ficara por cima dela, provocando a pélvis com seu membro a cada estocada. Keir era tão potente, seu corpo reivindicava, invadia com arremetidas profundas e deliciosas, e assim fora noite adentro. Ela terminara exausta, mas ainda assim fora capaz de murmurar que precisavam fazer planos e conversar, passar o dia arrumando as coisas e se preparando para a viagem até Islay. Disse que lamentava muito que ele estivesse insatisfeito com a insistência dela em acompanhá-lo. Keir pedira a ela que se calasse e a segurara contra o peito firme e peludo enquanto Merritt suspirava e bocejava. Era a última coisa de que se lembrava.

A luz do sol que entrava pela persiana brilhava forte. Dormira até muito tarde? Ela se espreguiçou e começou a se virar...

... e se contraiu ao sentir algo estranho deslizando pelo braço. Logo notou que se tratava de uma correntinha.

Uma pulseira?

Merritt pulou às pressas da cama e vestiu a camisola. Correu até a janela, abriu a persiana e olhou para a pulseira iluminado pelo sol. Era uma corrente de relógio de ouro, presa em seu pulso por um cadeadinho de ouro.

Ela foi tomada por uma mistura de emoções, todas envoltas em pânico. Keir havia ido embora sem ela. Tinha certeza disso.

Merritt sentiu vontade de quebrar algo. De chorar. Como ele pôde ter partido sem falar com ela? E o que ela faria?

Em sua mente, três palavras surgiram:

"Seja corajosa, Merritt."

CAPÍTULO 35

Um dia depois, Merritt inclinava-se por cima da balaustrada de um barco a vapor, sentindo o estômago se revirar pavorosamente. Tinha suportado bem a longa viagem de Sussex até Glasgow, com uma parada para trocar de trem em Londres. Mas, depois de navegar em um paquete descendo por Loch Fyne e embarcar em uma viagem de 16 quilômetros pelo lago West Tarbert, ela começou a se sentir cansada e um pouco enjoada. Era uma pena não conseguir aproveitar a viagem naquele belo barco a vapor preto e branco, uma embarcação nova e moderna com alegres toldos listrados que cobriam os assentos no deque. Mas Merritt cometera o erro de começar a andar pela espaçosa cabine das senhoras, que ficava abaixo, e os movimentos sutis da embarcação a deixaram completamente enjoada. Ela se pendurou na balaustrada e fechou os olhos, torcendo desesperadamente para que a brisa gelada em seu rosto ajudasse a abrandar a náusea.

– Milady?

Merritt se virou para a voz hesitante e avistou um casal mais velho se aproximando. A mulher corpulenta e atraente que usava uma saia listrada e uma capa de viagem verde-escura era desconhecida para ela. Mas o homem que a acompanhava, velho e magro, com o cabelo grisalho desgrenhado por baixo da boina, parecia vagamente familiar. Ah, sim... Era um dos homens da destilaria que fora para Londres com Keir.

– Arran Slorach – disse ele, indicando a si mesmo –, e esta é minha esposa, Fia.

– Sr. Slorach! – exclamou Merritt, esboçando um sorriso fraco. – Que maravilha encontrá-lo outra vez. E Sra. Slorach... é um prazer...

– Não posso acreditar no que estou vendo – exclamou o homem –, uma dama tão ilustre em um barco a vapor que vem de Tarbert!

Com uma careta, Merritt voltou-se para a água.

– Ah, Deus – disse ela, com a fala embolada. – Não tão ilustre no momento. Que humilhação, estou tão...

Curvando-se sobre a balaustrada, Merritt ofegava e suava.

A Sra. Slorach parou ao lado dela com um lencinho de linho branco tirado de algum lugar.

– Pronto, pronto, pobre moça – disse ela, dando tapinhas delicados nas costas de Merritt e lhe entregando o lenço. – Um pouquinho de enjoo não é caso para se preocupar. Não se acanhe, vá em frente e bote para fora.

Para o eterno constrangimento de Merritt, ela fez exatamente isto: vomitou descontroladamente por cima da balaustrada. Quando os espasmos findaram, ela usou o lencinho para limpar a boca. Ardendo de vergonha, Merritt se desculpou profusamente enquanto o casal a levava até uma parte com alguns assentos vazios no deque.

– Obrigada, Sra. Slorach, eu sinto muitíssimo...

– Me chame de Fia – disse a mulher, olhando-a com bondade. – Não colocou muita coisa para fora. Você comeu alguma coisa hoje, moça?

– Comi uma torrada no café da manhã.

– Precisa de mais do que isso. Nunca viaje de estômago vazio.

Ela vasculhou em uma cesta que trazia no braço e tirou um pequeno pacote embrulhado em um guardanapo.

– Coma um pouquinho disto, querida. Vai se sentir melhor.

– Que gentileza. Mas não sei muito bem... o que é isso?

Merritt se encolheu quando Fia desembrulhou uma pequena pilha de pedaços de linguiça frita sem pele, cortada em quadrados.

– Minha nossa, *não*, por favor, isso seria a morte para mim.

– Uma mordidinha. Só uma.

O quadrado de linguiça no guardanapo seguia os movimentos do rosto de Merritt enquanto ela tentava evitá-lo.

Sem escolha a não ser se render, Merritt suprimiu a ânsia de vômito e mordeu um pedacinho do canto. Felizmente, a linguiça tinha um sabor suave e estava um pouquinho seca. Ela se obrigou a engolir. Para seu espanto, a náusea foi desaparecendo, como que por milagre. Merritt resolveu aceitar e começou a comer devagar.

– É assim que funciona – disse Fia, com um sorriso no rosto redondo. – Linguiça foi o que me ajudou a melhorar quando eu estava na sua condição.

– Condição? – repetiu Merritt, mordendo e mastigando.

– Ora, com um pequeno na barriga, é claro.

– Ah.

Os olhos de Merritt se arregalaram.

– Estou bem certa de que não é esse o caso.

O Sr. Slorach se dirigiu à esposa:

– Lady Merritt é viúva, Fia.

Fia a olhou, especulando, como se registrasse os detalhes.

– Ah, entendo. Está indo para Islay, então?

– Sim.

Merritt sentia-se um pouco melhor a cada mordida. Na verdade, sentia uma nova onda de energia.

Quando terminou de comer, Fia ofereceu outro pedaço enquanto o Sr. Slorach a olhava com uma preocupação crescente.

– Posso lhe perguntar quem a senhora vai visitar na ilha, milady? – indagou ele.

– O Sr. MacRae – respondeu Merritt.

Slorach assentiu devagar.

– Ele voltou para casa ontem. Ainda não estive com ele, já que Fia e eu estávamos fora, visitando nossa filha em East Tarbert – explicou ele, e, um pouco hesitante, perguntou: – Há algum problema, lady Merritt? Posso ajudar de alguma forma?

– Eu não diria que é um problema – respondeu ela. – O Sr. MacRae e eu ficamos amigos durante a estadia dele na Inglaterra. Mas ele partiu um tanto repentinamente e... preciso falar com ele sobre um assunto pessoal. Talvez o senhor possa me dizer como encontrar um transporte que me leve até a destilaria ao chegarmos a Port Askaig.

Marido e mulher se entreolharam com expressões atônitas, evidentemente chegando a uma conclusão terrível sobre o motivo pelo qual Merritt viajava sozinha para encontrar Keir após sua partida repentina da Inglaterra.

– Eu falei, Fia – exclamou Slorach, em voz baixa. – Eu jamais deveria tê-lo deixado livre para flertar e passear naquela cidade perversa. Londres corrompeu MacRae, como eu disse que faria.

Fia assentiu e disse a Merritt, com firmeza:

– Não se preocupe, milady, vamos cuidar para que o rapaz aja de maneira decente com você. Devemos isso a Elspeth e Lachlan, que Deus os tenha.

~

Acompanhada pelos Slorachs na travessia pela ilha em uma carruagem, Merritt se viu arrebatada pela beleza erma e selvagem do lugar. Havia colinas ao norte e a oeste com áreas abertas de urze e terra arável, faixas de areia banhadas pelas ondas e lagos de água salgada pontilhando o terreno irregular. De vez em quando passavam por um bosque amplo de carvalho ou abeto escocês, mas, quanto mais a oeste iam, mais as árvores tornavam-se esparsas, substituídas por vastos prados e milharais. Passaram por ruínas de castelos, casas senhoriais e vilas de pescadores, onde as pessoas perambulavam por lojas ou se reuniam ao redor de tavernas à beira da estrada, conversando em pequenos grupos.

– É sempre sábado à tarde em Islay – disse Slorach a Merritt, com alegria.

Por fim, aproximaram-se da destilaria, que consistia em uma série de construções brancas em cima de um conjunto de rochas baixas, com uma vista perfeita para o mar. O coração de Merritt começou a martelar à medida que se aproximavam do acesso que contornava a destilaria. Logo chegaram a uma casinha bem arrumada, com um telhado de ardósia cinzenta e uma horta com uma cerca baixa ao lado.

A carruagem parou, e Slorach ajudou a esposa e Merritt a descerem em um caminho de pedras que levava até a casa. Antes que chegassem à porta da frente, ela se abriu e o pequeno skye terrier cinza-prateado veio correndo. Ele parou a um metro de Merritt e rosnou.

– Olá, Wallace – disse ela, com um sorriso inseguro, e ficou imóvel quando ele veio até ela.

O cachorro a rodeou, farejando sua saia. Um segundo depois, passou a encará-la com olhos brilhantes, balançando o rabo sem parar, permitindo que ela lhe fizesse carinho.

– Que menino bonito é você! – exclamou ela, alisando o pelo dele.

– Merry...

Ela ouviu, olhou para cima e viu Keir caminhando na direção dela.

– Não fique com raiva – pediu ela, com os lábios tremendo enquanto tentava dar um sorriso.

Mas na expressão de Keir não havia a menor sombra de raiva, apenas preocupação. Ele a alcançou em três passos largos, puxou-a para seus braços e a apertou contra o peito.

– Meu coração, o que está fazendo aqui? – perguntou ele, em voz baixa. – Como você... Não me diga que veio sozinha. *Que droga*, Merry.

Então Slorach se pronunciou.

– Fia e eu a encontramos na volta de Tarbert. Ela passou mal no paquete.

Keir fez com que Merritt olhasse para ele.

– Passou mal? – perguntou ele com urgência.

– Só fiquei um pouco enjoada – garantiu ela.

Slorach lançou a Keir um olhar significativo.

– Fia acha que a moça está esperando um pequeno.

Fia assentiu, decidida, ignorando o protesto confuso de Merritt.

– Olhe só as palmas das mãos dela – disse a Keir. – Está vendo como estão rosadas, especialmente nas pontas? E sabe o que acalmou o enjoo? *Linguiça*, fique você sabendo.

Ela assentiu com compaixão, como se tivesse comprovado um ponto importante.

Keir acariciou o cabelo de Merritt e a olhou.

– Uma moça voluntariosa, você, não? – murmurou ele. – Viajando sozinha. De todas as ideias estúpidas e imprudentes... Vamos conversar sobre isso, Merry, e vai ser doloroso para seus ouvidos.

Mas as mãos dele aninharam o rosto dela enquanto falava, o tempo todo dando beijinhos na testa, nas bochechas, no queixo e na ponta do nariz.

– Eu precisava vir – disse Merritt, imóvel, com o rosto virado para cima. – Você se esqueceu de deixar a chave do cadeado. Eu não tinha como remover o bracelete.

– Eu queria que ficasse com você – disse Keir e baixou a cabeça para beijar a lateral do pescoço dela. – Para que não se esquecesse do coração que é seu.

Um sorriso espichou a bochecha dela.

– Eu ficaria pensando em você de qualquer jeito.

– Jovem MacRae – chamou Slorach. – Você tem a intenção de fazer o que é certo com essa pobre moça com quem agiu mal?

– Eu não...

Keir começou a falar, mas parou quando alguém saiu da destilaria. Seguindo o olhar dele, Merritt viu Ethan Ransom se aproximando.

– Eu disse a MacRae que achava que você apareceria – observou Ethan –, não importa o que ele ou qualquer outra pessoa dissesse.

– Disse? – perguntou Merritt, tímida. – Suponho que me considere terrivelmente teimosa.

– Não – contestou ele, com um sorriso. – É que minha esposa teria feito o mesmo.

Keir manteve o braço ao redor de Merritt ao virar-se para Ethan.

– Ransom, eu ficaria grato se você fosse buscar o delegado e pedisse a ele que trouxesse o certificado de registro. Parece que teremos que cuidar de um pequeno casamento.

CAPÍTULO 36

Keir pegou as valises de couro de Merritt e entrou com ela no chalé. Wallace os seguiu, arfando com alegria. O interior da casa era mais luminoso e arejado do que Merritt esperava, com paredes brancas e janelas com painéis em formato de diamante. Uma grande lareira de tijolo com uma chaminé de bronze aquecia o cômodo principal. O piso de ardósia cinza-escuro tinha sido varrido com esmero e enfeitado com tapetes coloridos. O canto mais distante da entrada se abria para uma pequena cozinha equipada com um fogão e uma pia de chumbo.

Keir levou as valises para um quarto pequeno, com poucos móveis, onde havia uma bela cama de dossel com quatro colunas sulcadas.

Merritt soltou a presilha que prendia seu chapéu de viagem e sentou-se na cama. Correu os dedos suavemente pela linda manta acolchoada.

– Foi sua mãe quem fez? – perguntou ela, sentindo uma timidez esquisita.

– Sim, ela era uma ótima costureira.

Keir a virou para encará-lo e abriu a capa de viagem dela.

– Se houvesse alguém de minha confiança que a levasse de volta para casa, eu a colocaria no próximo trem para Glasgow. Não quero que viaje sozinha outra vez, Merry. Você não deveria ter vindo.

– Eu sei – disse ela, arrependida. – Sinto muito.

– Não sente nada.

– Sinto muito por você não estar satisfeito com isso.

Ele a olhou de cima a baixo, pensativo.

– O que foi isso de passar mal no barco?

– Foi só um enjoo. Estou bem agora.

Depois de remover a capa e deitá-la na cama, Keir a segurou pelos ombros.

– Você quer mesmo se casar comigo?

– É o que eu mais quero na vida – respondeu ela.

– Não venha reclamar se mudar de ideia depois – disse ele, franzindo a testa.

– Não vou mudar de ideia – retrucou ela, sorrindo.

Ao ouvir sons abafados de conversa que vinham da sala e alguém fazendo barulho na cozinha, Keir a soltou com relutância.

– Vamos contar o mínimo possível sobre Ransom, está bem? Eu disse a Slorach que ele é o representante de um abastado comerciante de uísque que está querendo comprar terras em Islay e projetar um campo de golfe. E que por isso Ransom deve andar pela ilha e examinar o terreno.

– Ethan está hospedado aqui? Conosco?

Os lábios de Keir se retorceram.

– Não. Isso deixaria a casa muito cheia. Ele e os dois agentes estão em uma birosca velha e pequena no fim da estrada.

– Birosca?

– Uma hospedaria daquelas em que um homem pode ficar por um centavo se a esposa negar-lhe a cama.

– Por que Ethan trouxe só dois homens?

– É só disso que precisa, segundo ele.

– Não acho que seja o bastante – disse Merritt, franzindo a testa. – Nem perto disso. Onde ele está com a cabeça? Ainda bem que estou aqui para proteger você.

Com uma expressão de paciência, ele a levou de volta ao cômodo principal, onde os Slorachs se ocupavam na cozinha. Fia pusera uma chaleira no fogo e carregava itens da mesa da cozinha para o armário. Slorach mexia em um conjunto de cestas e jarros que ainda estavam sobre ela.

– Arran – Fia avisou ao marido –, não toque em nada disso. Os vizinhos trouxeram essa comida para Keir agora que ele voltou de viagem.

– Ora, pois eu também voltei de viagem – protestou o homem – e estou faminto.

– A viagem de Keir foi para a Inglaterra – rebateu ela, ácida. – Você foi só até Tarbert.

Keir deu um sorrisinho torto.

– Deixe o homem comer alguma coisa, Fia.

Enquanto os três conversavam, Merritt foi até uma mesa de chá e uma poltrona e as colocou de frente para a janela. Dali avistou ao longe um farol no meio do oceano. Ela se sentou na poltrona acolchoada e Wallace logo veio descansar a cabeça em seu joelho, observando-a com seus olhos escuros, redondos e brilhantes. Merritt o acariciou gentilmente. Estava escurecendo lá fora, e ela estremeceu de prazer pelo conforto de estar em uma casa aquecida.

Keir veio da cozinha com uma xícara de chá e a colocou na frente de Merritt. Ela o olhou, meio surpresa, e sorriu.

– Obrigada.

Ao tomar um gole, percebeu que ele preparara o chá exatamente como ela gostava, suavizado com um pouco de leite e a quantidade exata de açúcar.

Olhando para o cãozinho, Keir perguntou com delicadeza:

– O que você acha, Wallace? Ela é daquelas para se manter, não é?

A cauda sedosa e comprida de Wallace balançou vigorosamente de um lado para o outro.

Ethan logo chegou com o delegado, um homem gigante, de rosto corado, cabelo ruivo cheio e um belo bigode espesso.

– Lady Merritt – disse Keir. – Este é nosso delegado, Errol MacTaggart.

– Que dama encantadora e excelente ela é – exclamou MacTaggart, com um sorrisinho. – Me disseram que damas inglesas eram pálidas e adoentadas, mas vejo que você encontrou uma beleza com rosas nas faces.

Keir sorriu brevemente.

– Não vamos nos estender muito nisso, MacTaggart. Lady Merritt está cansada e, como você sabe, não sou dado a cerimônias.

– Um casamento às pressas, não? – observou o delegado, e uma parte de sua animação arrefeceu um pouco ao olhar ao redor. – Sem flores? Sem velas?

– E também sem anel – informou Keir. – Faremos nossos votos, você emite a certidão e teremos concluído tudo bem a tempo de jantar.

MacTaggart claramente não gostou nem um pouco da atitude.

– Não vou assinar nada até ter certeza de que tudo está dentro da lei – disse ele, endireitando os ombros. – Primeiro... está ciente de que há uma multa se você não apresentar a habilitação para o casamento?

– Mas não é um casamento em igreja – respondeu Keir.

– A lei diz que sem a habilitação a multa é de 50 libras.

Keir o olhou, enfurecido, e o delegado acrescentou com firmeza:

– Sem exceção.

– E se eu lhe der uma garrafa de uísque? – perguntou Keir.

– Fica dispensado da multa – disse MacTaggart de pronto. – Agora... o restante de vocês concorda em se apresentar como testemunha?

Ethan e os Slorachs assentiram.

– Vou começar, então – disse Keir, bruscamente, e pegou a mão de Merritt. – Eu, Keir MacRae, prometo que...

– *Ainda não* – interrompeu o delegado, com uma carranca. – É minha obrigação fazer algumas perguntas antes.

– MacTaggart, que Deus me ajude... – disse Keir, irritado.

Quando Merritt apertou a mão dele com delicadeza, Keir suspirou e ficou calado. O delegado prosseguiu com grande dignidade.

– Vocês dois estão de acordo com este casamento?

– Sim – disse Keir, ácido.

– Sim – respondeu Merritt.

– Ambos são solteiros? – perguntou o homem.

Quando os dois assentiram, ele continuou:

– Não são irmãos?

– Não – disse Keir, secamente, com sua paciência se esgotando.

– Nem tio e sobrinha?

– MacTaggart – rosnou Keir –, você sabe muito bem que eu não tenho sobrinhas.

O delegado o ignorou, focando sua atenção em Merritt com um olhar profundamente investigador.

– Milady, esse homem usou de força ou de falsos argumentos para envolvê-la contra sua vontade?

Merritt ficou surpresa.

– Qual é o seu problema, MacTaggart? – indagou Keir. – De todas as perguntas estúpidas...

Fia o interrompeu.

– Essa moça não foi sequestrada, delegado.

Keir olhou para ela por cima do ombro.

– Obrigado, Fia.

– Ela foi desvirtuada – continuou Fia, empertigada. – Levada para longe do caminho da virtude por tentações que esse jovem exerceu sobre ela.

Keir ficou atordoado.

– *Desvirtuada?*

MacTaggart olhou para ele severamente.

– Você nega que se deitou com essa moça, MacRae?

– Eu nego que isso seja da sua conta, inferno!

Arran Slorach balançou a cabeça, pesaroso.

– Foi Londres – disse. – Aquela cidade perversa pôs ideias vulgares na cabeça do rapaz e corrompeu a mente dele.

Merritt contraiu os lábios e baixou a cabeça, segurando uma risada enquanto os Slorachs e o delegado discutiam sobre a ruína da integridade de Keir durante sua estadia longa demais no ambiente insalubre de Londres e na atmosfera degradante da Inglaterra em geral. Ela arriscou um olhar furtivo para Ethan, que se empenhava com firmeza em ocultar o próprio riso.

– Delegado – intrometeu-se Ethan –, agora que o estrago está feito, acredito que o casamento poderá corrigi-lo.

– Tem razão – disse MacTaggart, decidido. – O rapaz deve ser acorrentado agora mesmo para salvarmos a integridade da dama.

Então ele olhou para Keir e disse:

– Vá em frente, MacRae. Faça seus votos.

Keir se virou completamente para Merritt e segurou suas mãos. Ao olhar nos olhos dela, sua expressão mudou, suavizando-se com ternura.

– Merritt, tomo você como minha esposa. Prometo todos os dias tentar ser o homem que você merece. E não hei de amar mais ninguém, apenas você, meu coração, até meu último momento sobre esta terra.

Merritt ficou presa naquele olhar reluzente como um diamante, cada parte de si sentindo-se viva pela mera noção da presença dele... na pele, no corpo, na pulsação, na medula em seus ossos... todo o seu ser acolhendo o reconhecimento daquele homem não como um ente isolado, mas uma parte de si mesma. Ela nunca imaginara que uma intimidade assim fosse possível, uma intimidade que nada tinha a ver com propriedade.

Serei a costela a mais protegendo seu coração.

Impossível, Merry. Porque você é o meu coração.

Ela sorriu para ele, sentindo-se arder e flutuar de alegria, perguntando-se como a gravidade ainda conseguia mantê-la no chão.

– Tomo você como meu marido, Keir. Vou amá-lo com tudo o que sou e tenho, para sempre.

Os lábios dele se aproximaram dos dela.

～

Merritt nunca se lembraria de nada em específico nos minutos que se seguiram, quais palavras foram trocadas, ou que horas eram quando todos foram embora e ela e Keir finalmente ficaram a sós. Lembraria apenas que ele tinha aquecido água para ela tomar banho e, quando foram para a cama, os lençóis estavam gelados, mas o corpo de Keir logo a aquecera. E se lembraria de seu marido se curvando sobre ela com um sorriso preguiçoso, a mão se movendo para baixo com delicadeza enquanto ele dizia:

– Ransom me disse que devemos ficar confinados principalmente em casa e nos arredores pelos próximos dias.

– Isso não será problema – sussurrou ela, e puxou a cabeça dele para si.

CAPÍTULO 37

Quando Keir e Merritt saíram de casa no dia seguinte, já era de tarde. Fazia frio e estava cinzento – *dreich*, como chamara Keir –, mas o vestido de lã e os sapatos resistentes de Merritt a mantinham confortável, e um xale de caxemira grossa a protegia do vento. Wallace corria para lá e para cá, brincando com Keir de buscar um graveto enquanto caminhavam.

A destilaria e a casa ocupavam 10 mil metros quadrados de terreno, todo ele voltado para o mar. Embora a propriedade parecesse ficar em um isolamento romântico, situava-se a apenas três quilômetros de Port Charlotte, que, segundo Keir, era repleta de lojinhas, jardins e casas com terraço.

Wallace os seguia enquanto Keir levava Merritt para conhecer a destilaria. Ela ficou maravilhada com o tamanho e a complexidade do processo, que utilizava uma combinação de maquinário e gravidade para mover quantidades enormes de grãos e líquidos. A cevada era içada a dois e três andares e passava por um afunilamento que desembocava em vários pontos da destilaria através de calhas de ferro. Havia níveis superiores de maltagem, conectados a fornalhas imensas por passadouros ao longo dos quais as sacas de malte seco eram carregadas. Aquela tinha sido uma das funções de Keir quando mais novo, já que ele conseguia correr de um lado para outro entre os passadouros. Depois de ser triturado em um moinho gigante, o malte seco era conduzido de elevador até o nível dos grãos moídos e então era misturado com água quente em um tonel de cinco metros de diâmetro que batia a massa.

– Depois que o malte é misturado com a água – contou Keir –, a poeira dos grãos é reduzida e isso diminui o risco de explosões.

Merritt o encarou de olhos arregalados.

– Como aquelas que acontecem em moinhos de farinha?

– É a mesma coisa, mas aqui conectamos um grande cano de metal entre os elevadores de grãos moídos e o telhado, então a maior parte da força da explosão iria para cima. E instalamos hidrantes, conectores, carretéis e mangueiras onde for possível.

Ele segurava a mão de Merritt enquanto passavam por uma fileira de alambiques de cobre.

– O risco é baixo agora que a destilaria está fechada há quase um mês. Mas ainda assim não é uma boa ideia riscar um fósforo ou fumar em qualquer lugar perto do complexo.

– Ou disparar uma arma, suponho – disse Merritt.

– Ou isso – concordou ele, com pesar, e hesitou antes de perguntar, atento: – Você não trouxe uma arma para Islay, trouxe?

– É claro que eu trouxe. Peguei uma emprestada da sala de armas do tio Sebastian. Vim para cá para proteger você, lembra?

Ela pôs a mão no bolso da saia, onde um revólver British Bulldog pequeno e pesado repousava em seu quadril.

– Se quiser vê-lo...

Keir grunhiu e balançou a cabeça, puxando-a entre os alambiques de cobre.

– Não, não me mostre.

Ele recostou-se na superfície fria do cobre.

– Não preciso que você me proteja. Preciso de você para outras coisas.

– Posso fazer essas outras coisas também.

Eles deram um beijo longo e delicioso, sem interrupção, até que ela estivesse se segurando nele, sem forças, com as pernas bambas.

Wallace veio correndo até eles, trazendo algo na boca, balançando o rabo.

– O que você encontrou aí, garoto? – perguntou Keir, abaixando-se para pegar o objeto.

Merritt sentiu uma pontada intensa de preocupação ao ver que era a boina de lã de um homem.

– Não se preocupe – disse Keir, de pronto –, é de um dos agentes de Ransom. Duffy, eu acho. Provavelmente está em algum lugar por aqui.

Merritt continuou com a testa franzida.

– Eles estão se escondendo de nós? – sussurrou ela.

– Não, apenas tentando ficar fora do nosso caminho – disse Keir, agitando a boina perto do focinho de Wallace. – Vamos encontrá-lo, amigão.

O cachorro trotou adiante, olhando volta e meia para trás a fim de garantir que eles o seguiam.

– Wallace sabe quando Ethan ou um de seus homens está por perto?

– Sim. Ele os conheceu antes de você chegar... chamam-se Duffy e Wilkinson... Eu os apresentei e dei a eles um pedaço de cenoura para alimentá-lo. Wallace os considera amigos, então não vai latir para eles. Mas, se houver um estranho por perto, ele vai avisar.

Foram até um depósito próprio para bebidas, com vários andares, onde barris cheios de uísque estavam armazenados horizontalmente em prateleiras, empilhados de quatro em quatro.

– Duffy? – chamou Keir, com cautela.

Merritt ficou tensa, levando a mão sorrateiramente ao bolso da saia enquanto aguardavam a resposta.

– Sr. MacRae?

Um jovem barbeado, com cabelo escuro, veio andando pelo outro lado do depósito. Keir entregou a boina ao cachorro, que obedientemente o levou até Duffy.

– Obrigado, Wallace – disse o rapaz, coçando as orelhas do animal. – Eu estava procurando isso.

Então ele olhou para Merritt e fez uma reverência respeitosa.

– Milady.

– Sr. Duffy – respondeu Merritt, sorrindo.

O olhar do rapaz voltou-se para Keir.

– Se vai fazer um passeio pelo depósito com lady Merritt, posso patrulhar outra área da destilaria – ofereceu ele.

– Por favor – disse Keir.

Eles esperaram até que Duffy tivesse saído antes de começarem a andar por entre as prateleiras, com Wallace vindo logo atrás.

– Quantos anos acha que ele tem? – sussurrou Merritt, um pouco descontente.

– Uns vinte? – supôs Keir.

– Eu diria uns doze.

Keir balançou a cabeça, dispensando a preocupação dela, e a virou para que olhasse os barris armazenados.

– Olhe só essas prateleiras... Instalamos no ano passado. Antes precisávamos armazenar os barris de pé, mas isso exerce muita pressão e causa vazamentos. Mantê-los na horizontal é melhor para os barris e permite que mais ar circule ao redor de todo o corpo.

– Por que é desejável que o ar circule?

– Melhora o sabor.

– Como você coloca e tira os barris das prateleiras?

– Com força bruta – admitiu ele –, da mesma forma que fazemos ao armazenar na vertical. Para baixá-los, basta puxar uma alavanca na ponta de cada fileira. Isso solta as travas, e os barris saem rolando.

– Parece empolgante – disse ela, olhando para as intermináveis fileiras de barris aguardando para despencar.

Keir a puxou contra si e depositou beijos em seu queixo e seu pescoço.

– Já viu o suficiente da destilaria por ora, amor? Eu gostaria de tirar um breve cochilo.

Ela deslizou os braços ao redor do pescoço dele e ergueu os lábios em resposta.

Exceto pelo breve encontro com Duffy, eles não viram sinal de Ethan ou seus homens. Estavam tão absortos em si, aproveitando a novidade de poderem fazer o que bem quisessem sem se preocupar com interesses alheios, que as horas tinham passado sem que se dessem conta. Comeram uma refeição simples, tomaram vinho, fizeram amor e conversaram longa e tranquilamente ao pé da lareira. À noite, levaram Wallace para dar uma volta ao redor da propriedade e observaram o mar usando binóculos. Avistaram golfinhos.

Merritt nunca se sentira tão feliz, mas, ao mesmo tempo, a preocupação persistente com o perigo potencial estava sempre presente. E também havia a questão do que estava acontecendo em Londres. Fazia dois dias que Kingston comparecera à corte para revelar que localizara Keir, mas até então nada havia sido comunicado a respeito dos trâmites legais.

– Ele vai mandar um telegrama quando tiver notícias – falou Keir. – Ou Ransom vai descobrir e nos contar.

Na manhã seguinte, Ethan bateu à porta cedo. Keir se vestiu rapidamente e foi recebê-lo enquanto Merritt corria para vestir um robe e colocar a chaleira no fogo.

Ethan parecia cansado e tenso ao entrar na cozinha e pôs as mãos frias sobre o fogão para aquecê-las.

– Trago novidades chocantes – disse, esfregando as mãos vigorosamente para espalhar o calor. – Preciso fazer rodeios ou posso ir direto ao ponto?

– É chocante de uma maneira boa ou ruim? – perguntou Merritt.

Ethan ponderou a questão.

– Não é ruim, ao que parece. Mas ainda não sei os detalhes.

– O que houve? – perguntou Keir.

– Lorde Ormonde foi encontrado morto em casa ontem, tarde da noite.

CAPÍTULO 38

Merritt foi dominada por um senso de irrealidade. E se esforçou para refletir sobre a informação e processar o que aquilo significava, mas sua linha de raciocínio comum parecia ter se desintegrado. Ela olhou para Keir, que se ocupara de medir a quantidade de chá no bule. Era difícil ler a expressão no rosto dele, mas Merritt imaginava que devia estar perplexo e profundamente preocupado com o fato de tudo estar caindo sobre ele de uma só vez... herdar o espólio e, quase com certeza, o viscondado e a propriedade.

– Foi de causa natural? – perguntou Keir, com calma.

– Ainda não sei. Ele certamente tinha uma idade que possibilitava isso. Preciso voltar para Londres imediatamente e supervisionar a investigação.

Ethan foi até uma cesta de comida, ergueu a toalha e pegou um pão de aveia. Mordeu um pedaço seco e esfarelado sem parecer degustá-lo.

– Quero levar Wilkinson comigo e deixar Duffy aqui, se não se opuserem.

Merritt franziu a testa.

– Eu me oponho.

Ethan olhou para ela com ar de curiosidade e engoliu o pedaço de pão.

– Com a morte de Ormonde, não há motivo para Brownlow vir de tão longe e dar continuidade aos desejos de um moribundo. É improvável que MacRae seja incomodado outra vez – disse ele.

– Improvável – disse Merritt –, mas não impossível.

– E é por isso que estou deixando Duffy com vocês – disse Ethan, sereno, e comeu mais um pedaço de pão.

Keir deslizou um braço pelas costas de Merritt e deu tapinhas na lateral de seu quadril.

– Vamos ficar bem – disse. – Estaremos seguros em casa e planejaremos o que fazer a seguir. A destilaria precisa voltar a funcionar, as propriedades do espólio precisam ser administradas... e há também a propriedade em... onde fica?

– Cumberland – respondeu Merritt.

– Cumberland – repetiu Keir, despejando água quente no bule, e então falou de costas para ela, irônico: – Se ao menos eu pudesse me dividir em três, cada um com uma tarefa, em vez de ser um só realizando todas elas porcamente.

– Três de você – considerou Merritt, trazendo de volta seu senso de humor natural – seria muito para *eu* administrar. Dependendo, é claro, de quantos de vocês iriam me querer como esposa.

Keir olhou para ela por cima do ombro, com o cabelo desgrenhado e os olhos azuis reluzindo com um sorriso.

– Meu coração, não existe nenhuma versão de mim que não a escolheria como esposa. Essa seria a primeira coisa que eu faria – disse ele com o olhar fixo no dela, e acrescentou com delicadeza: – A primeira de todas.

~

Depois que Ethan e Wilkinson partiram para Londres, Duffy voltou para a hospedaria com o intuito de descansar, para se preparar para sua solitária vigília noturna. Merritt passou a tarde aconchegada em um canapé muito pequeno conversando com Keir. Ela teria que encomendar um com pelo menos o dobro do tamanho, pensou, quando chegasse a hora de construir uma nova casa na ilha. Achou graça de Wallace, que trotava sem parar ao redor do canapé apertado, obviamente tentando calcular como ele também poderia se encaixar ali.

– Wallace – disse Keir, secamente –, não sei onde você pensa que vai encontrar um mísero centímetro de espaço vago aqui.

Mas o cão insistiu, pulando perto dos pés deles e escalando dolorosamente por seus corpos.

– Wallace vai para Londres conosco, é claro – disse Merritt, estendendo a mão rapidamente para firmar o cachorro, que cambaleava.

Ela o puxou para seu colo e se recostou em Keir.

– Assim que Ethan disser que é seguro, ficaremos na minha... na nossa casa lá e nos encontraremos com seu pai.

Ela se interrompeu mais uma vez, constrangida.

– Desculpe, eu quis dizer Kingston.

– Não me incomodo – disse ele, em um tom casual. – Ele é meu pai, quer eu o chame assim ou não.

Merritt sorriu e gentilmente coçou a cabeça e as orelhas de Wallace até que ele suspirou e desabou no colo dela.

– Ele vai explicar como devemos proceder em relação ao espólio e vamos nos reunir com todos os advogados e banqueiros, e assim por diante.

– Não é com o espólio que estou preocupado – disse Keir, taciturno. – É com a propriedade e com o título. Não tenho conexão com aquelas terras, sabe? Nem com o povo que vive lá. E também acho que não vou conseguir viver em um lugar onde minha mãe foi tão infeliz. Não posso mesmo abrir mão disso?

– Receio que não seja possível desistir de um título. E talvez haja uma ínfima porcentagem de terra que você possa vender, mas é provável que a maioria seja restrita a herdeiros. Isso significa que o terreno deve permanecer inteiro, junto da casa, para ser passado à próxima geração. Você não é dono de fato, sabe? É mais como um zelador até que venha o próximo lorde Ormonde. Certamente você não iria querer despejar os arrendatários atuais, que são pessoas boas e trabalhadoras.

Merritt refletiu por um longo instante.

– Porém... isso não significa que a mansão em si não possa ser usada com outro propósito.

– Como o quê?

– Uma escola? – sugeriu ela.

– Uma escola para quê?

– Para meninos e meninas em dificuldade que precisam de um lugar saudável e feliz para viver, como também de boa educação.

Keir pressionou os lábios na cabeça dela.

– Gosto da ideia – disse ele. – Muito.

– Não é a mesma coisa que administrar a destilaria, é claro, mas deve haver alguns aspectos que você considere interessantes e recompensadores.

– Fazemos mais do que uísque na destilaria – disse ele, reflexivo. – Minha parte favorita é que eu e meus funcionários trabalhamos para criar algo de bom. Algo do qual nos orgulhamos. Acho que... uma escola deve proporcionar essa mesma sensação.

Merritt sorriu e se aninhou ainda mais a ele.

Eles conversaram noite adentro até ambos se cansarem e quererem ir para cama.

– Vamos tomar um banho primeiro – sugeriu Merritt.

Keir ia responder quando Wallace pulou do canapé e correu, apreensivo, da sala principal até o quarto e de volta à sala. Seu corpinho tremia de tensão e seu pelo estava todo eriçado.

– O que houve? – perguntou Keir em voz alta, indo até a janela.

Merritt abaixou a lamparina para reduzir o brilho da luz.

Os três se assustaram ao ouvir uma barulheira vindo da destilaria, uma mistura de metal rangendo e vidro quebrado.

Então a noite ficou muito silenciosa.

Wallace irrompeu em latidos furiosos até que Keir pôs a mão com delicadeza na cabeça dele e o acalmou.

– Alguma coisa com o maquinário? – sugeriu Merritt. – Talvez um dos alambiques tenha virado?

Keir balançou a cabeça, olhando atentamente pela janela.

Havia algo de errado. Merritt sentiu um nó no estômago. Foi até o quarto, pegou a Bulldog na valise de couro onde estava guardada e diminuiu a luz do cômodo. Ao olhar pela janela, para os muros brancos ao redor da destilaria, não detectou movimento algum.

Então Keir veio até o quarto, preocupado.

– A esta altura, Duffy já teria vindo dizer algo se pudesse.

– Vamos lá fora procurar por ele – sugeriu Merritt.

Keir balançou a cabeça.

– Fique aqui no quarto com o cachorro, mantenha a arma com você e tranque a porta. Wallace vai latir se um estranho tentar entrar.

– O que está pensando em fazer?

– Vou procurar Duffy e, se ele não estiver lá, vou olhar na destilaria.

– Keir, *não*... eu vou com você. Você não está armado, e eu...

– Você não vai poder atirar na destilaria, meu amor, senão mandaria tudo pelos ares. Eu consigo andar lá no escuro se for necessário. Conheço aquele lugar melhor do que ninguém. Por favor, fique aqui e espere por mim. Eu vou voltar. Prometo.

Seus lábios se retorceram quando ele falou:

– E não atire no meu cachorro sem querer.

Depois que Keir saiu, Merritt ficou olhando pela janela do quarto por pelo menos quinze minutos. Os muitos telhados e muros da destilaria, bem como o longo gramado que se estendia por todo o entorno, estavam mal iluminados pelo azul fantasmagórico do luar. Ela prendeu a respiração ao ver Keir entrar por um dos arcos laterais que levavam ao prédio principal.

Wallace, que estava ao lado dela com as patas da frente apoiadas no parapeito da janela, balançou o rabo, pôs a língua para fora e ofegou.

Mais um minuto se passou, e mais outro, e os dois ali, observando a noite.

Um rosnado subiu pela garganta do cachorro, tão baixo e ameaçador que todos os pelos de Merritt se eriçaram. Por um instante, ela viu um movimento perto do arco... um homem seguindo Keir para dentro da destilaria. A silhueta era maior e mais larga do que Duffy.

– Ah, mas você não vai mesmo! – sussurrou Merritt, energizada pelo perigo e pela urgência do momento.

Wallace, ainda na janela, olhava para fora. Ela não poderia arriscar levá-lo junto.

Silenciosamente, Merritt saiu do quarto e fechou a porta, mantendo o cachorro em segurança ali dentro. Com o revólver na mão, saiu e tomou o rumo da destilaria, passando pelos muros ao seu redor. Após hesitar diante do prédio principal, seguiu o instinto e contornou o gigantesco depósito de prateleiras. Entrou pela porta principal, que estava entreaberta.

O labirinto de prateleiras e barris era debilmente iluminado por faixas do luar azul-claro que entravam por algumas janelinhas no alto. Depois de deslizar contra uma parede, Merritt ficou imóvel, ouvindo o som de passos discretos. E outro, ligeiramente diferente. De alguém andando, parando, andando... parando. Era difícil dizer de onde vinham ambos. Ela se arriscou a adentrar mais no depósito, mantendo-se nas sombras e estreitando os olhos para enxergar no escuro.

Um homem andava a diversas fileiras de distância de onde ela estava. De súbito, Merritt foi pega de surpresa por uma mão gentil que lhe cobriu a boca, e ela inalou com força. Seu coração bateu descompassadamente, martelando no peito com solavancos selvagens até ela mal poder respirar. Mas os dedos fortes e quentes eram familiares. Ela relaxou ao sentir a fragrância e a presença do marido. A mão dele deslizou pelo braço dela e, delicadamente, Keir pegou o revólver. Depois de colocá-lo no bolso da saia dela, ele a pegou pela mão e a levou com ele.

Ela ouviu os passos do outro homem, dessa vez muito mais perto. Keir a arrastou consigo até o final de uma fileira. Ele olhou para um lado e depois para o outro, mas os dois corredores estavam vazios.

Merritt sentiu Keir erguendo um dos pulsos dela até a boca. Houve um pequeno puxão quando ele mordeu os fios que prendiam um botãozinho decorativo no punho. Ele pegou o botão e o arremessou em um dos corredores entre as prateleiras.

Em resposta, os passos soaram ainda mais perto, até Merritt poder dizer que o homem estava vindo na direção deles. Ela moveu a mão na direção do bolso da saia, mas Keir a segurou com delicadeza e a guiou até uma alavanca de madeira fixada na prateleira.

– Puxe para baixo no três – sussurrou ele, quase sem emitir som, e esticou a mão para uma alavanca acima.

Merritt esperou, sentindo que começava a suar ao ouvir os passos se aproximarem. Os dedos de Keir cutucaram seu braço. Um... dois... três. Ela puxou a alavanca para baixo com toda a força.

Toda a prateleira estremeceu e os barris começaram a rolar com o estrondo de um trovão. Ao ver Keir puxando uma alavanca após outra, Merritt pôs-se a ajudá-lo. Ela olhou para o corredor e viu o estranho cambaleando em meio aos barris que despencavam pesadamente.

Então o homem ficou quieto e gemeu, preso embaixo de um barril.

Keir foi até o corredor e olhou para o homem, incrédulo.

– Não é o sujeito do beco.

～

Poucos minutos depois, Merritt sentou-se na cozinha com o agente Duffy e limpou com delicadeza a têmpora ferida do rapaz com um pano frio e úmido.

Ela e Keir o encontraram do lado de fora de um dos muros da destilaria, onde ele fora golpeado pelo invasor e desmaiara. Depois que o ajudaram a entrar em casa, Keir foi buscar o delegado.

– Sinto muito – murmurou Merritt quando o jovem se encolheu e respirou fundo. – Eu queria que você tivesse tomado aquela dose de uísque que Keir lhe ofereceu.

– Ransom não gostaria nada disso – respondeu Duffy. – Ainda estou em serviço.

Merritt empurrou o copo para ele.

– Eu não vou contar.

Duffy aceitou, grato. Após tomar a bebida de um gole só, ele deixou que Merritt pusesse uma compressa gelada em sua testa.

– Eu deveria estar cuidando da situação – disse ele. – Onde está MacRae?

– Foi buscar MacTaggart – respondeu ela.

– O suspeito... onde ele está?

– Nós o deixamos no depósito, amarrado com uma corda de sisal.

Atordoado e machucado, o invasor fizera uma frágil tentativa de lutar antes que Keir o subjugasse. Depois que as mãos foram amarradas às costas e as pernas foram presas juntas, Keir vasculhara os bolsos dele e encontrara uma arma e um soco-inglês de cobre. Merritt também sacou uma faca de uma bainha costurada na bota do homem.

Ela ficara perplexa com a aparência comum que o assassino tinha. Não havia nada de vilanesco nele, nem parecia louco, desesperado, empobrecido ou qualquer coisa que pudesse levar um homem a cometer um crime. Era um jovem de uns 20 anos, bem-vestido, com o rosto de alguém que poderia ser um comerciante ou um escriturário.

Quando o homem sentou-se, aprumado e recostado em um barril, seu olhos duros e vazios deixaram Merritt nervosa. Ele se recusou a falar, apenas olhava para eles sem expressão, como se tivesse se transformado em pedra bem diante deles.

– Quer nos diga ou não – falou Keir, sarcástico –, não há mistério algum em relação a quem o mandou e ao que você deveria fazer.

Como o estranho permaneceu em um silêncio gélido, Keir o encarou com curiosidade e um quê de pena.

– Não sei o que o levou a se corromper assim, mas a vida não deve ter sido fácil para você. Por que aceitou matar um homem com quem você não tem conflito? Apenas por dinheiro? Se viesse até mim precisando de trabalho, eu teria lhe oferecido um emprego decente.

Aquilo provocou uma reação, e a fachada inabalável rachou-se para revelar o mais puro desprezo.

– Eu nunca trabalharia para um escocês nojento que transa com ovelhas.

Enfurecida, Merritt estivera prestes a falar o que achava dele, mas Keir sorriu diante do insulto e ficou de pé, puxando-a com ele.

– Isso é o melhor que você sabe fazer? – perguntou Keir. – Meus amigos e eu dizemos coisas bem piores uns para os outros após uma rodada de bebida na taverna.

Os pensamentos de Merritt voltaram-se para o presente quando Duffy levou cuidadosamente as mãos à cabeça, olhando a mesa.

– Não sirvo para esse tipo de trabalho – disse ele, melancólico. – Eu deveria ter continuado dando aulas.

Ela o olhou, atenta.

– Você é professor?

– Professor assistente. De ciências, no Cheltenham College. E eu era bom.

– Por que entrou para a polícia? – perguntou Merritt.

– Achei que era mais empolgante. E importante.

– Meu caro rapaz, nada é mais empolgante e importante do que lecionar.

– Que clichê – murmurou ele.

– De forma alguma – respondeu ela, honestamente. – Lecionar torna as pessoas quem ela são. Talvez até mesmo *mostre* quem elas são. Se feito do jeito correto, lecionar é... mágico. Um bom professor é um condutor para as maravilhas da vida.

Duffy cruzou os braços sobre a mesa e baixou a cabeça.

– Não importa mais – respondeu, em uma voz abafada. – A vaga em Cheltenham foi ocupada há muito tempo.

Merritt inclinou-se para recolocar a compressa na testa dele.

– Bem, se é isso que quer, vou ver o que posso fazer para ajudar – disse ela, sorrindo. – Ou quem sabe surja uma nova oportunidade?

Keir voltou com o delegado MacTaggart e um auxiliar, e Duffy foi com eles até o depósito na destilaria. Nesse ínterim, com o nascer do dia se aproximando, a casa foi ficando cheia de desconhecidos amistosos, alguns deles vizinhos, outros funcionários da destilaria com suas esposas, e também alguns amigos de infância de Keir. Estavam todos empolgados e furiosos com a notícia de que um invasor fora pego na destilaria MacRae, e havia diversas opiniões sobre o que deveria ser feito com ele.

Mesmo se Merritt estivesse descansada e à espera dos visitantes, a enxurrada de gente teria sido arrebatadora. Ela logo se viu perambulando distraidamente entre a multidão, sorrindo e assentindo, repetindo nomes para tentar se lembrar deles. Alguém trouxera uma cesta com pãezinhos recém-saídos do forno e começara a distribuí-los. Outra pessoa enchera a chaleira para fazer chá e a colocara no fogo.

Em meio à algazarra, Merritt se viu conduzida gentilmente até o canapé. Agradecida, sentou-se e Wallace logo pulou para ficar ao seu lado. O cachorro lambeu o focinho e olhou para o pãozinho na mão dela. Alguém o cortara e colocara um pouco de manteiga fria que ia derretendo. Devagar, Merritt comeu o pãozinho e deu alguns pedacinhos para Wallace. Com o corpo firme e quente do cachorro aconchegado ao dela e o estômago confortavelmente satisfeito, bastaram apenas algumas piscadelas para que a exaustão a dominasse.

– Merry.

Merritt abriu os olhos para encontrar Keir inclinado sobre ela.

Ele sorriu e afastou um cacho solto do cabelo dela, depois olhou para Wallace, que esticava as pernas curtas, alongando-se e estremecendo.

Ela não fazia ideia de quanto tempo se passara desde que cochilara no canapé, mas a luz do dia estava mais forte e parecia que alguns visitantes haviam ido embora.

– Pobrezinha, está exausta – disse Keir, sentando-se ao lado dela e trazendo-a para perto de si.

Merry bocejou no ombro dele.

– Na primeira vez que encontro seus amigos e vizinhos... eu adormeço na frente deles.

– Todos entenderam, meu amor. Estão nos parabenizando pelo casamento, mas logo irão embora e poderemos descansar direito.

Keir deu-lhe tapinhas no quadril.

– Quando contei a eles que você me seguiu até a destilaria com seu revolverzinho para me proteger, todos disseram que você é corajosa como uma escocesa. Isso é um grande elogio, sabia?

Os lábios de Merritt se contraíram diante da descrição que ele fizera da arma de alto calibre como um "revolverzinho".

– MacTaggart pôs o homem em uma cela em Port Charlotte – continuou Keir, acomodando-a melhor na curva de seu braço. – Descobrimos que o nome dele é John Peltie.

Ela olhou para ele, surpresa.

– Você conseguiu obrigá-lo a falar?

– Duffy conseguiu. Ele o convenceu de que seria melhor se cooperasse. Peltie admitiu que lorde Ormonde o contratara para finalizar o trabalho que Brownlow fracassara em realizar.

Wallace saltou do canapé, bocejando e ganindo ao mesmo tempo, e cruzou a sala até a porta.

– Vou levá-lo lá para fora – disse Keir.

– Não seria ruim esticar um pouco as pernas – falou Merritt, pegando o xale pendurado no encosto do canapé. – Vou com você.

Ela se enrolou no xale e o prendeu com um nó frouxo na frente.

No entanto, antes que pudessem sair de casa, o delegado MacTaggart os encontrou na soleira. Tinha acabado de retornar de Port Charlotte.

– MacRae... milady... Recebi um telegrama do comissário Ransom que vai interessá-los.

Com um floreio teatral, ele pegou a mensagem em seu bolso.

– Diz aqui que o Sr. Brownlow foi preso na noite passada na estação de Charing Cross enquanto tentava embarcar em um trem. Brownlow confessou a Ransom que matou lorde Ormonde depois que o homem o dispensou sem pagar o que lhe devia.

– Para ser sincero – comentou Keir, pensativo –, consigo entender o lado de Brownlow. Ele fez um bom trabalho quando ateou fogo no armazém e me trancou lá dentro. Eu deveria ter sido queimado e torrado até ficar crocante.

– Eu poderia ter dito a ele que você é um idiota imbecil que seria capaz de pular pela janela – falou MacTaggart, e os dois trocaram um sorrisinho.

O cachorro patinhou na porta, impaciente.

– Delegado – disse Merritt, com um breve sorriso –, se nos dá licença, Wallace tem as prioridades dele.

MacTaggart afastou-se para o lado e abriu a porta para Wallace com uma reverência, e o cachorro trotou para fora.

Keir pegou a mão de Merritt e os dois ficaram na soleira piscando os olhos por causa da luz do dia.

Havia tanta coisa diante deles, pensou Merritt, sentindo-se subitamente arrebatada. Tanto a fazer.

Ela olhou para Keir, que sorriu como se pudesse ler os pensamentos dela.

– Vamos começar com uma caminhada? – sugeriu ele, curvando-se para roubar-lhe um beijo. – De lá descobriremos o que fazer.

E assim foram caminhando juntos pela manhã.

EPÍLOGO

Os aromas e sons do Natal preenchiam a mansão em Stony Cross Park, a famosa propriedade de lorde Westcliff em Hampshire. Cheiros deliciosos vinham da cozinha... bife de costela, presunto, peru, ostras defumadas e todos os tipos de torta e pudins que se podia imaginar. Plantas e flores adornavam todas as superfícies, e o odor acre e fresco de uma imensa árvore de Natal expandia sua magia por todo o salão principal e além. Os criados corriam pela casa com suas incumbências frenéticas a fim de deixar tudo preparado para o baile naquela noite de véspera de Natal. Os gritinhos entusiasmados das crianças ecoavam pelos corredores enquanto disparavam por todos os lados, brincando de pique-esconde.

– Mamãe – chamou uma voz mais jovem, em um tom de reclamação –, por que preciso ficar sentada aqui tocando música de Natal quando você sabe que detesto isso? Por que *você* não fica aqui?

– Porque minha mãe nunca me amou o suficiente para me forçar a aprender a tocar piano – disse uma voz feminina mais velha, dando risada.

A resposta veio acompanhada por notas musicais dramáticas em uma interpretação claramente antagônica de "God Rest Ye Merry Gentlemen".

– Mamãe, eu queria que você me amasse um pouquinho... um tiquinho... quase nada... menos!

Atordoado pelo tumulto geral, lorde Westcliff fechou a porta de seu escritório e entregou uma taça de conhaque a Sebastian.

– Este é o único lugar seguro na casa – disse ele. – Eu faria uma barricada na porta, mas ainda há alguns infelizes lutando para chegar aqui. Eu odiaria negar a eles sua última chance de sobrevivência.

– É cada um por si – respondeu Sebastian, tomando um gole de conhaque e acomodando-se em uma poltrona confortável. – Se nossos filhos e genros não tiverem o bom senso de evitar o salão principal, então merecem a ruína.

– Que perda – disse Westcliff, pesaroso, servindo-se uma dose de conhaque. – Ah, bem... tenho novidades para contar sobre MacRae e Merritt.

– Já estou ciente – falou Sebastian, convencido. – Eles chegarão esta noite ainda.

Westcliff, que adorava saber de coisas que os outros não sabiam, sorriu, mais convencido que o outro.

– Bem, vejo que aparentemente você não sabe o *motivo*.

Sebastian ergueu as sobrancelhas.

Com cerimônia, Westcliff puxou do bolso uma carta dobrada.

– Lillian compartilhou isto comigo. Depois de ler, falei a ela que tinha que ser eu a lhe dar a notícia. Na verdade, eu implorei, mas ela se recusou, então tive que prometer que... não, não vamos entrar no mérito do que precisei prometer. No entanto, ela disse que eu poderia contar a novidade contanto que sejamos capazes de fingir surpresa quando eles anunciarem.

– Meu bom Deus, Westcliff, não há dúvida de que você não é bom da cabeça. Dê isso aqui.

Inclinando-se para a frente, Sebastian pegou a carta. Ele a examinou rapidamente e um sorriso surgiu em seu rosto.

– Bem, é natural. Keir é descendente da minha linhagem. Nossa virilidade é incomparável.

Westcliff tentou parecer austero.

– Você pode perceber, Kingston, que meu primeiro neto foi gerado por sua prole ilegítima.

– Sim, sim. Mas ninguém dá a mínima para a legitimidade. Será uma criança magnífica. Com a minha beleza e a sua inteligência...

– Poderia muito bem ser o contrário – disse Westcliff.

– Ah, não seja tão pessimista. Traga aqui a garrafa de conhaque. Vamos começar a planejar algumas coisas.

E assim os dois velhos amigos sorriram em um brinde.

Bolo de geleia de lady Merritt

Este bolo em formato de pão é inspirado em receitas da era Vitoriana. É perfeito para o café da manhã, para tomar com chá ou servir como sobremesa. (Lady Merritt sugere o uso de geleia de verdade, com açúcar, em vez do tipo "sem adição de açúcar".)

Ingredientes:
¾ de xícara de manteiga derretida
¾ de xícara de açúcar
4 colheres de sopa de geleia
Suco de 1 laranja (cerca de ½ xícara)
Raspas de 1 laranja
3 ovos
1 ½ xícara de farinha
2 colheres de chá de fermento em pó
1 colher de chá de sal

Cobertura:
½ xícara de geleia
1 colher de sopa de manteiga

Pré-aqueça o forno a 180ºC. Unte uma forma de pão de 20cm x 10cm – se não for antiaderente, forre o fundo com papel-manteiga.

Bata a manteiga derretida com o açúcar. (Se não houver braços fortes para ajudá-la na cozinha, use a batedeira.) Acrescente os ovos, o suco e as raspas de laranja, e misture tudo até ficar homogêneo.

Em uma tigela à parte, misture a farinha, o fermento em pó e o sal. Junte à mistura na tigela e bata até ficar homogêneo. Não misture demais!

Asse por 55 minutos ou até inserir um palito e ele sair limpo. Se a superfície começar a ficar escura demais, cubra com um pedaço de papel-alumínio.

Deixe esfriar por 15 minutos e desenforme o bolo. Derreta o restante da geleia com 1 colher de sopa de manteiga e cubra o bolo ainda quente. Deixe esfriar por completo antes de cortar. (Bem, isso se tiver esse autocontrole todo, o que, infelizmente, falta na minha família.)

Aviso:
Ao servir essa sobremesa a um possível pretendente, lembre-se de ter uma acompanhante presente.
Afinal, todos sabemos aonde um escândalo pode levar.

NOTA DA AUTORA

Queridos amigos,

Devo confidenciar que meu marido muito amado, Greg, não vai mais me acompanhar até a Costco. Segundo ele, não importa quão curta seja a minha lista de compras, eu fico deslumbrada e começo a perambular para cima e para baixo entre as alas, colocando caixas bem grandes e potes de coisas desnecessárias no carrinho.

Para minha decepção, essa também é uma boa descrição dos meus métodos de pesquisa para meus livros. Enquanto eu escrevia *Uma tentação perigosa*, havia tantos assuntos fascinantes para desvendar – *Islay! Destilaria de uísque!* – que as horas voavam com muita leitura e pouca escrita. Convenientemente, de vez em quando Greg enfiava a cabeça no meu escritório, percebia minha falta de progresso e gritava: "Vamos saindo da Costco!" (Bem, talvez ele não tenha gritado, talvez fosse mais uma exclamação vigorosa.)

Mas, se eu não tivesse me permitido perambular um pouco, não teria descoberto as xícaras bigodeiras da era Vitoriana. Essa foi uma época de bigodes encaracolados elaborados com estilo que exigiam o uso de cera para mantê-los intactos. E quando aqueles pelos faciais encerados chegavam muito perto de uma xícara de chá ou café, a cera derretia dentro na bebida. Nojento. Nos anos 1860, no entanto, esse problema humilhante foi solucionado por Harvey Adams, um ceramista britânico que inventou uma xícara com uma pequena saliência por dentro da borda para proteger do calor o lábio superior de um homem.

A expressão "fermentado com levedo" é referente ao que foi fermentado com espuma de cerveja. Algumas receitas bem antigas incluem o levedo entre seus ingredientes. O significado de "frothy" (espumoso) é o motivo de pessoas bobas ou não muito sãs às vezes serem chamadas de "barmy" (levedado/excêntrico; vem da palavra "barm", que significa "levedo").

Em 1853, o médico escocês Alexander Wood inventou a seringa hipodérmica com uma agulha oca, usando como modelo a picada da abelha. Foi uma grande evolução no alívio da dor e, é claro, usada em incontáveis situações, inclusive na aplicação de vacinas. Obrigada, Dr. Wood. (E obrigada, abelhas.)

O revólver British Bulldog, apresentado por Philip Webley, de Birmingham, Inglaterra, em 1872, é uma arma que passa a ilusão de ser pequena. Foi projetada para ser portada no bolso do casaco, com um cano de apenas seis centímetros, mas tem um poder de parada forte o suficiente para derrubar uma pessoa. Em 1881, um advogado insatisfeito assassinou o presidente James Garfield com um British Bulldog produzido na Bélgica.

Baseei a destilaria de MacRae em Bruichladdich, uma destilaria famosa em Islay. Depois que Greg e eu assistimos a um documentário fascinante, *Scotch: A Golden Dream* (acho que ainda está disponível na Amazon), no mesmo instante fui arrebatada pela ideia de criar um herói que produzisse uísque. Há um toque romântico e artístico na destilação dessa bebida, e o sabor é influenciado pela água usada na produção, pelo tipo de madeira dos barris, pelo período de maturação e por milhares de outros fatores.

Slàinte Mhath (slan-tche-var), meus caros – um brinde à sua saúde. Eu me fiei muito na amizade e no apoio que me deram no ano passado e nunca subestimo nenhum de vocês. Com todo o meu amor!

Lisa

CONHEÇA OUTROS LIVROS DA AUTORA

Cortesã por uma noite

Os mistérios de Bow Street

Certa noite, o belo e misterioso policial Grant Morgan é chamado para investigar uma vítima de afogamento no rio Tâmisa. Quando chega lá, fica surpreso ao reconhecer Vivien Rose Duvall, um de seus grandes desafetos, a mais famosa e exclusiva cortesã dos salões londrinos.

Grant fica mais surpreso ainda ao perceber que a moça está viva. Sem saber o que fazer, ele decide levá-la para casa, apesar de seu desprezo por ela. Quando Vivien acorda, porém, os dois percebem que ela não se lembra de nada.

Durante a investigação, logo fica claro que a moça sofreu uma tentativa de assassinato e que sua vida ainda está correndo perigo. Enquanto tenta protegê-la, Grant se sente cada vez mais atraído por ela. E Vivien, incapaz de recuperar a memória, se entrega de corpo e alma a seu salvador.

Nesse mistério envolvente cheio de pinceladas de romantismo, duas vidas se cruzam de maneira inesperada e uma paixão avassaladora coloca em dúvida tudo que eles achavam que sabiam.

Amante por uma tarde

Os mistérios de Bow Street

Lady Sophia Sydney tem um grande objetivo na vida: se vingar de sir Ross Cannon. O ilustre magistrado condenou o irmão dela à morte e agora o plano é causar um escândalo e arruinar a reputação dele.

Para isso, Sophia dá um jeito de trabalhar para Ross e, aos poucos, vai ganhando sua confiança.

Todas as manhãs, ela o instiga com sua presença exuberante. A maneira como se inclina sobre a mesa para servir-lhe as refeições e o modo como suas mãos tocam-lhe a pele com suavidade desafiam o bom senso dele.

E todas as noites, ela faz promessas com os olhos e com o corpo, tentando convencer Ross de que, em vez de se entregar a um sono agitado, ele poderia passar a madrugada fazendo coisas bem mais interessantes...

Sophia sabe que Ross está se apaixonando por ela a cada dia. Mas há uma coisa que seu plano não previa: que ela se apaixonasse por ele também.

Prometida por um dia

Os mistérios de Bow Street

Nick Gentry, um dos patrulheiros da Bow Street, já foi considerado um dos homens mais perigosos da Inglaterra antes de se juntar à força policial que mantém a ordem em Londres. Depois de passar para o lado da lei, o jovem é enviado para localizar Charlotte Howard, uma noiva fugitiva que desapareceu sem deixar vestígio.

Quando a encontra, Nick se surpreende com o espírito aventureiro da moça e se assusta com a força da atração que nasce imediatamente entre os dois.

Para escapar do casamento forçado com o homem que a destruirá, Charlotte concorda com o plano audacioso de Nick, que inclui tornar-se noiva dele. Mas logo ela descobre que seu charmoso salvador tem os próprios segredos sombrios.

Agora Charlotte precisará de toda a sua astúcia e persistência para domar a alma atormentada de Nick. E ele, em sua tentativa de proteger a jovem do aristocrata diabólico a quem ela foi prometida, descobre que, para salvá-la, só há uma coisa que pode fazer: abrir seu coração de uma vez por todas para ela.

De repente uma noite de paixão

Não há espaço para romance na vida da escritora Amanda Briars. Reconhecida no meio literário londrino, ela realiza as próprias fantasias através das personagens que cria em suas histórias de amor. Em nome da liberdade, está satisfeita em viver na solidão.

Amanda só não quer completar 30 anos sem nunca ter experimentado o prazer, e a solução mais discreta é contratar os serviços de um profissional. Quando o homem aparece à sua porta, a atração entre os dois é evidente, mas, para frustração dela, ele interrompe a noite de paixão no meio e vai embora.

Uma semana depois, ela o reencontra em um jantar e descobre que Jack Devlin é, na verdade, seu novo editor. Amanda fica mortificada.

Porém as lembranças daquela noite permanecem vivas na mente dos dois, e basta uma centelha para que o fogo entre eles se reacenda. Só que Jack, filho rejeitado do nobre mais notório de Londres, tem o coração endurecido e não acredita no amor, enquanto Amanda resiste ao desejo crescente em nome de sua independência.

Quando o destino entrelaça suas vidas, suas convicções mais profundas entram em choque. Agora os dois precisam decidir se, depois de conhecerem a verdadeira paixão, conseguirão voltar a se satisfazer com menos que isso.

O herói que faltava

Julia Quinn, Kinley MacGregor, Lisa Kleypas

Alguns livros são tão especiais que nos brindam com mais de um herói, mas contam a história de apenas um deles. Se você já quis ver seus coadjuvantes preferidos estrelarem a própria aventura, esta coletânea vai realizar os seus desejos.

Depois de despertar o ciúme de pretendentes indecisos na trilogia Damas Rebeldes, Ned Blydon reaparece em **Um conto de duas irmãs**, de Julia Quinn, em uma situação nada invejável: fica noivo de uma das irmãs Thorntons, mas está secretamente apaixonado pela outra!

Em **Improvável**, de Lisa Kleypas, a sensata Lydia Craven decide se casar por conveniência e não por amor. Só que ainda não conhece a determinação do atencioso médico Jake Linley, que já tinha conquistado muitos corações na série Os Mistérios de Bow Street e não vai medir esforços para ganhar o dela.

Após sua aparição em *Master of Desire*, Simon de Ravenswood ressurge em **Sonho de um cavaleiro de verão**, de Kinley MacGregor, para responder às cartas de lady Kenna em nome de um conde poderoso. Faz isso apenas por educação, mas a dama acaba se apaixonando e precisa escolher entre ele, seu melhor amigo e um voto solene feito há muito tempo.

CONHEÇA OS LIVROS DE LISA KLEYPAS

De repente uma noite de paixão

Os Hathaways

Desejo à meia-noite
Sedução ao amanhecer
Tentação ao pôr do sol
Manhã de núpcias
Paixão ao entardecer
Casamento Hathaway (e-book)

As Quatro Estações do Amor

Segredos de uma noite de verão
Era uma vez no outono
Pecados no inverno
Escândalos na primavera
Uma noite inesquecível

Os Ravenels

Um sedutor sem coração
Uma noiva para Winterborne
Um acordo pecaminoso
Um estranho irresistível
Uma herdeira apaixonada
Pelo amor de Cassandra
Uma tentação perigosa

Para saber mais sobre os títulos e autores da Editora Arqueiro,
visite o nosso site e siga as nossas redes sociais.
Além de informações sobre os próximos lançamentos,
você terá acesso a conteúdos exclusivos
e poderá participar de promoções e sorteios.

editoraarqueiro.com.br